BASTEI
LÜBBE

Aus der »Schwarzen Serie« sind folgende Bände erhältlich:

19 100 Leonard Schrader
Yakuza

19 101 Fredric Brown
Hunters erste Jagd

19 102 Loren D. Estleman
Das Sterben in Detroit

19 103 Max Allan Collins
Ein Veteran kehrt heim

19 104 Fredric Brown
In den Straßen von Chicago

19 105 Max Allan Collins
Der Einäugige

19 106 Max Allan Collins
Mordkongreß

19 107 Stephen Greenleaf
John Tanner, Privatdetektiv

19 108 Ted Lewis
Jack Carters Heimkehr

19 109 David Goodis
Der Mond in der Gosse

19 110 Fredric Brown
Die Detektive von Chicago

19 111 Ted Lewis
Jack Carters Gesetz

19 112 Stephen Greenleaf
Peggys Geheimnis

19 113 David Goodis
Nightfall
(Die Nacht bricht an)

19 114 Howard Browne
Der Geschmack von Asche

19 115 Max Allan Collins
Auch Blumenkinder sterben

19 116 Mickey Spilane
Morgen werde ich tot sein

19 117 Ted Lewis
Jack Carters Wut

19 118 Howard Browne
Grüße in Blut

19 119 J. W. Rider
Der Teufel hat viele Masken

19 121 Bill Pronzini
Knochen

19 122 Fredric Brown
Der Tod in Chicago

19 123 Max Allan Collins
Wochenendmorde

James GRADY

WASHINGTON BLUES

Schwarze SERIE

BASTEI LÜBBE

BASTEI-LÜBBE-TASCHENBUCH
Schwarze Serie
Band 19 120

Erste Auflage: Juli 1988

Deutsche Lizenzausgabe 1988
Bastei-Verlag Gustav H. Lübbe GmbH & Co., Bergisch Gladbach
Originaltitel: Hard Bargains
Ins Deutsche übertragen von Christine Pavesicz
Lektorat: Martin Compart
Umschlaggestaltung: Quadro Grafik, Bensberg
Druck und Verarbeitung:
Clausen & Bosse, Leck
Printed in Germany
ISBN 3-404-19 120-X

Der Preis dieses Bandes versteht sich einschließlich
der gesetzlichen Mehrwertsteuer.

Selbstverständlichkeit. Sie mochte 30 sein, vielleicht auch 40. Zumindest über 25: Kein Mensch war so cool und abgebrüht, ohne zumindest ein Vierteljahrhundert hinter sich zu haben. Ihr Haar war von einem satten Kastanienbraun, hart an der Grenze zum Rot. An jenem Tag hatte sie es zu einem strengen Knoten zurückgekämmt. Sie trug eine Brille mit Gläsern, die je nach den Lichtverhältnissen hell oder dunkel wurden – aber nicht hell genug, um die Farbe ihrer Augen erkennen zu lassen; man konnte nur ahnen, wie weit auseinander und wie tief sie lagen. Sie war stark geschminkt, so kunstvoll bemalt wie eine Schauspielerin. Durch das dicke Make-up wirkte ihr Gesicht bleich und teigig. Sie hatte hohe Backenknochen, die die Lackschicht nicht verbergen konnte, eine schöne, schmale Nase, eine klare, lange Kieferlinie und den besten Mund, den ich in meinem Leben zu Gesicht bekommen würde: breit, mit vollen Lippen, von denen eine ständige Verlockung ausging, egal, wie ihre Stimmung war. Sie hatte sie knallrot bemalt.

Wie andere Frauen im Lokal auch, trug sie ein blaues Nadelstreifen-Kostüm, doch war ihre Jacke hypermodern geschnitten, total eckig und mit überweiten Rockaufschlägen und Schulterpolstern im Stil der vierziger Jahre. Dazu trug sie eine hochgeschlossene Bluse, hatte alle Knöpfe bis auf den obersten zugeknöpft. Der Ausschnitt betonte das zarte »V« an ihrem Halsansatz. Bei dieser Kleidung konnte man unmöglich ihre Brüste beurteilen. Der Rock reichte bis zu den Knien, hatte aber keinen Schlitz, der ihre langen Beine in den dunklen Strümpfen gezeigt hätte. Sie trug hochhackige Schuhe, die sie ein paar Zentimeter größer wirken ließen. Barfuß hätte sie zu mir aufblicken müssen, aber nicht sehr viel. Diese Art von Kleidung sieht man nur in schicken New Yorker Anzeigen, wirkliche Menschen kaufen solche Kleider nicht, selbst, wenn sie sie sich leisten konnten, denn sie heben einen zu sehr aus der Menge heraus – und *diese* Art Mode wird niemals allgemein akzeptiert. Der süße Duft ihres Parfums erfüllte die Luft, als sie sich setzte: verführerisches Moschus, jeder Tropfen teurer als Blut.

Nichts an ihr schien richtig, doch alles paßte zusammen. »Haben Sie schon Mittagessen bestellt?« fragte sie.

»Nur Kaffee«, sagte ich und wies mit einem Kopfnicken auf meine halbvolle Tasse.

»Vielleicht sollten wir bestellen. Ich möchte Ihre Zeit nicht mehr als unbedingt nötig in Anspruch nehmen. Außerdem habe ich noch einige Termine.«

Sie warf einen Blick auf die Speisekarte.

»Sind Sie soweit?« fragte sie im nächsten Augenblick.

»Ich habe diese Karte schon oft genug gesehen, um zu wissen, was ich will.«

»Hmm.« Sie drehte sich in Richtung Tür um, wo eine brünette Kellnerin in weißer Bluse und blauer Schürze mit der blonden Empfangsdame plauderte; dabei registrierten sie jeden Atemzug meiner Begleiterin. Die Kellnerin reagierte in weniger als fünf Sekunden auf ihr Zeichen.

»Bestellen Sie zuerst«, sagte mein Gegenüber. Ich bestellte einen Cheeseburger, der viermal soviel kostete wie in einer Imbißstube und nur zweimal so gut war.

»Für mich nur Kaffee«, sagte Cora McGregor. Ihre Hände waren lang und grazil, die Nägel gepflegt und im selben leuchtenden Rot wie ihre Lippen lackiert. Ruhig und sicher reichten diese Hände der Kellnerin die Karten zurück. Cora McGregor trug keinen Ring. »Und könnten Sie den Küchenchef bitten, mit seinem Burger schnell zu machen? Wir sind in Eile.«

»Klar«, sagte die Kellnerin. Sie hastete davon, um dem Geheiß Ihrer Hoheit Folge zu leisten.

»Ich danke Ihnen, daß Sie gekommen sind«, sagte die Frau, die mich vor drei Tagen angerufen hatte. »Das Essen geht natürlich auf meine Rechnung.« Sie lächelte. »Sie hätten sich mehr als nur einen Cheeseburger bestellen sollen.«

»Es gibt ja noch Dessert.«

»Was immer Sie wollen«, sagte sie.

»Ich nehme an, Sie fragen sich, warum ich einen Privatdetektiv wie Sie angerufen habe«, fuhr sie fort.

»Ich bezeichne mich als ›Ermittlungsspezialisten‹«, warnte ich sie. »Ich bin nicht der Spürhund im traditionellen Sinn, den jeder anheuern kann.«

»Ich habe auch nie viel für Tradition übergehabt«, sagte sie.

Ihr Lächeln wurde weicher, umfing mich wie eine verschwörerische Umarmung. »Darf ich Sie John nennen?«

»Ich bitte darum«, sagte ich.

»John, mein . . . Leben war nicht gerade vorbildlich.«

Mein Achselzucken sagte, *wessen Leben war das schon?*

»Verstehen Sie mich nicht falsch«, fuhr sie mit ruhiger, sicherer Stimme fort. Ihre getönten Brillengläser waren offen auf mein Gesicht gerichtet. »Ich schäme mich nicht dafür, wer ich bin und was ich getan habe. Ich habe vielleicht nicht nach den offiziellen Regeln gespielt, aber ich habe fair gespielt. Ich habe immer ehrlich gesagt, wer ich bin und was ich tue. Ich habe nie etwas vorgetäuscht. Ich bezahle für mich selbst und kümmere mich nicht um den Rest. Das Leben ist schon hart genug, ohne daß man sich wegen dem Urteil und der Engstirnigkeit der anderen Gewissensbisse macht.«

»Das ist leichter gesagt als getan«, meinte ich. »Und bei Ihrem Patentrezept vergessen Sie bequemerweise zu erwähnen, worauf Sie es beziehen. Überdies kann es für Sie nicht gar so gut gelaufen sein, denn warum würden Sie mich sonst brauchen?«

»Sie sind gerissen. Das ist gut. Ich glaube, ich brauche für diese Sache keinen allzu gerissenen Mann, aber ich mag gerissene Männer.«

»Daß ich gerissen bin, wird uns nicht weiterhelfen, wenn Sie mir nicht sagen, was Sie wollen.«

»Das stimmt schon, aber ich bin froh, daß Sie gerissen sind, denn dadurch kann ich Ihnen leichter vertrauen, und ich muß Ihnen vertrauen können. Die Angelegenheit ist heikel. Ich bin froh, daß ich einen so gerissenen Mann wie Sie erwischt habe.«

»Wie sind Sie auf mich gekommen?«

Sie antwortete mit einem Achselzucken. »Reines Glück, nehme ich an.« Sie schenkte mir ein langes, süßes Lächeln. »Manchmal habe ich viel Glück.« Ihr Lächeln erlosch. »Manchmal weniger.

Ich bin vor einigen Jahren aus Washington weggegangen, John. Damals habe ich meine Vergangenheit hinter mir gelassen. Ich hatte eine Chance bekommen, konnte mich in einer neuen Stadt etablieren – ein neues Leben aufbauen. Ein

Leben, das . . . äh, mehr den traditionellen und offiziellen Regeln entspricht. Ein Leben, für das mich niemand verurteilt. Ich habe alle Brücken zu meiner Vergangenheit abgebrochen. Ich bedaure nichts – weder, was ich war, noch, daß ich dieses Leben aufgab. Mein jetziges Leben ist besser, als ich mir je hätte träumen lassen, und ich will, daß es so bleibt.

Sie fragten mich, warum ich Sie brauche, wenn es so gut läuft, wenn ich alles so geschickt und erfolgreich anpacke. Mein Problem ist nicht, was ich getan habe, sondern was um mich herum geschehen ist . . . Selbst die klügsten Leute werden Opfer der Umstände – und auf Glück kann man sich nicht verlassen.

Jahrelang konnte ich mit den Umständen ganz gut fertig werden – alles in allem gesehen. Dann begann sich das Blatt zu wenden. – Einer meiner . . . früheren Bekannten wurde ermordet.«

»Das tut mir leid«, sagte ich.

Die Kellnerin stellte ihr eine Tasse Kaffee hin und ging wieder. Cora McGregor nahm die Tasse in beide Hände, stützte die Ellbogen auf den Tisch und beugte sich vor. Sie blies auf das dampfend schwarze, durchdringend duftende Gebräu und trank es schweigend in kleinen Schlucken.

»Das ist vor langer Zeit passiert«, sagte sie. »Ich habe keine Tränen um ihn vergossen. Er war es nicht wert, daß man um ihn trauerte. Die Polizei hat seinen Mörder nie gefunden.«

»Ich mag die üblichen Kriminalfälle nicht«, sagte ich zu ihr. »Ich habe ein paar übernommen, aber nicht viele. Ich will keinen Mörder zur Strecke bringen. Das ist Sache der Polizei, und die ist empfindlich, wenn man ihr ins Handwerk pfuscht. Bei Mord schaut für mich nie viel heraus – gewöhnlich nur eine Menge Ärger.«

»Ich will nicht, daß Sie den Mörder jagen, John.«

»Und was wollen Sie?«

»Als ich mein altes Leben aufgab, blieb eine Sache unerledigt – eben dieser Mord. Nun möchte ich, daß Sie herausfinden, ob die Polizei irgendwelche neuen Anhaltspunkte oder vielleicht sogar ein neues Interesse an dem Fall hat, den sie vor sieben Jahren nicht lösen konnte. Ob irgendwelche ›Entwicklungen‹

zu erwarten sind, wie sie das in den Zeitungen nennen. Oder ob es in der letzten Zeit irgendwelche Neuigkeiten gegeben hat.«

»Glauben Sie das?«

Sie zuckte die Achseln. »Woher soll ich das wissen? Wenn ich es wüßte, warum sollte ich Sie damit beauftragen?«

»Warum wollen Sie, daß ich das mache?«

»Das habe ich Ihnen erklärt.«

»Sie haben mir in vielen Worten sehr wenig gesagt.«

Zum ersten Mal wirkte sie erregt, nervös.

»Ja«, sagte sie. »Wahrscheinlich haben Sie recht. Verzeihen Sie mir bitte. Ich weiß, es hört sich übertrieben vorsichtig an, aber . . . ich bitte Sie, mir zu vertrauen.«

»Sie bitten mich auch, für Sie zu arbeiten.«

»Ich brauche Sie.«

Ich zuckte die Achseln.

»Hören Sie, wenn ich in irgendeiner Weise mit diesem toten Mann, mit diesem Mord in Zusammenhang gebracht werde, könnte das das Ende meines neuen Lebens bedeuten. Ich wäre wieder genau dort, wo ich war, als ich anfing. Nur hätte ich jetzt weniger Chancen, jemals herauszukommen aus . . . Abgesehen von mir könnte auch jemand involviert werden, der unschuldig ist. Wenn die Polizei neue Anhaltspunkte hat, den Fall neu aufrollen, vielleicht sogar jemanden verhaften will, dann besteht die Möglichkeit, daß ich da hineingezogen werde. Vielleicht kommen sie dann nur, um mir ein paar Fragen zu stellen. Wahrscheinlich müßte ich nicht einmal als Zeugin auftreten – vielleicht aber doch; vielleicht würde mich der Verteidiger auffordern, den Geschworenen zu erzählen, was für ein Dreckskerl das Opfer war. In welcher Art und Weise ich in diesen Mord verwickelt werde, spielt keine Rolle, es genügt die Tatsache, daß es geschieht. Es reicht schon, wenn ich damit in Verbindung gebracht werde. Vor sieben Jahren war es egal, ich führte das Leben, das ich gewählt hatte – das war der Preis dafür, und das war in Ordnung. Doch wenn das jetzt aus heiterem Himmel über mich hereinbricht, wenn mir meine Vergangenheit zur Last gelegt wird . . . nun, dann kann ich mich von meinem heutigen Leben verabschieden.«

»Und was ist mit der Zukunft?«

»Die Zukunft kommt von ganz allein.«

»Irgendwie wirken Sie gar nicht wie eine hilflose Jungfer in Nöten.«

»Ich bin keine Jungfer, Mr. Rankin. Und ich bin nicht hilflos. Ich helfe mir selbst. Deshalb habe ich mich auch entschlossen, Sie anzurufen. Ich bin in Nöten, ich habe ein Problem, Schwierigkeiten. Solche Dinge in Ordnung zu bringen, damit verdienen Sie, wie Sie sagen, Ihren Lebensunterhalt. Wenn Sie gelogen haben . . ., nun, dann war es mein Fehler, Ihnen zu glauben.«

Doch selbst, als sie mir beinhart ihre scharfen Worte an den Kopf knallte, machte sie den Eindruck, als wäre sie den Tränen nahe. Ich wünschte, ich hätte ihre Augen sehen können, aber das Licht hatte ihre Brille in undurchdringliches Bernstein verfärbt.

»Verstehen Sie mich doch«, sagte ich. »Ich glaube Ihnen, daß Sie in Schwierigkeiten sind, aber nach allem, was ich jetzt weiß, können Sie genausogut selbst diesen Mann getötet haben und mich nur engagieren, um herauszufinden, wie gut Sie Ihre Spuren verwischt haben.«

»Wirke ich auf Sie wie eine Mörderin?«

Ich sah sie nur an, und sie lächelte.

»Schön zu wissen, daß Sie nicht aus Höflichkeit lügen. Ich auch nicht. Ich habe ihn nicht getötet, John. Und auch sonst niemanden. Ich habe in meinem Leben schlimme Dinge getan, aber Mord war nicht darunter. Und ich werde auch nirgendwo wegen irgendeines anderen Verbrechens von der Polizei gesucht.«

»Das hoffe ich«, sagte ich. »Aber ich bin noch immer . . .«

»Wie ich bereits sagte«, unterbrach sie mich. »Sie sind gerissen. Ich bin froh darüber – und ich verstehe Sie auch. Ich . . .«

»Bitte sehr«, sagte die Kellnerin und stellte den Teller mit einem Cheeseburger und fritierten Kartoffelstücken vor mich hin. »Haben Sie sonst noch Wünsche?« Sie hob die Kaffeekanne in ihrer anderen Hand hoch. »Soll ich nachschenken?«

»Ja, bitte«, sagte meine Begleiterin. Sie lächelte. Die Kellnerin füllte unsere Tassen und eilte dann weg, um weniger faszinierende Kunden zu bedienen.

»Bitte, essen Sie, solange es heiß ist«, sagte Cora McGregor. »Wie ich schon sagte, John, ich verstehe Ihre Bedenken. Ich will nicht, daß Sie etwas Ungesetzliches oder Unmoralisches tun.«

»Dann sind wir schon zwei«, sagte ich und nahm den Burger vom Teller.

»Könnten Sie es tun?« fragte sie. »Könnten Sie herausfinden, ob sich in dieser Mordsache irgend etwas ereignet hat? Sie werden sehen, daß ich nicht zu den Verdächtigen zähle. Niemand wird zu Schaden kommen, wenn Sie tun, worum ich Sie bitte, wenn Sie herausfinden, was ich wissen muß. Wenn es etwas Neues gibt, wenn die Polizei irgend etwas unternehmen will . . ., nun, dann stehe ich vor neuen Problemen und Entscheidungen, mit denen ich allein fertig werden muß. Wenn sich nichts geändert hat . . ., dann kann ich weitermachen wie geplant. Aber so oder so, John, ich muß die Wahrheit kennen, um zu wissen, was ich tun soll. Nur darum bitte ich Sie. Helfen Sie mir, die Wahrheit herauszufinden, damit ich nicht aus Unwissenheit dumme Fehler begehe.«

»Die Polizei gibt nicht so einfach Informationen über Ermittlungen in einem Mordfall weiter.«

»Aber Sie könnten es herausfinden.«

»Vielleicht. Es wird nicht einfach sein.«

»Aber Sie können es schaffen. Sie sind gut. Das kann jeder sofort sehen. Sie sind gerissen.«

»Von mir brauchen Sie mich nicht zu überzeugen«, sagte ich. »Von Ihnen muß ich überzeugt sein.«

Sie lächelte. »Und sind Sie von mir überzeugt, John?«

»Wieviel von dem wenigen, daß Sie mir erzählt haben, ist wahr?«

»Genug«, sagte sie.

»Hm.«

Ich biß kräftig in den Burger, kaute und dachte nach. Sie ließ mich überlegen, ohne mich zu drängen oder auf mich einzureden. Sie wußte, entweder hatte ich angebissen oder nicht.

»Wer ist ermordet worden?« fragte ich.
»Soll das heißen, daß ich Sie überzeugt habe? Daß ich jetzt Ihre Klientin bin?«
»Andernfalls geben Sie keinen Namen preis, nicht wahr?«
»Können Sie mir das vorwerfen?«
»Keine Ahnung.« Ich trank etwas Kaffee.
»Wissen Sie was«, sagte ich. »Ich weiß nicht, ob ich Ihren Auftrag ausführen kann – vom legalen wie auch vom praktischen Standpunkt aus gesehen. Aber ich bin bereit, es zu versuchen. Ich kann für nichts garantieren, und wenn mir die Sache spanisch vorkommt, dann knalle ich sie Ihnen sofort zurück.«
»Ich danke Ihnen! Ich wußte, ich kann Ihnen vertrauen, ich wußte, Sie würden mir helfen!«
»Aber sicher wußten Sie das«, sagte ich. »Doch etwas müssen wir noch besprechen.«
»Ihr Honorar. Keine Sorge, was ein Mann wert ist, zahle ich auch.«
»Da bin ich sicher. Für etwas Derartiges berechne ich mindestens 50 Dollar pro Stunde.«
»Sie sind teuer.«
»Ich bin nicht billig. Ich will einen Vorschuß von zwei Stundensätzen. Diese Sache kann ich entweder relativ schnell erledigen oder gar nicht. Vielleicht brauche ich nicht einmal zwei Stunden, aber das ist das Minimumhonorar – und ich behalte es ein, selbst wenn ich den Fall zurücklege. Es kostet vielleicht mehr, vielleicht bis zu vier Stunden. Ich berechne auch Spesen, obwohl ich bezweifle, daß sie mehr als 20 Scheine ausmachen.«
»Plus das heutige Mittagessen.«
»Da Sie darauf bestehen.«
Sie zog einen weißen Umschlag aus ihrer schicken schwarzen Handtasche.
»Ich nahm an, daß Sie nicht mit der Arbeit beginnen würden, bevor Sie meinen Scheck eingelöst hätten. Daher war ich so frei, Bargeld zu besorgen. Macht es Ihnen etwas aus?«
Da ich den Mund voll hatte, schüttelte ich nur den Kopf. Sie war gut vorbereitet: Sie nahm weniger als die Hälfte der

Geldscheine aus dem Kuvert und stapelte sie zwischen uns auf den Tisch.

»Das sind 250 Dollar Honorar plus Spesen.«

»Das ist mehr als das Doppelte des Vorschusses, den ich Ihnen genannt habe.«

»Ich vertraue Ihnen, daß Sie die Differenz zurückerstatten. Also, sind wir im Geschäft?«

»Sie sind meine Klientin«, sagte ich.

»Wunderbar!«

»Wer ist ermordet worden?«

»Ein Mann namens Parviz Naderi. Irgend jemand hat ihn 1977 erschossen.«

Ich wartete, aber sie sprach nicht weiter. Ich zog mein Notizbuch hervor und knipste meinen Kugelschreiber an.

»Könnten Sie mir das buchstabieren?«

Sie tat es.

»Und?«

»Und was?« fragte sie.

»Und was sonst noch? Wer war er, woher kannten Sie ihn, warum wurde er erschossen, inwiefern hatten Sie damit zu tun?«

Sie schüttelte den Kopf. »Sie wissen alles, was Sie für Ihren Auftrag brauchen.«

»Sie meinen wohl, alles, was Sie mir sagen wollen.«

Sie zuckte die Achseln.

»Bitte verzeihen Sie mir«, sagte sie und erhob sich. »Ich weiß, es ist unhöflich, wegzugehen, während Sie noch essen, aber ich habe noch sehr viel zu erledigen. Zahlen Sie die Rechnung von diesem Vorschuß.«

Und du läßt mich hier beim Essen einfach sitzen und auf die Rechnung warten und gehst alleine weg, nicht wahr? dachte ich.

»Einen Augenblick!« hielt ich sie zurück. »Ich habe weder Ihre Telefonnummer noch Ihre Adresse. Wie kann ich Sie erreichen, um meinen Bericht abzuliefern?«

»Ich rufe Sie von meinem Hotel aus an. Vor Montag werden Sie wohl noch nichts haben, oder?«

»Vielleicht erst am Dienstag. Wenn Ihr Hotel in der

Innenstadt ist oder am Capitol Hill, könnten wir uns genausogut treffen.«

»Ja, das könnte klappen.« Sie schenkte mir das umwerfendste Lächeln des Tages. »Bis bald, John.«

Dann drehte sie sich um und schritt, betörend mit den Hüften schwingend, durch die Menge. Sie verließ das Lokal so cool und souverän, wie sie es betreten hatte.

2

»Und jetzt wirst du mir gleich erzählen, daß nichts umsonst ist, auch nicht ein Mittagessen«, sagte Nick Sherman. Kommissar des Morddezernats. Er nickte der mageren Kellnerin zu. Sie erwiderte sein Nicken zum Zeichen, daß sie ihm noch eine Bloody Mary bringen würde.

»Das wußtest du schon, bevor du kamst«, sagte ich.

»Ja, aber ich hatte so einen Mordshunger.«

Und wir hatten gegessen, er hatte getrunken. Wir hatten unsere Witzchen über dieses und jenes gerissen, über Politik und die Polizei, die alten Zeiten und alten Freunde.

Wir trafen uns an jenem Montag im Polizeiclub, einem höhlenartigen Ecklokal gegenüber dem FBI-Hauptgebäude, einem Sandsteinblock von der Größe eines Fußballstadions. Diese beiden Zentren der Exekutive stehen am Rand des Wirrwarrs von Regierungsgebäuden, Großkaufhäusern und Geschäften, das sich Stadtzentrum von Washington, D. C., nennt.

Mehr als ein Dutzend bewaffnete Sicherheitseinheiten sorgen in dieser Stadt für den Polizeischutz. Die meisten von ihnen waren an jenem Nachmittag im Clublokal vertreten: Kriminalbeamte und Polizisten in Uniform saßen im dunklen Raum verteilt an den Tischen, sie lachten, aßen oder starrten schwermütig ins Nichts; einige tranken, andere nicht; einige waren im Dienst, andere nicht. Die Gäste waren zum Großteil

Männer, einige wenige in Begleitung ihrer Freundinnen oder von Frauen in Zivil, die im Gericht oder im Rathaus arbeiteten. Eine Frau mit einer Haut wie Ebenholz saß allein an einem Tisch. Sie trug das hellblaue Hemd und das Silberabzeichen der städtischen Polizei; vor ihr stand ein halbvolles Glas Bier, das sich zusehends leerte. Ich erkannte eine schlaksige schwarzhaarige Rechtsanwältin mit schwülstiger Ausstrahlung, deren Liebesleben sich ausschließlich auf Affären mit verheirateten Polizisten beschränkte. Sie saß mit ihrer letzten Eroberung an einem Tisch, einem modisch gekleideten Detektivleutnant des Raubdezernats. Er hatte graues Haar und sah aus wie ein Mann knapp über 40, der eigentlich klüger hätte sein sollen. Sein Ehering schimmerte im gedämpften Licht in mattem Gold. Ein halbes Dutzend tragbarer Funkgeräte erwachte in regelmäßigen Abständen kreischend zum Leben; ihre Unglücksmeldungen untermalten die Country-&-Western-Schnulze über eine verlorene Liebe, die aus der Jukebox klang. Ein untersetzter, wichtigtuerischer Sergeant in Uniform stürzte durch die Eingangstür. Mit keck aufgestülpter, glänzender Schirmmütze und auf volle Lautstärke gedrehtem Funkgerät stolzierte er durch den Raum und tat, als scherze er mit seinen Kollegen, während er nach seinen Leuten Ausschau hielt, die sich hier womöglich während der Dienstzeit aufhielten. Sowohl das eine wie das andere schien die Leute kalt zu lassen. Drei Minuten später verließ er das Lokal, so wenig gewürdigt und zufrieden wie bei seinem Eintritt.

»Ich habe da ein Problem. Es dreht sich um Mord«, sagte ich zu Nick.

»Ich auch«, versetzte er. Wir lachten.

»Nein«, sagte ich, »es geht um einen speziellen Mord. Ich habe eine Klientin.«

»Ständig erzählst du mir, daß du diese Art Aufträge nicht magst«, sagte er, »und dann übernimmst du sie am Ende doch immer.«

»Was anderes gibt es offenbar nicht.«

»Ein wahres Wort.«

»Ich möchte nicht wieder in eine miese Situation geraten«, sagte ich. Er nickte zum Zeichen, daß ich weitersprechen solle.

»Ich weiß nicht, ob hier eine derartige Gefahr besteht. Vielleicht gibt es gar keine Schwierigkeiten, aber schon, indem ich dich frage . . .«

»Vergiß nicht, wer du bist«, sagte er. »Und vergiß nicht, wer ich bin.«

Einen Augenblick lang dachte ich, er wolle mich nur warnen, doch dann lächelte er mir ermutigend zu und sagte: »Unter Freunden braucht man sich nicht gleich über alles mögliche Sorgen zu machen.«

»Nun ja, Beihilfe und Anstiftung zu Kapitalverbrechen, Beihilfe zum Mord . . . solche Kleinigkeiten bringen mich leicht aus der Ruhe.«

Nick warf mir einen warmen und besorgten Blick zu.

»Ich habe folgende Informationen«, sagte ich. Dann berichtete ich ihm, ohne irgendwelche Namen zu nennen, von Cora McGregor und dem Auftrag, den sie mir erteilt hatte.

»Kannst du mir helfen?« fragte ich. »Könntest du herausfinden, welcher Polizeibeamte mit einem bestimmten Mordfall betraut ist, und ob etwas dabei herauskommt oder herauskommen wird? Und kannst du das tun, ohne daß es einem von uns auf den Kopf fällt?«

»Vielleicht«, sagte er. »Aber ich würde den Namen deiner Klientin brauchen – nur für den Fall, du verstehst schon.«

»Sie heißt Cora McGregor. Sie sagte, der Name des Mordopfers war Parviz Naderi, und daß er 1977 erschossen wurde.«

Nick blinzelte. Ich merkte, wie er sich verschloß. Dann verzog sich sein Mund langsam zu jenem Grinsen, das seinen abgebrochenen Zahn entblößte und das er als Verteidigung ebenso wie als Waffe benutzte.

»Bist du sicher, daß du den Namen richtig verstanden hast?« fragte er.

»Ich habe ihn vielleicht falsch ausgesprochen, aber so heißt er. Soll ich ihn dir buchstabieren?«

»Nein.« Er schüttelte den Kopf. »Nein, das ist nicht nötig. Wie war diese Cora McGregor?«

»Ich wünschte, ich könnte dir das sagen«, sagte ich. »Sie ist die Art Frau, die man nie vergißt, aber man kann sich ihrer in keiner Hinsicht sicher sein. Sie ist beinhart und gerissen und zeigt einem nur, was sie zeigen will – und in Wirklichkeit ist sie vielleicht ganz anders. Es ist, als wolle man den Duft von Parfum einfangen. Als ich sie traf, verwendete sie Moschus.«

»Wie wirkte sie auf dich? Hatte sie Angst?«

Ich schüttelte den Kopf. »Sie war besorgt, hatte aber nicht wirklich Angst. Zumindest zeigte sie keine Angst.«

»Glaubst du ihre Geschichte?«

»Ein paar Lügen hat sie mir erzählt – wer tut das nicht? Ich glaube nicht, daß sie diesen Typen umgebracht hat – nicht, weil sie es nicht tun könnte oder würde, hart genug dazu ist sie. Aber sie ist zu klug, nach einem Mord das Risiko einzugehen, diese Geschichte mit mir zu inszenieren. Sie würde die Chancen abschätzen, erkennen, daß sich das als Bumerang erweisen könnte, und sich dann etwas anderes überlegen, um das, was sie will, zu bekommen.«

»Vielleicht ist sie in ihre eigene Grube gefallen. Traust du ihr?«

»Ich weiß nicht. Ich glaube, man könnte ihr trauen, wenn . . .«

»Wenn?«

»Wenn sie will, daß man ihr traut.«

»Hat sie dir erzählt, inwiefern sie mit Naderi zu tun hatte?«

»Nein. Sie sagte nur, daß jemand ihn getötet hat.«

Nick kicherte. »O ja, das hat jemand getan, genau das.«

»Das klingt, als hätte ich Glück gehabt und den richtigen Polizisten erwischt.«

»Hoffen wir es.« Er lächelte wieder, doch diesmal war das Lächeln echt. »Naderi war mein Fall. *Ist* mein Fall.«

»Und?«

»Und du suchst dir wohl immer die Leckerbissen heraus, nicht wahr, Cowboy?«

»Hast du schon mal was von ihr gehört? Könnte sie etwas mit diesem Naderi zu tun gehabt haben?«

»Eine ganze Menge Frauen hatte mit ihm zu tun. So aus dem Stegreif kann ich mich nicht an die erinnern.«

Wir wußten beide, daß er niemals etwas vergaß.

»Was ist?« fragte ich. »Kannst du mir helfen? Wirst du mir helfen?«

»Nun, das müßte ich mir überlegen.« Sein Blick schweifte ab. Die magere Kellnerin fing ihn auf; ihr Lächeln fragte, ob er noch einen Drink wolle. Nick schüttelte den Kopf.

»O ja, das müßte ich mir überlegen. Ins Büro zurückgehen und meine Erinnerung mit Hilfe meiner Notizen und der Akten wieder auffrischen.«

»Nick, wenn du dadurch in Schwierigkeiten gerätst . . .«

»Ich stecke immer bis zum Hals in Schwierigkeiten, Cowboy. Das ist mein Job.«

»Du weißt, was ich meine. Wer war dieser Naderi überhaupt?«

Er lachte. »Das ist eine gute Frage. O ja, das ist wirklich eine gute Frage. Zerbrechen wir uns ein andermal darüber den Kopf. Wann meldet sich diese Cora McGregor wieder bei dir?«

»Vielleicht heute, wahrscheinlich spätestens morgen.«

»Ich rufe dich heute nachmittag an.«

3

Nachdem ich von Nick weggegangen war, fuhr ich zu einem Herrenausstatter im oberen Teil von Georgetown, um mir vom Besitzer einen Scheck abzuholen. Der Mann war so klug gewesen, einem alten Freund, mit dem er ein neues Geschäft aufgezogen hatte, zu mißtrauen. Der Partner meines Klienten hatte aus einer kleinen Bar, die sie zusammen gekauft hatten, Geld herausgequetscht, indem er die Bücher mit fingierten Auslagen und erfundenen Leihkräften frisierte. Ich wußte nicht, was er mit dem Geld getan hatte, obwohl ich so meine Vermutungen hatte. Ich war dreimal in der Bar gewesen und hatte mich als ganz gewöhnlicher Gast ausgegeben: Jedesmal, wenn ich ihn sah, hatte er einen schrecklichen Schnupfen.

Immer wenn er in sein Privatbüro oder auf die Toilette ging, schien er schlimmer zu werden. Das ging mich aber nichts an. Ich brachte meinem Klienten alles, was er benötigte, um sich einen Anwalt zu nehmen, der ihn aus dieser Klemme herausholen sollte. Mein Klient überreichte mir den Scheck mit gemischten Gefühlen: Jetzt wußte er, daß er wirklich Ärger hatte.

Zurück fuhr ich die malerische Route über die Pennsylvania Avenue bis zur Constitution Avenue. Es gibt schnellere Wege zu meinem Wohnbüro am Capitol Hill, aber wenige, die so eindrucksvoll sind – und in jenem Jahr keinen, der so vielsagend war.

Washington ist einmal eine offene Stadt gewesen: 1984 hat sich das geändert.

Als ich am Weißen Haus vorbeifuhr, brachten Gabelstapler gerade die letzten hüfthohen Betonbarrikaden in Stellung. Sie umschlossen das Areal des Regierungsgebäudes, das bereits von einem 1,80 Meter hohen schwarzen Pfahlzaun aus Stahl umgeben war. Die neue graue Mauer verlief entlang dem Mittelstreifen der Straße und sollte verhindern, daß ein Auto mit einer Bombe direkt auf das Weiße Haus zufahren konnte. Im Winter zuvor hatten mit Sand beladene Müllaster auf den Auffahrten als Straßenblockade gedient. Später in jenem Jahr würde man die Betonmauer vom Mittelstreifen der Straße entfernen und – weniger auffällig, aber ebenso wirkungsvoll – an den Gehsteigrand versetzen. Auf dem Capitol Hill, wo früher einmal jedermann durch die Amtsgebäude und das Capitol selbst hatte spazieren können, mußten jetzt Personal, Lobbyisten und Reporter Lichtbildausweise an ihrer Kleidung oder um den Hals tragen wie die Soldaten ihre Hundemarke. Wir anderen spekulierten darauf, daß unsere Identität als *Staatsbürger* ausreichen möge, damit wir hingehen konnten, wohin wir wollten. Alle Eingänge waren mit Metallspürgeräten versehen, und die Sicherheitsmannschaft des Capitols, die früher einmal eher Dekorationszwecken gedient hatte, nahm es jetzt mit der Durchsetzung der neuen Vorschriften sehr ernst. Die Stuhllehnen im Sitzungssaal des Repräsentantenhauses waren mit kugelsicheren Stahlplatten ausgestattet worden.

In jenem Jahr trug in Washington die Angst den Sieg davon. Die Paranoia wurde institutionalisiert, unser Schicksal von allen einflußreichen Kräften dieser Stadt müde und resigniert akzeptiert. *Die anderen* waren in jenem Jahr Terroristen: nicht näher definiert, anonym, die Verkörperung des Bösen und aller Probleme auf der Welt, geisterhafte Wesen, die als die zweitgefährlichsten Feinde unserer fragilen Demokratie dargestellt wurden. Die Kommunisten (ein philosophischer Mob, angeführt von der sowjetischen Nation) waren auf dieser Liste noch immer Spitzenreiter.

Daß es da draußen irgendwelche »anderen« gab, war unbestreitbar: Irgend jemand hatte im November 1983 einen Bombenanschlag auf das Capitol verübt, zum zweiten Mal seit 1971. 1971 waren »die anderen« Revolutionäre gewesen. Die Namen hatten sich geändert, nicht aber die Bomben. Auch 1971 hatte Angst geherrscht, und auch ausgeprägte Paranoia, vor allem aber war die Stadt schockiert gewesen, wie nach jedem politischen Anschlag – angefangen 1954, als puertoricanische Separatisten das Feuer auf Kongreßabgeordnete eröffneten, die sich im Sitzungssaal stritten, über Dallas im Jahr 1963, bis zu jenem regnerischen Nachmittag im Jahr 1981, als ein arroganter Widerling den gegenwärtigen Präsidenten und drei weitere Staatsbeamte niederschoß.

Doch 1984 war die Stadt eher betäubt als schockiert von politischer Gewalt. Es war nicht mehr so wichtig, wer die Feinde waren. Sie waren da, das reichte. In erster Linie ging es jetzt um Sicherheit, danach erst um Begreifen. Vielleicht gab es gar keine Lösung. *Die anderen* hatte es immer gegeben und würde es immer geben. In jenem Jahr nannten wir sie Terroristen, und sie schienen überall dort zu sein, wo jemand uns nicht leiden konnte: im Libanon, in Lateinamerika. In den Straßen von Washington. Wir ließen die Angst an uns heran und verschlossen uns vor der Hoffnung, errichteten Barrikaden gegen den Zorn und stellten doppelte Wachen gegen unsere Träume auf.

Ich hatte Glück und fand für den Porsche einen Parkplatz in der Seventh Street direkt bei der Pennsylvania Avenue, gleich um die Ecke vom Eclectic. Bevor ich in mein Wohnbüro im dritten Stock hinaufging, machte ich einen Sprung in Richs Laden, um nachzusehen, ob er meine Post übernommen hatte.

»Sieh einer an«, rief er mir zu, als die Tür hinter mir ins Schloß fiel und das Echo der Türglocke verhallte, »der Jäger kehrt heim. Wie geht's, altes Schlitzohr?«

»Nicht schlecht. Was macht das Geschäft?«

Ein Mann und eine Frau, die wie Kongreßangestellte gekleidet waren und offensichtlich ihre erste große Liebe noch nicht hinter sich hatten, kicherten im hinteren Teil des Geschäfts über Grußkarten. Ein hagerer, weißhaariger Mann in einem abgetragenen blauen Anzug mit Schuppen auf den Schultern und einer ausgebeulten, schäbigen Aktentasche stand vorgebeugt auf seinen Regenschirm wie auf einen Gehstock gestützt und betrachtete stirnrunzelnd einen der alten Landschaftsdrucke im Format 20 x 28 cm in einer Schachtel auf dem Glasregal.

»Könnte besser sein«, sagte Rich achselzuckend. Er stützte sich mit einer Hand auf die Registrierkasse. »Könnte aber auch wesentlich schlechter sein. Was gäbe ich nicht für einen hirnverbrannten Einfall wie die Schmusesteine! Erinnerst du dich? An einem einzigen Nachmittag habe ich 43 von diesen Dingern verkauft. 3,50 Dollar das Stück, plus Steuer. Damit habe ich meine Stromrechnung bezahlt. Das waren noch Zeiten.«

»Ein wahres Wort«, sagte ich. »Irgendwas für mich gekommen?«

Er schüttelte den Kopf. »Nicht mal eine Postwurfsendung.«

»Wenigstens auch keine Rechnungen.«

»Manchmal meint es das Leben schon gut mit einem«, sagte mein Vermieter. Er lächelte. »Ich schicke dir eine Postkarte, damit du dich nicht vernachlässigt fühlst. Ich habe ein paar, die zurückgegeben wurden.«

Er beugte sich über den Tresen und flüsterte durch seinen Bart: »Ich habe wieder ein halbes Pfund abgenommen!«

»Phantastisch! Wie viele sollen noch verschwinden?«

Rich seufzte und schüttelte den Kopf. »Zu viele. Zu viele.«

Die Digitalanzeige auf meinem Anrufbeantworter stand auf Null; niemand hatte angerufen, nicht mal jemand, der sich verwählt hatte. Ich schaltete das Gerät aus und ging nach hinten in die Wohnung, um Wasser für eine Tasse Kaffee aufzusetzen, auf die ich keine besondere Lust hatte. Dann kehrte ich wieder ins Büro zurück, setzte mich an den Schreibtisch und trug die richtigen Zahlen in die richtigen Spalten ein, um mein letztes Honorar in meinen Computer einzuspeichern.

In einer Ecke türmten sich die Exemplare der *Washington Post* und der *New York Times* der letzten Tage ganz schön hoch. Ja, ich las jeden Tag die Zeitung. Die Luftverschmutzung verursachte ein Waldsterben an der Wolga, und in Kalifornien brachte sich ein halbwüchsiger Fernsehsüchtiger lieber um, als den Entzug auf sich zu nehmen. In seinem Abschiedsbrief stand: »Im Herzen nehme ich meinen Fernsehapparat mit.« Die drittgrößte Erdölgesellschaft der Welt wollte die Ölfirma auf Platz 14 schlucken. Ein Kongreßabgeordneter und ein Staatssekretär waren – unabhängig voneinander – wegen Korruption zu Gefängnisstrafen verurteilt worden. Die USA stellten -zig Milliarden Dollar für ein Forschungsprogramm bereit, damit Onkel Sam auch im All Krieg führen konnte. Man schätzte, daß in Amerika eine halbe Million Arme an Unterernährung litten. Kluge Journalisten und Politiker versuchten, Interesse für den derzeitigen Stand des Präsidentschaftswahlkampfes zu erwekken, in dem acht Demokraten aufeinander losgingen, während der republikanische Amtsinhaber sicher und bequem auf seinem Stuhl im Weißen Haus saß. Die klugen Köpfe der Stadt vertraten die Ansicht, daß der Wahlkampf der Demokraten praktisch gelaufen sei, da die Nominierung eines total in Parteitraditionen verstrickten ehemaligen Vizepräsidenten so gut wie sicher sei, der allen Interessensgruppen, die ihm nützlich schienen, Versprechungen machte. Und die ganz Schlauen meinten, das alles spiele ohnehin keine Rolle, da der gegenwärtige Präsident im November sowieso wiedergewählt würde.

Das war schon so ein Tag. Ich fühlte mich zerrissen, als wäre ich nicht ganz in Ordnung. Ich schob es auf die Langeweile, doch ich wußte, daß mehr als Überdruß und Langeweile dahintersteckten. Ich hatte das merkwürdige Gefühl, daß jemand Fäden an meinem Rücken befestigt hatte, doch ich wußte nicht, wer die Enden in der Hand hielt. Unter der Oberfläche meines vagen Unbehagens verspürte ich Ärger, Ärger und ein böses Vorgefühl. Und schuld an alledem war Cora McGregor.

Das Telefon läutete.

»John Rankin.«

»Sieht aus, als wäre die Sache sauber«, sagte Nick Sherman.

»Wie das?«

»Ich kann mich nicht erinnern, daß in der Angelegenheit, die wir besprochen haben, jemand namens McGregor oder Cora auftaucht.« Im Hintergrund hörte ich Telefone und die Stimmen der Leute im Morddezernat. »Ich fand nicht einmal jemanden mit diesen Initialen – zumindest niemanden, auf den deine Beschreibung paßt.«

»Heißt das, du kannst mir helfen?«

»Wie?«

»Nick . . .«

Er lachte, wenn auch ziemlich humorlos. »Du kannst deiner Klientin sagen, daß nach menschlichem Ermessen in der Angelegenheit keine plötzlichen Entwicklungen zu erwarten sind, daß es außer dem, was wir bereits haben, nichts Neues gibt.«

Ich nahm an, daß andere Beamte in der Nähe waren und zuhörten. Warum hätte er sich sonst so umständlich ausgedrückt?

»Mit anderen Worten, der Fall ist gestorben.«

»Naderi ist es, der gestorben ist.«

»Okay, die Ermittlungen über den Fall laufen weiter. Aber nicht gerade mit überschäumender Aktivität.«

»So könnte man es ausdrücken.«

»Danke, Nick.«

»Und jetzt hätte ich eine Bitte. Hast du schon von deiner Klientin gehört?«

»Kein Wort.«

»Wenn sie sich meldet, wenn du ihr gesagt hast, daß nichts

geschehen wird, worüber sie sich Sorgen zu machen braucht, könntest du ihr nicht sagen, daß der Polizist, der den Fall bearbeitet, bereit ist, sie zu treffen und ihr das persönlich zu bestätigen? Inoffiziell, aus reiner Freundlichkeit und Hilfsbereitschaft.«

»Das kann ich dir nur schwer abkaufen, Nick. Und ich glaube auch nicht, daß sie es mir abnehmen wird.«

»Es ist eine verdammt gute Idee, Kumpel.«

»Ich versuche es, aber ich bin sicher, sie schluckt es nicht. Ich weiß nicht einmal, ob ich ihr erzähle, daß ich dir ihren Namen genannt habe.«

»Warum nicht? Das hat nicht die geringste Rolle gespielt. Wenn sie mich nicht treffen will, tu mir einen anderen Gefallen.«

»Und er wäre?«

»Sag mir, wann und wo du sie treffen wirst.«

»Nick, du verlangst von mir, daß ich vertrauliche Mitteilungen weitergebe.«

»Das scheint unter Freunden so üblich zu sein, nicht wahr?«

Beide schwiegen wir eine Zeitlang.

»Ich muß mir das überlegen, Nick«, sagte ich schließlich. »Ich nehme an, du willst wissen, wer sie ist, was sie will, und warum sie sich für diesen Fall interessiert. Ich kann dir nichts Konkretes versprechen, aber . . . ich verspreche dir, daß ich versuchen werde, etwas zu arrangieren.«

Doch ich brauchte mir gar keine Sorgen zu machen, wie ich mein Versprechen an Nick einhalten sollte. Das Telefon in meinem Büro läutete um 8.30 Uhr am nächsten Morgen. Ich hatte erst eine halbe Tasse Kaffee getrunken und las gerade einen Artikel der *Post* über die letzten Morde an amerikanischen Marinesoldaten im Libanon zu Ende.

»Mr. Rankin?« Am Telefon klang ihre Stimme rauher, tiefer. »Hier ist Cora McGregor. Tut mir leid, daß ich so früh anrufe.«

»Keine Ursache.«

»Konnten Sie mir bei meinem Problem helfen?«

»Ja, und es war gar nicht so schwierig. Ich . . .«

Sie unterbrach mich. »Was haben Sie herausgefunden?«

»Es wäre besser, wenn wir uns persönlich darüber unterhalten könnten. Außerdem muß ich Ihnen noch den Rest Ihres Vorschusses zurückzahlen.«

»Ach ja, das Geld. Bitte, John, mit diesen Einzelheiten können wir uns befassen, wenn wir uns treffen. Ich habe wegen des Telefons keine Bedenken, und ich muß es wissen: Wird irgend etwas geschehen? Ist die Polizei . . .«

»Offiziell sind die Ermittlungen noch nicht abgeschlossen. Das ist bei allen ungelösten Mordfällen so. Aber kein Mensch unternimmt irgend etwas, um den Fall zu lösen, niemand erwartet, daß irgend etwas geschieht.«

»Gott sei Dank! Und ich danke Ihnen, John.«

»Hören Sie, ich habe nur den Vorschuß von 100 Dollar gebraucht. Ich hatte keine hohen Spesen, nur ein Mittagessen mit einem Beamten des Morddezernats. Ich schätze, ich schulde Ihnen 120 Dollar. Ich kann Ihnen einen Scheck geben, eine Kostenaufstellung und einen schriftlichen Bericht, wir können uns jederzeit treffen, heute oder . . .«

»Das wird nicht nötig sein. Vielen Dank für Ihre Zeit und Ihre Mühe.«

»Einen Augenblick! Was ist mit dem Geld, das ich Ihnen schulde? Außerdem kann ich Ihnen noch mehr erzählen. Ihnen vielleicht noch mehr . . .«

»Sie haben mir schon alles gesagt, was ich brauche, John. Und was das Geld anlangt . . . betrachten Sie es als Trinkgeld.«

»Das ist ein verdammt großes Trinkgeld.«

»Ich habe Ihnen schon gesagt: Ich zahle einem Mann, was er wert ist.«

Und dann legte sie auf, machte kurzerhand Schluß, und ich saß da mit meinen Plänen und Fragen und dem toten, summenden Telefonhörer in der Hand.

4

Zwei Monate vergingen, bevor ich sie wiedersah.

Der Winter war wieder in Washington eingezogen und brachte Wochen mit bitterkaltem Wind und nassem Schnee, bevor sich der Frühling ernsthaft durchsetzen konnte. An jenem Aprilnachmittag blühten schon die Kirschbäume. Diese schlanken Bäume mit ihren zartrosa Blütenblättern verliehen der Stadt Farbe. Sie standen rund um das Tidal Basin und das Jefferson Memorial und säumten den Grasstreifen in der Mitte der Pennsylvania Avenue am Capitol Hill. Der Stanton Park, zwei Häuserblocks östlich von den Senatsgebäuden, lag unter einer lebendigen rosa Wolke. Oft entdeckte man einen einzelnen zierlichen Kirschbaum mitten unter Ulmen und Eichen, die kaum noch Knospen trugen, im Hof eines Privathauses oder auf einem öffentlichen Platz inmitten der Ziegel-, Glas- und Stahlschluchten der Innenstadt. Wir hier in Washington stellen uns jedes Jahr wieder die Frage – und schließen Wetten darüber ab –, wie lange die Frühlingspracht den Elementen und der Zeit standhalten wird. Nicht einmal die verhärteten Augen einer ausgebrannten Type in einem teuren Anzug oder eines Junkies in Fetzen von der Heilsarmee können den April in dieser Stadt ignorieren. Doch die Kirschblüten verwelken schnell, und an ihre Stelle treten die reifen grünen Blätter des Sommers. Die Blütenpracht wird zur Erinnerung, kaum daß sie sich entfaltet hat. Ihr Duft ist zart und sanft, man muß ihn bewußt in der Luft erspüren.

Seit ich Cora McGregor getroffen hatte, war das Jahr gut gelaufen. Drei weitere Rechtsanwaltskanzleien begannen mich regelmäßig zu beschäftigen. Auch ein paar andere Klienten mit interessanten und lukrativen Aufträgen fanden den Weg in mein Büro. Die Sache mit einem Liebespaar war nicht so ausgegangen, wie ich gehofft hatte, doch die Konfrontationen waren ohne großes Blutvergießen verlaufen.

Jenen Morgen hatte ich in einer Rechtsanwaltskanzlei in der Nähe des Weißen Hauses verbracht, wo ich Unterlagen für einen Fall von Diskriminierung durchsah, den ich bearbeitet hatte. Einer der Rechtsanwälte wollte mich zum Essen einladen, und ich willigte ein. Er sagte, diese Anlässe seien die einzige Möglichkeit für ihn, sein Büro zu verlassen und mit der Welt in Berührung zu kommen, die jenseits seiner prestigeträchtigen, aber hermetisch verschlossenen Fensterfront lag. Wir gingen chinesisch essen und verabschiedeten uns dann auf der Straße. Er kehrte zurück in seinen klimatisierten Bau mit den klingelnden Telefonen, Bergen von Papier und den komplizierten Taktiken zur Erringung von Augenblickserfolgen. Ich sah zu, wie er in der Menge verschwand.

Die Sonne schien mir warm auf Rücken und Stirn. Die Luft war rein und frisch trotz des Verkehrs im Stadtzentrum. Der Himmel war wolkenlos und von einem kräftigen, tiefen Blau. Aus irgendeinem Radio drangen die unwiderstehlichen Rhythmen von zündender Ghettomusik. Die Leute auf der Straße bewegten sich im Rhythmus dieser Musik. Energie durchflutete diesen Menschenstrom, in dem ich mich befand. Ich ließ mich die I Street entlang zu einem kleinen, dreieckigen Park treiben, der auf die Pennsylvania Avenue blickt, suchte mir eine freie Bank und setzte mich. Auf der Bank zu meiner Linken beschnupperte sich ein Pärchen. Ihre Hand lag auf seinem Oberschenkel. Auf der Bank ihnen gegenüber saß eine zerbrechliche alte Dame in einem fest zugeknöpften braunen Regenmantel und verfütterte Popcorn aus einer kleinen braunen Papiertüte an ein halbes Dutzend Tauben, die sich um ihre Füße scharten und es vom Beton aufpickten. Den Vorsitz führte ein ungepflegter, dicker Mann mit blondem Bart, dreckigem T-Shirt und noch dreckigeren Blue jeans: Er saß auf einer Bank rechts von mir und wachte mit einer Aura verrückter, doch harmloser Allwissenheit akribisch über allem. Der Magnolienbaum hinter ihm begann gerade zu blühen und erfüllte mit seinem betäubenden Duft diesen kleinen Winkel der Stadt.

Etwas in mir verlangte sehnsüchtig danach, sich in die Lüfte zu erheben. Ich fühlte mich wunderbar kraftvoll, lebendig und frei. Ich streckte meine Arme auf der Lehne der Bank weit aus, packte die rauhen, verwitterten Holzlatten und zog fest daran. Meine Brust drohte zu bersten. Ich schloß die Augen und hob das Gesicht zum Himmel. Fünf, zehn Minuten später ließ ich den Kopf sinken. Als die Lichtflecken von der Sonne verschwunden waren, blickte ich zur Straßenecke und sah sie. Sie stand da und wartete, daß die Ampel auf Grün schaltete.

Sie war nicht dieselbe, und doch war sie es.

Verschwunden war ihre extrem dramatische Ausstrahlung, wenngleich sie noch immer schön war und die Männer sich noch immer nach ihr umdrehten, wenn sie an ihr vorbeigingen. Sie ignorierte sie. Ihre Körperhaltung drückte Anmut aus, Kraft und Entschlossenheit; doch fehlte heute die Herausforderung, mit der sie der Welt begegnet war, als wir uns getroffen hatten. Sie trug ein einfaches blaues Hemd, dessen maskuliner Schnitt ihre Sinnlichkeit betonte, und eine khakibraune Hose. Ihre Schuhe konnte ich nicht sehen. Das kastanienbraune Haar fiel ihr offen auf die Schultern und kringelte sich an den Spitzen; es wehte in der leichten Brise. Trotz der Entfernung konnte ich erkennen, daß sie viel weniger Make-up aufgetragen hatte und dieselbe Brille trug.

Für das, was dann geschah, gibt es keine vernünftige Erklärung. Als die Ampel an der Ecke grün wurde, war ich bereits auf den Beinen und überquerte in der Menschenmenge hinter ihr die Straße, bevor sie wieder auf Rot schaltete. Ich nahm meine dunkle Sonnenbrille aus der Jacke und verbarg meine Augen dahinter. Wenn ich vorher Zweifel gehegt hätte, so verschwanden sie gänzlich, als ich ihren Gang beobachtete: Dieser feste Schritt, der Schwung ihrer schmalen, strammen Hüften war unverkennbar. Ich hätte sie in einer Sekunde einholen können, doch ich blieb hinter ihr, bereit, hinter einem anderen Passanten in Deckung zu gehen, falls sie sich umdrehen sollte. Sie blickte nicht zurück.

So gingen wir vier Häuserblocks weiter, wie in einer Parade, die sie, ohne es zu wissen, anführte. Sie bog in eine Seitenstraße hinter der George-Washington-Universität und ging zu einem kleinen Parkplatz an einer Ecke. Ich blieb auf der anderen Straßenseite stehen, während sie den Parkwächter bezahlte, und wartete, als er zwischen den Reihen von geparkten Autos davoneilte. Sie war gelassen und ruhig, ohne Eile und ohne Angst an diesem schönen Nachmittag. Ich war bereit, mich jederzeit hinter einem geparkten Lieferwagen zu verstecken, doch sie sah gar nicht in meine Richtung.

Drei Minuten später hielt der Parkwächter in einem schnittigen schwarzen BMW neben ihr an, ließ den Motor laufen und stieg aus. Sie schlüpfte hinter das Lenkrad und kurbelte das Fenster herunter, kümmerte sich jedoch nicht um den Sicherheitsgurt, sondern blickte nach links und rechts auf den Verkehr – ohne mich zu sehen. Sie bog nach links aus dem Parkplatz und fuhr auf meiner Straßenseite Richtung Westen. Ich spähte hinter dem Heck des Lieferwagens hervor und prägte mir das Kennzeichen des BMW ein – er war aus Maryland –, während das schwarze Auto in den Verkehr eintauchte.

Jetzt habe ich dich, Cora McGregor, sagte ich zu mir selbst, *jetzt habe ich dich.*

5

Sie saß auf einem Apfelschimmel und ritt aus dem weißgetünchten Stall.

Ich stand an den weißen Lattenzaun an der Straße gelehnt, eine halbe Meile von einem verschachtelten, elfenbeinfarbenen Herrenhaus entfernt, und hatte mit dem Feldstecher die mit Vorhängen versehenen Fenster abgesucht, als plötzlich ihre Gestalt auf jenem Pferd im Fernglas auftauchte. Ihr kastanienbraunes Haar war aus dem Gesicht gekämmt. Sie trug eine einfache braune Windjacke über einer weißen Bluse, eine khakifarbene Reithose und glatte braune, kniehohe Reitstiefel. Einen Augenblick lang dachte ich daran, wieder in den silbernen Porsche zu steigen, den Motor anzuwerfen und mich von dem Grasstreifen zwischen dem Zaun und der schwarzen Ausfallstraße, über die ich hierhergekommen war, davonzumachen. Einfach wegzufahren. Bislang hatte mich niemand gesehen, bislang hatte sich nichts geändert, seit ich sie gestern in der Innenstadt gesehen hatte.

Ich blieb stehen und sah zu.

Wenige Dinge sind schöner anzusehen als eine Frau, die an einem kühlen Frühlingsmorgen reitet. Ich senkte mein Fernglas, um den Anblick nicht zu verzerren. Die Zeit schien stillzustehen. Das Licht des frühen Morgens war klar und sauber wie frisch abgefülltes Wasser. Nebelfetzen hingen wie Wattebäusche in den in Knospen stehenden Bäumen, die rund um die Wiese gruppiert waren, und breiteten sich den Zaun entlang aus. Tautropfen glitzerten im Gras, dessen prickelnder, feucht-grüner Duft sich mit dem der feuchten, saftigen Erde unter meinen Füßen mischte. Die lange Holzlatte unter meinen Armen fühlte sich glatt und fest an. Die Luft war absolut ruhig und still, als wäre alles Leben verstummt. Die Vögel hatten aufgehört zu singen, kein Auto brauste vorbei. Die Hufe des Pferdes bewegten sich völlig lautlos über die Wiese. Es war wie ein Film ohne Ton, wie ein Traum.

Zuerst trotteten Pferd und Reiterin nur so dahin; sie versuchte, das widerstrebende Tier mit gutem Zureden und Drängen dazu zu bringen, aufzuwachen. Sie ritten einmal in diese, einmal in jene Richtung und hinterließen eine enge, serpentinenartige Spur, die sich in immer weiter werdenden Schleifen von den Gebäuden entfernte. Und dann wurde die anfänglich für Pferd und Reiterin anstrengende Bewegung auf magische Weise zu einer Verherrlichung von mühelosem Takt und Rhythmus. Sie hob und senkte sich im Sattel, hob und senkte sich, war eins mit ihrem Pferd. Sie verschmolzen, makellos wie Bruchstücke einer Erinnerung, die sich perfekt zusammenfügen; in langen Schritten setzten sie über den Rasen, zuerst nach links, dann nach rechts. Anmutig und sicher kamen sie im Zickzack über den langen Streifen Wiese, der sich bis zum Zaun erstreckte, einzig und allein auf das Reiten bedacht.

Sie hatten etwa die halbe Distanz zwischen den Gebäuden und dem Zaun zurückgelegt, als ich merkte, daß sie meine Gestalt entdeckte. Reiterin und Pferd strafften sich und setzten vorsichtig zur nächsten Schleife an. Bei der Kehrtwendung lenkte sie plötzlich das graue Pferd in meine Richtung, ließ es zuerst im Trab und dann im Schritt laufen und kam geradewegs auf den Zaun und auf den Mann zu, den sie bald als mich identifizieren würde.

Sie hatte mir erzählt, sie hieße Cora McGregor. Laut Zulassung von Maryland gehörte der Wagen, den sie fuhr, einem gewissen J. Emmett Sloan, wohnhaft in 12933 Persimmon Tree Lane, Potomac, Maryland – einer Vorstadtgegend mit kurvenreichen Alleen zwischen Landsitzen, die etwa 20 Meilen vom Capitol entfernt waren. Eine Pferdegegend. Eine Geldgegend. Ich zählte sechs Mercedes-Limousinen, zwei Jaguare, ein paar BMW, einen Porsche, der neuer und bei weitem sauberer war als meiner. Dazu kamen etwa ein Dutzend weniger exquisiter Autos, die vermutlich den Dienstmädchen gehörten. Sie alle standen auf dem Parkplatz vor dem »Safeway« in dem kleinen, geschmackvoll gestalteten Einkaufszentrum des Ortes, an dem ich vorbeikam, als ich hier herausfuhr, um mir J. Emmett Sloans Wohnsitz anzusehen.

Sie ritt heran und zog die Zügel an, bis das Pferd stillstand. Der Kopf des Tieres war kaum mehr als einen Meter von mir und dem Zaun entfernt.

»Sieh einer an«, sagte sie mit hartem Lächeln und in noch härterem Ton. Sie trug keine Brille. Ihre Augen waren groß, zwei wohlplazierte blaue Saphire. »John Rankin, na, so etwas.«

»Ich war zufällig in der Gegend.«

»Und Sie haben ganz zufällig Ihren Feldstecher mitgenommen.«

Die Stute wieherte, trottete drei Schritte näher und stieß mit ihrer Stirn meinen Arm auf dem Zaun an. Ein feuchter, schwerer Geruch ging von ihr aus. Ihre Wimpern und die Haare an den Nüstern waren steif und weiß; ihre braunen Augen wirkten traurig. Sie wieherte nochmals. Schaum von ihren Lippen traf mich an der Wange. Ich streichelte den harten Knochen zwischen den Augen.

»Nettes Tier«, sagte ich.

»Wir nennen das ein Pferd.« Die Frau beugte sich vor und tätschelte den Hals des Pferdes. »O Molly, du lernst es wohl nie, wie? Sie ist eine Araberstute. Tiere dieser Rasse sind manchmal eher wie Hunde als wie Pferde. So freundlich. Sie würde meilenweit laufen, um gestreichelt zu werden, nicht wahr, Molly? Araberpferde mögen die Menschen, obwohl sie so klug sind. Sie haben uns zu sehr im Blut, als daß sie uns ignorieren könnten. Eine Legende besagt, daß die Scheichs in der Wüste mit ihrem Pferd im Zelt geschlafen und ihre Frauen draußen gelassen hätten.«

»Ist vermutlich sicherer.«

»Für alle, bis auf das Pferd.«

Molly warf ihren Kopf in die Höhe, versteifte sich, ihre Ohren schnellten hoch. Ein Rasseln kam tief aus ihrer Brust. Sie machte ein paar steife, tänzelnde Schritte, krümmte sich zu einem Knäuel zusammen. Ihr Blick wurde wild.

»Ruhig, Molly, ruhig!« Die Frau straffte die Zügel und klopfte dem Pferd auf den Hals, um das Tier zu beruhigen. »Schon gut, Mädchen, schon gut. Nicht jetzt. Sei nicht nervös, nicht jetzt. Ich bin ja da. Ist schon gut.«

»Ich wollte sie nicht erschrecken«, sagte ich.

»Das haben Sie nicht getan.«

Molly beruhigte sich und senkte den Kopf, um am Gras zu meinen Füßen zu knabbern.

»Sehr nett von Mr. Sloan, Sie hier reiten zu lassen.«

»Ja, nicht wahr.«

»Ist er ein Freund von Ihnen?« fragte ich.

»Ich kenne ihn schon lange.«

»Wirklich?«

»Wirklich.«

»Begann Ihre . . . *Freundschaft* mit Mr. Sloan vor oder nach Ihrer Zeit mit Naderi?«

»Irgendwann, nehme ich an, werden Sie mir wohl sagen, warum Sie hier sind, nicht wahr, Mr. Rankin?«

»Ich habe nach Ihnen gesucht«, sagte ich. Es war die reine Wahrheit.

»Sie sind ein Glückspilz«, sagte sie. »Sie haben es geschafft, und dabei ist es noch nicht einmal Mittag.«

»Mir hat es nicht gefallen, wie Sie unsere Geschäftsbeziehungen beendet haben«, sagte ich. »Wenn ich es mir so überlege, weiß ich nicht mal, ob mir unsere Geschäftsbeziehung selbst gefallen hat.«

»Es geht nicht darum, daß uns die Dinge im Leben gefallen, Mr. Rankin, wir brauchen nur unseren Part zu spielen. Sie sind für den Ihren reich entschädigt worden. Sie haben keinen Grund zur Klage.«

Molly wieherte, hob den Kopf und blickte zum Haus zurück.

»So sehen Sie das also?« fragte ich. Molly wandte sich wieder dem Gras zu.

»Ja«, antwortete die Frau. »Und so ist es auch.«

Wieder hob Molly ihren Kopf, sah zurück zu den Gebäuden. Dieses Mal blickten die Reiterin und ich ebenfalls zurück.

Ein schnittiger schwarzer Wagen schnurrte über die private Zufahrtsstraße, die die öffentliche Straße mit den Gebäuden des Anwesens verband, auf uns zu. Die harten blauen Augen der Frau blickten in meine. Sie starrte mich zehn, fünfzehn Sekunden an, während das Auto näher kam.

»Hören Sie mir zu!« sagte sie mit hastigen, drängenden Worten. »Vertrauen Sie mir, tun Sie, was ich sage!«

»Warum . . .«

»Passen Sie nur auf! Sie haben nichts zu verlieren. Betrachten Sie es als Teil unserer Abmachung. Ich habe Wort gehalten und Sie bezahlt; Sie haben keine Ruhe gegeben. Jetzt können Sie es in Ordnung bringen, ohne dabei etwas zu verlieren.«

Das Auto verlangsamte das Tempo, als es zur Kreuzung mit der öffentlichen Straße kam. Es war ein geschlossenes schwarzes Mercedes-Kabriolett. Am Steuer saß ein Mann. Die Frau auf dem Pferd wartete meine Antwort nicht ab.

»Sie sind ein Freund einer Freundin von mir«, zischte sie mir zu. »Sie heißt Tresa, Tresa Hastings. Sie ist jetzt in Europa, in Paris. Auf Urlaub. Irgend jemand dachte, ich sei in einen Verkehrsunfall verwickelt – nein, jemand dachte, ich sei Zeugin eines Verkehrsunfalls gewesen, den Sie bearbeiten, für den Prozeß, was weiß ich, das ist Ihre Sache. Wir beide sind uns schon einmal begegnet – mit Tesa. Sie wollten mich nicht anrufen, wollten verhindern, daß ich mit Rechtsanwälten zu tun habe, und deshalb kamen Sie her, um mich zu fragen, ob ich etwas gesehen habe. Ich habe nichts gesehen und kann Ihnen nicht helfen, und damit ist die Sache beendet.«

Sie war völlig außer Atem, als der Mercedes auf das Gras neben mein Auto fuhr und stehenblieb. Der Fahrer sprang aus dem Wagen und gesellte sich zu uns.

Er war groß, schlank und unheimlich elegant in seinem grauen Sommeranzug, dem blauen Hemd und der modischen, gestreiften Krawatte. Er bewegte sich wie ein erst jüngst in den Ruhestand getretener Tänzer. Sein Haar war schwarz und fast militärisch kurz geschnitten. Er trug es glatt zurückgekämmmt, ohne den Versuch zu machen, die beginnenden Geheimratsekken über den Schläfen zu verbergen. Er hatte ein gutaussehendes sonnengebräuntes Gesicht mit ausgeprägten Backenknochen und glatter Haut. Die Augen waren groß, grau und smart. Die Nase war ein ganz klein wenig gekrümmt, was ihm ein nicht unangenehmes habichtartiges Aussehen verlieh. Er hatte schmale Lippen, doch einen breiten Mund. Beim Lächeln zeigte er ebenmäßige, perfekte, weiße Zähne.

»Na so was, verzeihen Sie mir bitte!« rief er mit einem entschuldigenden Grinsen, als er zu mir herschlenderte. »Ich dachte, Sie seien Doc Wyatt – er hat den gleichen Wagen wie Sie. Kennen Sie ihn?«

»Nein«, gestand ich.

»Verdammt guter Tierarzt«, vertraute er mir an. Er streckte die Hand aus. »Emmett Sloan.«

Sein Griff war fest, zuversichtlich und trocken. Er war stärker, als er aussah, machte jedoch nicht den Versuch, es zu beweisen.

»John Rankin«, sagte ich.

Er strahlte mich an und wandte sich dann der Frau auf dem Pferd zu.

»Guten Morgen, Liebling«, rief er. »Tut mir leid, daß ich dich beim Frühstück verpaßt habe. Als ich aufwachte, warst du bereits unterwegs.«

»Hallo, Emmett«, sagte sie.

»Ach ja.« Er lächelte zuerst sie, dann mich, dann wieder sie an und schenkte dann sein strahlendes Lächeln der Welt im allgemeinen. »Ist das nicht einfach ein phantastischer Morgen?«

»Ja«, sagte ich.

»John ist ein Freund von mir«, sagte die Frau.

»Gott sei Dank!« sagte Emmett zu uns. »Dann brauche ich ihn wohl nicht von unserem Grund und Boden zu verjagen, nein?«

Er und ich kicherten.

»John ist Privatdetektiv«, sagte sie mit einem ganz, ganz leisen Lächeln.

»Nein, wirklich!« antwortete Emmett und wandte sich mit einem absolut faszinierten Gesichtsausdruck mir zu.

»Wirklich«, sagte ich.

»Man könnte sagen, er tut mir einen Gefallen«, sagte die Frau. Und dann erzählte sie ihm die Lüge, die sie vor ein paar Augenblicken ausgeheckt hatte.

»Ich muß schon sagen«, sagte er zu mir, als sie mit ihrer Geschichte zu Ende gekommen war, »das ist wirklich anständig von Ihnen. Den ganzen langen Weg hier herauszufahren, um mit Barbara persönlich zu sprechen, ihr den ganzen Kram mit den Rechtsanwälten und den Gerichten zu ersparen. Also glauben Sie, daß sie da gar nicht hineingezogen zu werden braucht?«

»Ich habe den Unfall gar nicht gesehen«, sagte sie. »Ich war nur zufällig in der Nähe. Anscheinend hat sich jemand mein Kennzeichen und meine Beschreibung notiert und dachte, ich könnte einen guten Zeugen abgeben.«

»Das würdest du auch, Liebling. Dir entgeht nie etwas.

Das heißt«, sagte er und wandte sich an mich, »außer, wie es scheint, dieses eine Mal.«

»Vielleicht läßt sie nach«, sagte ich gleichmütig und sah ihn an.

»Aber doch nicht unsere Barbi!«

Er und ich kicherten wieder.

»Ich habe eine großartige Idee!« sagte er. »Sie sind so ein netter Bursche, und ich kenne so wenige von Barbaras Freunden, wir sollten Sie zum Abendessen einladen!«

Auf der anderen Seite des Zauns machte Molly ein paar Schritte.

»Ja«, sagte er. »Das ist eine tolle Idee – nicht wahr, Barbara?«

»Phantastisch«, sagte sie.

»Gut, daß ich gerade jetzt vorbeigekommen bin und daran gedacht habe!«

»Wirklich«, sagte ich.

»Warten Sie mal . . .« Er runzelte nachdenklich Stirn und Brauen. Ein schwarzer Cadillac flitzte auf der Hauptstraße vorbei. Zarter Fliederduft streifte mich. Molly hob den Kopf und schaute sich um. Emmett kam näher, wie ein Verschwörer, der einen großartigen Plan ausheckte.

»Wir können Sie nicht zusammen mit den Leuten am nächsten Dienstag einladen; die meisten sind Konservative, und Sie wissen, wie paranoid diese Leute sein können. Ohne Vorwarnung einen Privatdetektiv in ihre Mitte zu setzen, hieße, sie mit explosivem Gesprächsstoff versorgen, und das ist beim Abendessen nie angenehm. Donnerstag kommt natürlich nicht in Frage. Wir haben ein volles Haus – eine Gruppe Demokraten ist eingeladen, und die schleppen immer noch irgendeinen Unangekündigten an. Wir tun sowieso schon unser Äußerstes – schließlich ist doch Gründonnerstag, und das ist auch der Grund, daß wir uns für nächstes Wochenende nichts vornehmen können – das gehört sich nicht, wegen Ostern und so.

Jetzt hab' ich's!« sagte er. Dann runzelte er die Stirn und tupfte mich leicht an, als wolle er mich von vornherein um Vergebung bitten. »Das heißt, wenn es keine allzugroße Zumutung für Sie ist. Ich kann gut verstehen, wenn es für Sie schwierig ist. Warum nicht morgen abend? Meine Frau bekommt ein neues Pferd, und aus diesem Anlaß geben wir ein kleines, sehr informelles Abendessen. Wir würden uns freuen, wenn Sie und Ihre Frau kommen könnten. Sind Sie verheiratet?«

»Nein«, antwortete ich.

»Nun«, sagte er mit einem verschlagenen Grinsen, »ich weiß, daß ich mir wegen einer Partnerin für einen Kerl wie Sie keine Sorgen zu machen brauche!«

Ich lächelte höflich.
»Dann also abgemacht«, sagte er. »Sie kommen. Ist das nicht großartig, Liebste?«
»Großartig«, sagte sie vom Pferd herunter.
»Ist das Ihr Auto?« fragte er und deutete auf den Porsche. Er ging langsam zum Mercedes zurück und zwang mich mit seiner Frage, ihm zu folgen.
»Ja«, sagte ich.
»Wunderbares Fahrzeug«, sagte er und ließ seinen Blick über den schmutzverkrusteten silbernen Lack und die Kerben in der vorderen Stoßstange wandern. Dann kniff er die Augen zusammen, und ich wußte, er taxierte die abgenutzten Ledersitze. »Sieht aber aus, als hätte er einen Krieg mitgemacht.«
»Es reicht als fahrbarer Untersatz.«
»Mehr braucht es auch nicht zu sein«, sagte er und schlüpfte hinter das Lenkrad. Er blickte auf meine Nylonwindjacke, den offenen Hemdkragen, die Blue jeans. »Sie würden sich vielleicht mit einer Krawatte wohler fühlen, aber unbedingt notwendig ist es nicht. Einige der Männer, die kommen werden, tragen vielleicht nicht einmal ein Jackett.«
»Ich werde ein Scheinchen spenden, damit sie sich eines kaufen können«, sagte ich.
Er lachte.
»Barbara und der Koch sind sich noch immer nicht über die Zeit einig«, sagte er und stieg ins Auto. »Rufen Sie sie später an. Sie wird Ihnen dann sagen, wann Sie kommen sollen. Aber kommen Sie unbedingt. Bringen Sie eine Freundin mit und feiern Sie mit uns den Abschied von Molly und das Willkommen für das neue Pferd.«
Ich wirbelte herum und starrte die Frau und Molly an.
»Oh, wußten Sie das nicht?« sagte er und startete sein Auto. Der Motor sprang an. »Arme, alte Molly. Sie wird eingeschläfert. Heute. Ich nehme an, das ist der Grund, warum Barbara zeitig aufgestanden ist – um sie ein letztes Mal zu reiten. Und deshalb dachte ich, Sie seien Doc Wyatt; er kommt, um uns dabei zu helfen.« Er machte eine Pause. »Wissen Sie, was noch viel bemerkenswerter ist?« sagte er dann. Als ich mich

umwandte, um ihn anzusehen, verbarg eine Sonnenbrille mit Spiegelgläsern seine Augen. »Meine Frau, meine schöne, kultivierte Frau, besteht darauf, Molly die Spritze selbst zu geben. Ist sie nicht erstaunlich?«

»Ja«, sagte ich und drehte mich wieder um, um die Frau anzusehen. »Erstaunlich.«

»Wissen Sie, was sie mit dem Kadaver tun?« fragte er. »Schließlich ist es eine Riesenmenge Fleisch, das man da in einem Loch im Hinterhof vergraben müßte. Sie geben den Kadaver dem Jagdclub – für die Hunde.«

Er lächelte. »Bis morgen abend also.«

Erst als seine Rücklichter hinter dem Hügel verschwunden waren, drehte ich mich um und ging zum Zaun zurück.

»Sie lügen rasch und gut«, sagte ich zu der Frau.

»Sie auch«, erwiderte sie.

»Was ist mit Cora McGregor?« fragte ich.

»Die können Sie vergessen«, sagte sie. »Alles über sie.«

»Ich soll Sie später anrufen, um zu fragen, wann ich morgen abend zu einem netten, gepflegten Abendessen kommen soll. Nach wem soll ich fragen?«

»Mein Name ist Barbara«, sagte sie und zog die Zügel straff, so daß Molly den Kopf hob, um mich ein letztes Mal mit ihren sanften braunen Augen anzusehen. »Mrs. Barbara Gracon Randolph Sloan. Mein Mann nennt mich Barbi. Wenn Sie anrufen, fragen Sie die Haushälterin, ob Sie mit Mrs. Sloan sprechen können.«

Dann gab sie dem Pferd die Zügel. Molly drehte sich um und trottete heimwärts.

6

»Was zum Teufel hast du vor, Rankin?« fragte Devon vielleicht zum zehnten Mal, als wir durch die Nacht fuhren. Ich antwortete nicht. Sie klappte die Sonnenblende herunter, knipste die Deckenbeleuchtung über ihrer Tür an und drehte ihr Gesicht einmal in diese, einmal in jene Richtung und prüfte die Wirkung in dem kleinen Schminkspiegel hinter der Sonnenblende.

»Es muß genügen«, sagte sie, während sie die Blende wieder hinaufklappte, und setzte sich im Beifahrersitz des Porsche zurecht. Hinter uns leuchteten die Lichter von Georgetown und verschwanden schließlich in der Nacht.

»Außerdem«, fuhr sie fort, »kannst du dich nicht beklagen, nicht wahr, Rankin? Es ist nicht so leicht, nur einen Tag vor einer großen Dinnerparty eine annehmbare Partnerin aufzutreiben.«

»Ich nehme an, ich hatte Glück«, sagte ich.

»Ich war überrascht, daß du anriefst«, sagte Devon. »Dann, als du damit anfingst, ich solle dir einen ›beruflichen Gefallen‹ tun, es ginge um eine ›geschäftliche Einladung‹, bei deinem kleinen Scherz, man könne sich mit mir als Begleiterin sehen lassen, ohne Angst haben zu müssen . . .«

»Du bist doch nicht böse, oder?«

»Nein.« Sie lächelte. »Über dieses Stadium bin ich seit einem Jahr hinaus. Wenn du damals angerufen hättest . . . nun, lassen wir das, vorbei ist vorbei. Jetzt fühle ich mich irgendwie geschmeichelt, daß du mich gebeten hast, einzuspringen. Und ich bin neugierig.«

»Ich bin dir wirklich sehr dankbar, Devon.«

»Also, und als was soll ich jetzt auftreten? Als x-beliebige Juristin, die du in den Straßen von Washington aufgegabelt hast?«

»Sei einfach nur du, Devon, eine alte Freundin.«

Sie lehnte sich näher zu mir, als wir über die dunkle, von Bäumen gesäumte Landstraße fuhren. Das Licht des Mondes, das durch die Windschutzscheibe fiel, war hell genug, ihre Lippen glänzen zu lassen, als sie lächelte und mit aufreizender Stimme sprach. Ihre Finger strichen über meinen Oberschenkel.

»Eine wie gute Freundin?« flüsterte sie.

»Eine ziemlich gute Freundin«, sagte ich und sah kurz von der Straße weg und sie an. »Eine alte Freundin.«

»Ah«, sagte sie und lehnte sich wieder im Sitz zurück. »Ich verstehe.« Sie seufzte. »Ach, zum Teufel, Rankin. Ich wollte dir schon immer bei einem deiner Fälle behilflich sein.«

»Weißt du, irgendwann einmal wird mich jemand beim Vornamen nennen, und ich werde nicht wissen, mit wem dieser Jemand redet.«

»Vergiß es, Liebling«, sagte sie. »Du gehörst zu den Leuten, deren Namen einfach zu ihnen gehört, und Rankin, das sagt alles.«

Die nächste Meile fuhren wir, ohne zu reden. Der Porsche schnurrte völlig ruhig über die dunkle Ausfallstraße dahin. Devons Parfum war süß, wie Sommerrosen, hatte aber irgend etwas an sich, das ich nicht mochte. Sie warf einen Blick auf die Uhr.

»Wann sollen wir dort sein?« fragte sie.

»Die Haushälterin sagte, das Essen sei um acht.«

»O Gott! Wir werden pünktlich sein! Wir sind hier in Washington, und da ist niemand pünktlich!«

»Ich will nichts versäumen.«

»Wer sind diese Leute?«

»Sie sind reich«, sagte ich und schaltete den Blinker ein, um nach rechts abzubiegen. Ich lenkte den Porsche die Privatstraße entlang, die zu dem riesigen weißen, in Flutlicht getauchten Haus führte.

»Irrsinn!« flüsterte Devon, als wir noch etwa eine Achtelmeile Privatstraße vor uns hatten, bevor wir zu der kreisförmigen Auffahrt und dem großen Parkplatz kamen. »Ich glaube, ich träume.«

Die schwere Holztür ging auf, und das südamerikanische Hausmädchen, das auf unser Läuten gekommen war, bat uns mit einer Verbeugung hinein.

»Nein, wirklich, John, das ist aber nett, daß Sie kommen«, rief unser Gastgeber, der über eine lange Treppe am Ende der Halle herunterlief. Das Hausmädchen verschwand. Er packte meine Hand, schüttelte sie kräftig und lächelte, wobei er mir offen in die Augen sah. »Ich bin so froh, daß Sie es einrichten konnten!«

»Nichts hätte mich davon abhalten können«, sagte ich. Seine Augen streiften Devon. »Emmett Sloan, Devon Leary.«

Er nahm ihre Hand und hielt sie gerade so lange, daß man merkte, daß ihm die Gelegenheit willkommen war. Seine Augen verschlangen Devon in ihrem leichten gemusterten Kleid mit dem schmalen, lose fallenden, geschlitzten Ausschnitt, durch den sich ihre schweren Brüste abzeichneten. Er registrierte jede Einzelheit, von ihrem dicken braunen Haar über ihr Make-up und ihren Schmuck, die gemusterten Strümpfe, bis zu den Riemen ihrer hochhackigen Schuhe, ohne daß man den Eindruck hatte, er starre sie an.

»Devon, ich hatte ja keine Ahnung, daß John so erlesene Freunde hat«, sagte er.

Sie lachte und dankte ihm. Ganz untypischerweise wußte sie nichts darauf zu sagen. Er wandte sich um und führte sie zum Wohnzimmer.

»Sie müssen meine Frau kennenlernen. Liebling!« rief er laut. Ich folgte ihnen. »Hier ist jemand ganz Besonderer, den du kennenlernen solltest.«

Seine Frau stand am Büffet und war mit einer kristallenen Brandykaraffe und Gläsern beschäftigt; sie drehte sich um. Das Haar fiel ihr in sorgfältig gebürsteten Wellen auf die Schultern. Sie trug ein einfaches, leichtes blaues Kleid, das ihre saphirfarbenen Augen hervorhob, perfekt saß und vermutlich mehr gekostet hatte als Devons und meine Kleidung zusammen. Ihr Make-up war raffiniert, äußerst dezent – und unnötig. Sie trug keinen Schmuck außer einem Verlobungsring mit einem riesigen Diamanten und ihrem Ehering.

»Das ist meine Frau, Barbara«, sagte Emmett, als sich die beiden Frauen die Hand gaben. Er strahlte sie an. »Wir nennen sie Barbi.«

»Sehr erfreut«, sagte die Frau mit den vielen Namen. Ihr

Blick wanderte über Devons Schulter und heftete sich auf mich.

»Devon ist Johns Freundin«, sagte Emmett. »Ist er nicht ein Glückspilz?«

»Ja«, sagte seine Frau. »Wirklich ein Glückspilz.«

»Ihr Haus ist großartig!« sagte Devon und blickte sich in dem riesigen Wohnzimmer um, betrachtete die Sofas, die Fauteuils, die Holztäfelung und den marmornen Kaminsims, die Landschaftsbilder in Öl an drei Wänden und den bis an die Decke reichenden Bücherschrank, der mit den genau richtigen Büchern gefüllt war, an der vierten Wand.

»Vielen Dank«, sagte unsere Gastgeberin.

»Ich habe eine tolle Idee!« sagte Emmett. »Trennen wir doch die beiden. Du führst Devon herum, und ich nehme John ins Schlepptau.«

»Gut«, sagte seine Frau. Sie drehte sich um und ging auf eine der anderen Türen zu. Sie ignorierte mich völlig und sagte zu Devon: »Kommen Sie, ich zeige Ihnen die Bibliothek einen Stock tiefer.«

»Wir gehen hinauf«, sagte Emmett. Er führte mich in die Halle. »Dort sind die Schlafzimmer, wissen Sie.«

Doch wir gingen nicht in die Schlafzimmer.

»Ich glaube, das wird Sie interessieren«, sagte er und öffnete eine Tür zu einem Raum, der auf den Rasen vor dem Haus hinausging.

»Ich bin so froh, daß Sie frühzeitig gekommen sind«, sagte er, als wir hineingingen. Er drehte einen Schalter an der Wand an, worauf das Zimmer von einer Schreibtischlampe und einer sorgfältig verborgenen indirekten Wandbeleuchtung erhellt wurde. »Das gibt uns Gelegenheit, einander besser kennenzulernen«, fuhr er fort. »Das ist mein Arbeitszimmer. Nicht, daß ich hier viel arbeite, aber es ist angenehm, einen derartigen Raum in seinem Haus zu haben, nicht wahr?«

»Klar«, sagte ich.

»Ich muß gestehen«, sagte er mit einem jungenhaften, verschämten Grinsen, »ich habe Ihren Namen im Telefonbuch nachgeschlagen. Dort steht nur eine Büroadresse. Ich dachte, Sie wohnen auch in Washington.«

»Meine Wohnung liegt hinter meinem Büro«, sagte ich.

»Verdammt praktisch, nicht wahr? Vermutlich besser, als jeden Tag in ein riesiges Bürogebäude zu fahren wie ich. Sehen Sie mal«, sagte er und wies auf die vom Boden bis zur Decke reichenden Fenster hinter dem Schreibtischstuhl. »Ist das nicht hübsch? Eine prächtige Aussicht. Jetzt ist es natürlich draußen finster, doch bei Tageslicht kann ich bis zum Zaun und zur Straße sehen, manchmal sogar noch weiter, wenn die Bäume keine Blätter tragen. Ich kann alles sehen.«

»Das ist wunderbar.«

»Ja, nicht wahr?«

An der Wand gegenüber dem Kamin hingen eingerahmte Fotografien. Ihre Anordnung schien irgendwie nicht im Gleichgewicht zu sein, obwohl die altmodische Art, Bilder aufzuhängen, gut in dieses Zimmer mit dem überdimensionalen Schreibtisch, der soviel kostete wie ein kleines Haus in Kansas, paßte. Ich ging zwischen den beiden schweren, hölzernen Chefstühlen und dem Ledersofa gegenüber dem Schreibtisch durch. Mein Gastgeber folgte mir wie ein Schatten.

Die Fotografien rechts waren auf irgendwelchen Wohltätigkeitsveranstaltungen aufgenommen worden. Einen Ehrenplatz nahmen drei Gruppenbilder in Schwarzweiß ein. Das erste zeigte etwa 50 ernste junge Männer in Anzug und Krawatte in Reihen auf den Stufen zu einem großen Gebäude mit runden Steinsäulen. Am unteren Rand stand in schwarzen Buchstaben »William und Mary College, Beta Sigma Delta Jahrgang 1969.« Auf dem zweiten Bild war ebenfalls eine Gruppe Männer vor einem Gebäude zu sehen, doch diese 20 Männer im College-Alter lächelten mit dem entspannten, unschuldigen Stolz junger Sieger in die Kamera. Darüber der Text: »Oxford-Austauschklasse 1968.« Das dritte Foto war der einzige Schnappschuß: er zeigte sechs attraktive Frauen, die im Halbkreis um einen Tisch im Freien saßen, auf dem Gläser und Kaffeetassen standen. Die Frau meines Gastgebers war die zweite von links, sie saß zwischen einer grimmig dreinsehenden Blondine mit kurzem Haar und einer lachenden Frau mit langen schwarzen Locken, die ihr über die Schultern fielen.

»Ja«, sagte Emmett Sloan. »Ich habe mir gedacht, daß Ihnen

das auffallen wird. Barbi neben unserer Freundin Tresa. Das war natürlich, bevor Tresa ihre schönen schwarzen Haare schneiden ließ. Ein Jammer, daß sie es getan hat.«

»Ja«, sagte ich. Die Frau mit dem langen Haar war hübsch – wenn auch nicht annähernd so umwerfend wie die Frau dieses Mannes.

»Das ist im Club aufgenommen worden, wissen Sie«, sagte er. Er griff an mir vorbei und rückte das Bild ein ganz klein wenig zurecht. Es schien noch immer den Gesamteindruck zu stören; der Rahmen paßte irgendwie nicht zu den anderen, er wirkte billig.

»Das Foto ist entstanden, kurz bevor Tresas Schwierigkeiten begannen. Eine Scheidung ist so etwas Unangenehmes.«

»Ja«, pflichtete ich ihm bei, »das stimmt.«

»Ich nehme an, Sie sehen viele solche Fälle.«

»Ich befasse mich nicht mit Familienstreitigkeiten.«

»Wirklich?« Er runzelte die Stirn. »Was tun Sie dann? Mörder jagen und dergleichen?«

»Nein, zum Großteil Wirtschaftsverbrechen, zivilrechtliche Fälle. Leicht politisch gefärbte Delikte.«

»Ah, ich verstehe. Ich nahm an, daß Sie Tresa im Zuge ihrer Schwierigkeiten kennengelernt haben.«

»Nein. Wir sind persönlich befreundet, nicht beruflich.«

»Alte Freunde?« fragte er.

»Wir kennen einander ganz gut.«

»Ahhhh.« Dieser Seufzer war heimtückisch, länger. Er ging von hinten um mich herum, einen finsteren Ausdruck im mageren Gesicht, den Blick zu Boden gerichtet. Als er ihn hob und mich ansah, waren seine Augen scharf und hart wie Stahl.

»Verstehen Sie mich nicht falsch, alter Knabe«, sagte er mit ruhiger, eindringlicher Stimme. »Glauben Sie um Gottes willen nicht, daß ich irgend jemandem etwas andichten oder über irgend jemanden den Stab brechen will. Ich weiß, ein Mann, der so . . . welterfahren und gewieft ist wie Sie, braucht gewiß von mir keinen Rat, aber . . .

Sie müssen vorsichtig sein – sehr, sehr vorsichtig – bei Frauen wie Tresa. Sie sind faszinierend, wirklich hinreißend. Es ist schon gefährlich genug, wenn man mit ihnen beruflich zu tun hat. Sich persönlich mit ihnen einzulassen . . . nun, derartige Abenteuer bringen nichts, nur Komplikationen und Schwierigkeiten für alle Beteiligten. Sie verstricken sich da in etwas, aus dem Sie nicht herauskommen, ohne weit mehr Blessuren abzukriegen, als Sie sich vorstellen können. Alles wird extrem. Wenn ich Sie wäre, würde ich sie als ein zu hohes Risiko ansehen.«

Wir starrten uns fast eine Minute lang an wie Boxer, die einander abschätzen; jeder wartete darauf, daß der andere sprach. Unten läutete es an der Tür.

»Ah!« sagte er und wurde wieder ganz der lächelnde Gastgeber. »Neue Gäste. Kommen Sie herunter, wenn Sie soweit sind.«

Ich blickte noch einmal auf die Bilder an der Wand und folgte dann dem Klang seiner Schritte. Als ich ins Wohnzimmer trat, hörte ich, wie er die Leute an der Tür überaus herzlich begrüßte. Seine elegante, schlanke Frau stand an der Bar an der Wand und mixte gerade einen Drink.

»Nett, Sie wiederzusehen, Mrs. Sloan«, sagte ich und trat neben sie.

»Sie haben eine reizende Freundin«, sagte sie. Sie hob ihr Glas und sagte mit einem gleichgültigen Achselzucken: »Gut entwickelt.«

»Erinnern Sie sich an unsere gemeinsame Freundin – Tresa?«

»Ja?« sagte sie.

Aus der Halle hörte man Schritte und Lachen näherkommen.

»Ist sie hübsch, brünett und helläugig? Hatte gewelltes Haar, das ihr bis zur Brust reichte, und das sie vor kurzem abschneiden ließ?«

»Tresa ist blond, hat kurze Haare, die kaum ihre Ohren bedecken. Sie hat immer so ausgesehen.«

Devon trat ins Zimmer, sie kam von der Toilette. Sie lächelte mich nervös an. Unser Gastgeber führte zwei lachende Paare in seinen Salon.

»Nettes Bild von Ihnen und Tresa in seinem Arbeitszimmer«, sagte ich. »Ein Gruppenbild. Rührend von ihm, es aufzuhängen . . .«

»Ein Bild? Wo?«

»Ihr Mann weiß, daß wir gelogen haben«, sagte ich.

»Barbi!« rief er quer durch den Raum. »Schau, wer da ist!«

»Solange er nur nicht die Wahrheit weiß«, flüsterte seine Frau mir zu. Ein Lächeln breitete sich über ihr Gesicht, als sie schwungvoll durch das Zimmer ging, um ihre Gäste zu begrüßen.

Schließlich waren wir 14, eine ganz normale Gruppe von Leuten, die sich kannten oder nicht kannten, bei einer ganz normalen amerikanischen Dinnerparty.

Der korpulente Mann mit fortschreitender Glatze, der kein Jackett, sondern nur einen Baumwollpullover von der Stange trug, war knapp zwei Milliarden Dollar schwer. Er war berühmt dafür, daß er mit seinem amerikanischen Kombi zu Polospielen und Pferdeausstellungen fuhr, bei denen die Millionäre im Rolls-Royce mit Chauffeur aufkreuzten. Seine Frau war klein und zierlich und hatte blitzende Augen. Beide waren von der Sonne schön gebräunt. Alle anderen im Raum ließen sie keine Minute aus den Augen, taten aber, als schenkten sie ihnen keine besondere Beachtung; alle spitzten die Ohren, um nur ja kein noch so undeutlich gemurmeltes Wort des Milliardärs zu verpassen, und lachten dröhnend über alles, was er sagte, wenn es nur im entferntesten komisch war. Er ertrug diese außergewöhnliche Aufmerksamkeit auf elegante Weise, indem er sie, wann immer möglich, ignorierte.

»Wir beide sind wohl die buntesten Hunde hier«, sagte er zu mir, als wir uns zufällig auf dem Weg zu einer Ecke des Raumes trafen. Wir stellten uns mit dem Rücken zur Wand und beobachteten die anderen, die uns betont nicht beobachteten.

Wir stellten uns vor und nahmen die eisgekühlten Gläser in die linke Hand, um einander die rechte zu schütteln. Ich war nach der zweiten Runde zu Club-Soda übergegangen. Der für den Abend engagierte junge Mann im weißen Jackett, der beim Getränkemixen lächelte, ließ eine leere Flasche teuren Gins in den Abfalleimer neben der tragbaren Bar fallen. Die Ginflasche klirrte gegen eine leere Flasche importierten Wodkas. Die Bourbonflasche auf der Bar würde sich bald zu ihnen gesellen.

»Sie sind nicht aus dieser Gegend?« fragte ich den Mann, der über mehr Geld verfügte als viele amerikanische Städte.

»Nein. Wir wohnen in Middleburg unten. Ein Jagdgebiet.« Sein Blick glitt über die Männer im Zimmer; sie alle trugen zumindest eine Sportjacke. »Wir da unten sind weit weniger förmlich beim Abendessen. Aber ich hätte es wohl wissen müssen: So sind die Dinnerparties in Washington.«

»Das hier ist nicht eigentlich Washington«, sagte ich und ließ den Blick durch den Raum schweifen.

»Wirklich?« fragte er. Es klang ehrlich überrascht und interessiert. »Wir haben so wenig mit Washington zu tun, daß ich wirklich nicht viel darüber weiß. Wie ist es?«

Dieser Mann besaß ein Imperium, dem hundert amerikanische Firmen und über ein Dutzend Multis angehörten. Schwerindustrie, Computer, Landwirtschaft, Aktien und Anleihen, Banken; er hatte seine Finger in allen Bereichen der Wirtschaft. Heerscharen von Rechtsanwälten und Lobbyisten schmiedeten zahllose Intrigen in den Hallen des Kongresses und den Bundesämtern, sogar in den Gerichten, nur damit sein Reich gedeihe. Und dennoch war seine Frage ganz arglos.

»Washington ist ein Mythos«, sagte ich.

Er brummte. »Ein wahres Wort.«

»Wie sind Sie hier gelandet? Ich meine, bei dieser Party?«

»Nun, der Anlaß dafür ist das Pferd, nicht wahr? Die Sloans haben ihr neues Pferd von meinem Stall gekauft. Als ich erfuhr, daß es für sie ist, wollte ich es ihnen gar nicht mehr verkaufen. Ein feuriges Tier. Kein Tier, das ich für sie gewählt hätte, aber . . . Mr. Sloan – Emmett, nicht wahr? – er hat darauf bestanden, es von uns zu kaufen. Nun, was konnte ich tun? Der Pferdehändler sagte mir, daß der Preis anstandslos akzeptiert wurde. Und als er uns heute abend einlud, um das Pferd zu feiern . . . nun, ich war darüber nicht allzu begeistert, aber wir alle haben unsere Verpflichtungen.«

»Ja«, sagte ich, »das stimmt.«

Er warf einen Blick auf sein Glas, entschuldigte sich und marschierte zur Bar. Ich sah, wie der junge Mann zur Bourbonflasche griff, hörte aber, daß der Milliardär statt dessen eine Flasche Coke verlangte.

»Kenne ich Sie nicht?« fragte eine Frau in einem dunkelroten Kleid, dessen Schnitt die Pfunde verbergen sollte, die sie mit jedem zusätzlichen Jahr zugelegt hatte. In einer Hand hielt sie eine glimmende Zigarette, in der anderen ein Glas mit Eis und einer bernsteinfarbenen Flüssigkeit, die wie Scotch roch. Ihr blondes Haar war dick, aber brüchig und hatte einen teuren metallischen Schimmer. Sie trug es zurück- und hochgekämmt, um ihr unglaublich eindrucksvolles Scher-dich-zum-Teufel-Gesicht zu betonen. Noch immer zog sie mit ihrem Aussehen die Blicke der Männer auf sich, doch unter ihrem Make-up lauerte bereits eine Blässe, und die leicht schlaff werdende Haut unter ihrem Kinn wies darauf hin, daß die Schwerkraft in diesem Kampf letztendlich den Sieg davontragen würde. Ich überlegte, wie bald sie sich wohl unters Messer legen würde, oder ob sie es vielleicht schon getan hatte.

»Wir sind uns schon ein paarmal begegnet«, sagte ich. »Ich bin mit ein paar Leuten von der *Post* befreundet, mit Cliff Palefsky, und ein paar anderen. John Rankin.«

»Stimmt«, sagte sie und nickte lächelnd. Sie ließ mich nicht aus den Augen, während ihr Geist fieberhaft arbeitete; sie ließ meinen Namen durch die A-, B- und C-Kartei laufen. Irgendwo stellte sie die Verbindung her, und jetzt war für sie wieder alles in Ordnung. »Sie waren einer von Ned Johnsons Reportern, und jetzt arbeiten Sie für Rechtsanwälte.«

»Das kommt hin«, sagte ich, und sie lachte. Sie machte sich nicht die Mühe, sich vorzustellen; jeder wußte, wer sie war.

Klug, schön und unerbittlich, war sie Ende der sechziger Jahre nach Washington gekommen. Sie benutzte ihren Presseausweis als Sprungbrett zu den schicken Kreisen der Mächtigen in dieser Stadt; aus einer bescheidenen Journalistin, die Recherchen für die Gesellschaftsspalten der *Post* betrieb, wurde eine erstklassige Verfasserin von Titelgeschichten, berühmt für ihren atemberaubenden Stil, ihren scharfen Blick für alles, was Neid erregt, und ihre totale Mißachtung aller Themen, die sich nicht verkaufen ließen. Ihr Aussehen öffnete ihr die Türen; mit ihrem Talent konnte sie sich Zutritt verschaffen und sich behaupten. Um jemand zu werden, suchte sie die Gesellschaft von Leuten, die schon jemand waren, und schrieb über sie, bis sie schließlich eine Institution wurde, selbst eine Berühmtheit darstellte: unnahbar, elitär, gescheit, immer bestens informiert;

eine Autorität im Hinblick auf die erstrebenswerten Ideale der Massen. Das Blut von Washington ist die Druckerschwärze, Fernseh- und Radiowellen, und sie war jetzt ein Teil dieses großen Mythos.

»Wie nett, Sie wiederzusehen«, gurrte sie und berührte meinen Arm mit der Hand, in der sie die Zigarette hielt. »Ich habe in den letzten paar Jahren nicht viel von Ihnen gehört.«

»Ich führe ein ruhiges Leben.«

»Tatsächlich«, sagte sie. Ihre Begeisterung kühlte sich etwas ab; sie überlegte, wie sehr das wohl wirklich der Wahrheit entsprechen mochte.

»Wie ich sehe, haben Sie eine neue Eroberung gemacht«, sagte ich und wies mit einer Kopfbewegung auf ihren Begleiter in Anzug und Weste, mit dem sie das Haus betreten hatte. »Beruflich oder privat?«

»Ach, das«, sagte sie und tat, als sei sie über mein Interesse verärgert. »Wir sind nur gute Freunde.«

Sein Name war unter denjenigen gewesen, die ich erkannt hatte, als Emmett Sloan das Paar bei ihrer Ankunft vorgestellt und es dann ihnen überlassen hatte, sich unter die anderen Gäste zu mischen und sie kennenzulernen. Er war unter zwei früheren Präsidenten Botschafter gewesen, hatte Amerika in kleinen Ländern mit tyrannischen Regierungen vertreten, die auf blutige Revolutionen zusteuerten. Sein Dienst in diesen Ländern erschütterte den Status quo in keiner Weise. Seine Posten als Botschafter verdankte er der Großzügigkeit, mit der er das Vermögen seiner Familie für Wahlkämpfe eingesetzt hatte. Zwar war er nicht annähernd so reich wie der Milliardär, doch hatten sein Vater und sein Großvater als Zeitungszaren im mittleren Westen ein gewinnträchtiges Imperium aufgebaut. In parodistischer Abwandlung der Familientradition kaufte der Sproß eine finanziell sieche, doch leidlich prestigeträchtige außenpolitische Zeitschrift auf, die in Washington verlegt wurde. Das fraß zwar seine Erbschaft auf, lieferte ihm jedoch einen willkommenen Grund, sich in der Hauptstadt aufzuhalten, während er darauf wartete, daß seine Gönner wieder an die Macht kamen und ihm einen weiteren angesehenen Regierungsposten übertrugen.

»Wir haben eine Menge gemeinsam«, sagte sie. »Wir verkehren in denselben Kreisen.«

»Ja«, sagte ich. »Das ist anzunehmen.«

Ein verhaltenes Kichern des Milliardärs zog einen Augenblick lang unsere Aufmerksamkeit auf sich.

»Ist er nicht einfach großartig?« sagte sie. »Ich sah, daß Sie sich so lange mit ihm unterhielten, und mußte herüberkommen – um guten Tag zu sagen, natürlich. Um über alte Freunde und die alten Zeiten zu plaudern – von beidem scheint es mit jedem Tag mehr zu geben, nicht wahr? Und um Notizen zu vergleichen.«

Sie bemerkte die lange Asche an ihrer Zigarette und runzelte die Stirn. Es gab keine Aschenbecher in ihrer Nähe, und niemand stürzte herbei, um ihr einen zu bringen. Sie ließ den Blick über die Menge schweifen, vergewisserte sich, daß niemand, der darauf achten würde, hersah, und ließ die Asche zu Boden fallen, ohne ihren Redefluß zu unterbrechen.

»Ist es nicht wunderbar, wie ungezwungen er ist – wenn man bedenkt, *wer* er ist?« sagte sie und wies auf den reichen Mann. Sie nickte leicht mit dem Kopf, und ich hörte, wie sie das »ist« mit einem hörbaren »h« aushauchte. Sie hatte ihren Scotch in vielen großen Schlucken vertilgt. Jetzt reichte sie ihr Glas dem südamerikanischen Hausmädchen, das mit Hors d'œuvres auf einem Silbertablett zwischen den Gästen umherging.

»Noch einen«, sagte der Medienstar. Sie machte keine genaueren Angaben – das brauchte sie auch nicht: Das Hausmädchen brachte ihr einen großen Scotch mit Eis.

»Ja«, erwiderte ich, »er wirkt sehr nett.« Ich meinte den reichen Mann.

»Sie sind ein Freund von Barbara, nicht wahr?« fragte sie, wobei sie jedes Wort sorgfältig aussprach und mich mit ihrem Blick fixierte, während sie auf meine Antwort wartete.

»Eigentlich kenne ich Emmett besser.«

»Da haben Sie Glück«, sagte sie, jetzt mit einem leichten Zungenschlag. Sie blickte sich um und beugte sich näher zu mir. »Sie ist nicht wirklich das, was man von ihr glaubt.«

»Tatsächlich.«

»Barbara Gracon Randolph Sloan«, sagte die Reporterin. »Du

liebe Scheiße.« Sie gluckste über ihre kluge, kultivierte Wortwahl.

»Gewiß, sie ist eine Gracon – von Geburt und mit knapper Mühe und Not«, sagte diese Frau, die sich mit dem leidenschaftlichen Interesse einer frisch Konvertierten mit dem Thema Rang und Stellung in der Gesellschaft befaßt hatte. »Es sind natürlich schon die richtigen Gracons, doch ihr Vater war das schwarze Schaf der Familie, total versoffen.«

Sie kippte drei Zentimeter der bernsteinfarbenen Flüssigkeit hinunter.

»Und sie wäre nie eine Randolph geworden, hätte ihre Mutter nicht in zweiter Ehe Austin Randolph geheiratet. Er war damals 60 und einsam und hatte die Mutter als reizendes, junges Mädel in Erinnerung, das er während des Zweiten Weltkriegs kennengelernt hatte. Gracon und er waren zusammen beim Air Corps. Reizendes junges Mädel, daß ich nicht lache.«

Die Hand mit der Zigarette berührte meinen Arm.

»Ihre Mutter war ein Niemand, tauchte aus dem Nichts auf. Und Barbara, du meine Güte – eine Möchtegern-Schauspielerin, die es in New York nie geschafft hat. Ist vermutlich nicht mit den richtigen Leuten ins Bett gegangen. Das Luder hat ein Herz wie Stein, und Eis statt Blut. Wie sie sich so einen Prinzen wie Emmett ergattern konnte, wird mir immer ein Rätsel bleiben.«

Ich schwieg.

»Wollen Sie ein Geheimnis wissen?« sagte sie mit einem boshaften Seitenblick.

»Klar.«

»Als der alte Randolph starb, nahm jeder an, daß Mama und die Eiskönigin für ihr Leben ausgesorgt hätten. Aber wissen Sie, was? Ich sage es Ihnen. Ich verrate Ihnen ein kleines Geheimnis. Als Randolph starb, war er fast völlig pleite; alles, was er besaß, war dieses große, alte Haus in Charleston, dieser große, alte Familienname und eine große Null auf fast all seinen Bankkonten. Und dann heiratete Barbara Emmett, den armen Ehrgeizling, und Mama kann ihr Haus behalten und wie eine echte Grande Dame leben – die sie nicht ist! Ist das nicht der Gipfel?«

»Vermutlich.«

»Ist das Leben nicht ungerecht?« sagte sie, und weder sie noch ich wußten, daß der Lauf der Welt ihre Worte Lügen strafen würde. »Man bekommt niemals das, was man sich wünscht. Es gibt keine Gerechtigkeit.«

»Ich wußte nicht, daß das dasselbe ist.«

»Wenn das Leben so wäre, wie es sein sollte, dann wäre es dasselbe.«

»Was kann man schon erwarten?«

»Verdammt, zumindest ein bißchen Aufregung oder so. Einen Skandal. Fällt das nicht in Ihr Ressort?«

»Nein.«

»Oh.« Sie sah mich mit zusammengekniffenen Augen an und spürte die heiße Glut des Zigarettenstummels zwischen ihren Fingern. Sie hielt ihn zwischen uns in die Höhe und starrte ihn einen Augenblick lang verwundert an. Dann blickte sie mir in die Augen. Irgendwo hinter ihrem verschleierten Blick suchte sie nach Worten. Vergebens. Sie zuckte die Achseln und ging weg.

Auf unsicheren Beinen durchquerte sie den Raum und ging zu ihrer Gastgeberin; man strahlte sich an – so nett, Sie zu sehen – und tauschte Freundlichkeiten aus. Auf dem Weg durch das Zimmer war die Zigarette auf ein Silbertablett gefallen, wo sie verglomm und erlosch. In ihrer Nähe stand Devon und unterhielt sich ernsthaft mit dem Inhaber des dritten Namens, den ich erkannt hatte, einem silberhaarigen Rechtsanwalt einer der Riesenkanzleien von Washington, die mehr aufgrund ihrer politischen Verbindungen als aufgrund ihrer Anwaltstätigkeit bekannt war. Devon griff in ihre Handtasche, reichte dem Mann ihre Geschäftskarte und nahm die seine entgegen. Die Frau des Anwalts sah still von der anderen Seite des Raumes zu.

»Nette Party, nicht wahr?« sagte ein behäbiger Mann mit flauschigem Haar in einem schlecht sitzenden blauen Blazer.

»Interessant«, erwiderte ich.

»Ich bin Harry Wyatt.«

Wir wollten uns die Hände schütteln, bemerkten, daß wir

unsere Gläser damit hielten, zuckten die Achseln, grinsten und entschieden uns dagegen. Ich nannte ihm meinen Namen.

»Ich habe gehört, daß Sie ein ganz toller Tierarzt sind«, sagte ich.

»Es geht«, grinste er. »Sie müssen mit Emmett gesprochen haben.«

»Als er mir das von Molly erzählte.«

»Ja«, sagte der Doktor. »Ein Jammer. Eine süße kleine Stute. Aber jetzt bekommen sie statt dessen ein sehr schönes Tier. Einen guten Wallach. Vollblut. Habe ihn selbst begutachtet. Ganz hervorragend. Etwas temperamentvoll, aber . . .«

Er zuckte die Achseln. Unsere Gastgeberin schlenderte vorbei, lächelte und ging weiter, um mit dem Milliardär und seiner Frau zu plaudern, die in der entgegengesetzten Ecke standen und höflich lächelten.

»Apropos schönes Tier«, sagte der Tierarzt beinahe flüsternd. »Heißblütig, feurig und süß!« Er leckte sich die Lippen und sprach weiter, beinahe, als hätte er vergessen, daß ich da war. »Sie hält ihre Zügel so fest, aber wenn sie etwas lockerer läßt, weniger mit dem Kopf . . .«

Der Tierarzt errötete plötzlich und warf einen Blick auf mich.

»Natürlich ist sie eine großartige Frau.«

»Eine großartige Frau«, bestätigte ich.

»Emmett ist ein Glückspilz.« Er sah wieder in ihre Richtung. »Ein verdammt großer Glückspilz.«

»Wahrscheinlich alles nur Gerüchte«, fügte er hinzu und tat damit Gedanken ab, die er nicht ausgesprochen hatte. »Sie wissen ja, wie gerne die Leute klatschen.«

»Klar«, sagte ich.

Er lächelte schwach und schlenderte davon.

»Sie sehen aus, als hätten Sie ein Glas zuviel oder ein Glas zu wenig getrunken«, sagte der Mann von der Größe eines Gorillas, der jetzt die Stelle des Tierarztes an meiner Seite eingenommen hatte.

»Könnte sein«, sagte ich.

Wir stellten uns vor, schüttelten uns die Hände.

»Glaube nicht, daß ich Sie kenne«, sagte er. »Sie sind nicht beim Jagdclub?«

»Nein.«

»Reiten Sie?«

»Wenn ich müßte, könnte ich es vielleicht, aber sonst, nein.«

»Oh.« Er überlegte einen Augenblick. »Ich dachte mir, selbst wenn Sie nicht jagen, reiten Sie vielleicht und hätten Barbara auf diese Weise kennengelernt.«

»Sie jagt – Füchse, ja?«

»Die beste Sportart hier, obwohl sie nicht gerade eine Reklame dafür ist. Sie ist nicht zu bewegen, bei einer Jagd mitzumachen. Sie hat einmal gesagt, sie würde austreten, sollten wir jemals eine Fuchsfährte verwenden – Sie wissen schon, wo man so eine Duftfährte legt. Das macht man häufig in Gegenden, wo es nicht viele Füchse gibt.«

Er grinste. »Hier in der Gegend gibt es genug natürliche Beute für die Hunde.«

»Sie macht bei Wettbewerben mit – bei Querfeldeinrennen, Vorführungen, bei solchen Dingen, oder wenn der Club Geländeritte veranstaltet. Sie beteiligt sich so wenig am Clubleben, daß ich mich schon oft gefragt habe, warum die beiden überhaupt Mitglieder sind. Eine gute Reiterin, doch sie scheint nur allein hier im Gelände herumzureiten, einfach nur so. Das macht wahrscheinlich auch Spaß. Aber im Hinblick auf das Jagen . . . ich glaube, sie mag keine blutigen Sportarten.«

»Seien Sie nicht so sicher«, sagte ich.

Er lachte.

»Wie steht's mit Emmett?« fragte ich. »Ist er ein großer Jäger?«

»Teufel, ich glaube, ich habe ihn noch nie auf einem Pferd gesehen! Er ist dem Club wegen Barbara beigetreten. Verstehen Sie mich aber nicht falsch – der alte Emmett ist ein Kämpfer. Ein ungestümer Kämpfer. Ich habe ihn einmal bei einer Wohltätigkeitsveranstaltung drüben im P. G. County beim Tontaubenschießen gesehen, und ich kann Ihnen versichern, das ist ein Sportsmann. Aber noch lieber gewinnt er.«

»Kennen Sie ihn beruflich?« fragte ich.

»Nein, nur über den Club, und von diesen Rührseligkeitsveranstaltungen. Ich habe eine Baufirma. Habe hier in der Gegend eine Menge Überlandstraßen und ein paar Dutzend Häuser gebaut. Emmett will mich dazu bringen, die Verwaltung meiner Finanzen und Anlagen seiner Beratungsfirma in der K Street zu übertragen. Aber ich sage immer, ich bezahle lieber für meine eigenen Fehler. Teufel, mit dem Geld seines Alten, seinen Klienten und allem, was er sonst noch tut, sage ich, hat er doch gar keine Zeit für einen Burschen vom Land wie mich.«

Wir lachten. Das Hausmädchen kam ins Zimmer und flüsterte unserer Gastgeberin etwas zu, die ihrerseits ihrem Mann zunickte.

»Alles herhören!« rief Emmett über das Stimmengewirr. »Das Essen ist aufgetragen!«

Wir saßen um einen langen Tisch, Emmett an einem Ende, Barbara am anderen. Mich hatte man in der Mitte plaziert, zwischen der Frau des Rechtsanwaltes und der des Tierarztes.

»Ich wartete schon sehnsüchtig auf die Gelegenheit, mit Ihnen zu sprechen!« sagte die Anwaltsgattin zu meiner Linken. »Sie sind Privatdetektiv, nicht wahr?«

»Ja«, sagte ich und überlegte, welche von einem Dutzend Standardfragen sie wohl als nächstes stellen würde.

»Was mich interessiert, ist« – sie blickte sich nach allen Seiten um und flüsterte dann –, »wo tragen Sie Ihre Waffe? Ich meine, in einem Schulterhalfter oder in der Hose?«

»Ich trage keine Waffe.«

»Oh. Aber Sie haben doch eine, nur für den Fall?«

»Nein«, log ich.

»Aber . . . aber im Fernsehen tragen alle Privatdetektive eine Waffe!«

»Das Leben ist etwas anders als im Fernsehen.«

»Oh.«

»Gott sei Dank kann ich nur sagen!« meinte die Frau des Tierarztes zu meiner Rechten.

Den Rest des Abendessens zog ich es vor, mich mit ihr zu unterhalten.

»Darf ich um Ihre Aufmerksamkeit bitten?« rief unser Gastgeber, als die Haushälterin den Wein eingeschenkt hatte. »Wie Sie wissen, feiern wir heute den Kauf eines großartigen Tieres aus den zu Recht berühmten Ställen dieses schüchternen Mannes rechts neben meiner Frau.«

Wir kicherten gebührend.

»So schön und freudig dieser Anlaß auch ist, sind wir uns doch, glaube ich, einen Augenblick des Ernstes schuldig. Um diesen Augenblick hervorzuheben und uns allen Gelegenheit zur Besinnung zu geben, möchte ich einen Trinkspruch ausbringen.«

J. Emmett Sloan, der Hausherr, hob sein kristallenes Rotweinglas. Seine Gäste rund um den Tisch folgten höflich seinem Beispiel. Unser Gastgeber sprach mit klaren, glatten, kraftvollen Worten.

»Auf Molly, die in aller Anmut den Preis dafür zahlte, daß sie ihren Daseinszweck nicht mehr erfüllen konnte.«

Seine Worte schockierten uns, aber nicht genug, um die automatische Reaktion zu verhindern: Wir alle tranken den schweren roten Wein. Wir alle, mit Ausnahme seiner Frau. Unauffällig stellte sie ihr unberührtes Glas beiseite. Ihre blauen Augen starrten ins Nichts.

Nach dem Dessert, dem Kaffee, den ich trank, dem Brandy, den ich ablehnte, und einem weiteren Aufenthalt im Wohnzimmer bei angeheitertem und weniger ernsthaftem Geplauder konnte ich Devon davon überzeugen, daß wir uns verabschieden sollten.

Unsere Gastgeber brachten uns zur Tür. Er umflatterte Devon überschwenglich, bestand darauf, daß sie in seinem Büro anrufen und sich erkundigen sollte, wie der Wein hieß, der ihr so gut geschmeckt hatte. Oder noch besser, sagte er, sie solle anrufen und ihre Adresse hinterlassen, damit er ihr eine Flasche schicken könne.

»Es war ein schrecklich interessanter Abend, Mrs. Sloan«, sagte ich. Weder sie noch ich machten Anstalten, uns die Hand zu geben.

»Ja«, sagte sie, »ja, wirklich.«

»Ich bin so froh, daß Sie gekommen sind«, sagte Emmett. Er schüttelte mir die Hand.

»Ich auch. Vielen Dank.«

»Auf Wiedersehen«, sagte er und machte die Tür zu.

»Mein Gott, Rankin!« sagte Devon, als wir in die Stadt zurückfuhren. »Ist dir klar, wo wir waren?«

»Bei einem Abendessen mit Fremden.«

»Bei einem Abendessen mit Giganten! Ein Milliardär, und die Sloans! Ein unglaubliches Paar. Was für ein Mann! Und ich, eine kleine Anfängerin in einer mittelmäßigen Anwaltskanzlei, stoße mit einem Hauptinhaber von Wilson, Stern und Heifetz an! Wir werden uns einmal zum Mittagessen treffen! Kannst du dir das vorstellen? Ich und Wilson, Stern und Heifetz!«

»Du wirst aber nicht mit einem Briefkopf essen gehen, Devon«, warnte ich sie. »Du wirst dich mit einem Mann treffen. Gib acht.«

Sie starrte mich an und antwortete dann: »Mach dir um mich keine Sorgen, Rankin. Ich weiß, was ich tue, und ich kann auf mich selber aufpassen. Um dich solltest du dir Sorgen machen.«

»Was meinst du?«

»Ach, hör doch auf! Was sollte diese kleine Scharade heute abend, hm? Was tust *du* denn? Ich habe mir schon gedacht, daß du mich aus einem bestimmten Grund mitgenommen hast; jetzt muß ich sagen, nur ein Idiot würde nicht begreifen, aus welchem.«

»Ich verstehe kein Wort.«

»Mach mir doch nichts vor! Vielleicht ist es sonst niemandem aufgefallen – obwohl ich es bezweifle, diese Leute sind nicht blind und taub, auch wenn sie noch so betrunken sind. Du und Mrs. Sloan. Nennen Sie mich Barbara. Barbi für ihre Freunde, wie ich hörte. Die Atmosphäre zwischen euch beiden war so geladen, daß man sie förmlich mit Händen greifen konnte. Ihr seid euch ja betont aus dem Weg gegangen. Ich passe schon auf mich auf, aber du wirst dir wohl Ärger aufhalsen.«

»Es ist nicht so, wie du denkst.«

»Ach nein? Nun, ich war mit dir dort, und ich weiß, was ich sehe. Und wenn das, was ich gesehen habe, nicht stimmt, wie kommt es dann, daß wir heute abend überhaupt dort eingeladen waren? Was hat dich mit den Sloans zusammengebracht, hm? Ihr verkehrt doch nicht gerade in denselben Kreisen.«

»Ein Toter.« Ich warf ihr einen Blick zu, sah, wie sie die Stirn runzelte und über meine Antwort nachdachte. Sie war betrunken, aber so betrunken nun auch wieder nicht.

»Ein Toter hat uns zusammengebracht«, sagte ich.

Wir fuhren eine Weile schweigend weiter. Ich bog in die Wisconsin Avenue hinunter, zu ihrer Eigentumswohnung. »Was machst du, John?« fragte sie. »Was machst du bloß?«

»Ich fahre ein Auto«, sagte ich.

Da ich vor ihrem Wohnhaus keinen Parkplatz fand, stellte ich mich in die gelbe Ladezone direkt vor dem gläsernen Eingang.

»Stell den Motor nicht ab«, sagte sie.

Sie öffnete die Tür und stieg auf den Gehsteig. Sie mußte ihre Abschiedsworte schreien, um das Warnsignal zu übertönen, das anzeigt, daß die Tür nicht richtig geschlossen ist.

»Vielleicht weiß ich nicht, was vorgeht«, rief sie. »Aber eines weiß ich sicher. Du solltest vorsichtig sein, alter Freund. Das ist eine Nummer zu groß für dich.«

Das Lämpchen über dem öffentlichen Telefon in der rund um die Uhr geöffneten Tankstelle drei Häuserblocks weiter leuchtete. Ich fuhr hinein und parkte den Porsche. Ich hatte nur einen Gedanken: Ich mußte etwas unternehmen, und zwar jetzt. Ich rief zuerst in seinem Büro an, doch er war heute nacht nicht im Dienst, daher warf ich noch einen Vierteldollar in den Schlitz für den zweiten Anruf – und wenn ich auch fünf Cents zuviel zahlte, na wenn schon. Nach dem fünften Läuten hob er ab, benommen und nur halb wach.

»Nick? Ich bin's.«

»Weißt du, wie spät es ist?«

»Ja, weiß ich. Höchste Zeit, daß du mir alles erzählst, was du über Parviz Naderi weißt und darüber, wie er ermordet wurde.«

7

»Du mußt dir vor Augen halten, wie es damals war, wenn du auch nur das geringste verstehen willst«, sagte Nick.

»Natürlich haben sich die Zeiten inzwischen geändert«, meinte er. Dann lachte er.

Gewöhnlich trafen wir uns in der Bar des Polizeiclubs, in meinem Büro, oder manchmal sogar im Morddezernat, wenn wir miteinander sprechen wollten, doch an dem Tag nach meinem Anruf bestand Nick darauf, eine Kneipe in einer ruhigen Wohngegend ganz oben im Nordwesten der Stadt zu besuchen, einem gutbürgerlichen Teil der Stadt, in den wir beide nur selten kamen. Wir drückten uns in eine dunkle Nische in der hintersten Ecke des Lokals, während fünf Männer, alle so um die 50, die Stühle an der Bar belegten. Der weißbeschürzte Barmann hatte sich hinter der Bar auf einer niedrigen Trittleiter niedergelassen, die er scheinbar aufgestellt hatte, um den Spiegel zu waschen. Er ließ den Spiegel links liegen und benutzte die Leiter als Sitzgelegenheit. Alle sechs verfolgten gebannt die nachmittägliche Sportsendung im Farbfernseher, der am anderen Ende der Bar hoch oben an der Wand angebracht war. Sie sprachen nicht, kümmerten sich nicht um uns.

»Erinnerst du dich an das Jahr 1977?« fragte Nick.

»Da war ich schon hier, als Reporter für Ned Johnsons Spalte.«

»Und du erinnerst dich nicht an Naderi?«

»Es gibt Hunderte Namen, an die ich mich erinnern sollte und an die ich mich nicht erinnere«, sagte ich achselzuckend. »Tausende hätte ich mir merken sollen und habe sie mir nicht gemerkt. Ein Name wie Naderi . . .«

»Also weißt du gar nichts darüber, wie man ihn abgeknallt hat?«

Mark Twain hat einmal gesagt, der Unterschied zwischen dem richtigen Wort und dem falschen Wort ist wie der Unterschied zwischen einem Blitz und einem Glühwürmchen.

So stark ein Wort wie »Mord« ist der Jargonausdruck, mit dem Nick Naderis Schicksal bedachte, war wie ein Blitz, der mein Gedächtnis erleuchtete.

»Einen Augenblick!« sagte ich. »Bis jetzt hat keiner etwas von . . . Naderi, Naderi. Er war . . . ein Kellner oder so? Richtig? Ist in einem Auto erschossen worden.«

Nick grinste. »Ich habe mich schon gefragt, wann dir endlich ein Licht aufgeht.«

»An sehr viel kann ich mich noch immer nicht erinnern«, sagte ich. »Ich weiß noch, daß mir ein paar Leute sagten, ich solle der Sache nachgehen, da sei eine Story drin, doch wenn ich nachhakte, konnten oder wollten sie mir nicht mehr sagen. Du weißt, wie das ist, man hört das ständig – sie hätten da etwas, womit du dich ihrer Meinung nach befassen solltest, doch sie können oder wollen dir nicht helfen. Sie wissen nicht einmal, wer dir helfen könnte, oder ob an der Sache überhaupt irgend etwas dran ist. Wenn man die Gespenster jagt, die andere Leute sehen, kann man rennen, bis man tot umfällt. Ein paar Kollegen von mir haben da ein bißchen herumgeschnüffelt, glaube ich, aber ich kann mich nicht erinnern, daß Ned irgend etwas darüber in seiner Kolumne brachte.«

»Er brachte schon etwas, aber es war keine große Story«, sagte Nick. »Eine von diesen vagen Geschichten, in denen es heißt »laut zuverlässigen Quellen besteht der inoffizielle Verdacht«; es klingt nach mehr, als tatsächlich drin steht, und ich weiß auch, wie er die Story bekommen hat. Ich weiß nicht mehr, wer von deinen Reporterkollegen sie bearbeitet hat. Keine große Sache. Die Typen von der *Post* haben sich voll hineingekniet und nur ein klein wenig mehr herausbekommen.«

Ich zuckte mit den Achseln. »Man kann nicht alles haben.«

»Nun ja, niemand hat Naderis Story wirklich gekriegt, aber nicht, weil sie es nicht versucht hätten. Ich muß es wissen.«

»Was kannst du mir sagen?« fragte ich.

»Jetzt, nach sieben Jahren voll Blut, Schweiß und Tränen?« Er lächelte und trank sein Bier aus. Der Barmann wandte uns den Rücken zu. Nick ging durch den Raum, erinnerte den Barmann an seinen Job und kam mit zwei frischen Gläsern zurück. Er ging langsam und breitbeinig wie ein Cowboy in Reitstiefeln zurück und verschüttete auch nicht einen Tropfen Bier. Er wartete, bis wir den Schaum heruntergeschlürft hatten, und sagte dann: »Was willst du wissen?«

»Alles – und was für einen Sinn es ergibt.«

»Das ist schwierig«, sagte er. »Ich erzähle es lieber auf meine Art. Ein Teil davon . . . ein Teil davon ist wahr, das weiß ich, und ich kann es beweisen; von einem anderen Teil glaube ich, daß er wahr ist, kann es aber nicht beweisen. Vieles ist Vermutung, Spürnase sozusagen.«

Er nahm einen großen Schluck Bier.

»Wie ich schon sagte, du mußt daran denken, wie es damals war, 1977. Diese Stadt war damals wie ein Fähnlein im Wind. Alles wurde ans Licht gezerrt. Das war nichts Neues, doch es wurde mit einer derartigen Arroganz betrieben, daß es so aussah. Es hieß, die Watergate-Affäre sei vorbei, doch aus dem ganzen Chaos sickerte noch soviel Dreck, der nie weggeräumt wurde. Erinnerst du dich an Koreagate? Wie der koreanische Geheimdienst Leute im Capitol bestach und mit schmutzigen politischen Tricks arbeitete? Der Untersuchungsausschuß des Repräsentantenhauses befaßte sich damals gerade damit. Die Skandale um die GSA-Verträge standen kurz vor der Aufdekkung, und irgendwo kam irgend jemand beim FBI auf die gescheite Idee, sich einmal genauer mit der ABSCAM-Sache zu befassen. Dein alter Freund Martin Mercer hat sich mit seinem Senatorposten rundum bereichert. Er war nicht der einzige. Damals gab es in Amerika eine Menge *Hasardeure* und eine Menge schmutziger Geschäfte. Parviz Naderi steckte mitten drin.

Parviz Naderi. Jeder nannte ihn Pasha. Ein Iraner, der im richtigen Viertel von Teheran geboren worden war und der 1968, mit 21 Jahren, in die USA kam. In seinen Einwanderungspapieren gab er die Schule des Marinenachrichtendienstes in Arlington als seinen Wohnsitz in den Staaten an. Bei der Marine teilte man mir mit, man gäbe *grundsätzlich* keine Auskunft über Angelegenheiten des Nachrichtendienstes, auch nicht darüber, wer ihre Schulen besucht oder nicht besucht. So eine Kleinigkeit wie ein Mord konnte dieses Prinzip nicht ins

Wanken bringen, daher weiß ich nicht, was diese Papiere zu bedeuten haben.

Pasha schrieb sich an der Universität von Maryland ein, belegte ein paar Kurse – Wirtschaft und ein bißchen Politologie. Er heiratete ein armes kleines Mädchen aus Iowa, das sich sechs Monate später schnell wieder von ihm scheiden ließ. Zumindest hatte ihm die Heirat eine ständige Aufenthaltsgenehmigung eingetragen. Kurz bevor er starb, bemühte er sich gerade um die amerikanische Staatsbürgerschaft, aber nicht allzu intensiv. Vielleicht wollte er nicht Gefahr laufen, daß man seine Vergangenheit überprüfte, vielleicht wußte er, daß er keine Angst zu haben brauchte, daß man ihn nach Hause abschob.

Zu jener Zeit waren wir und der Schah von Persien Busenfreunde. Pasha war fest integriert in den iranischen Kreisen hier, hatte gute Kontakte zu den Leuten von der Botschaft, den Studenten, den Geschäftsleuten, sogar zu Exil-Iranern und Dissidenten.

Die wichtigsten Iraner in der Stadt waren die Leute von der Savak, der Geheimpolizei und dem Geheimdienst des Irans. Die Savak war überall. Du kennst doch diese dunkelhäutigen Typen, die man überall in Georgetown antrifft, die in den teuersten Restaurants, wo man nur auf Geschäftsspesen ißt, Rosen feilbieten – eine Aufmerksamkeit für die schöne Dame für nur einen Dollar? Einer von ihnen war ein Savak-Agent. Da er in all den schicken Lokalen ein- und ausging, konnte die Savak genau verfolgen, wer mit wem verkehrte. Die iranische Botschaft hier wimmelte nur so von Savak-Agenten, ganz Amerika war von ihnen durchsetzt.

Der Schah war unser Freund, nicht wahr? Wir haben ihn an die Macht gebracht. Der CIA hat sogar die Savak für ihn geschaffen. Verbündete. Wir hatten damals eine Menge guter Freunde wie die Leute von der Savak. Typen wie die Mitglieder von der chilenischen Geheimpolizei, die 1976 einen Stoßtrupp losschickten, der, nur etwa eine halbe Meile vom Weißen Haus entfernt, mit einer Autobombe den ehemaligen chilenischen Botschafter und dazu ein paar Amerikaner umbrachte.«

»Und so ein Typ war dieser Naderi oder Pasha, oder wie du ihn nennen willst?« unterbrach ich ihn. »Ein Savak-Agent?«

»Suche nicht nach einfachen und raschen Antworten«, sagte Nick. »Vielleicht würdest du welche finden, aber vermutlich würdest du am Ende über deine eigenen Füße stolpern. Außerdem war an unserem Kumpel Pasha nichts einfach oder eindeutig, außer, daß er aalglatt war wie eine Kobra.

Eines will ich ihm zugute halten: Er arbeitete schwer. Er arbeitete zunächst im College als Barmann und Kellner, überall in der Stadt, in Country-Clubs, bei privaten Parties, in Kneipen in der Innenstadt, wo immer er Arbeit bekommen konnte. Er sprach akzentfrei Englisch, war schnell von Begriff und merkte sich Gesichter und Namen. Man sagt, er habe verdammt gut ausgesehen – schwarze Haare, braune Augen –, etwa wie ein New Yorker Jude oder ein Italiener. Groß, kräftig gebaut. Etwas verweichlicht, als er starb. Ich habe ihn nur ein einziges Mal gesehen, und da war er nur ein Objekt für den Pathologen, der die Autopsie vornahm. Da sieht keiner gut aus.

1974 schloß einer der reichen Kneipenbesitzer Pasha ins Herz und machte ihn zum Oberkellner, und dann zum ›maître‹ in einem seiner Nachtclubs, dem Forum.«

»Ich kann mich an das Lokal erinnern«, sagte ich. »Eine Bar, ein Restaurant, komische Aufmachung. Ein großer Raum . . .«

»Hinten gab es ein halbes Dutzend kleinerer Privaträume«, fügte Nick hinzu.

»Habe ich nie gesehen. Ich erinnere mich, daß das Lokal wie ein fünfeckiger Saal angelegt war. In der Mitte war eine Vertiefung für die Tische eingelassen; die Bar verlief entlang einer Wand, und rund um die Vertiefung standen, wie auf einem Balkon, weitere Tische. Irgendwo war auch ein Klavier, nicht wahr? Ein muffiges Lokal, in dem man sich betrinken oder ernsthafte Gespräche führen konnte. Kein Lokal zum Ausgehen.«

»Ein Reporter von der *Post*, der mich ausholen wollte, tat mir einen Gefallen«, sagte Nick, »und hat das Forum unter die Lupe genommen. Es gab da einmal einen Zeitungsartikel über Bars in Washington, die Umschlagplatz für Macht und Einfluß waren. Irgendein Kongreßabgeordneter besuchte einmal mit seiner Frau das Forum und traf dort einige Kollegen. Am nächsten Tag kamen ein paar von ihnen im Sitzungssaal zu ihm und sagten, das sei kein Lokal für *Ehefrauen*.«

»Ich war auch nicht oft dort«, sagte ich. »Von Berufs wegen hätte ich es vielleicht öfter besuchen sollen, aber . . . es roch mir dort ein wenig zu faul.«

»Pasha paßte genau hinein. O ja, Pasha gab dem Forum erst den letzten Schliff. Und jetzt kommen wir zu den Dingen, die ›ganz sicher‹ sind – ich bin mir ganz sicher, daß einiges davon so war, doch ich habe heute nicht mehr Beweise dafür als damals.

Unser Junge hatte eine prächtige Karriere hinter sich. Als Student war er hier aus dem Flugzeug gestiegen, und ein paar Jahre später führte er die schärfste Kneipe in der Stadt. Einfach alles spielte sich im Forum ab, einer versteckten Kneipe in einer von Wohnhäusern gesäumten Sackgasse, zwei Häuserblocks vom Senat entfernt. Wenn man jemanden heimlich treffen wollte, dann war das Forum der richtige Ort dafür, und Pasha der Mann, an den man sich wenden mußte. Vielleicht arrangierte er sogar das Treffen, als Freund eines Freundes eines Freundes. Man konnte Gift darauf nehmen, daß er genau wußte, mit wem man sich traf, und deshalb konnte er auch recht gut erraten, was man vorhatte.

Im Forum konnte man buchstäblich alles bekommen. Hatte man keine Freundin? Kein Problem. Es gab Frauen dort, richtige Politgroupies, Bekannte von Bekannten, Leute, die mit allem möglichen schacherten. Einige waren Prostituierte. Sie waren besser als Straßenmädchen, denn man brauchte nicht zu befürchten, daß eine von ihnen von der Polizei war – das hätte Pasha nicht zugelassen, nicht in seinem Laden. Eine Bekanntschaft konnte Pasha ebenso leicht vermitteln wie einen Tisch in der dunkelsten Ecke oder neben dem Lobbyisten, den man bisher nie zu fassen gekriegt hatte, um ihn wegen einer Wahlspende anzugehen.

Wenn man ein wenig Rauschgift brauchte, etwas Gras, um sich nach einem schweren Tag im Justizausschuß zu entspannen, oder etwas Koks, um sich für die Blondine in Stimmung zu bringen, mit der man sich endlich nach der Senatssitzung auf einen Drink hatte verabreden können – auf ins Forum, zu Pasha. Er würde wissen, an welchen Mann an der Bar man sich wenden mußte, oder wen man anrufen mußte, um sich das Gewünschte liefern zu lassen.

Vielleicht hatte man ein anderes Laster. Pasha hatte für alles Verständnis. Er hatte keine Probleme mit Burschen, die auf kleine Jungen standen oder die gerne spielten. Teufel, Pasha liebte das Glücksspiel, er leitete sogar persönlich einen Teil dieses Geschäftszweiges. Im Forum wurde ein Wettbuch mit sechsstelligen Beträgen geführt, in einigen Privaträumen wurden Pokerspiele abgehalten. Aus den Aufzeichnungen über Telefonate ging hervor, daß allerhand los war – Anrufe bei Buchmachern in Vegas, in Jersey, Chicago und New York. Pasha wußte genau, wen er jeweils anrufen mußte.

Er erledigte eine Menge Anrufe für eine Menge Leute. Er war berühmt als Freund seiner Landsleute. Das war in der Zeit vor Khomeini; die Iraner, größtenteils Studenten, hatten es satt, unter der blutigen Knute des Schahs zu leben, waren es leid, daß man bei der kleinsten Klage gefoltert und ins Gefängnis geworfen wurde. Erinnerst du dich, wie sie auf ihren Demonstrationen hier Papiersäcke mit Augenschlitzen wie Kapuzen überstülpten, damit die Savak sie nicht identifizieren konnte? Pasha freundete sich mit vielen solchen Studenten an, verschaffte ihnen Jobs hier in der Stadt als Kellner, Parkwächter, was auch immer. Er hörte sich all ihre Sorgen an, ihre Träume und Pläne, lieh ihnen ein paar Dollar, und wenn sie gingen, verabschiedete er sich mit einem Lächeln und einem Schulterklopfen. Und dann griff er zum Telefonhörer, wählte eine Nummer der Savak in der Botschaft und gab ihnen alle Namen, Daten und Adressen durch, die er ihnen entlockt hatte.«

»Prima Kerl«, sagte ich.

»O ja. Mit ein paar prima Freunden! Savak, und vielleicht auch unsere eigenen Mantel-und-Degen-Typen. Burschen wie unser Freund Martin Mercer – der übrigens bald aus Lompoc herauskommt.

So um 1977 herum hatten Pashas Freunde ab und zu Pech. Ein Lobbyist, der unter Nixon im Weißen Haus gearbeitet hatte und im Zusammenhang mit dieser komischen Geldgeschichte im Watergate-Skandal genannt worden war, kam eines Nachts, nachdem er das Forum verlassen hatte, vom Parkway ab. Fuhr mit etwa 25 km/h gegen einen Baum. Der Schädel des Burschen war zu Brei zermalmt, seine Rippen waren gebrochen, seine Eingeweide hingen heraus. Ein anderer Typ, ein alteingesessener Washingtoner Jurist, dessen Name in einem von Pashas Adreßbüchern stand, fiel eines Nachts in dem Bürogebäude in der Innenstadt, in dem er seine Kanzlei hatte, die Treppe hinunter und brach sich das Genick. Vermutlich ausgerutscht, wollte wahrscheinlich nicht den Aufzug benutzen wie sonst immer. Können nur Unfälle gewesen sein, sonst nichts.«

»Nichts.«

»Jawohl, nichts. Unser Junge, Pasha, wußte gut Bescheid über nichts, und darüber, was wichtig und was unwichtig war. Er war nicht dumm. Pasha verstand sehr gut, daß eine Methode, in dieser Welt vorwärtszukommen, darin besteht, nützlich zu sein, ohne selbst ausgenutzt zu werden. Achte darauf, daß man dich nicht für selbstverständlich hält, und nimm, was dir zusteht. Tu nichts, ohne davon zu profitieren. Arbeite mit Vertrauen. Für Pasha war die Welt aufgeteilt in Spieler und Figuren. Er war entschlossen, Spieler zu sein, und machte sich daher nützlich.

Und sie haben ihn gebraucht. Die Typen, die auf einen Bundesauftrag für ihre Baufirma scharf waren. Kongreßabgeordnete, die öffentliche Projekte in ihrem Heimatbezirk brauchten, um wiedergewählt zu werden, der rührige Berater, der sich beim Schatzamt einen großen Auftrag erschwindeln wollte, um seine Gaunereien unter dem Deckmantel der Legalität durchführen zu können, Anlageberater auf der Suche nach fingierten Projekten, mit denen sie Neulingen das Geld aus der Tasche locken konnten, Typen, die ihr heißes Geld abkühlen lassen oder anlegen wollten . . . Pasha kannte sie alle, und sie alle kamen zu ihm. Baten ihn um einen Tisch, um einen Gefallen, um einen Kontakt, um gute Unterhaltung, um etwas Protektion. Er erledigte alles prompt und kassierte dafür.

Er tat jedem einen Gefallen, der ihm von Nutzen sein konnte. Onkel Sam hat Alpträume, daß es im Nahen Osten zu einer

Revolution kommen könnte, nicht? Man will ja den Ölkarren nicht umkippen lassen und den Russen in die Hände spielen.

Also tut unsere Regierung ihr Bestes. Wir sind ja so schlau, wir dulden Typen wie Pasha, den Freund unserer Freunde von der Savak, die diese Revolution für uns führen. So ist die Welt nun mal, oder? Wir müssen mit ihm auskommen. Alles andere wollen wir gar nicht wissen, um alles andere kümmern wir uns nicht, das alles tut doch nichts zur Sache, nicht wahr? Wir waschen unsere Hände in Unschuld. Was darüber hinaus geschieht, sehen wir nicht.

Das macht Pasha wichtig, das macht ihn stark, ermöglicht es ihm, mehr zu tun, wie zum Beispiel Herointransporte von seinen Kumpels daheim zu den hiesigen großen Dealern zu organisieren, ohne daß ihm irgend jemand im Iran oder in Amerika große Schwierigkeiten macht. Er schneidet sich ein Stück von diesem Kuchen ab. Seine amerikanischen Kumpel machen ihren Profit, bauen ihr Geschäft auf, schnappen sich vielleicht am New Yorker Busbahnhof irgendein 14jähriges Mädchen aus Duluth, vergehen sich an ihr, bis sie bewußtlos ist, pumpen sie mit Heroin voll und schicken sie dann auf den Kinderstrich am Times Square. Nach 18 Monaten besteht sie nur noch aus einem Paar nutzlosen, glasigen Augen, man kann sie nur noch in die Sümpfe von New Jersey werfen. Keine große Sache, nur etwas Kleingeld damit zu verdienen.«

»Was ist also mit Pasha passiert?«

»Er hat jemanden verprellt.«

»Wen?«

Nick lachte. »Such dir jemanden aus von all den Leuten, die je mit ihm zu tun hatten. Pasha war beliebt, doch ich glaube nicht, daß ihn viele Leute tatsächlich *gemocht* haben – zumindest keiner von denen, die etwas darüber wußten, was er in Wirklichkeit tat. Und deine Frage, wen er so sehr verprellt hat . . .

Es war eine so schöne Frühlingsnacht im März 1977. Ein Mittwoch. Die Geschäfte im Forum plätscherten dahin, nach Stunden noch immer keine große Pokerrunde, keine besonderen Besprechungen. Pasha trug seinem Oberkellner auf, abzuschließen, und fuhr gegen ein Uhr morgens nach Hause.

Er hatte eine Eigentumswohnung in der Stadt gar nicht weit von hier, zwischen der American University und der Wisconsin Avenue. Ein zweigeschossiges Ziegelhaus, schwarze Eichentür mit Türklopfer aus Messing, Blumentöpfen vor dem Haus, ein winziges Stück Rasen. Nicht so extravagant, wie es sonst sein Stil war, aber es war ein Gelegenheitskauf gewesen. Eine lange Privatstraße zweigte von der Hauptstraße ab und machte vor diesem Stadthaus eine Biegung. Es gab nie Parkprobleme. In jener Nacht fand er nur 11,89 Meter von seiner Eingangstür entfernt einen freien Parkplatz.

Seine vietnamesische Freundin hatte nichts gehört. Sie schlief oben in dem zur Straßenseite hin gelegenen Schlafzimmer, das Fenster stand offen – keine 15 Meter von der Stelle entfernt, wo er seinen funkelnagelneuen Porsche geparkt hatte. Deiner ist silberfarben, seiner war gold. Seine Freundin war ein reizendes kleines Ding. Hatte Angst vor Schüssen: Sie war während der Tet-Offensive als Kind in Saigon gewesen. Sie erschrak, wenn ein Auto eine Fehlzündung hatte, haßte die Feiern im Juli und Kinder mit Knallfröschen. In jener Nacht schlief sie tief und fest. Bis wir sie weckten.

Um 2 Uhr 11 bemerkte einer der Polizisten in einem Streifenwagen das Licht im Wageninneren des Porsche. Die Fahrertür stand offen. Als sie in die gewundene Zufahrt einbogen, sahen sie Pashas Hand aus der offenen Tür des Porsche baumeln, knapp über der Straße.

»Und da kommst du ins Spiel«, sagte ich.

»Ich hatte eigentlich gar nicht Dienst, doch ich war so blöd gewesen, mit einem Kollegen zu tauschen.« Er schüttelte den Kopf. »Wirklich blöd von mir.«

Er stand auf und ging auf die Toilette. Im Fernseher lief ein Werbespot, in dem alle Menschen schön, sauber und glücklich waren; die Männer waren sportlich, edel und reich.

»Habe ich dir je meine brillante Theorie über das Leben auseinandergesetzt?« fragte Nick, als er zurückkam. Er brachte noch zwei Gläser Bier.

»Welche?« fragte ich, und er lachte.

»Die, welche besagt, daß es bestimmte Menschen gibt, die dazu verdammt sind, bestimmte Dinge zu tun. Vielleicht liegt es daran, wie sie das Leben sehen, vielleicht liegt es in ihren Genen, und sie haben gar keine Wahl, vielleicht gibt es Hunderte Gründe dafür, aber das spielt keine Rolle, sie sind dazu verdammt. Wohin man sie auch stellt, wo man sie auch trifft, immer stecken sie bis zum Hals in irgendeiner Klemme. Wie der kleine Mann auf der Straße sagt: ›Das mußt du schon verstehen, Mann, ich sitze in der Klemme.‹ Wenn sie im Augenblick in keiner Klemme stecken, brauchst du nur ein wenig zu warten, und sie geraten garantiert in eine, auch wenn sie sich mit Händen und Füßen dagegen wehren. Ich nenne sie Täter.

Aber betrachte das jetzt mal aus einem anderen Blickwinkel, und du siehst das, was die Seelenklempner das Opfersyndrom nennen. Da draußen auf der Straße laufen Leute herum, die dazu verdammt sind, Opfer von anderen zu sein. Vielleicht liegt es an ihrer Lebenseinstellung, vielleicht sind es ihre Gene, egal – sie sind da und warten auf die erstbeste Tragödie, die sie erwischt: ein Autoraser, ein Räuber, ein Triebtäter, ein Mörder. Sie ziehen Unheil an wie ein Blitzableiter.«

»Was ist der Unterschied zwischen Tätern und Opfern?«

»Hah.« Er schüttelte den Kopf. »Manchmal gar nicht viel, Kumpel. Meistens . . . meistens muß man erst abwarten, wer überlebt, um den Unterschied festzustellen. Täter schaffen es eher, im letzten Augenblick den Abzug zu betätigen, statt die letzte Kugel abzubekommen.«

»Ich bin ein Täter«, fuhr er fort. »Ist gar nichts Besonderes, nichts, worauf man irgendwie stolz sein könnte, nichts, das ich beeinflussen kann. Ich bin ganz einfach so. Mir passieren bestimmte Dinge, immer wieder stelle ich fest, daß ich in irgendeiner Klemme stecke, und bisher bin ich noch aus jeder heil herausgekommen. Ich bin ein Täter.« Sein Zeigefinger wies auf mich. »Und du auch.«

»Und Pasha? War er ein Opfer oder ein Täter?«

»Nun, also, eines steht fest: Er war das Opfer von irgendwem, und so klar wie Kloßbrühe ist er an irgendeinen Täter geraten. Aber ich glaube, er war einfach einer von den Möchtegern-Typen.«

»Möchtegern-Typen?«

»Er ergriff jede Chance, machte alles, was man ihn tun ließ. Das bedeutete, daß er auch Hiebe einstecken mußte.«

»Daß er professionell umgelegt wurde.«

»Darauf lief es eindeutig hinaus«, sagte Nick.

»Über Mord wird soviel Scheiße erzählt – und geglaubt«, sagte der beste Beamte des Morddezernats von Washington. Er deutete mit einer Kopfbewegung über den flimmernden Bildschirm über der Bar. »Das Fernsehen ist daran schuld. In der Kiste da bringen sie die Leute um wie die Küchenschaben. Sie haben den Mord aus den finsteren Gassen gerissen und in die Hauptsendezeit verlegt. Nur mußten sie ihn aufbereiten, ihn in 30 Sekunden oder weniger ganz leicht erklären können. Daher nehmen sie den Dingen, die auf der Straße geschehen, die feinen Nuancen, vereinfachen sie und bringen dann diesen Abklatsch in vielleicht tausend verschiedene Variationen. Den Jargon behalten sie bei, damit es ›authentisch‹ wirkt. Und nach einiger Zeit glauben die Zuschauer, daß das die Wirklichkeit ist. Das Komische dabei ist, daß nach einer Weile auch die Bösewichte glauben, daß das, was sie im Fernsehen sehen, wahr sei. Wir alle schnappen den Fernsehjargon auf und verwenden ihn. Man kann kaum etwas dagegen tun, es prasselt den ganzen Tag auf einen ein, jeden Tag, sogar, wenn man selbst nicht in die Röhre guckt.

Und was wirkliche Morde anlangt, serviert uns das Fernsehen noch mehr Scheiße. Zum Beispiel die Teenager, die einem ihrer Kumpel 50 Dollar geben, damit er ihre Eltern umbringt, und das ›einen Killer engagieren‹ nennen. Und das mickrige Bürschchen, das ganz cool sein will, hält sich für einen Fernsehkiller und glaubt, er ist jetzt groß und hart und wichtig, und nicht ein pickelgesichtiger 19jähriger, der sich mit einem Hammer im Schrank versteckt und wartet, bis die Mutter seines verzärtelten Kumpels von der Arbeit heimkommt.

Es geschehen nicht mehr als vielleicht . . . vielleicht hundert professionelle Morde im Jahr, Morde, bei denen jemand einen Spezialisten anheuert, jemanden umzubringen – und zwar, ohne daß sich die Beteiligten dabei wie die Figuren eines Fernsehdramas vorkommen. Achtzig Prozent davon spielen sich im Bandenmilieu ab.

Bei den meisten Morden kennen sich die Beteiligten. Ehemann ermordet Ehefrau, und umgekehrt. Normalerweise im Zorn, nichts Raffiniertes. Dann gibt es die Morde, die ›im Zuge von irgend etwas‹ passieren – im Zuge eines Raubes, einer Vergewaltigung, einer Kneipenschlägerei. Die Dinge geraten außer Kontrolle, und irgend jemand wird dabei getötet. Wir haben ein paar Massenmörder hier in Amerika, die die Leute umlegen, weil sie so veranlagt sind – zum Beispiel der Psychopath, der mit einem Gewehr mit Zielfernrohr auf einem Turm sitzt.

Aber das sind keine Morde mit angeheuerten Killern, keine eiskalt ausgeführten Morde.«

»Ja«, sagte er.

»Aber bei Pasha war das anders.«

»Bei Pasha war das *vielleicht* anders. Bis ich es *wirklich* weiß, kann ich es nicht sagen. Aber wenn ich davon ausgehe, was ich glaube, daß ihm passiert ist – und was ich weiß, daß mir passiert ist . . .

Pasha fährt vom Forum nach Hause. Es ist spät, die Straßen sind leer. In dieser Stadt werden die Gehsteige wochentags rechtzeitig hochgeklappt, weil fast alle Leute zu regelmäßig arbeiten, um lange auszubleiben. Um ein Uhr nachts, als er seinen Porsche durch die Stadt lenkt, sieht er kaum mehr als versperrte Häuser, geparkte Autos, die Scheinwerfer, die das Capitol und die Denkmäler beleuchten. Dort, wo er wohnt, sind gewiß alle Häuser dunkel.

Er findet einen günstigen Parkplatz, parkt ein, schaltet den Motor aus. Er bleibt vielleicht noch eine Sekunde sitzen, um für die Biene, die, wie er weiß, oben in seinem Bett auf ihn wartet, auch gut auszusehen. In seinem versperrten Handschuhfach liegt sein geladener 38er Colt mit kurzem Lauf.

Doch der nützt ihm nichts. Er stößt die Tür des Porsche weit auf. Die Tür ist schwer und so konstruiert, daß sie nicht von selbst zufällt. Diese Deutschen bauen verdammt gute Autos. Das Licht im Innenraum geht an. Vielleicht hört er etwas. Vielleicht ruft jemand seinen Namen. Er will sich aus dem Auto schwingen, die Schlüssel in der linken Hand. Er dreht sich um, schaut.

Und irgend jemand, der seitlich etwas hinter ihm steht, jagt ihm ein Dum-Dum-Geschoß Kaliber 22 durch die linke Schläfe. Sein Kopf knallt gegen den Sitz des Porsche. Er läßt die Schlüssel auf die Straße fallen, sackt im Sitz zusammen, zuckt vielleicht noch ein paarmal, aber der Gehirntod ist bereits eingetreten. Irgend jemand gibt noch einen Schuß auf ihn ab, vermutlich mit derselben Waffe, einer 22er, die er direkt über seinem linken Ohr ansetzt – sicher ist sicher, klar? Dann verschwindet der Mörder wieder in der Nacht.

Kaum war ich am Schauplatz angekommen, wußte ich, das bedeutete Ärger. Irgend so ein Gimpel wird in einem gediegenen Wohnviertel in einem teuren Auto abgeknallt. Kein Raub. Im Handschuhfach eine Waffe, oben in seiner Wohnung ein Mädchen, das bei jedem Knall zusammenzuckt, aber nichts gehört hat. Keine Patronenhülsen – das bedeutete, wenn es kein Revolver war, dann hatte sich jemand die Zeit genommen, die ausgeworfenen Patronenhülsen aufzulesen, damit sie nicht in unser Labor gebracht würden. Ein kaltblütiger, sauber ausgeführter Mord. Ich wußte, wir würden ihn nur mit viel Glück lösen können, noch bevor ich auch nur die leiseste Ahnung hatte, wer dieser Parviz Naderi war.

Aber ich folgte seiner Spur wie ein alter Bluthund. Am Ende verlor sie sich in diesem riesigen Sumpf, an dem man nicht weiß, wo man eigentlich ist, oder wie viele Ungeheuer da draußen im Nebel darauf warten, einen mit Haut und Haaren zu verschlingen.

Die ballistischen Untersuchungen ergaben folgendes: Die Kugeln waren ziemlich deformiert, aber nach den Spuren zu schließen, konnte ein Schalldämpfer verwendet worden sein – was zu der Aussage des Mädchens paßte, das nichts gehört hatte.

Wenn du glaubst, Morde durch gedungene Killer seien selten, dann ist das nichts im Vergleich zu Morden, bei denen ein Schalldämpfer verwendet wird. Mann, diese Dinger liegen in diesem Land nicht auf der Straße herum.

Außer im Jahr 1977. Damals gab es so eine Mordwelle, die sogenannten 22er Morde. Es waren meist Bandenmorde, bei denen Waffen vom Kaliber 22 oder 34 verwendet wurden, häufig mit Schalldämpfer. Ich habe einmal einen Bericht darüber gelesen. Man brachte sie mit einer Bande in Zusammenhang, die sich ›Purple Gang‹ nannte.«

»Was war das noch gleich?«

»Das fragte ich mich auch die ganze Zeit, Kumpel. Klingt idiotisch, wie eine Geschichte aus den dreißiger Jahren, aber genauso war es. Ein paar Typen aus New York, die sich nach einer Detroiter Bande aus der Prohibitionszeit nannten, von der sie vermutlich im Kino oder im Fernsehen gehört hatten, und sich von der Mafia als Killer engagieren ließen. Andere Quellen wiederum behaupteten, die Waffe, mit der Pasha umgelegt wurde, stamme vielleicht aus den alten Beständen der Brigade 2506.«

»Von wem?«

»Von der Brigade 2506 – das ist diese Einheit von Exilkubanern, die wir Ende der fünfziger Jahre für die Schweinebucht rekrutierten.«

»Und das . . .«

»Und das hieß, daß ich in einer ›Routine‹-Mordsache plötzlich verläßliche Quellen hatte – Leute in Bundesstellen, Leute in der iranischen Botschaft und ein paar Dissidentengruppen, schwere Jungs, mit denen ich schon früher zu tun gehabt hatte – sie alle redeten vom CIA und rechtsgerichteten kubanischen Terroristen, Gangsterbanden und der Savak. Spitzenreporter riefen mich an und hechelten alle möglichen Theorien mit mir durch. Ein paar Leute erzählten mir, Pasha sei der dritte auf einer Liste, auf der auch die Namen der Opfer der anderen beiden ›Unfälle‹ standen, von denen ich dir erzählt habe. Ich erhielt Anrufe von Untersuchungsbeamten beim Koreagate-Ausschuß. Sie schickten mich zu Untersuchungsbeamten der ICC, die Skandale im Zusammenhang mit Gütertransporten bearbeiteten. Diese wiederum schickten mich zum FBI, und der sagte überhaupt nichts – gar nichts! Das erschien mir noch viel beängstigender.

Und dann diese Vorfälle. Zufällige Ereignisse vielleicht. Es scheint, entweder kann ich gar keinen Partner behalten oder ich habe gleich drei, was bedeutet, daß ich mich die halbe Zeit mit organisatorischen Problemen herumschlage. Dann scheint meinem Vorgesetzten plötzlich meine Nase nicht zu gefallen, und drei Wochen lang sind alle Limousinen kaputt; ich muß mein eigenes Auto benutzen oder im Büro herumsitzen. Die Spuren kalt werden lassen.

Die Pechsträhne begann nach etwa einer Woche. Zu diesem Zeitpunkt hatte ich bereits die meisten Gerüchte, Theorien und Hypothesen gehört. Ich hatte mit etwa 40 Leuten gesprochen – mit einem blonden Luxus-Callgirl, das um zehn Jahre jünger aussah, als sie war, mit zwielichtigen Geschäftsleuten, mit Typen von der iranischen Botschaft, die zwischen der Savak und dem Wunsch, für ihr Land etwas Gutes zu tun, hin- und hergerissen wurden, mit ein paar hohen Tieren, die es nicht schafften, mich von ihren Büros fernzuhalten, mit der Hälfte der verdammten Untersuchungsbeamten dieser Stadt . . .«

»Aber nicht mit mir.«

»Bis jetzt.«

Ich schwieg.

»Bis dahin hatte ich gedacht, 1977 würde gar kein so schlechtes Jahr werden. Mit Janey ging es zum letzten Mal bergauf. Wir dachten, hofften, redeten uns ein, daß sie es vielleicht schließlich doch überstanden hätte. Sie sprach davon, wieder zu arbeiten, im Krankenhaus. Verdammt, sie verbrachte soviel Zeit dort, daß sie ebensogut als Krankenschwester hätte Geld verdienen können, anstatt als Patientin dort zu liegen.

Eines Tages rief sie mich während der Arbeit an. Um sich selbst hatte sie keine Angst. Was zum Teufel sollten sie ihr schon tun? Sie ein paar Monate früher umbringen als der Krebs? Aber sie wollte nicht, daß sie mir Angst machten, und ganz gewiß wollte sie nicht, daß ich . . .

Nur eine Stimme am Telefon, sagte sie zu mir. Die Stimme eines Mannes, ohne Akzent, keine Besonderheiten. Ruhig. Bestimmt. Er sagte, ihr Mann solle sich vorsehen, wenn er nicht eine Bombe in seinem Keller haben wolle.«

»Mein Gott, Nick!«

»Wem sagst du das! So eine Scheiße *passiert* doch einfach nicht! Doch nicht im wirklichen Leben! Ich kam mir vor wie in einem Alptraum, aus dem ich nicht aufwachen konnte.

Und dann kamen meine Freunde in den Mietautos. Ich

bemerkte sie etwa am achten Tag. Die Mietautos waren verschieden, aber es waren immer dieselben zwei Typen. Sie tauchten immer irgendwo auf dem Weg von meinem Haus in Virginia zum Parkplatz vor dem Hauptquartier in der Innenstadt in meinem Rückspiegel auf. Sie folgten mir wie ein Schatten überallhin.

Ein paarmal hatte ich am Telefon etwas gesagt – über unser Telefon im Büro – wir haben nur sechs Leitungen –, oder über mein privates Telefon daheim, – und jedesmal geschah dann irgend etwas Merkwürdiges, als hätte jemand gewußt, was ich am Telefon gesagt hatte. Natürlich kann das auch nur meine Paranoia gewesen sein, und die war zu diesem Zeitpunkt schon sehr weit gediehen, Cowboy, das kann ich dir flüstern. Ich lief damals mit zwei Waffen herum und vertraute keinem Menschen.

Eines Nachts sagte ich mir, zum Teufel, jetzt oder nie. Janeys Zustand hatte sich verschlechtert. Wir wußten, es würde keine Besserung mehr geben. Ich arbeitete 14 Stunden am Tag am Fall Pasha; den Großteil dieser Zeit verbrachte ich damit, gegen das System zu kämpfen, das mich eigentlich unterstützen sollte. Diese beiden Arschlöcher waren immer in meinem Rückspiegel. Ich ging in den Polizeiclub, wo ich mit einem Typen vom Nachrichtendienst verabredet war, der, wie sich herausstellte, überhaupt nichts über Pasha und auch sonst nicht viel wußte, und trank sechs Gläser statt einem. Es war Juni und heiß. Die Nacht war mondlos. Auf dem Heimweg sah ich ihre gelben Scheinwerfer im Rückspiegel und sagte mir, zum Teufel damit.

Ich fuhr durch die in Virginia gelegenen Vororte von Washington, als hätte ich ein bestimmtes Ziel, das für sie interessant sein könnte. Dann bog ich in eine Sackgasse. Richtete es so ein, daß ich einen Häuserblock vor ihnen über den Hügel fuhr. Am Ende der Sackgasse war ein kleiner Platz zum Wenden. Ich schaltete die Scheinwerfer aus, legte eine Notbremsung hin und kurbelte das Lenkrad wie verrückt herum, um den Wagen fast im Stand zu wenden. Als sie über den Hügel kamen, sah mein Auto in ihre Richtung. Sie kamen ans Ende der Sackgasse und konnten nirgendwo hin. Ich hinaus aus dem Auto und zum offenen Fahrerfenster ihres Wagens, bevor sie noch wußten, was überhaupt los war.

Ich knallte dem Fahrer meine schußbereite 9-mm-Browning Automatic ans Ohr. Tat dem Jungen weh, aber er hatte zuviel Angst, um zu schreien. Ich brüllte, wenn ich ihre verdammten Fratzen jemals wieder zu Gesicht bekäme, würde ich ihnen das Hirn an die Windschutzscheibe pusten. Sie wurden weiß wie Gespenster, machten keine Bewegung, und ich fuhr in meinem Auto davon.«

»Ich verstehe deine Aktion nicht ganz«, sagte ich.

»Ums Verstehen ging es auch nicht«, sagte Nick. »Manchmal muß man ganz einfach etwas *tun.*«

»Und was hast du getan?«

»Ich habe sie mir vom Hals geschafft. Habe weder sie noch andere Typen ihrer Art wiedergesehen. Und keine Anrufe mehr bekommen.«

»Wer waren sie?«

»Alles spricht dafür, daß es die Savak war. Oder daß die Savak die Dreckarbeit für Onkel Sam tat. Einer meiner Kontaktleute in der Botschaft rief am nächsten Tag ganz aufgeregt und besorgt an. ›Was haben Sie getan?‹ wollte er wissen. Anscheinend hatte es in jener Nacht bei ihnen einen Riesenwirbel gegeben.«

»Was taten sie eigentlich?«

»Was taten *überhaupt* alle?« fragte er. Es war eine rhetorische Frage.

»Der Grund für all das liegt bei Pasha«, sagte Nick. »Er hatte bei so vielen Sachen seine Finger im Spiel. So viele Leute waren daran interessiert, was bei dem Mord an ihm herauskam, und aus so vielen verschiedenen Gründen. Der Mörder wollte nicht erwischt werden, alle anderen Beteiligten wollten wissen, wie es stand, niemand wollte weitere Schwierigkeiten. Vielleicht hetzten sie mir die Savak an den Hals, um mich einzuschüchtern, damit ich ihren Dreck nicht in der Öffentlichkeit ausposaune. Vielleicht benutzten sie oder jemand anderer mich als Köder, um Pashas Mörder aufzustöbern, damit sie mit ihm tun konnten, was immer sie mit ihm vorhatten. Egal, eines Tages verlor das für mich jede Bedeutung.

Fünf Monate lang hatte ich Pashas Spur durch die ganze Stadt verfolgt – Teufel, durch ganz Amerika. Ich hatte mehr über mein Land erfahren, als ich wissen wollte, und es gefiel mir ganz und gar nicht. Es gab Hunderte Anhaltspunkte, alles Scheiße, die nach etwas roch und mich nirgendwo hinführte, die nur wieder neue Fragen aufwarf, die niemand beantworten konnte oder wollte. Im Dezernat war ich so unbeliebt wie nur etwas: Ich konnte den Fall nicht abschließen und wollte ihn nicht still einschlafen lassen – die einzigen zwei Methoden, die die Bürokratie kennt, um mit einem schmutzigen Fall wie dem Fall Pasha umzugehen. Janey sollte wieder ins Krankenhaus, um nie mehr herauszukommen, und ich kämpfte mich durch diesen üblen, stinkenden Sumpf, in dem sich keiner um mich oder um das, was ich tat, scherte, außer den Ungeheuern, die mich mit Haut und Haaren verschlingen wollten.

Ich nahm mir drei Tage frei und verbrachte sie daheim an Janeys Bett, sprach mit ihr, ging noch einmal meine meterdicke Akte über Naderi durch, seine Notizbücher, Bilder, Telefonbücher, Scheckbücher, Interviews, Tips, Laborberichte, die Hinweise, die ich aus anderen Dienststellen herausgequetscht hatte, und versuchte, mir zu überlegen, was ich tun sollte. Sie legte sich in ihrem rosa Morgenmantel hin, auf Kissen gestützt, die schwarzen Pupillen riesengroß vom Morphium, ihr Geist noch immer klar und scharf. Ich versuchte, so zu tun, als bemerke ich nicht, daß sie nur noch 98 Pfund wog, von denen 15 Pfund allein der Tumor ausmachte, daß ihr braunes Haar zu grauem Flaum und ihre Haut wächsern geworden war. Wir beide hatten genug vom Tod gesehen, um zu wissen, wie sie aussah. So war sie.« Er lächelte, verlor sich in Gedanken, während er sprach. »Sie war mein Resonanzkörper, notfalls mein Gewissen, mein Stichwortgeber. Sie hat vermutlich genauso viele Kerle hinter Schloß und Riegel gebracht wie ich, nur indem sie mir zuhörte.

Als ich schließlich alles durchgeackert, alle Einfälle, alle Möglichkeiten und alle Hypothesen besprochen hatte, stellte sie mir zwei Fragen.

›Hast du dein Bestes getan?‹ fragte sie.

Ich sagte etwas in der Richtung wie ›*Hat nicht viel genützt*‹, versuchte mich damit herauszureden. Sie sah mich zornig an. Sie las mir die Leviten, genau wie ich es brauchte, nicht mehr und nicht weniger. Schließlich gab ich zu, ja, ich hatte mein Bestes getan.

›Was kannst du denn sonst noch tun?‹ sagte sie. Und lächelte so traurig, als wolle sie sagen ›Du weißt, daß das stimmt‹, ein Lächeln, das ich in jenen Tagen oft an ihr gesehen hatte.

Ich blickte sie an und sagte, ›Nichts‹. Ich räumte die Aktenordner zusammen und unterhielt mich den Rest der Nacht mit ihr über Angeln. Am nächsten Morgen trug ich sie zum Auto, ihr Kopf lag an meiner Brust. Sie hatte eine Menge Fliederparfum aufgetragen, um den üblen, säuerlichen Geruch zu übertönen, damit ich mich an das Parfum erinnern möge. Um 9.30 Uhr brachte ich sie ins Krankenhaus. Sie starb noch vor Sonnenuntergang.«

Eine Weile sprach keiner von uns beiden. Im Fernsehen kamen die Nachrichten.

»Und seither ist so gut wie nichts im Hinblick auf den Mord an Pasha geschehen«, sagte Nick schließlich. »Ab und zu bekomme ich einen Anruf von einem Reporter oder sonst jemandem, Pashas Name oder das Forum taucht in einem Fall oder einer Frage oder sonstwo auf. Das Forum wurde drei Monate nach der Überführung von Pashas Leichnam in den Iran geschlossen. Aber sein unseliger Geist, der ganze verdammte Fall, verfolgen mich. Ich wünschte, verdammt noch mal, ich wüßte, wer Pasha ermordet hat, auch wenn ich ihn nicht einlochen könnte. So ist das, Cowboy«, sagte er und trank sein Bier aus.

»Vielen Dank, Nick.«

»Wenn du mir danken willst, dann danke mir dafür, daß ich dir rate, deinen Arsch aus der Geschichte herauszuhalten. Ich will nicht, daß du auch in dem üblen Sumpf landest. Andererseits, wenn das der Fall wäre, könnte danach irgend etwas Neues auftauchen, das ich dann vielleicht zu fassen kriegen könnte.«

»Bevor oder nachdem es mich erwischt hat?«

»He, Cowoby, mehr Optimismus!«

Wir lachten.

»Du hast also wieder von der hübschen Dame gehört«, sagte er. Und wartete auf meine Antwort.

Ich erzählte ihm alles. Ein einziges Mal hatte ich das nicht getan, und damals war ich mit knapper Not davongekommen.

»Sloan, kann sein, daß mir das irgendwie bekannt vorkommt«, sagte er. »Ihre anderen Namen vielleicht auch. Ich werde das in der Akte im Büro überprüfen, und –« er lächelte und tippte auf seine Stirn – »in den Akten hier drinnen.

Aber die Frage ist«, sagte er und schenkte mir ein strahlendes Lächeln, das seinen abgebrochenen Zahn entblößte, »was wirst du diesbezüglich unternehmen?«

»Ich weiß noch nicht«, sagte ich und erwiderte sein Lächeln. »Ich nehme an, ich bin so ein Typ, der versucht, zu verstehen, in welcher Klemme er sich gerade befindet.«

8

»Ich habe mehr für dich getan, Cowboy«, sagte Nick am Telefon, als er mich am Montag früh anrief.

»Was?«

»Vor ein paar Jahren habe ich da so einen Schriftsteller kennengelernt. Er hatte genug Verstand, bei seiner Schreibmaschine zu bleiben und sich nicht aufs Detektivspielen zu verlegen wie du. Wir haben miteinander an ein paar Stories gearbeitet, verstehst du?«

»Ich glaube schon.«

»Das dachte ich. Er heißt Peter Denton. Er hat noch nie von dir gehört.«

»Das beruht auf Gegenseitigkeit.«

»Ja, also, wir haben fast ein Jahr lang gemeinsam versucht, ihm die Naderi-Story zu verschaffen, die niemand sonst in dieser Stadt bekam. Er hat sie auch nicht bekommen, aber er hat ein paar fehlende Steinchen eingefügt. Zumindest kriegst du von ihm eine andere Meinung zu hören. Er sagte, er würde gerne mit dir reden, allein schon, weil wir doch dicke Freunde sind.«

»Das ist sehr nett von dir, Nick, aber ich habe nachgedacht . . .«

»Oho.«

» . . . und ich bin nicht sicher, ob ich diese Sache überhaupt noch weiter verfolgen werde.«

»Was ist mit der Klemme, in der du steckst?«

»Die Klemme, in der ich stecke, besteht darin, daß ich ein Ermittler bin, der weder einen Klienten noch einen Fall hat. Es gibt nur mich allein. Die Sache mit deinem Freund Pasha reizt mich wahnsinnig, aber andererseits reizen mich viele Dinge. Ich bin an der Nase herumgeführt worden, aber nicht zum ersten Mal und wohl auch nicht zum letzten Mal.«

»Also willst du die Sache sausen lassen.« Seine Stimme wurde kalt.

»Es springt für mich nichts dabei heraus, Nick.«

»Ich habe nicht gedacht, daß es dir dabei nur um *Geld* geht.«

»Komm schon, Nick! Mir gefällt diese Scheiße von Naderi genausowenig wie dir. Ich würde da gerne mal dreinhauen. Ich bin nicht aus Spaß zu dir gekommen, ich bin hereingelegt worden. Mir gefällt das auch nicht, aber solche Dinge passieren eben. Wie gesagt, schlechte Karten eben. Ich weiß, daß ich jetzt deine Wut wieder geschürt habe, und ich will dich nicht enttäuschen . . .«

»Macht mir doch nichts aus!«

»Klar macht es dir etwas aus«, sagte ich. Der Ton unseres Gesprächs wurde freundlicher. »Wenn man bedenkt, was du alles durchgemacht hast, macht es dir etwas aus. Es macht uns beiden etwas aus. Verdammt, vielleicht ist das so eine Sache, die mich nicht mehr loslassen wird. Etwas, was ich hätte besser machen, in Ordnung bringen können. Ich wünschte, ich wüßte es. Aber ich glaube, bei dieser Geschichte werde ich es wohl nie wissen.«

»Du hast dich nicht gerade sehr intensiv bemüht«, sagte er, doch ohne jede Bitterkeit.

»Was kann ich noch tun, was du nicht schon versucht hast? Und für wen soll ich es tun? Was könnte ich schon ausrichten?«

»Das müßtest du auch herausfinden«, sagte er. Er seufzte; die Argumente waren ihm ausgegangen.

»Das stimmt«, erwiderte ich. »Vielleicht, wenn ich mehr Grund hätte, stärker involviert wäre . . . dann würden diese ganzen Einzelfaktoren vielleicht als Motivation ausreichen, aber im Augenblick . . .«

»Bist du sicher?«

»Ich habe es noch nicht ganz gestrichen, aber . . .«

»Verdammt noch mal«, sagte Nick. »Man wird ja noch träumen dürfen, oder?«

»Aber sicher.«

»Sag es mir, wenn du dich entschieden hast.«

Wir plauderten ein paar Minuten, lösten die Spannung. Er legte auf, und ich nahm mir vor, ihn am nächsten oder am übernächsten Tag anzurufen. Die Sache fallenzulassen. Zum Teufel mit Pasha Naderi! Und zum Teufel mit dieser Frau!

15 Minuten später rief sie an.

»John?« Ihre Stimme war rauh und tief. »Ich habe Sie doch nicht geweckt, oder?«

»Ich bin schon seit Stunden wach.«

Sie lachte. »Das hätte ich eigentlich wissen müssen. Schließlich sind Sie auch sehr zeitig am Morgen hierhergekommen.«

»War das ein Tag für uns alle. Für Sie. Für mich. Und für Molly.«

»Oh ja.« Ihre Stimme wurde hart, und ich kam mir mies vor.

»Hören Sie«, sagte ich. »Es tut mir . . .«

»Ich rufe an, um Ihnen für Ihr taktvolles Verhalten beim Abendessen zu danken.«

»Ich weiß nicht einmal, im Hinblick auf was ich taktvoll war!«

»Dann spielt es auch keine Rolle, oder?«

»Wie zum Teufel soll ich das wissen?«

»Das ist aber seltsam, Mr. Rankin. Ich dachte, Sie wüßten alles.«

»Was hat Sie so hart gemacht?« Ich schleuderte ihr die Worte durch den Hörer entgegen.

»So bin ich von Natur aus«, sagte sie. »Fragen Sie, wen Sie wollen.«

»Dann haben Sie Glück, denn das werden Sie bei Ihren Freunden brauchen.«

»Das sind nicht *meine Freunde*. Mr. . . .«

»Sie verkehren nur mit diesen Leuten.«

»Nun«, sagte sie nach einer kurzen Pause. Ihre Stimme war ruhig, beherrscht und schneidend. »Also dann. Nochmals vielen Dank.«

»Wofür jetzt wieder?«

»Dafür, daß Sie mich daran erinnert haben, mit wem ich spreche. Dafür, daß Sie wieder klargestellt haben, wer wir sind. Dumm, wie ich bin, hatte ich es vergessen, ich dachte, ich rede vielleicht mit einem Freund. Mein Fehler. Solche Fehler passieren mir von Zeit zu Zeit.«

»Wie mit Pasha.«

»Wie mit Ihnen auch. Es scheint, Sie und ich, wir haben sehr viel gemeinsam.«

»Den Teufel haben wir gemeinsam!«

»Es wird sich zweifellos erweisen, daß auch das wahr ist.«

Damit hatte sie mich überrumpelt. Einen Augenblick sprach keiner von uns beiden, dann fuhr sie fort.

»Auf jeden Fall braucht keiner von uns sich über derartige Dinge mehr Sorgen zu machen, da Sie mit mir und mit dieser Geschichte jetzt nichts mehr zu tun haben.«

»Vielleicht auch nicht.«

»Was . . . was meinen Sie damit?«

»Ich meine, vielleicht haben wir sehr wohl noch miteinander zu tun, vielleicht bin ich mit Ihrem Freund Pasha noch nicht fertig.«

»Ich verstehe nicht.«

»Wirklich? Das ist seltsam, Mrs. Sloan. Ich dachte, Sie verstünden alles.«

»Was haben Sie vor? Was wollen Sie?«

»Ich weiß nicht«, sagte ich wahrheitsgemäß. »Ich habe mich noch nicht entschieden. Sie heuern mich für einen Auftrag an, und ich erledige ihn, und zwar fair, ehrlich und auftragsgemäß. Ich habe mich an unser Abkommen gehalten, und Sie haben mich die ganze Zeit belogen!«

»Das war . . .« wollte sie mich unterbrechen, aber ich war in Fahrt und ließ sie nicht zu Wort kommen.

»Sie haben mir ein gottverdammtes Bündel *Geld* in die Hand gedrückt! Soviel Geld haben Sie mir nicht für meine Arbeit gezahlt, für meine Ehrlichkeit, mit soviel Geld wollten Sie mich schmieren, als wäre ich irgendein Hinterhofdealer oder eine Nutte! Nun, mich kaufen Sie nicht, Mrs. Sloan! Ich bin nicht eines von Ihren Pferden, das Sie für ein paar Scheine kaufen und auf dem Sie herumreiten können, das Sie dirigieren können, wohin Sie wollen, bei dem Sie nur mit den Zügeln zu schnalzen brauchen, und es setzt sich in Trab. Das Sie *einschläfern*, wenn Sie mit ihm fertig sind! Mich können Sie nicht mit einem Bündel Geld statt mit einer Spritze zum Schweigen bringen!«

»O Gott! Sie haben kein Recht, so etwas zu . . . Sie haben keinen Grund, so etwas zu tun! Mich . . .«

»Keinen Grund? Keinen Grund? Sie legen mich herein und lügen mich an, dann legt mich Ihr Mann herein und lügt mich an – und dann rufen Sie zuckersüß an, um sicherzugehen, daß ich nicht aufmucke! Vielleicht ergibt das alles einen Grund! Vielleicht brauche ich gar keinen *Grund*! Vielleicht . . .«

»Zum Teufel mit Ihnen!« zischte sie ins Telefon. Und dann legte sie plötzlich auf, und ich stand mit dem summenden Hörer in der Hand da.

Ich knallte den Hörer auf die Gabel, aber sie konnte es nicht mehr hören. Zehn, fünfzehn Minuten lang marschierte ich in meinem Büro auf und ab, trat ans Erkerfenster und starrte hinunter auf die Pennsylvania Avenue drei Stockwerke tiefer. Mein Atem ging schnell und flach, meine Stirn brannte. Alle paar Sekunden drehte ich mich um und starrte das Telefon an – das stumm blieb.

Wut wirkt anregend wie eine Droge. Meine Hände zitterten leicht, als ich den Hörer wieder abhob und die Nummer eintippte. Ich bekam die gewünschte Verbindung.

»Vielleicht hatte ich unrecht, Nick«, sagte ich, kaum, daß er sich gemeldet hatte. »In bezug auf Pasha und diese ganze Scheißgeschichte, und was ich tun kann, tun sollte und tun will, was andere Leute getan haben. Vielleicht habe ich zuviel überlegt, vielleicht habe ich mich nicht genug bemüht. Vielleicht habe ich . . .«

»Die hübsche Lady hat sich wieder bei dir gemeldet, nicht wahr?« sagte Nick. Er kicherte.

»Wie heißt dein Freund, der Schriftsteller?«

9

Dupont Circle ist die Nonkonformistengegend von Washington, ein friedliches Viertel, dessen Straßen von schwulen Männern und jungen Weißen bevölkert werden. Den Namen bezieht es von dem Kreisverkehr rund um einen Park mit einem vergoldeten Alabasterbrunnen und Schachtischen aus Beton. Im Umkreis von etwa einem Dutzend Häuserblocks im Dupont Circle wimmelt es in den Straßen nur so von Männern mit Messerhaarschnitt und Schnurrbart. Ihr Lächeln ist entspannt und selbstbewußt. Sie sind makellos gekleidet. Magere, ernste Frauen Anfang Zwanzig mit langen blonden oder krausen schwarzen Haaren lassen den Kellnerinnen, die ihnen in den Straßencafés Espresso servieren, ein kleines Trinkgeld zurück, schultern dann ihren Rucksack und marschieren zum Buchladen, zum Pflanzenladen, zum Kräuter- und Naturkostladen oder zum Schallplattenladen, wo sie am Klassikerregal die Platten von Dvořák und Haydn durchsehen. Sie werfen auch mal einen kurzen Blick auf ein New-Wave-Rock-Album von einem Mädchen mit fransigen orangefarbenen Haaren, das bekannt für seine harten Lieder ist. Sie schauen viel und kaufen nichts. Die gelassene, kluge Miene, die sie zur Schau tragen, bezeugt jedem Mann, der es wagt, sie neugierig anzustarren, daß man ihnen nichts vormachen kann. Diese Frauen erklimmen Treppen zu Tanzstudios im zweiten Stock oder marschieren zu öffentlichen Fahrradständern, an denen ihre Zehngang-Fahrräder angekettet sind. Dann fahren sie voller Verachtung durch den dichten Verkehr davon, vielleicht in Richtung

Norden ins nahe Adams Morgan, das lateinamerikanische und karibische Viertel mit seinen billigen Restaurants, den preisgünstigen Wohnungen und den extravaganten Bars, auf die die Yuppies dieser Stadt so stehen.

Die Bürogebäude in dieser Gegend beherbergen unzählige linksgerichtete und liberale Gruppierungen: Ralph-Nader-Gruppen für Rechtsreformen, Konsumentenschützer, Umweltschützer, Gruppen für den Kampf gegen die Armut, Studenten gegen den Krieg, Befürworter der Geburtenkontrolle, Frauenvereinigungen, diverse Bürgerrechtsgruppen, den Fonds für dieses und das Zentrum für jenes. An einer Ecke der Q Street befindet sich das Institut für Politische Studien, der Hort liberaler Gesinnung, in den in den siebziger Jahren die Gesetzeshüter eingebrochen waren, um es mit Wanzen zu versehen. Dort halten Männer mit Bärten und vergammelter Kleidung Sitzungen ab, geben Lageberichte und Auftragsstudien heraus, als Gegengewicht zu den Tonnen von orthodoxen und rechtsgerichteten Traktaten der gegnerischen Lager, von denen die politische Landschaft dieser Stadt durchsetzt ist.

Peter Denton wohnte an der 19th Street, eine Ecke vom Institut für Politische Studien entfernt, in einem prachtvollen roten Ziegelhaus, das ein vernünftiger Erbe in Einzelwohnungen aufgeteilt hatte. Über der Eingangstür war ein fächerförmiges Oberlicht mit buntem Glas. Ich läutete, und gleich darauf öffnete sich ein Fenster im dritten Stock, ein Mann streckte seinen Kopf heraus und rief meinen Namen.

»Kommen Sie herauf«, sagte er. »Ich telefoniere gerade.«

Dann verschwand er. Der Türöffner summte, und ich trat ein.

»Nur ein Typ, der etwas sucht«, sagte Denton ins Telefon, als ich seine Wohnung betrat.

Er saß an einem runden Tisch vor dem Fenster zur Straße. Die Fensterbank war voller Pflanzen. Auf dem Tisch befanden sich eine altmodische mechanische Schreibmaschine, Bleistifte, Papierstöße und das Telefon. Er hatte diesen Raum als eine Kombination aus Büro und Wohnzimmer hergerichtet; wahrscheinlich benutzte er den Tisch am Fenster auch als Eßtisch. Eine schmuddelige gepolsterte Couch stand an der Wand gegenüber der Eingangstür; in der Ecke hinter mir befand sich Computerzubehör in einem wüsten Durcheinander – Tastatur, VDT-Bildschirm, ein voluminöser, ziemlich veralteter Drucker. Gegenüber dem ersten Sofa stand ein zweites, ein viktorianisches Monstrum mit verschlissenem Stoff und zerkratztem Holz. Rechts von mir erstreckte sich das Vorzimmer nach hinten zu einem Raum mit einem zerwühlten Bett und Bergen von Kleidern, die überall herumlagen. In dem Zimmer, wo ich wartete, machten Stöße von Büchern, Schachteln mit kopierten Artikeln und Zeitungsausschnitten aus dem Fußboden gleichsam eine Schlucht. Der Geruch von Rindfleischeintopf, der auf dem Herd brodelte, drang dampfend aus dem hellen Raum zu meiner Linken. Ich nahm auf dem viktorianischen Monstrum Platz und ließ meinen Blick über die vergrößerten Fotos an Dentons weißen, abblätternden Wänden schweifen; ein Tiger im Käfig im Zoo; lachende schwarze Kinder, die am Gehsteig vor einem Mietshaus Seilchen springen spielten; ein großes, sanft beleuchtetes Portrait eines schönen orientalischen Mädchens mit langen schwarzen Haaren. Während er telefonierte, erfüllten die Klänge eines Konzerts für Klavier und Violine den Raum: Sie kamen aus dem Radio, das auf dem billigen Tisch direkt neben seinem Ellbogen stand; eine schwarze Nabelschnur verband es mit der Steckdose an der Wand.

Denton sah nicht übel aus. Er schien eher Anfang als Ende Dreißig zu sein. Als wir uns beim Händeschütteln gegenüberstanden, überragte er mich. Wenn sein struppiges blondes Haar sich zu lichten begann, dann höchstens unmerklich. Für einen gutaussehenden Mann waren seine Züge etwas zu weich, er wog vielleicht zehn Pfund zuviel und hätte alles andere, nur nicht diese Metallbrille tragen sollen, aber er sah nicht übel aus. Er sprach mit einer volltönenden Tenorstimme.

»Bring mit etwas Sex mehr Power in die Story«, sagte er zu seinem Gesprächspartner. »Ich weiß, das ist aufgemotzte Scheiße, aber hör mal: Wenn du das nicht tust, dann drucken sie es vermutlich nicht ... Spielt keine Rolle, wenn es unerheblich ist ... Um die Perspektive kümmere dich, wenn es ums echte Thema geht ... Ich weiß, das ist tückisch ... Was ist mit ihm? ... Hör zu, das haben wir doch schon durchgekaut: *Du* weißt, daß er ein Idiot ist, *ich* weiß, daß er ein Idiot ist, jedermann in dieser *Stadt* weiß, daß er ein Idiot ist, aber du kannst nicht einfach hingehen und es sagen, nicht in dieser Story, das ist doch nichts Neues! . . . Kannst du auch nur einen von ihnen dazu bringen, das öffentlich zu bestätigen? . . . Nicht einmal über die Vorgeschichte, hm? Eine Möglichkeit wäre natürlich die alte Masche mit ›privat sind Kollegen der Ansicht‹, aber . . . ja, ich weiß auch, daß sich das lahm anhört. Hat er in letzter Zeit irgendeine beweisbare Dummheit angestellt? . . . Nein, nicht so etwas, etwas Simples, das sich einleuchtend darstellen läßt . . . Nichts Ungewöhnliches, hm? . . . Kriegst du dieses Memo von ihnen? Kannst du es verwenden? . . . Scheiße! Gottverdammte Feiglinge von Mitarbeitern! . . . Loyal wem gegenüber? . . . Hör zu, wenn du die Wahrheit nicht beweisen kannst, nützt dir das gar nichts . . . Ich kann nur immer wieder sagen, du kannst nur das Material verwenden, das du hast, und hoffen, daß sie es dich bringen lassen.«

Er sprach noch ein paar Minuten und legte dann auf. Wir schüttelten uns die Hände und setzten uns dann, jeder auf eine Couch, einander gegenüber.

»Das war ein Kumpel von mir«, erklärte er und wies mit einer Kopfbewegung auf das Telefon. »Er arbeitet an einer Analyse über die ›neuen Politiker‹, die Neo-Irgendwas, wie sie sie nennen. Eine gute Story für eine ambitionierte Monatszeitschrift, aber er hat Schwierigkeiten, zu beweisen, daß einer der Typen ein totaler Schwächling ist.«

»Ich weiß, wie das ist«, sagte ich.

»Ja, Nick hat mir erzählt, daß Sie Journalist waren – Reporter für Ned Johnsons Spalte, nicht?«

»Das stimmt.«

»Warum haben Sie es aufgegeben?«

»Sie meinen die Arbeit für Ned?«

»Den Journalismus überhaupt.«

»Ich bekam es satt, nur das Material zu verwenden, das ich hatte, und zu hoffen, daß sie es mich bringen ließen.«

Denton lachte. »Dreitausend Journalisten mit Presseausweisen in dieser Stadt, und dabei zähle ich die Freiberufler gar nicht mit und die Burschen, die das spezielle Material für Abonnenten von Fachzeitschriften ausgraben. Es gibt so verdammt viel zu sagen, und es wird soviel gesagt, an das man nicht einmal einen Gedanken verschwenden sollte. Der Markt erstickt in der Scheiße, die wir produzieren. Wir und die Politiker. Wir bombardieren die große amerikanische Öffentlichkeit, die versucht, Washington zu ignorieren. Die Öffentlichkeit weiß, daß sie den Politikern nicht trauen kann, und deshalb müssen sich die Menschen darauf verlassen, daß wir ihnen erzählen, was sie wissen müssen, um die Entscheidungen zu treffen, die ihr Leben bestimmen. Sie brauchen weise Seher – und sie haben uns.«

»Zumindest haben sie irgend jemanden.«

»Ja«, sagte er. »Wir sind zumindest besser als gar nichts.«

Nach diesem Glaubensbekenntnis schwiegen wir ein paar Augenblicke.

»Machen Sie das schon lange?« fragte ich.

»Freiberuflich arbeiten? Seit fünf Jahren versuche ich, davon zu leben.« Er sah sich in seiner Wohnung um und grinste. »Wenn man das leben nennen kann. Aber mir ist es lieber, als für irgend so eine Fabrik wie die *Post* von zehn bis weiß ich wann auf der Uhr eines anderen zu arbeiten. Natürlich haben die mir nie ein Angebot gemacht, aber . . .« Er lachte. »Ich weiß nicht, ob ich es annehmen würde. Es wäre eine Versuchung, in einem Spitzenteam mitzuarbeiten, dort oder bei der *Times*, aber . . . ich habe eine Menge Freunde dort, alle in unserem Alter. Keiner von ihnen ist glücklich. Sie meckern die ganze Zeit – ich glaube, weil sie ihren Höhepunkt erreicht haben und es auch wissen: sie sind 35, 40 und haben nichts mehr vor sich, als vielleicht Chefredakteur zu werden, ihren Namen unter dem Titel für ein paar Dollar mehr zu verkaufen. Ein paar von ihnen träumen noch immer vom Pulitzerpreis, hoffen auf die große Story, den großen Sprung, aber . . . sie haben noch so um die 20 Arbeitsjahre vor sich und das Gefühl, den Höhepunkt überschritten zu haben.« Er schauderte. »Bei meiner jetzigen Arbeit glaube ich, daß ich zumindest noch einen langen Weg vor mir habe – bergauf oder bergab.«

Wir lachten und verbrachten noch ein paar Minuten damit,

einander einzuschätzen, einander abzutasten: Wir fanden heraus, daß wir gemeinsame Bekannte hatten, über dieses oder jenes Thema einer Meinung waren. Ich merkte, wie er sich langsam entschloß, mir zu vertrauen. Zumindest ein bißchen.

»Und inwiefern haben Sie mit Naderi zu tun?« fragte Denton.

»Darüber bin ich mir noch nicht ganz im klaren. Deshalb hat Nick vorgeschlagen, daß ich mit Ihnen spreche. Wie sind Sie auf ihn gestoßen?«

Denton lächelte. »Was hat Nick getan? Hat er Sie auch bearbeitet, in der Hoffnung, Sie würden den Fall für ihn knacken?«

»Nun . . .«

»O ja, ich weiß, wie das läuft.«

»Für mich war es immer nur reine Spekulation«, erklärte er. »Im Jahr 1980 hatte ich den Auftrag, für eine Zeitschrift etwas über die Vorschriften für Lkw-Transporte zu schreiben, eine Auswirkung der Fernfahrerstreiks, so in der Art. Eine nebulöse Story, aber ich mag große Herausforderungen. Es endete damit, daß ich bei der Interstate Commerce Commission herumschnüffelte und dort einigen unangenehmen Schmutz aufwirbelte, Gerüchte über das Bandenunwesen, eine Geschichte über Transportkonzessionen, die man Freddy Calossi gewährt hatte.«

»Calossi? Wie der . . .«

»Wie der Sohn von Anthony Calossi, dem berühmten New Yorker Geschäftsmann.«

»Ein Mann mit viel Familiensinn, wie ich hörte.«

»Das war er, bis er vor einigen Jahren in einem Restaurant in Brooklyn einigen Leuten in die Schußlinie lief – nach der Sache mit Naderi übrigens. Sein Sohn hatte sich immer vom organisierten Verbrechen ferngehalten, seine Weste war weiß genug für die meisten Gewerbekonzessionen. Wie zum Beispiel für Lkw-Transporte. Es handelte sich um eine große Firma aus Jersey, komplizierte Eigentumsverhältnisse, obwohl der Junior die wichtigsten Anteile besaß. Sie hatten eine Zeitlang bei der ICC das große Sagen, fielen aber schließlich allzusehr auf und zogen sich zurück. Sie verkauften die Firma – glaube ich. Doch sie hatten sich ein paar Leckerbissen ergattert, die eigentlich an ein paar ehrliche Fernfahrer hätten gehen sollen, und das war ein Teil der Geschichte. Irgend jemand erwähnte, es sei ein Jammer, daß dieser iranische Gastronom erschossen worden sei, denn der hätte gewußt, was in der Stadt lief, und hätte uns viel erzählen können. Das hat mich neugierig gemacht. Ich forschte beim Morddezernat nach, bei dem Beamten, der den Fall bearbeitete. Kaum hatte ich Nick gegenüber den Namen Naderi erwähnt, lief *er* mir nach.«

»Das ist sein wunder Punkt«, sagte ich.

»Können Sie es ihm verdenken? Es dauerte eine Weile, bis wir einander vertrauten, aber danach war ich ›einverstanden‹, der Sache nachzugehen.

Ich habe bei den Bundesbehörden vielleicht ein Dutzend Anfragen im Rahmen des Rechts auf freie Akteneinsicht eingereicht, um herauszubekommen, was Nick nicht herausgekriegt hatte. Ein tolles Gesetz. Es heißt, wir haben freien Zugang zu allen Informationen, für deren Erstellung wir Steuerzahler die Regierung bezahlt haben. Den Bürokraten hat dieses Gesetz nie gepaßt, weil es uns die Möglichkeit gibt, zu sehen, was sie tun, welche Scheiße sie bauen. Doch sie sind an das Gesetz gebunden, also lassen sie die Anträge still und leise verstauben. Ich warte noch immer auf Antworten auf Anträge, die ich vor vier Jahren gestellt habe – und laut Gesetz sollte es nicht länger als ein paar Monate dauern. Bei der ICC hatte ich einen Riesenstreit mit einem für die Akteneinsicht zuständigen Beamten. Er schrie mich an, das Gesetz sei nicht dazu da, mir die Informationen zu liefern, die ich brauchte.

Ich habe auch einige Zeit bei den Fernfahrern herumgeschnüffelt, bei Kontaktleuten innerhalb der ICC, Ermittlungsbeamten im Capitol und einigen linken Typen.

Viel habe ich nicht herausgekriegt. Das Einwanderungsformular, auf dem Naderi die Spionageschule der Navy als seinen Wohnsitz in den USA angab. Nick sagte, er habe Ihnen davon erzählt. Ich fand heraus, daß alle Leute die Gerüchte über Frauen, Glücksspiele, Drogen und das Geschäft mit Macht und Einfluß gehört hatten – aber niemand konnte mir dabei helfen, es hieb- und stichfest zu beweisen und *das* dann dem toten Naderi anzuhängen. Ich fand heraus, daß einige seiner Kumpel für die ICC arbeiteten, sich regelmäßig im Forum aufhielten und dort vielleicht einigen Vertretern des organisierten Verbrechens vorgestellt wurden, vielleicht sogar den Calossis oder ihren Leuten. Ich habe eine Menge herausgefunden, doch ich bekam nie eine Story, die irgend jemand wollte.«

»Und?«

»Und das war es auch schon. Kein Mensch bezahlt mich dafür, daß ich Dinge herausbekomme, sondern dafür, daß ich eine Story liefere. Wenn ich nicht eine Förderung der Stiftung für Enthüllungsjournalismus bekommen hätte, wäre ich nicht mal so weit gekommen. Weit und breit kein Mensch, der mich dafür bezahlen wollte, daß ich weitermachte, weit und breit keine druckfähige Story, also . . .«

Er zuckte die Achseln und sagte: »Außerdem habe ich da so einen Tick. Meine Nackenhaare stellen sich auf, wenn eine Sache echt stinkt. Und mein Nacken machte mir die ganze Zeit zu schaffen, als ich in der Naderi-Geschichte herumschnüffelte. Ob es was mit organisiertem Verbrechen zu tun hatte oder nicht, irgendeinem harten Typen hatte der Kerl offenbar ganz und gar nicht gepaßt, und ich lief in der Stadt herum und fragte, warum. Das kam mir nicht sehr klug vor.«

»Ist die Einwanderungskarte Ihr heißester Fang?« fragte ich.

»Ich habe eine ganze Kiste voller Zeug, das im Grunde besagt, daß wir uns für diesen Mord interessieren sollten. Ich habe es als Antwort auf meine Anträge auf freien Zugang zu Informationen an ein Dutzend Regierungsstellen bekommen. In den meisten Fällen werden nur Spekulationen von anderen Dienststellen wiedergegeben, immer wieder dieselben Fragen und Anspielungen. Sie können sich gerne durchgraben.«

»Sagt Ihnen der Name Sloan irgend etwas?«

»Nein – sollte er?«

»Ich weiß es nicht. Ich habe noch ein paar Namen . . .«

»Ich habe eine Kiste voll von Namen, nicht gut geordnet, aber . . . nennen Sie mir versuchsweise ein paar von den Ihren. Ich kann nicht garantieren, daß ich mich an irgend etwas erinnere, aber vielleicht klingelt es. Sie können jederzeit meine Sachen durchackern, und auch das, was Nick für Sie aus seinen

Unterlagen und aus seinen kleinen grauen Zellen ausgraben wird.«

»Wie steht's mit Gracon?« fragte ich. »Oder Randolph? Eine Frau namens Barbara, manchmal auch Barbi genannt? Cora McGregor?«

»Keiner dieser Namen sagt mir irgend etwas. Aber wissen Sie, was?« fuhr er fort. »Ich werde Ihnen nicht nur mein Material überlassen, ich werde Sie auch zu diesem Typen schicken, der hier eine Gruppe unabhängiger Fernfahrer leitet. Er ist scharf auf ICC-Skandale, auf alles darüber, was sie seinen Leuten antun. Dort habe ich den Namen Naderi zum ersten Mal gehört.«

»Ich bin Ihnen sehr dankbar«, sagte ich.

»Keine Ursache«, sagte er. »Ich nehme an, wenn ich darüber von Ihnen keine Story kriegen kann, wird sich ein andermal eine Gelegenheit ergeben. Und außerdem, wenn mein Nacken nicht irrt, brauchen Sie mir nicht zu danken, daß ich Ihnen helfe, dieser Sache nachzugehen. Ihre Witwe wird keine Freude mit mir haben.«

»Ich bin nicht verheiratet«, antwortete ich.

»Ich auch nicht. Sind Sie darüber etwa glücklicher als ich?«

»Vermutlich nicht.«

»Ich habe mich immer als Vater gesehen, der jung genug ist, mit seinen Kindern Fangen zu spielen. Wenn ich in dem Tempo weitermache . . . Es gab da ein paar tolle Frauen, die mich sehr geliebt haben, bei denen ich aber es nicht aushielt, und dann gab es die eine, die ich heiraten wollte, die mich aber nicht wollte. Vermutlich wäre es mit ihr ohnehin nicht gutgegangen.«

Er schwieg und starrte in die Ferne. Schließlich brummte er.

»Verpaßte Gelegenheiten«, sagte er und wies mit einem Kopfnicken auf die Welt vor seinem Fenster. »Nichts als verpaßte Gelegenheiten, wohin ich sehe. Angeblich soll Washington ein Paradies für Singles und Romanzen sein. Immer wieder höre ich, welch wundervolle Frauen es hier gibt, die sich scharenweise beklagen, daß sie nur schwule oder verheiratete Männer, wahre Ekel oder Vollidioten kennenlernen – wofür ich uns nicht halte. Diese Frauen sind Meister im Verstecken.« Er machte eine Pause.

»Ich verlange ja nicht Vollkommenheit«, sagte er weiter, »obwohl ich nichts dagegen hätte. Eine kluge, lebenstüchtige Frau mit ausgeprägter Persönlichkeit, die genug Geist hat, mein Interesse wachzuhalten. Mit Sinn für Humor, Witz. Eine Frau, die aus freier Entscheidung liebenswürdig ist, und nicht nur, weil sie noch keine Gelegenheit hatte, mit dem Messer auf einen loszugehen. Eine Frau, die herumgekommen ist, die alt genug ist, sich von den Dingen des Lebens nicht erschrecken oder überraschen zu lassen. Es wäre toll, wenn sie auch gut aussähe, vielleicht sogar schön wäre – lange, schlanke, schöne Beine und große Augen, großer Mund. Sie kennen nicht vielleicht zufällig so jemanden, oder?«

»Nein«, sagte ich.

10

»Und was wollen Sie von mir?« fragte Sam Murray.

Er kippte in seinem Schreibtischstuhl nach hinten und musterte mich scharf mit seinen harten, blauen Augen. Murray hatte Krähenfüße um die Augen und ein faltenzerfurchtes Gesicht. Seine Haut sah aus wie Leder, das zu lange in der Sonne gelegen hatte, seine grauen, kurz geschnittenen Haare wirkten wie die Stahlborsten einer Bürste. Seine Nase war wohl mehr als einmal eingeschlagen worden, und über seinen linken Backenknochen verlief eine grobe Narbe. Sein zerknitterter blauer Anzug paßte ihm nicht, doch sein weißes Hemd war sauber. Der Krawattenknoten verdankte seine Existenz grimmiger Entschlossenheit, nicht einem Sinn für Mode.

»Ich habe gehört, Sie wüßten etwas über Naderi, ob er irgend etwas mit den komischen Vorgängen in der ICC zu tun hat, auf die ihr hier ein Auge habt«, antwortete ich.

»Das haben Sie also gehört, hm?«

Ich zuckte die Achseln. »Vielleicht hat man mich falsch informiert.«

»Ja«, sagte er, »schon möglich.«

»Murray!« Die Stimme der Frau schrillte über die Trennwand zwischen dem Büro dieses Mannes und dem Empfangszimmer davor. Sie hatte blondgefärbtes Haar, einen kompakten Körper und war wohl ein paar Jährchen über 40. Ich weiß noch, daß sie wie wild auf die Tasten ihrer elektrischen Schreibmaschine einhämmerte. *»Bin gleich für Sie da«*, hatte sie gesagt, als ich das Büro betreten hatte. Sie schrieb den Brief zu Ende, zog ihn aus der Maschine und hielt ihn stirnrunzelnd eine Armlänge von sich weg. *»Weitsichtig«*, murmelte sie. Sie las sich die getippte Seite fast eine Minute lang durch und nickte dann billigend. Erst dann sah sie mich an und fragte mich, was mich herführe. Als ich ihr sagte, wen ich sprechen wollte, nickte sie mir auf dieselbe Art zu und brüllte dann über die Trennwand hinweg nach diesem Mann mit der Lederhaut und den stählernen Borstenhaaren.

»Ja, was gibt's?« rief er jetzt zurück, als ich in seinem Büro saß.

»Es gibt keine Billigflüge nach Phoenix an diesen Tagen. Ich hab' dir den billigsten Flug gebucht. Du könntest noch ein paar Dollar sparen, wenn du wartest, ob jemand storniert, aber . . .«

»Vergiß es!« rief er zurück. »Nimm das Ticket. Ich muß unbedingt dort sein.«

»Okay«, schrie sie zurück. Wir hörten, wie sie die Wählscheibe drehte, und dann leises Gemurmel, als sie telefonierte.

Murray schwang seine Beine unter dem Schreibtsch hervor und stützte sich mit seinen schwarzen Cowboystiefeln auf die billige Stahlfläche des Tisches, so daß ich die zerkratzten Ledersohlen betrachten konnte. Dadurch kippte er in seinem Stuhl noch weiter nach hinten. Sein Kopf berührte fast die Wand unter einem riesigen Poster – ein vergrößertes Zeitungsfoto, das einen langen Lkw-Konvoi auf irgendeiner namenlosen amerikanischen Fernstraße zeigte, als er sich auf die Kamera zuschlängelte. Rechts von diesem Poster hatte irgend jemand riesige Sticker an die Wand geklebt, eine Reihe von Slogans wie »FRACHT TRANSPORTIEREN OHNE SEIN

GELD ZU VERLIEREN – FERNFAHRER ORGANISIERT EUCH« und »GEBT UNS NICHT DIE SCHULD, WIR FAHREN DEN LKW NUR!«

Der Vermieter war vermutlich nicht gerade begeistert über diese Propagandasäule, die da an seiner Wand klebte. An diesem Büro im zweiten Stock eines drittklassigen Bürogebäudes in Virginia, etwa 20 Meilen vom Zentrum von Washington entfernt, konnte er nicht viel verdienen. Murray und seine Leute waren keine großkotzigen Ganoven vom Beltway – Spezialisten oder Unternehmer, die von Bundesprojekten lebten und ihren Firmensitz in einem der Hunderten von Bürogebäuden am Beltway hatten, der Fernstraße, die um Washington herumführt – aber ihr Vermieter hatte zumindest soviel für sie übrig, daß er ihre Miete kassierte.

»O ja«, sagte Murray, »vielleicht hat man Sie falsch informiert.«

»Peter Denton sagte, Sie seien der Mann, mit dem man über Probleme der Fernfahrer und über die ICC sprechen müßte«, sagte ich.

»Was hat das mit diesem Typen namens Naderi zu tun?«

»Hören Sie«, sagte ich und schüttelte den Kopf, »das bringt uns nicht weiter. Ich habe Ihnen schon gesagt, ich befasse mich mit diesem Mord. Denton hat das auch getan. Er sagte, Sie seien einer der Männer, die meinten, sie hätten sich gefragt, was Naderi wußte, die sagten, er habe vermutlich eine Menge über die miesen Praktiken im Transportgewerbe und bei der ICC gewußt.«

»Denton hat das gesagt, ja?«

»Sie können ihn anrufen.«

»Das könnte ich tun.« Murray grinste; es war das erste echte Lächeln auf seinem Gesicht, seit ich Platz genommen hatte. »Andererseits könnte ich mich aber auch entschließen, Ihnen zu vertrauen, weil Sie so ein ehrliches Gesicht und so reizende Manieren haben.«

Wir lachten.

»Ja«, sagte er. »Ich weiß, wer Naderi war. Aber ich bin überhaupt erst in diese Stadt gekommen, nachdem er umgelegt worden war. Das war beim großen Streik von '78, als ich noch selbständiger Spediteur war. Bin mit meinem Neunachser schnurstracks mitten in eure hübsche kleine Hauptstadt gefahren.«

»Und hiergeblieben.«

»Den Lkw-Zug schickte ich heim zu meinem ältesten Sohn. Mein Körper war müde von der Schaukelei in der Riesenkiste, und ich war es müde, von allen möglichen Leuten verschaukelt zu werden, von den Arabern und den Erdölgesellschaften über die Frachteigner, den Fernfahrer-Verband, die Mammutorganisationen, die sich eigentlich um mich hätten kümmern sollen, bis zur Mafia und den Bundesbeamten auf ihren fetten Hintern und jedem Polizisten im ganzen Land, der noch nicht genug Strafzettel ausgefüllt hatte. – Sie wissen, wer wir sind?« fragte er dann.

»Unabhängige Lkw-Fahrer, Leute, die vom Fernfahrer-Verband abgesprungen sind.«

»Wir sind *Amerikaner*, Mann, das sind wir. Und wir sind sauer. Die Streikkonvois rollen nicht, der Fernfahrer-Verband hat noch immer das Sagen, wir haben nicht mehr so viele Mitglieder wie früher, daher sieht es vielleicht so aus, als hätten wir ausgespielt, aber glauben Sie das bloß nicht. Wir sind jetzt vorsichtiger geworden, weil unser Vertrauen, unser Glauben nicht mehr so groß ist wie früher. Wir lassen uns jetzt vielleicht mehr auf den Kopf scheißen, aber wenn wir dann einmal sagen, ›es reicht‹, dann werden wir überhaupt nicht fein sein. Wir kriegen vielleicht nicht, was wir wollen, wenn wir uns wieder zur Wehr setzen, aber wenn wir es nicht tun, wird es für alle ein böses Ende nehmen.«

»Reden Sie von Ihrer Gruppe oder von der ganzen Branche?«

Er lächelte. »Vielleicht rede ich für jedermann in diesem Land. Vielleicht rede ich nur ganz allgemein, theoretisch oder hypothetisch, oder wie Ihr Leute vom College das nennt. Wissen Sie, was TAP heißt?« sagte er und wies mit einem Kopfnicken auf ein Poster an der gegenüberliegenden Wand, auf dem die Lkw-Fahrer von Philadelphia aufgefordert wurden, die konstituierende Versammlung um 20 Uhr in der American Legion Hall zu besuchen. »Truckers Alliance for Progress« – Fernfahrerbund für den Fortschritt. Unabhängige

Spediteure, wie ich. Verbandsmitglieder, die ihre Interessensvertretung aus den Händen von Gaunern befreien wollen. Zigeuner, die den Druck nicht mehr aushalten.

Das Ganze dreht sich um Gesetze. Wir haben jede Menge Gesetze in Amerika. Wir haben die geschriebenen Gesetze, das Gesetz der Straße, die Scheißgesetze, die man befolgen muß, die Gesetze, um die sich keiner schert. Wir haben die Gesetze, um die die Prediger und Politiker so einen Wirbel machen, und dann gibt es die Gesetze, die wirklich wichtig sind. Wir haben so verdammt viele Gesetze. Zu viele gottverdammte Gesetze.

Darum dreht sich das alles. Wir wollen nichts anderes, als uns an die Gesetze halten – einfache Gesetze, sinnvolle Gesetze. Gesetze, bei deren Erstellung wir etwas mitzureden haben. Gesetze, die funktionieren. Gesetze, an die sich jeder halten muß.«

»Klingt fair«, sagte ich.

»Und ist auch gescheit«, meinte er. »Es bringt mehr Sicherheit für jedermann, wenn jedermann vor dem Gesetz gleich ist, wenn die Gesetze jedem eine faire Chance geben.

Nehmen Sie zum Beispiel die ICC, die große Gesetzesmühle. Die vielen Gesetze dort bringen nichts als Ärger. Die ICC sagt, ein Lkw-Fahrer kann seinen Laster nur so und so viele Stunden pro Woche fahren. Das ist sinnvoll, das ist fair. Dieses Gesetz wurde gemacht, weil kein Mensch in seinem Rückspiegel 20 Tonnen Stahl auf sich zukommen sehen will, nur weil der Fahrer überarbeitet und zu erschöpft ist, seinen Lkw auf der Straße zu halten.

Und was passiert? Du versuchst, ein Unternehmen zu führen, Lkws zu fahren. Du willst ein guter Amerikaner sein und dich an die Gesetze halten. Doch dein Auftraggeber sagt, wenn du nicht meine gesamte Fracht so schnell, so weit und so oft ich will befördern kannst, dann kriegst du den Auftrag nicht. Also mußt du das Gesetz über die Arbeitszeit mißachten. Und die Geschwindigkeitsbeschränkungen. Und das Gesetz, das dir verbietet, dich mit Aufputschmitteln wachzuhalten. Willst du was zum Essen, mußt du sie vergessen. Wenn die ICC die Gesetze ordnungsgemäß und gerecht durchsetzen würde, wäre das besser für alle, von den Spediteuren über die

Lkw-Fahrer bis zu den Muttis, die mit einem Auto voller Kinder auf den Fernstraßen unterwegs sind. Aber die Bürokraten sind nicht gerecht. Wenn man sich an die Gesetze hält, verhungert man. Man tut also, was man tun muß, um zu überleben – man bricht die Gesetze.

Alle kommen hierher, um sich maßgeschneiderte Gesetze machen zu lassen oder um Wege zu finden, Gesetze zu umgehen, oder um denen, die die Gesetze machen, die Eier abzuschneiden, und deshalb sind die Gesetze nur gut für die Typen mit den langen Messern. Die offizielle Liste nationaler Vereinigungen – wie der TAP – in Washington ist sechs Seiten lang. Mann, wegen des guten Klimas sind die nicht hierhergekommen!

Und wir sind nur kleine Fische! Verdammt, wir können uns nicht einmal große Innenstadtbüros, teure Rechtsanwälte, Lobbyisten oder eine PR-Firma leisten. Wir haben kein politisches Aktionskomitee, das Schmiergelder – oh, pardon, Wahlkampfspenden an Kongreßabgeordnete zahlt, die die Gesetze und Vorschriften machen und Bürokratenstellen schaffen, die noch mehr Gesetze und Vorschriften produzieren.

Die meisten Leute in der TAP wollen diesen Weg ohnehin nicht einschlagen. Zur Zeit konzentriert sich alles auf das Organisieren von neuen Mitgliedern. Eine tolle Idee. Die richtige Idee. Wenn wir genug Verbandsmitglieder gewinnen und diese Splittergruppe mit den Unabhängigen und anderen Gruppen zusammenschließen, dann müssen die Leute, die die Gesetze machen, auf uns hören. Dann sind wir stark.« Er lachte. »Dann können wir auch eine einflußreiche Gruppe werden. Das wird allen nützen.«

»Und wie läuft es?«

»Das Organisieren? Offiziell: nicht schlecht. Inoffiziell: miserabel. Im letzten November bin ich nach Philadelphia gefahren. Seit ich hauptberuflich für die TAP arbeite, habe ich zwei Funktionen – ich bin der Repräsentant in Washington und für die Organisation an der Ostküste zuständig. Als ich in den Versammlungssaal kam, hingen da so an die hundert Typen herum, und ich dachte, ›Super, das sieht ja wirklich gut aus.‹

Dann stellte sich heraus, daß das vom Verband angeheuerte Schläger waren. Sie schüchterten die Fernfahrer nach Strich und Faden ein, die zwar neugierig und besorgt, aber nicht stark genug waren, sich den Weg durch ihre Reihen zu bahnen, sich stoßen und schieben, anbrüllen und bedrohen zu lassen. Ich holte die Arbeitervertretung der Stadt. Sie kamen und eskortierten *mich* aus der Stadt, anstatt die gedungenen Schläger zu verjagen! Vielleicht hatten sie recht, vielleicht waren sie gar nicht bestochen – sie waren so freundlich, mich wenigstens zu warnen: ›Der eine Typ da hat wegen Mord vor Gericht gestanden‹, ›jener dort hat schon wegen Brandstiftung gesessen‹. Laut Gesetz kann ich in Philly organisieren, soviel ich will. Aber die ungeschriebenen Gesetze besagen, daß ich mich hüten soll.«

»Haben Sie jemals davon gehört, daß Naderi bei der ICC etwas mit Transportlizenzen und der Unterwelt gedreht hat? An irgendwelchen Geschäften beteiligt war? Vielleicht mit dem Unternehmen der Familie Calossi?«

»Sie denken aber auch nur an einen, was?«

»Deshalb bin ich hier.«

»Für wen strampeln Sie sich da eigentlich ab?«

»Im Augenblick nur für mich selbst.«

»Tolle Sache, wenn Sie es schaffen. Wenn es sich auszahlt.«

»Machen Sie viel Geld?« fragte ich.

Er lachte. »Nein, aber ich bin auch verrückt. Ich gehöre zu den Idioten, die an Scheiße glauben.«

»Sie haben recht, was Naderi anlangt«, sagte er. »Diesem Transportunternehmen standen Schwierigkeiten bevor, es sollte seine Lizenzen verlieren – und dann wären sie an ein paar gute Leute gegangen. Ich hörte, daß ein paar Jungs aus New York oder New Jersey in die Stadt kamen, sich mit ihren Repräsentanten hier besprachen. Sie trafen sich mit ein paar von den Leuten von der ICC, die für die Gesetzgebung zuständig sind, unterhielten sich über dieses und jenes, unter anderem auch darüber, wie man Geld verdienen könne. Niemand sagte, wer diese Typen waren. Ich hörte, daß sehr viel von dieser Scheiße über eine Bar oben am Capitol Hill abgelaufen ist, und ein paar Leute erwähnten Ihren Kumpel Naderi.«

»Wer hat ihn erwähnt?«

Er schüttelte den Kopf. »Sogar, wenn ich mich erinnern könnte, würde ich es Ihnen nicht sagen. Es macht mir nichts aus, wenn Leute wie Peter meine Scheiße in der Stadt herumerzählen – zum Teufel, ich bemühe mich ja, sie unter die Leute zu bringen! Das trägt mir einen Ruf ein, und ein Ruf ist in dieser Stadt die Voraussetzung für Einfluß. Aber ich verbreite nicht die Scheiße von anderen Leuten.«

»Ist das eine von Ihren Regeln?«

»Das und, niemals grund- und ziellos auf die Straße zu gehen – ein kleiner Rat, über den Sie nachdenken sollten.«

Er wartete, doch ich antwortete nicht.

»Sie haben sicher einen Grund, dieser Sache nachzugehen«, sagte er. »Ich nehme an, Sie machen weiter, zumindest eine Zeitlang. Aber ich nehme auch an, daß Sie Realist sind. Sie sagen, Sie haben einen Klienten. Früher oder später werden Ihnen die guten Gründe ausgehen, warum Sie den einsamen Wolf spielen sollen.«

Er runzelte die Stirn und starrte auf die Wand. Das Klappern der Schreibmaschine auf der anderen Seite der Trennwand erfüllte die Stille.

»Erinnern Sie sich, ich habe Ihnen erzählt, daß die meisten Leute in der TAP Washington aufgegeben haben. Verdammt, nicht nur sie, auch der Rest des Landes. Heutzutage ist man allgemein bemüht, Washington möglichst zu ignorieren, es auszuschalten, wo es nur geht. Wenn es nicht funktioniert, bloß nichts verbessern, sondern einfach vergessen und auf bessere Zeiten hoffen.

Das ist nicht unbedingt meine Meinung, aber ich muß mich mit dieser Tatsache abfinden. Sie kamen zu der Ansicht, daß diese Stadt nicht unser Schlachtfeld ist. Was sie mir hier für meine Arbeit zur Verfügung stellen, sehen Sie ja – ich und Jenny führen den Kampf. Wir schlagen soviel Krach, wie wir können, in der ICC, im Verkehrsministerium und, wann immer möglich, im Kongreß. Aber die meisten Leute ignorieren uns, sie denken wohl, daß es uns gar nicht mehr gibt. Und das ist wirklich gefährlich für uns: Wenn sie nicht wissen, daß du da bist, überrollen sie dich, ohne mit der Wimper zu zucken.«

Er schwang seine Beine vom Schreibtisch und beugte sich herüber. Seine Hände ergriffen einen Bleistift; geistesabwesend begann er damit auf die stählerne Tischfläche zu klopfen.

»Es gibt da diesen steuerabzugsfähigen Bildungs- und Forschungsfonds, eine Möglichkeit, die unsere Anwälte gefunden haben, die Steuergesetze zu umgehen, damit wir etwas tun können und unsere Mitglieder für ihre Spenden nicht auch noch Steuern zahlen müssen. Es ist keine großartige Kriegskasse, aber wir sind auch keine große Armee.« Er sah mich nachdenklich an.

»Ich halte Sie für ein akzeptables Risiko und schlage Ihnen ein Geschäft vor. Sie verfolgen weiterhin Naderi, aber wir beide wissen, daß Sie auch von etwas leben müssen, und wir wissen auch, daß kein Mensch in dieser Stadt einen freiberuflichen Kopfjäger besonders ernst nimmt. Angenommen, die TAP engagiert Sie für eine bestimmte Zeit im Wert von . . . 300 Dollar – damit Sie der Möglichkeit nachgehen, daß der Mord an Naderi eine wichtige Rolle bei der Erstellung der Güterbeförderungsvorschriften spielt, die unsere Mitglieder betreffen?«

»Dreihundert Dollar, das ist nicht viel«, sagte ich.

»Wieviel verdienen Sie jetzt? Was haben Sie sich vorgestellt, wieviel Sie verdienen werden, wenn Sie aus diesem Zimmer gehen?«

»Ein Punkt für Sie. Aber ich muß Ihnen sagen, daß Sie und ich dabei vielleicht nicht an denselben Dingen interessiert sind. Und vielleicht bekomme ich gar nichts heraus, was Sie brauchen können.«

»Zum Teufel, Mann, ich gehe davon aus, daß Sie scheitern werden! Zumindest werden Sie nichts über Naderi bekommen. Das ist tot und begraben. Deshalb engagiere ich Sie nicht. Ich engagiere Sie, um einmal kräftig umzurühren, um allen zu zeigen, daß die TAP stark genug ist, mitzumischen. Sie werden zur ICC gehen, bei den großen Machern herumschnüffeln und unseren Namen unter die Leute bringen. Mit 300 Dollar erkaufen wir uns das Image einer einflußreichen Gruppe.«

»Ich bin also für Sie nur Mittel zum Zweck.«

»In gewisser Weise, ja. Sie werden in der Innenstadt ein paar Erinnerungen auffrischen, und das nächste Mal, wenn ich anrufe, nimmt man mich dort vielleicht ein bißchen ernster. Natürlich«, fügte er hinzu, »erwarte ich, daß *Sie* mich ernst nehmen. Bei diesem Geschäft sind für Sie bis zu 300 Dollar drin – nicht mehr, aber vielleicht weniger, wenn Sie ein ehrlicher Mensch sind. Wir geben Ihnen das Geld. Ich rufe auch ein paar Leute an, ich werde sehen, was ich für Sie ins Rollen bringen kann. Sie gehen der Sache dann nach, und zwar mit vollem Einsatz, Sie investieren Ihre Arbeitszeit bis zum Wert von 300 Dollar. Ich nehme an, dafür bekommen wir zumindest zehn Stunden.«

»So wenig habe ich seit 1980 nicht mehr verlangt.«

»Dann seien Sie eben mal nostalgisch. Das ist ein Zusatzverdienst.«

Natürlich war es ein schlechtes Geschäft, ein lumpiges und unglückseliges Angebot für ein Unternehmen, das von vornherein zum Scheitern verurteilt war. Das war uns beiden klar.

»Ich nehme an.«

»Jenny!« rief er laut. Das Tippen hörte auf; ihr Kopf erschien am Ende der Trennwand.

»Setz eine Notiz auf oder eine Vereinbarung, was immer. Vom Bildungsfonds geht an – Name dieses Herrn hier – für geleistete Dienste bla, bla, bla, in bezug auf . . .«

»Ich habe alles gehört«, sagte sie. Sie sah mich scharf an und ging dann zurück an ihren Schreibtisch. Einen Augenblick später begann das Klappern der Schreibmaschine von neuem, und nach fünf Minuten brachte sie eine druckreife »Schriftliche Vereinbarung«, in der die Abmachung, die Murray und ich ausgeheckt hatten, in einem besseren Stil abgefaßt war, als die meisten Juristen zustande gebracht hätten. Während wir warteten, nannte er mir einige Namen und gab mir ein paar Hinweise. Wir unterschrieben auf den gepunkteten Linien.

»Geh nach nebenan und laß es kopieren, okay?« sagte er und reichte ihr das Blatt zurück.

»Hm.« Sie ging, um den Auftrag auszuführen.

»Achten Sie nicht auf sie«, sagte er, als wir gehört hatten, daß sich die Tür schloß. »Sie macht sich zu viele Sorgen. Einen besseren Menschen werden Sie nicht finden. Tun Sie mir einen Gefallen . . . Wenn Sie etwas herausbekommen, das vielleicht gefährlich sein könnte, will ich nicht, daß sie darin verwickelt wird. Ansonsten können Sie alles genauso mit ihr wie mit mir abmachen.«

»Ich verstehe«, sagte ich. Wir schüttelten uns die Hand. Als ich aus dem Zimmer ging, hörte ich, wie er irgendein Motel in Baltimore anrief und nach den Sitzungssälen fragte.

Jenny wartete im Vorzimmer auf mich und gab mir meine Kopie unseres Vertrags. Sie warf mir einen scharfen Blick zu, dann wurde ihre Miene weicher. Sie sprach gedämpft, flüsterte, obwohl keiner außer mir da war.

»Bitte legen Sie ihn nicht herein!« sagte sie.

Sie eilte zurück in ihr Büro, bevor ich antworten konnte.

11

Vom Gehsteig aus sah ich die beiden durch die Schaufensterscheibe des Ladens. Sie lachten: Rich, mein Vermieter und Freund, der sich neben der Registrierkassa des »Eclectic« über das Verkaufspult lehnte. Sogar durch das Fenster konnte ich das Funkeln in seinen Augen sehen. Und Barbara Gracon Randolph Sloan. Mrs. J. Emmett Sloan. Barbi. In khakifarbener Hose, weißer Bluse, ein breites Grinsen im Gesicht; sie stand mit leicht angewinkelter Hüfte im Verkaufsraum und strahlte, als Rich übertrieben gestikulierte, um eine Geschichte zu unterstreichen, die ich nicht hören konnte.

Die Türglocke unterbrach das ausgelassene Gespräch. Ich trat ein.

»Es ist einfach ungerecht!« rief Rich mir zu. »Sich sie dir an!«

Ihr Lächeln war vorsichtig, nervös, ihr Verhalten unbestimmt.

»Sieh sie nur an!« sagte Rich nochmals. »Ich quäle mich

wegen ein paar *Gramm* zu Tode, und sie mußte in ihrem ganzen Leben noch nie eine Diät machen!«

»Manche Leute können einfach nichts behalten, was sie bekommen«, sagte sie.

»Bei mir ist das anders«, sagte Rich. »Was immer ich esse, schlägt sofort an. Und das ist noch nicht einmal das Schlimmste! Wollt ihr beide ein Geheimnis erfahren?«

»Klar«, sagte ich.

Rich sah sich im Laden um, um sicherzugehen, daß wir allein waren.

»Ich werde kleiner!« flüsterte er.

»Das ist gar nicht komisch!« sagte er eindringlich, als Barbi und ich lachten, aber sein Schnurrbart und sein Vollbart zuckten in einem Grinsen nach oben.

»Mein Vater hat mir versprochen, ich würde einsdreiundachtzig werden. Wir haben immer am ersten Sonntag im Monat nachgemessen. Ich erinnere mich, wie er an der Schranktür Striche machte, wie er mit Hilfe eines Buches, mit dem er meine Größe feststellte, mit einem Bleistift Linien zog. In der Mittelstufe hörten wir damit auf. Das war auch gut so, denn ich wurde nicht mehr viel größer. Ich bin nie einsdreiundachtzig geworden, aber zum Teufel, einssiebenundsiebzig ist auch nicht schlecht.

Und was passiert dann? Ich werde 30, 35 – ja, ich weiß, Rankin, *und noch ein paar Jährchen mehr*! Jedenfalls begann sich dann alles zu setzen. Ich dachte, es läge nur daran, daß ich jetzt fetter war, daß ich mich soviel mieser fühlte, aber weit gefehlt! Als ich an diesem mörderischen Marine-Diät- und Gymnastikprogramm im Gesundheitsklub teilnahm, sollte ich einen Fitnesstest machen – vor dem ich mich drückte –, aber dann maßen sie mich. Ich bin einsfünfundsiebzig*einhalb* groß! Ich habe seit der Oberschule eineinhalb Zentimeter verloren!« Und er fügte hinzu: »Daran muß die Welt schuld sein.«

»Wie kommen Sie darauf?« fragte sie.

»Nun, was habe ich getan, daß das passiert? Es muß an der Welt liegen, die all die Jahre auf mir lastet. Nicht mehr lange, und ich werde vollends erdrückt.«

»Ich weiß, was Sie meinen«, sagte sie.

»Hah!« schnaubte er. »Ihr Kinder! Was wißt ihr schon?«

»Nie genug«, sagte ich.

»Und so wird es auch bleiben«, erwiderte Rich.

»Ist er immer so optimistisch?« fragte sie mich.

»Meistens«, antwortete ich.

»Wenn ich ein Optimist bin, was seid dann ihr beide?«

»Ich bin hier nur auf Besuch«, sagte sie.

»Ich habe Sie nicht erwartet«, meinte ich.

»Das überrascht mich nicht«, sagte sie.

»Wenn ihr zwei geschäftlich reden wollt, dann geht hinauf in dein eigenes Büro«, sagte Rich. »Wenn nun einer meiner Kunden hereinkommt? Ihr zwei verwirrt ihn nur.«

An der Tür drehte sie sich um und lächelte Rich an.

»Ich bin froh, daß ich hereingekommen bin, als John nicht hier war«, sagte sie. »Ich freue mich, daß ich Sie kennengelernt habe.«

»Ich auch«, sagte er. »Bis bald einmal.«

Sie lächelte wieder, sagte nichts.

Wir sprachen nicht, als wir am Ladenfenster entlang zu meiner Eingangstür gingen. Wir sagten nichts, als wir die zwei Treppen in meine Büro-/Wohnräume hinaufstiegen. Sie ging voran. Ihr Haar federte bei jedem Schritt ein bißchen. Sie hielt eine Hand am Geländer. Wir waren still; nur das Geräusch unserer Schuhe auf den Holztreppen war zu hören. Ich konnte die Umrisse ihres BHs ausmachen, die sich durch ihre dünne weiße Bluse abzeichneten: ein Träger über jeder Schulter, eine dünne Linie quer über ihren Rücken; vier kleine Ausbuchtungen in der Mitte markierten den Verschluß. Ihre Hüften wölbten sich mir entgegen, rund und fest, stramm. Sie schwangen in einer gleichmäßigen, rhythmischen Bewegung bei jedem Schritt nach oben, einmal nach links, einmal nach rechts. Ihre langen Beine waren kräftig. Sie trug kein Parfum an jenem Tag, duftete nur ganz zart nach Babypuder und, kaum wahrnehmbar, etwas schärfer nach Schweiß.

Ich mußte um sie herumgehen, um die Tür aufzuschließen. Sie ging wortlos in mein Büro. Die Nachmittagssonne, die durch die Erkerfenster schien, tauchte meine weißen Wände in wogendes Rosa. Sie machte einen Bogen um die Couch, die man zu einem Bett aufklappen kann, und trat in den Erker, wo sie in Richtung Straße, aber nicht auf die Straße hinuntersah.

»Da draußen gibt es so vieles«, sagte sie.

Mir fiel nichts ein, was ich hätte sagen können.

Sie wandte sich um und sah mich an. Das Licht ließ ihre saphirfarbenen Augen feucht erscheinen.

»Das alles hat sich so häßlich entwickelt«, sagte sie. »Das wollte ich nicht.«

»Was wollten Sie?«

»Das habe ich Ihnen schon gesagt.« Sie lächelte, aber nicht, weil sie glücklich war; nicht, weil sie etwas lustig fand.

»Was wollen Sie jetzt?«

»Ich möchte nicht, daß das alles so häßlich ist. Ich will das alles überhaupt nicht. Ich fühle mich, als . . . diesen Weg habe ich nicht gewählt.«

»Warum sind Sie hergekommen?«

»Sie machen noch immer weiter, mischen sich noch immer ein . . . in mein Leben. Und Sie benutzen dabei das, womit ich Sie beauftragt habe. Es ist etwas Häßliches daraus geworden, etwas Scheußliches. Es wächst über seine eigentliche Bedeutung hinaus, und ich kann es anscheinend nicht aufhalten. Deshalb bin ich gekommen. Um Sie zu sehen. Sie dazu zu bringen, aufzuhören.«

»Es ist zu spät«, sagte ich. Murrays Scheck brannte in meiner Hemdtasche. »Vielleicht, wenn wir etwas früher miteinander geredet hätten . . . Aber jetzt ist es zu spät.«

»Warum? Meinetwegen? Weil Sie wütend auf mich sind? Weil . . .«

»Jetzt geht es um mehr als nur um Sie. Um mehr als nur um mich.«

»Was haben Sie getan?«

»Ich habe mich für einen Weg entschieden.«

»Naderi.« Es war eine Feststellung, keine Frage.

»Ja.«

Sie schüttelte den Kopf und ging um die Couch herum.

»Sie können doch tun, was Sie wollen«, sagte sie. »Sie können alles, was Sie begonnen haben, auch wieder beenden. Sie können weggehen. Das kann Ihnen doch nichts bringen.

Sie tun das nicht für Geld, und etwas anderes kann Ihnen kein Mensch zahlen. Bitte, wollen Sie das nicht für . . .«

»Warum sagen Sie mir nicht die Wahrheit?«

»Die *Wahrheit*! Sind Sie darauf aus?«

»Es wäre ein Anfang.«

»Sie würden nicht wissen, was Sie mit der Wahrheit anfangen sollten, wenn Sie sie wüßten.«

»Lassen Sie es darauf ankommen.«

»Können Sie nicht . . .« begann sie. Dann brach sie ab und schüttelte den Kopf. »Wenigstens . . . Versprechen Sie mir, daß Sie mich informieren werden, daß Sie mir sagen werden, was passieren wird, was Sie . . .«

»Das könnte ich niemals versprechen.«

»Für wen tun Sie das?« fragte sie.

»Das kann ich Ihnen auch nicht sagen.«

»Oh. Ich verstehe. Soviel also in puncto Vertrauen. Was können Sie . . .«

»Ich werde Ihnen sagen, was ich tun kann. Ich werde Ihnen sagen, wenn . . . wenn das, was ich tue, Sie in Schwierigkeiten bringt.«

Sie schüttelte den Kopf. »Dann sagen Sie es mir jetzt, denn es ist schon so weit.«

»Bitte, Barbi: was ist denn eigentlich . . .«

»Das ist mein Problem«, sagte sie. »Und mein Leben.«

Sie ging zur Tür, blieb stehen. Sie lehnte die Stirn an die Türkante.

»Gehen Sie nicht«, bat ich.

»Ich kann nicht . . . John, ich kann nicht mehr tun. Nicht jetzt. Vielleicht . . . rufe ich Sie an.«

Sie ging, ohne mich nochmals anzusehen.

Das Telefon läutete 15 Minuten später.

»Hör zu, John, bist du sehr beschäftigt?« Nicht einmal *Hallo*, aber Art Dillon verschwendet selten Zeit an ganz normale Höflichkeit.

»Es ist mir schon besser gegangen.«

»Bist du beschäftigt?«

»Jetzt?«

»Unsere Firma hat gerade einen großen Fall an Land

gezogen, Vergiftung durch toxische Abfälle von Chemikalien. Unsere Klienten sind Dockarbeiter, die nicht wußten, daß sie sich mit ihrem Job auch Krebs und Geburtsfehler bei ihren Kindern einhandelten. Wir werden vermutlich hier Klage erheben, und eine Anwaltsfirma an der Westküste wird sich uns anschließen. Eine ungeheure Menge Scheiße muß ausgegraben werden. Du kannst jede Menge Stunden verrechnen. Bist du zu beschäftigt, den Auftrag anzunehmen?«

»Ich habe ein paar kleine Sachen laufen«, sagte ich. »Und einen großen Fall.«

»Wie heißt sie?«

»Rein geschäftlich, Art.«

»Schade. Mach dir keine Sorgen über den einen großen Fall. Wir stehen bei dieser Sache erst am Anfang. Du hast wahrscheinlich Zeit genug, ihn abzuschließen.«

»Hoffentlich«, sagte ich.

12

Im Jahr 1984 war die Zentrale der Interstate Commerce Commission ein riesiger, schmutziggrauer Betonbunker auf der Constitution Avenue gegenüber dem National Museum of American History. Am Beginn seiner Arbeit ließ sich der Architekt der ICC von der Erhabenheit der griechischen Klassik inspirieren: Jede Ecke des vierstöckigen Häuserblocks, der von einer Straße bis zur nächsten reichte, wurde von klassischen dorischen Säulen getragen, und eine Reihe von Gipsbüsten anonymer mythischer Figuren lief unter den Fenstern des ersten Stocks rund um die Außenmauer. Mit Säulen aus rotem Marmor und glänzenden Aufzugtüren aus Messing in der Haupthalle bemühte man sich ein letztes Mal um eine solch kreative Extravaganz: Ziemlich bald war für Ästhetik kein Geld mehr da, und das Gebäude mußte in einer Billigversion fertiggestellt werden.

Murrays Kontaktmann bei der ICC war der stellvertretende Leiter der Transportaufsichtsbehörde, ein Mann namens James Doss.

»Kommen Sie lieber gleich heute«, sagte er am Telefon, als ich ihn nach meinem Gespräch mit Art anrief. »Ich bin verkühlt und melancholisch. Das macht mich schwach. Heute ist mir nach Reden. Morgen sage ich Ihnen vielleicht, Sie sollen verschwinden.«

Der bewaffnete Wachposten am Haupttor blickte kaum von seinem Schreibtisch auf, als ich an ihm vorbeiging, beachtete mich nicht, als ich ein paar Minuten im Erdgeschoß herumlungerte, da ich etwas zu früh dran war. Die Orientierungstafel nahm eine ganze Wand ein. Ihr gegenüber ruhte auf einer Säule aus rotem Marmor ein in Glas gerahmter »Moralkodex« für Regierungsbeamte. Er war in roter, weißer und blauer Tinte auf Pergamentimitation geschrieben, etwa wie die »historischen Kopien« berühmter Dokumente, die man eine Zeitlang an Tankstellen im Herzen Amerikas bei jedem Volltanken geschenkt bekam. In einer dunklen Ecke versteckt war eine schimmernde Messingglocke auf einem hüfthohen steinernen Postament, ein Geschenk einer aufgelassenen Eisenbahnlinie an die ICC. Ich las weder die Orientierungstafel noch den Moralkodex. Auf dem Postament war eine Plakette angebracht, auf der stand: »Zur Erinnerung an die Dampflokomotive, die so lange Zeit so gute Dienste geleistet hat.«

Und nicht mehr unter uns weilt, dachte ich. Ein Schild an der Treppe wies darauf hin, daß es im Kellergeschoß eine Cafeteria gab, ein weiteres, daß einer der vier Aufzüge vorübergehend außer Betrieb war. Ein funktionierender Aufzug brauchte eine Weile, bis er vor mir hielt, nachdem ich auf den richtigen Knopf gedrückt hatte.

Die Aufzugtüren öffneten sich, und ich stand in einer Welt von Korridoren mit gelbbraunen oder blaßgrünen Wänden. Als Beleuchtung hingen im Abstand von zehn Metern riesige weiße Kugeln an Ketten von der Decke. Der Fußboden war ein endloses Schachbrett aus rotbraunen und grauen Fliesen. Auf beiden Seiten des Ganges führte alle drei Meter eine Tür mit Milchglasscheibe und schwarzer Nummer in irgendeinen

Raum, in dem irgend etwas getan wurde. Irgend jemand hatte die Kopie eines Cartoons auf eine der Türen geklebt: Menschenähnliche Gestalten wälzten sich hysterisch lachend am Boden. Darüber stand: »*WANN* BRAUCHEN SIE ES?!!!?« Die Luft war reglos und muffig, es roch nach abgestandenem Rauch, getrockneter Tinte, Staub und Schweiß. Als ich auf dem Orientierungsplan neben dem Süßigkeitenautomaten meinen Standort suchte, hörte ich zwei Frauen, deren Stimmen das Klappern ihrer Absätze auf den Fliesen übertönten.

». . . habe heute eine Menge gesehen, also dachte ich, ich sollte es dir sagen.«

»Das ist toll.«

»Gern geschehen.«

Zwei Türen fielen hintereinander ins Schloß.

Wir begegneten uns, als ich in den letzten Gang vor meinem Ziel einbog. Er war der einzige Mensch, den ich in diesen Korridoren zu Gesicht bekam. Er bewegte sich auf lautlosen Sohlen auf mich zu wie ein verängstigter Revolverheld. Seine Hose war schwarz, sein kurzärmeliges Hemd weiß, mit einer Tasche für drei Stifte. Über seine Krawatte wäre nur zu sagen, daß sie dunkel und korrekt geknüpft war. Seine Haut war zartrosa getönt, als wäre er schrecklich verlegen, oder als hätte er sich am Wochenende einen Sonnenbrand geholt. Oder beides. Er ließ mich nicht aus den Augen, war auf der Hut, als wir uns einander näherten; er schien nicht sicher zu sein, ob er mich ansprechen, die Anwesenheit eines Fremden überhaupt zur Kenntnis nehmen sollte. Wir nickten einander zu. Er hielt sein Gesicht starr geradeaus gerichtet, beobachtete mich aber aus den Augenwinkeln, als wir aneinander vorbeigingen. Ich blickte nicht zurück, weiß daher nicht, ob er sah, wie ich in das drittletzte Büro vor der nächsten Biegung eintrat.

»Sie sind sicher Mr. Rankin«, sagte die grauhaarige Frau hinter dem zweiten Schreibtisch in dem blaßgelben Zimmer. Der vordere Schreibtisch war unbesetzt. Verschlossene Holztüren an den Wänden zu meiner Linken und zu meiner Rechten führten zu weiteren Büros. Ein Arbeiter in Blue jeans, der seinem Kollegen auf der Leiter an der linken Wand ein

Leitungsrohr reichte, drehte sich zu mir um, sah, daß ich niemand war, und wandte sich wieder seiner Arbeit zu.

»Er telefoniert gerade«, sagte sie und zeigte auf ein rotes Lämpchen, das auf einem kleinen grauen Plastikkästchen auf dem leeren Schreibtisch leuchtete. Dann wies sie auf einen schwarzen Plastikstuhl unter einem scheußlichen, ausgebleichten Farbdruck, der den sprudelnden Old Faithful, den Geysir im Yellowstone-Park, darstellte. Das Plastik quietschte, als ich Platz nahm.

»Entschuldigen Sie bitte den Lärm«, sagte sie und deutete mit einem Kopfnicken auf die Arbeiter, während sie ein Bündel Papier von einem Ordner in einen anderen steckte. »Wir bekommen einen neuen Stromanschluß für irgendeine Anlage.«

Vom Korridor her hörte man Metall auf Metall klirren, und danach ein hohles, dumpfes Dröhnen, das den leise surrenden Handbohrer des Arbeiters übertönte.

»Anscheinend wird überall viel gearbeitet«, sagte ich.

Sie runzelte die Stirn und sah mich verwirrt an. Ich nickte mit dem Kopf in Richtung des Lärms vor ihrer Tür.

»Ach, das«, sagte sie. »Sie holen nur den Müll ab. Das haben wir jeden Tag.«

Sie schrieb einen Brief auf einer alten mechanischen Remington. Ihr Telefon läutete. Sie hob ab und teilte dem Anrufer mit, daß die Telefonnummer irgendeiner Abteilung geändert worden sei. Sie hörte noch einen Moment zu und sagte dann eine Minute lang alle zehn Sekunden ja, als wäre ihre Bejahung der Refrain eines Liedes. Dann sagte sie nein und legte auf. Das rote Lämpchen auf dem leeren Schreibtisch erlosch. Sie hob den Telefonhörer wieder ab und wählte eine Nummer.

»Mr. Rankin ist da.« Nach einer Pause sagte sie zu mir: »Sie können jetzt hineingehen.«

An der Größe seines in Gelb gehaltenen Büros und der Tatsache, daß er ein hohes Fenster hatte (na ja, seine Aussicht wurde von einem anderen Gebäude im Hof verstellt, aber er hatte ein Fenster!) war zu ersehen, daß er eine wichtige Position einnahm. Er hatte Platz genug für eine Couch an der hinteren Wand, ein paar Stühle vor dem Schreibtisch, der mit seinem braunen, hochlehnigen Chefstuhl aus Plastik nahe am Fenster stand, und ein Bücherregal mit juristischen Fachzeitschriften und ausgewählten rechtskundlichen Wälzern. An einer Seite seines Schreibtisches stand ein weiterer Stuhl, auf der anderen ein kleiner Tisch mit Eingangs- und Ausgangskörbchen und einem gerahmten Farbfoto, das eine hübsche Frau und drei Kinder zeigte. Die Drucke an den Wänden gehörten zum Teil zur Standardausrüstung der Regierungsbüros, ein paar andere stammten offensichtlich von ihm persönlich.

»Willkommen im Abendgrauen«, sagte er an der Tür. Wir gaben uns die Hand, und er lud mich mit einer Handbewegung ein, auf dem Stuhl rechts neben seinem Schreibtisch Platz zu nehmen. Wir gingen zu unseren Stühlen, und er unterdrückte ein Niesen.

»Verdammt kalt«, sagte er. »Das Wetter ändert sich ständig.«

»Ich hoffe, es vergeht bald«, sagte ich. Er winkte ab, zog ein Taschentuch aus seiner blauen Anzughose und schneuzte sich, während wir uns setzten. Er war gutaussehend, schwarz, Anfang 40. Er trug ein langärmeliges weißes Hemd und eine ganz besondere Krawatte mit einem modischen Streifenmuster – rot und marineblau mit einem Hauch von Grau. Ich überlegte, wohin er seine Anzugjacke gehängt haben mochte.

»Was meinen Sie mit Abendgrauen?« fragte ich.

»Haben Sie es noch nicht gehört?« sagte er. »Das haben sie mit diesem Büro vor – die Lichter ausgehen zu lassen – es abzuschaffen, was immer. Wir leben im Zeitalter des Vorschriftenabbaus, wenn wir auch erst erfahren werden, was das wirklich bedeutet, wenn es längst vorbei ist. Die ICC ist das Herz, die älteste unabhängige Vorschriftenkommission, gegründet 1887. Es sieht ganz so aus, als würden sie sie noch vor ihrem hundertsten Geburtstag abschaffen.« Er zuckte die Achseln. »Die Zeiten ändern sich.«

»Nicht, daß es eine so schlechte Idee wäre, dieses Büro ein bißchen durchzurütteln«, fügte er hinzu, und wir lachten.

»Sind Sie schon lange hier?«

»Seit 1970, gleich nach dem Jurastudium. Ich wollte eigentlich nur ein, zwei Jahre hierbleiben und dann nach Georgia zurückgehen, dort eine Anwaltspraxis aufmachen, vielleicht ein paar Schweine und Hühner züchten und angenehm leben. Damals war das hier ganz anders. Komplex strukturiert, gab es hier eine Menge gemütlicher Posten und alle Kniffe und Schliche der Bürokratie. Ich war erst der zweite schwarze Anwalt hier, und es gab keinen Schwarzen in einer echten Führungsposition. Diese Herausforderung, die Chance, ein paar Barrieren niederzureißen . . .

Das ganze Leben kämpft man gegen Regeln und Vorschriften an, gegen Grundsätze, dagegen, *wie man es schon immer gemacht hat,* gegen alles, was von oben nach unten verordnet wird. Ich war in den ersten paar Jahren naiv genug zu glauben, daß ich Staatsbeamter sei, kein Politiker. Ohne politischen Scharfsinn und politische Aktivitäten geht es in diesem Spiel nicht. Man braucht nicht unbedingt bei einer Partei zu sein; Mitglied einer Partei zu sein – egal, welcher –, das ist politisch irrelevant. Ich habe mich 14 Jahre lang durch dieses System gekämpft, um schließlich meine jetzige Position zu erlangen, von der aus ich direkten politischen Einfluß ausüben kann.

Und jetzt ist meine Arbeit hier, wahrscheinlich die ganze Institution, dem Untergang geweiht. Weil schlechte Politik gemacht wurde, weil die Politik, weil wir mißbraucht worden sind. Weil die Geschichte ein schnelleres Tempo vorlegt als diese Stadt. Weil da draußen eine Revolution im Gange ist, weil das Pendel in die andere Richtung schwingt.«

»Wie Sie sagten, die Zeiten ändern sich.«

»Darüber beklage ich mich nicht«, sagte er. »Verdammt, ich verbringe die halbe Zeit damit, mich für die Dinge einzusetzen, über die sich die Leute so lautstark aufregen. Wir müssen den Saustall ausmisten. Aber ich fürchte, die Leute werden das Kind mit dem Bade ausschütten.«

»Apropos Saustall«, sagte ich.

Er setzte zum Lachen an, mußte aber statt dessen niesen.

»Entschuldigen Sie«, sagte er. »Mein alter Kumpel Sam Murray, dieser lästige Typ, hat mich bereits angerufen und mir erzählt, wofür er Sie engagiert hat. Sam bringt mit Begeisterung Dinge in Bewegung. Er hat inzwischen der halben Stadt von seiner Abmachung mit Ihnen erzählt, jedem, der ihm zuhört – anderen Fernfahrer-Vereinigungen, Leuten vom Fernfahrer-

Verband, vermutlich auch den paar Leuten am Capitol Hill, die seine Anrufe noch entgegennehmen.«

»Er sagte mir, Reklame macht sich bezahlt.«

»Ich hoffe es.«

»Ich weiß nicht, wieviel Sam Ihnen erzählt hat, aber ich stelle Ermittlungen über den Tod eines Mannes namens Parviz Naderi an, untersuche, ob da vielleicht ein Zusammenhang mit Frachtskandalen besteht. Im Jahre . . .«

»Ich kenne die Geschichte. Ich habe weder diesen Naderi gekannt, noch sonst irgendwelche Leute, die angeblich darin verwickelt waren, aber ich kenne die Geschichte. Damals arbeitete ich im Außendienst. Ich brachte den unabhängigen Fernfahrern bei, wie sie sich durch das Gewirr von Bundes- und Regierungsstellen, kuschenden Fahrern und Spediteuren durchschlagen konnten, ohne überzuschnappen oder pleite zu gehen. Ich war während des ganzen Skandals kaum in der Stadt, nicht einmal im Büro. Teufel, meine Frau dachte schon, ich sei selber ein Fernfahrer geworden!«

»Aber jetzt wissen Sie davon.«

»Der Fall fällt in den Kompetenzbereich dieser Abteilung, zumindest teilweise. Alle Unterlagen sind durch dieses Büro gegangen. Ich leite diese Abteilung seit zwei Jahren, und das heißt, ich habe auch alles mitübernommen, was in der Vergangenheit geschehen ist, und nicht nur das, was wir seit meinem Amtsantritt getan haben. Natürlich habe ich mir das Material vorgenommen, nachdem Sam angerufen und mir gesagt hat, daß die Sache wieder heiß werden könnte.«

»Welche Rolle spielte Naderi bei den Schiebereien von Transportlizenzen?«

»Huh!« Er schüttelte den Kopf und schneuzte sich. »Das ist aber eine ganz schön gepfefferte Frage, die Sie als Bürger da einem Staatsbeamten stellen. Wieso glauben Sie, daß ich Ihnen irgend etwas sagen kann?«

»Sie haben die Akten gelesen.«

»Was ich weiß, steht nicht zur Debatte. Was ich mit meinem Wissen anfange, ist die Frage.«

»Ich will nicht, daß Sie irgend etwas Unehrenhaftes tun.«

»Hm-hm.«

Wir sahen einander ein paar Minuten lang an.

»Jemand ist ermordet worden«, sagte ich. »Und sein Geist scheint nicht aus dieser Stadt verschwinden zu wollen. Vielleicht habe ich Glück und finde etwas heraus, wodurch wir ihn ein für allemal loswerden.«

»Offiziell haben die ICC, diese Abteilung – *ich* – nichts zu sagen, was nicht schon in den Presseverlautbarungen vor sieben Jahren mit ›Kein Kommentar‹ beantwortet wurde. Und mit den Disziplinarmaßnahmen gegen einige Angestellte der ICC wegen Verstößen bei Dingen, die für Ihren Mr. Naderi vermutlich nur am Rande von Interesse waren.«

»Schiebereien.«

Er zuckte die Achseln. »Diese Behauptung ist nie bewiesen worden. Weder die Anklagejury noch die Ermittlungen der Kommission fanden jemals genug Beweise, um strafrechtlich vorzugehen. Die Maßnahmen gegen vier Angestellte der ICC waren rein dienstrechtlicher Natur.«

»Ich habe Verständnis für Ihre offizielle Stellung und Ihre offizielle Antwort. Ich bin bei meiner Suche nicht auf offizielle Antworten beschränkt, brauche sie nicht einmal zu belegen.«

»Um so besser, denn die offiziellen und belegbaren Antworten sind bereits alle gesagt.«

»Es ist nie ein Schuldiger gefunden worden.«

»Es sind Disziplinarstrafen verhängt worden, und die Betreffenden haben sie vermutlich verdient. Sie haben sich in ihren privaten Kontakten äußerst indiskret verhalten.«

»Es hieß, sie hätten sich von einer Transportfirma, die Verbindung zum organisierten Verbrechen hatte, zu opulenten Restaurantbesuchen einladen lassen.«

»Es gab inkorrekte private Kontakte zu Personen, die geschäftlich mit der ICC zu tun hatten – in zwei Fällen. Mehr konnte nie bewiesen werden. Es gab keinen Beweis dafür, daß irgend jemand direkt oder erfolgreich irgend etwas unternommen hat, um die Kommission ungebührlich zu beeinflussen.«

»Und was ist mit der Verbindung zum organisierten Verbrechen?«

»Wir fanden Beweise dafür, daß einer der Eigentümer eines Unternehmens, das einen Antrag auf eine Transportroute gestellt hatte, nicht ganz koscher war. Die Kommission genehmigte den Antrag unter der Bedingung, daß sich diese Person völlig aus der Firma zurückzog. Und das, glaube ich, hat er getan.«

»Und Naderi war mittendrin.«

»Sein Name tauchte auf, weil sich die angeblichen Unregelmäßigkeiten zum Teil in dem Restaurant ereignet hatten, in dem er arbeitete.«

»Was halten Sie von der ganzen Sache?«

»Ich glaube, sie steht auf schwachen Beinen. Wenn wirklich jemand versucht hat, die Kommission ungebührlich zu beeinflussen, dann hätte er in diesem Fall ziemlich weit unten in der Hierarchie angesetzt. Diese vier Leute waren kleine Angestellte, keine Entscheidungsträger. Sie hätten die wichtigen Leute beeinflussen müssen. Keine sehr zielführende Vorgangsweise.«

»Aber eine mögliche. Und eine erprobte. Und vielleicht nur die Spitze eines Eisbergs.«

»Wer kann das sagen? Wissen Sie, das komische dabei ist, daß es die betreffenden Vorschriften jetzt gar nicht mehr gibt. Wir leben im Zeitalter des Vorschriftenabbaus. Wir kümmern uns um solche Sachen nicht mehr.«

»Wie praktisch.«

»Für einige Leute schon. Für diejenigen, die bereits jetzt groß und mächtig sind. Für diejenigen, die schon immer genug Mut und Kraft hatten, sich gegen das alte System zur Wehr zu setzen. Für alle anderen . . . Nun, wenn Sie glauben, daß es früher Haie gegeben hat, dann warten Sie erst ab, bis – wenn – sie uns alle, die wir die Vorschriften machen, abgeschafft haben. Zumindest waren wir ein Hindernis, über das die Bösewichte stolpern konnten. Wir hätten mehr sein sollen, mehr sein können, aber . . .«

»Ist in der Untersuchung über den Fall Naderi jemals der Name Sloan aufgetaucht?«

»Es hat keine Untersuchung über den Fall Naderi gegeben – wir sind bei einer Säuberungsaktion innerhalb der ICC auf ihn ›gestoßen‹.«

»J. Emmett Sloan«, sagte ich. »Oder seine Frau, Barbara, Barbi, Mädchennamen Gracon und Randolph.«

»Man kann nicht zwei Mädchennamen haben.«

»Sie ist eine ungewöhnliche Frau.«

»Nein«, sagte er, nachdem er einen Moment nachgedacht hatte. »Keiner dieser Namen kam vor.«

Ich stellte ihm die wichtigste Frage, die ein Ermittler bei einer Befragung stellen kann: »Woher wissen Sie das?«

»Ich habe die Akte gelesen.«

»Sie meinen, diese Namen sind in der Akte nicht vorgekommen.«

»Ah, Sie haben recht. Haben Sie je daran gedacht, Anwalt zu werden?«

»Das ist schon lange her. Wieso sind Sie so sicher, daß Ihr Gedächtnis so gut ist?«

»Wie ich sagte, ich habe die Akte gelesen. Mehr als einmal. Zum letzten Mal . . .« Er sah auf die Uhr. »Ungefähr eine halbe Stunde, nachdem Murray mich angerufen und mir mitgeteilt hat, daß Sie herumschnüffeln würden. Ich möchte nicht, daß unsere Abteilung unvorbereitet ist.«

»Da die Akte gerade hier ist, kann ich sie sehen?«

»Nein.«

»Ganz inoffi . . .«

»Nein.«

»Wenn Sie an meiner Stelle wären«, sagte ich, »wohin würden Sie als nächstes gehen, um mehr über Naderi und die ganze Geschichte mit den Transportunternehmern und der ICC zu erfahren?«

»An Ihrer Stelle?« Er lachte und putzte sich mit einem Papiertaschentuch die Nase. Dann knüllte er es zusammen und zielte damit auf den Papierkorb unter dem Schreibtisch. Das Taschentuch prallte vom Rand ab und fiel auf den Boden.

»Ein scheußlicher Tag«, sagte er. »Ich habe einen Eid geschworen, daß ich mich für die Einhaltung der Gesetze einsetzen werde. Den Großteil des vergangenen Monats habe ich am Capitol Hill verbracht und mir von einem Kongreßausschuß nach dem anderen die Leviten lesen lassen müssen. Diese Kerle beschimpfen mich, weil ich auf die Einhaltung von

›dummen‹ Gesetzen, von schlechten Vorschriften dränge. Sie brüsten sich damit, daß sie uns Bösewichte von der ICC zurückdrängen, als wären wir eine Bande von Verbrechern, die in diese Stadt eingefallen sind und die Macht an sich gerissen haben, die ihnen und ihren Wählern das Geld abknöpfen und sie gezwungen haben, nach unserer Pfeife zu tanzen. Zum Teufel, diese Kongreßabgeordneten haben die Gesetze gemacht, die uns das vorschreiben, wofür sie uns jetzt die Hölle heißmachen!

Ich versuche, das Kind zu retten, das Badewasser auszuschütten und gleichzeitig das Baby zu waschen. Wir haben eine Chance, in diesem Land große Veränderungen herbeizuführen, hier bei der ICC, und ich kämpfe dafür, daß wir das tun, anstatt alles hirnlos, emotionell und ohne jeglichen *politischen* Stil zu sehen. In der Zwischenzeit soll ich dafür sorgen, daß meine Abteilung alles, was so anfällt, mit vollem Einsatz bearbeitet, und dabei haben sie mir mein Budget um 57 Prozent gekürzt. Egal, was passiert, ich werde einigen guten Leuten sagen müssen, daß sie ihren Job verlieren. Ich verliere meinen vielleicht auch, aber ich habe keine Zeit, mir darüber Sorgen zu machen. Nächstes Jahr wird mein ältester Sohn, er ist 13, auf eine gute Oberschule gehen, was bedeutet, daß rund zehn Prozent der Kinder in seiner Klasse harte Drogen nehmen, von deren Existenz ich überhaupt erst nach meinem Studium gehört habe. Meine Tochter Angie hat Angst vor Pickeln, dabei ist sie erst elf, und Matt, unser Jüngster, interessiert sich weder für Baseball noch für Fußball, noch für irgend etwas anderes außer Fernsehshows oder Videospiele. Meine Frau ist eine Heilige, aber ich möchte, daß ihr lieber früher als später etwas mehr Glück zuteil wird. Und ich, ich habe eine verdammte Erkältung, und Sie wollen wissen, was ich an Ihrer Stelle tun würde?

Was würden Sie an meiner Stelle tun?«

13

Eigentlich wollte ich ihr an jenem verregneten Dienstagmorgen alles sagen.

Von den »bis zu« zehn Stunden in meinem Vertrag mit Murray hatte ich vier abgearbeitet; dieser Einsatz von Zeit und Mühe reichte, um vorauszusagen, daß die restlichen sechs Stunden keinem von uns etwas bringen würden. Ich könnte weiterhin bei der ICC herumschnüffeln und alles, was Nick über den Mord herausgebracht hatte, wieder aufwärmen, aber wenn nicht ein Wunder geschah, würde ich nachher nicht mehr wissen als jetzt. Da Doss von der ICC mir gesagt hatte, daß Murray meine Geschichte in der ganzen Stadt herumerzählte, würde ich kein Geheimnis verraten, wenn ich es ihr erzählte. Vielleicht war ich ihr überhaupt nichts schuldig, aber ich wollte es ihr sagen. Um ehrlich zu sein – ich wollte sie wiedersehen, wollte, daß sie gut über mich dachte. Wollte sie ganz sauber aus meinem Leben streichen.

Ich wartete bis Dienstag, weil ich nicht sicher war, ob ihr Mann am Ostermontag arbeiten würde. Nur, um den Fall meiner Klientin vertraulich zu behandeln, sagte ich mir.

»Sie sagten, Sie könnten mir nichts berichten«, meinte sie, als ich bei ihr daheim anrief.

»Die Zeiten ändern sich«, sagte ich. »Wann kann ich . . .«

»Unternehmen sie etwas gegen . . .«

»Nein. Daran hat sich nichts geändert. Den Rest möchte ich Ihnen erzählen.«

»Können Sie hier herauskommen? Ich kann hier nicht weg, ich muß erst etwas erledigen. Ich weiß nicht, wie lange ich dafür brauche. Emmett wird nicht da sein«, fügte sie hinzu.

Der starke Regen ging in Nieseln über, als ich aus der Stadt fuhr. Alle dreißig Sekunden wippten die Scheibenwischer vor meinen Augen hin und her und fegten die Regentropfen von der Windschutzscheibe des Porsche, während ich die gewundene schwarze Ausfallstraße entlangfuhr. Der Himmel war ein einziger riesiger, brodelnder grauer Fluß, der sich von Horizont zu Horizont zog. Vor zwei Tagen, am Ostersonntag, war Washington von einem für die Stadt völlig ungewöhnlichen Erdbeben erschüttert worden. An jenem Dienstagmorgen schwankten die grünen Bäume am Straßenrand im Wind.

Ein brauner Lkw mit Pferdeanhänger stand jenseits des Zaunes, der die Wiese begrenzte, zwischen Haus und Scheune. Als ich in die Privatstraße einbog, erkannte ich sie als eine der fünf Gestalten, die sich um den Anhänger scharten. Ich parkte vor dem Haus, kletterte über die weißen Zaunlatten und ging durch das nasse Gras zu ihnen.

»Es dauert nicht lange«, sagte sie, als sie sich umwandte, um mich zu begrüßen. Ihr Gesicht wirkte grimmig, entschlossen. Sie trug ihre braune Windjacke und Reitkleidung. Das untersetzte südländische Hausmädchen stand hinter ihr und kuschelte sich wie ein verängstigtes Kaninchen in einen langen, gelben Regenmantel mit Kapuze. Ihre braunen Augen sahen mich mit einem flehenden Blick an, den ich nicht verstand. Sie preßte die gefalteten Hände fest gegen den Bauch. Auch die drei Männer waren nervös. Ihr Chef war etwa 50, wettergegerbt und besorgt. Er nickte mir zu und beobachtete Barbara aufmerksam.

»Wir können ebensogut gleich anfangen«, sagte sie. »Holen Sie ihn heraus.«

Der Chef nickte wieder. Seine beiden Helfer liefen eilig zur Rückseite des Pferdeanhängers. Aus dem von Lattenwänden umgebenen Laderaum hörte man das Scharren von Hufen und ab und zu ein fürchterliches Schnauben. Einer der Helfer betätigte eine Winde und ließ die hintere Ladewand herunter, so daß sie eine Rampe bildete. Der andere zögerte einen Augenblick, stieg dann auf die Rampe und verschwand im Anhänger. Als er wieder auftauchte, führte er ein tänzelndes Pferd an einem Halfterriemen; wir alle spürten, daß das Tier den Mann nur gewähren ließ, weil es ihm gerade so paßte.

Es war ein großes, geschlechtsloses Tier mit langen Beinen und einem kräftigen Hals, auf dem ein riesiger, schön geformter Kopf saß. Sein schwarzer Schwanz wippte auf und ab, als es mit hohen Schritten über den Rasen ging. Es hatte eine volle, satte Farbe, eher schokoladenbraun als richtig schwarz. Seine Augen waren wie Sterne aus geschmolzenem Ebenholz. Alle paar Schritte stieß es mit dem Kopf gegen die Halfterleine – ganz leicht, nur so, daß der nervöse Mann, der es führte, wußte, daß es da war. Das Pferd wirkte doppelt so groß, wie es tatsächlich war.

»Führen Sie ihn ein wenig herum«, sagte der Chef. »Beruhigen Sie ihn.«

Barbara ging ein Stück vom Laster weg. Sie stand in der Mitte des Kreises, den der Reitknecht mit dem Pferd zog. Ihr Blick folgte dem Tier, das sie in etwa drei Meter Entfernung umkreiste. Das Tier beobachtete sie.

»Sind Sie der Ehemann?« fragte der Chef, als wir so nebeneinander standen. Später erfuhr ich, daß er der Pferdetrainer des Milliardärs war.

»Nein.«

Seine erfahrenen Augen blieben ausdruckslos.

»Ich war nicht sicher«, sagte er. »Als ich Ihr Auto sah, hoffte ich, Sie wären dieser Doktor.«

»Braucht das Pferd einen Arzt?«

Er gab keine Antwort.

»Also schön«, rief Barbara nach der dritten Runde. »Verschwenden wir keine Zeit mehr. Satteln Sie ihn.«

Die beiden Helfer warfen dem Trainer einen Blick zu. Er nickte. Das Hausmädchen streckte ihre linke Hand nach ihrer Herrin aus, zog sie schnell wieder zurück und preßte sie an ihren Busen.

»Das gefällt mir nicht«, flüsterte der Trainer.

Viel zu schnell war das Pferd gezäumt und gesattelt. Ein Helfer hielt das Halfter. Der andere brachte ein kleines Podest und stellte es unter den linken Steigbügel. Das Pferd wartete, die Hufe fest im feuchten Gras verankert, die brennenden Augen starr geradeaus gerichtet. Seine Flanken bebten. Der scharfe Geruch seines Schweißes auf dem ledernen Reitzeug durchdrang den morgendlichen Nebel.

Barbara brauchte die Trittleiter nicht, benutzte sie aber trotzdem. Langsam und bedächtig stellte sie ihren linken Fuß in den Steigbügel, legte die Hand auf den Sattelknopf und nahm damit die Zügel. Sie stieß sich vom Podest ab, schwang ihr rechtes Bein über den Rücken des Pferdes und setzte sich in den Sattel. Der Reitknecht zog rasch das Podest weg.

»Sachte, Lady« flüsterte der Trainer. Sie konnte ihn nicht hören; es war ihm egal, ob ihn jemand hörte.

Das Pferd schnaubte, tänzelte seitwärts, nach hinten, kreuzte die Beine und scharrte.

»Ruhig«, sagte Barbara und zog die Zügel an. »Hoo!«

»Ich habe Ihnen gesagt, daß das Pferd zu feurig ist«, flüsterte der Trainer.

»Ruhig!« sagte sie, als das Pferd wieder scharrte.

Das Hausmädchen murmelte irgend etwas auf Spanisch; sie hatte die Augen geschlossen und fuhr sich mit der rechten Hand in ruckartigen Bewegungen über die Brust.

Einen Augenblick lang verharrten Pferd und Reiterin reglos und ruhig, waren eins. Alles würde gut werden, *war* gut. Barbara schnalzte leicht mit den Zügeln. Das Pferd schoß nach vorn – sie zog die Zügel an, versuchte, das Gleichgewicht zu halten, im Sattel zu bleiben. Das Pferd bohrte die Vorderhufe in den Boden, bäumte sich auf und warf gleichzeitig seine rechte Flanke seitwärts – eine geschmeidige, hinterhältige Bewegung, durch die die Reiterin mit dem Kopf voran zu Boden geschleudert wurde.

Das Pferd tänzelte und blieb dann entspannt stehen. Die Zügel hingen lose herab und schaukelten in der leichten Brise. Barbara lag reglos, mit dem Gesicht nach unten, am Boden. Ich wollte zu ihr hingehen, doch der Trainer packte mich am Ellbogen.

»Warten Sie!« sagte er. »Warten Sie ab. Geben Sie ihr eine Chance.«

Langsam und vorsichtig richtete sich Barbara auf die Knie. Sie erhob sich und drehte sich zu dem Pferd um. Ein Schmutzstreifen zog sich über ihre Stirn. Ihr Haar war zerzaust, die Wangen bleich. Ein langer Grasfleck prangte auf dem linken Ärmel ihrer braunen Jacke. Sie ging zu dem Pferd. Es bewegte sich nicht. Sie nahm die Zügel. Es bewegte sich nicht, bewegte sich auch nicht, als sie langsam um das Tier herum auf seine linke Seite ging. Sie warf ihm die Zügel über den Kopf und ergriff sie auf dem Sattelknopf wieder. Dann stellte sie einen Fuß in den Steigbügel.

Diesmal wartete er nicht einmal, bis sie aufgesessen war. Noch während sie aufstieg, wirbelte er herum, und bevor sie das Gleichgewicht finden konnte, wirbelte er in die andere Richtung. Sie rutschte über sein Hinterteil und stürzte zu Boden, landete auf der rechten Seite.

Das Pferd blieb in der Nähe stehen und wartete.

Der Trainer ließ meinen Arm nicht los.

Sie versuchte es noch dreimal. Nach dem dritten Abwurf humpelte sie zum Pferd – sie humpelte, ging aber trotzdem. Und wurde wieder abgeworfen. Den vierten Sturz fing sie mit ihrem linken Arm ab, schlug ein seitliches Rad und kam schließlich stolpernd auf die Beine wie ein tolpatschiger Clown. Niemand lachte. Als sie es zum fünften Mal bestieg, schüttelte das Pferd den Kopf und wieherte unbekümmert. Dann stand es still da. Verächtlich. Sie wartete. Es stand still. Sie riß sich zusammen und schlug leicht mit den Zügeln. Das Pferd fiel in einen Trab, ganz selbstverständlich, als sei nichts geschehen. Sie führte ihn in drei kurzen Schleifen über die Wiese. Er bewegte sich wunderbar. Fehlerlos. Mühelos. Wie ein Prinz. Nach der letzten Schleife lenkte sie ihn in unsere Richtung, und kaum hatte er das erkannt, machte er höhere Schritte, als sie wollte, lief schneller, als sie wollte, blieb abrupter stehen, als sie wollte. All das mit gerade soviel Unverschämtheit, daß sie merken mußte, daß er ihre Kommandos als Spiel ausführen, aber nicht als Befehl akzeptieren wollte. Sie stieg vorsichtig, aber schnell ab und warf die Zügel einem wartenden Reitknecht zu.

»Im Stall ist eine freie Box. Führen Sie ihn hinein, unser Mann wird sich um ihn kümmern.«

Sie drehte uns den Rücken zu und ging, ohne ihr Gesicht zu zeigen, auf die Mitte der Wiese zu. Sie umfaßte ihren linken Arm vor dem Körper.

»Madam!« rief der Trainer. Sie ging weiter. Er schrie lauter. »Madam, dieses Pferd ist noch nicht soweit, für niemanden! Sie müssen ihn nicht nehmen!«

»Er ist gekauft und bezahlt!« schrie sie, ohne sich umzudrehen.

»Wir können ihn zurücknehmen!«

»Nein, das können Sie nicht! Sie können gar nichts zurücknehmen!«

»Aber . . .« Er drehte sich zu mir um; ich ging ihr bereits nach.

Sie stolperte auf den Zaun auf der anderen Seite der Wiese zu. Ich lief ein paar Schritte und holte sie ein. Ich streckte die Hand aus, wollte sie an der Schulter packen und herumdrehen, bezähmte mich aber, lief um sie herum und trat ihr in den Weg. Ihr Gesicht war wild und naß; die Stirn vom Schmutz, die Wangen von Tränen verschmiert. Sie wirbelte herum, drehte mir wieder den Rücken zu, machte einen halbherzigen Schritt, wußte nicht, wohin sie gehen konnte. Sie blieb stehen. Ihr Rücken bebte, sie versuchte, das Schluchzen zu unterdrücken.

»Sie sind verletzt.«

»Ich werde es überleben«, sagte sie.

»Darum geht es nicht.«

»Ach nein?« Sie fuhr herum und funkelte mich an. Eine dünne Tränenspur lief von den äußeren Winkeln ihrer Saphiraugen. In ihrem Gesicht spiegelte sich ein Aufruhr von Gefühlen: Zorn, Schmerz und Furcht tobten darin, und andere Emotionen, die ich nicht identifizieren konnte. »Nein? Dann sagen Sie mir: Worum, zum Teufel, geht es?«

»Barbara, lassen Sie mich ihren Arm ansehen.«

»Es gibt nichts zu sehen. Nur bloßes Fleisch.«

Etwa zwanzig Meter entfernt, gerade außer Hörweite, standen ihr Hausmädchen im gelben Regenmantel und der Trainer des Milliardärs. Sie warteten.

»Dieses Pferd . . .« begann ich und fing noch einmal von vorne an. »Ich verstehe nichts von Pferden, aber es gibt Dinge, die weiß ich einfach, so wie ich über die Schwerkraft Bescheid weiß, Dinge, die ich im Innersten spüre. Das gilt auch für dieses Pferd. Egal, wie schön es ist, egal, wie teuer es war, egal, daß es ein Vollblut ist. Dieses Pferd ist ein Monstrum. Sie müssen es wieder loswerden. Geben Sie es zurück, wie der Trainer . . .«

»Sie verstehen nichts, stimmt's?« Sie schnupfte und schüttelte den Kopf. Ihr Lächeln war traurig. »Sie halten sich für so schlau, und doch verstehen Sie nichts. Dieses Pferd ist Teil eines Abkommens. Emmett hat es gekauft und bezahlt, es wegen seines Besitzers ausgewählt. Er hat es gewählt, damit er Geschäfte mit . . .«

»Sie müssen es loswerden«, wiederholte ich, ohne ihr so zuzuhören, wie ich es hätte tun sollen. »Nehmen Sie sich ein anderes Pferd, eines wie Molly . . .«

»Oh, Molly!« Sie verlor die Beherrschung und begann zu schluchzen. Sie drückte ihren linken Arm fester an den Körper, ließ den Kopf hängen und schluchzte.

»Ich weiß, es ist hart, aber Molly ist tot. Sie mußten sie . . .«

»Was wissen Sie davon, was ich mußte? Hah?« Ihr Kopf fuhr in die Höhe, sie starrte mich an. Wut blitzte in ihren feuchten Augen. »Ich weiß, was Sie denken. Molly war alt und krank, lahmte ständig. Taugte nichts mehr. War nutzlos geworden. Aber warum sie einschläfern? Warum sie nicht ihr Leben zu Ende leben lassen, sie auf die Weide führen, sie füttern, sie umsorgen . . . Weil du das nicht tun kannst, darum«, sagte sie, kalt und bitter. »Weil sie dir nicht gehört. Du besitzt sie nicht. Du zahlst nicht für sie. Du triffst nicht die Entscheidungen, du hältst dich an die Abmachung. Sie hat ihre Funktion erfüllt. Sie muß eingeschläfert werden, weg mit ihr.

Ich weiß, was Sie jetzt denken. Sieh sie an, wie sie da im Regen steht und weint! So ein Witz! So eine Heuchlerin! Ausgerechnet sie. Und weint noch. Das hartherzige Luder. Eiskalt. Die Mörderin. Die Frau, die darauf bestanden hat, Molly die Spritze zu geben, die es unbedingt selber . . .

Ja, ich habe ihr die Spritze gegeben. Ich habe ihr eine Extraration Hafer gegeben, sie gestreichelt und beruhigt. Dann habe ich dem Tierarzt dieses lange Stahlding aus seinen krabbeligen Händen genommen . . . und ihr die Spritze gegeben. Sie hat kaum gezuckt, als ich sie damit stach. Sie hatte keine Angst, vertraute mir bis zuletzt. Ich blieb bei ihr, sah zu, wie sie starb, hörte ihren letzten Seufzer, als sie in ihrer Box auf der Seite lag. Ihr Brustkorb hob und senkte sich, hob und senkte sich . . .

Was würden Sie tun? Ich habe sie geliebt, und sie mußte sterben. Irgend jemand mußte . . . Was würden Sie tun? Sie verraten? Sie im Stich lassen? Zulassen, daß die letzten Menschen, die sie berühren, daß . . . daß das jemand ist, der es aus Mitleid oder für Geld oder . . . aus Spaß tut? Ich kümmere mich um die, die ich liebe, und ich schere mich einen Dreck darum, was Sie oder sonst jemand glaubt oder will oder sagt oder . . .«

»Ich verstehe«, sagte ich.

»Den Teufel verstehen sie!«

Sie humpelte, so schnell sie konnte, an mir vorbei. Das Hausmädchen lief eilig an ihre Seite. Sie gingen auf das Gebäude zu, das Barbara ihr Heim nannte. Das Hausmädchen in dem gelben Regenmantel streckte immer wieder den Arm aus, um die verletzte Frau zu berühren – doch jedesmal war sie klug genug, innezuhalten und die Hand zurückzuziehen.

Ich sah den Pferdetrainer an. Er sah mich an. Es begann zu regnen.

Die Erinnerungen fügten sich zu einem Bild, als ich zu dem malerischen Vorstadt-Einkaufszentrum von Potomac kam. Ich bog von der Hauptstraße ab, stellte den Porsche auf den kleinen Parkplatz und rannte durch den Regen zu einem Delikatessengeschäft. An dem Münzfernsprecher an der Wand neben dem Bierkühlgerät im hinteren Teil des Ladens konnte man nicht ungestört telefonieren, doch außer mir war nur der Verkäufer da. Er saß hinter dem Ladentisch und blickte trübsinnig hinaus auf den strömenden Regen.

»Guten Morgen«, sagte die letzte Vorzimmerdame, mit der mich die Telefonzentrale schließlich verband. »Berichterstattung.«

»Ist Harry Connors da?« fragte ich.

»Er sollte eigentlich mit einem Fotografenteam weg sein, aber . . . Einen Moment«, sagte sie, und dann ertönte das Wartezeichen.

»Hier Harry Connors. Was kann ich für Sie tun?«

»Hier Rankin, Harry.«

»Na so was! Mr. Rankin, Sir! Lange nicht mehr gehört!«

Wir hatten einige Jahre zusammen als Reporter für Ned Johnsons Spalte gearbeitet, dann hatte er gekündigt und war Fernsehreporter bei einem Lokalsender geworden. Ein halbes Dutzend Jahre später trafen wir uns gelegentlich, gewöhnlich vor einer Kinokasse, manchmal auf Parties, obwohl wir uns zunehmend in verschiedenen gesellschaftlichen Kreisen bewegten. So klein Washington auch ist, wir trafen uns selten zufällig. Ich nahm an, er dachte auch manchmal. *»Wir sollten uns einmal treffen, ich sollte ihn anrufen.«* Aber das taten wir kaum jemals, und wenn, dann gewöhnlich aus beruflichen Gründen.

»Zu lange, Harry. Ich sehe dich manchmal im Fernsehen. Du siehst noch immer gut aus.«

»Wem sagst du das – mein Boß meint, ich solle mir bloß bald einen Namen machen, denn meine Haare werden langsam dünner, und ohne großen Namen gibt es keinen Grund mehr, mich im Fernsehen zu bringen. Natürlich macht er nur Spaß.«

»Natürlich.«

»Wie geht es dir?«

»Haare habe ich noch. Aber ab und zu entdecke ich ein weißes.«

»Ignoriere es. Was kann ich für dich tun?«

»Du bist doch auf das William and Mary College gegangen, nicht wahr?«

»Jahrgang 1970. Ob du es glaubst oder nicht, Abschluß *mit Auszeichnung*.«

»Daran hätte ich nie gezweifelt, Harry. Hast du eine Type namens Emmett Sloan gekannt – J. Emmet Sloan? Hat seinen Abschluß 1969 gemacht, glaube ich. Nach einem Bild zu schließen, das ich gesehen habe, war er bei einer Studentenverbindung.«

»Wer nicht? Sein Name kommt mir bekannt vor. Weißt du mehr über ihn?«

»Eigentlich nicht. Er ist hier ein großes Tier.«

»Und du weißt nicht genau, welcher Jahrgang oder welche Studentenverbindung, stimmt's?«

»Ich habe gehofft, du könntest mir weiterhelfen.«

»Offensichtlich. Bist du wegen irgend etwas hinter ihm her?«

»Nein. Ich will nur wissen, wie er ist. Wie er wirklich ist.«

»Vermutlich nur mehr zum Teil so wie im College. Wir alle werden erwachsen, Rankin. Na ja, die meisten jedenfalls. Ich kann dir so aus dem Stegreif nicht helfen«, fuhr er fort. »Aber ich werde darüber nachdenken und . . . Warte mal! Einer meiner alten Kumpel aus dem College ist Rechtsanwalt in Washington. Habe ihn schon seit . . . fast so lange nicht mehr gesehen wie dich. Er war in einer anderen Studentenverbindung, vielleicht in derselben wie dein Freund, wie heißt er doch gleich . . .«

»Sloan«, wiederholte ich. »J. Emmett. Wird Emmett gerufen.«

»Okay, hör zu, ich werde folgendes tun. Ich glaube nicht, daß mir noch etwas einfällt. Ich rufe meinen Kumpel an und hör mir mal an, was er sagt. Welche Geheimhaltungsstufe soll ich befolgen?«

»Ich möchte nicht, daß Sloan erfährt, daß ich mich nach ihm erkundige. Das ist mir wichtiger als Informationen.«

»Okay. Ich werde sehen, was ich tun kann. Du hast mich zu einer guten Zeit erwischt. An Regentagen ist das Licht schlecht, und bei schlechtem Licht gibt es weniger Stories für uns Fernsehleute. Bist du im Büro?«

»Auf dem Weg dorthin.«

»Hör auf jeden Fall den Anrufbeantworter ab.«

Als ich in mein Büro kam, erwartete mich eine Nachricht von Harry.

»Ich weiß nicht, wer dieser Sloan ist«, sagte er, als ich ihn zurückrief, »aber mein Kumpel kennt ihn. Von der Art, wie er redete, nehme ich an, daß sie nicht gerade die besten Freunde sind.«

»Klingt immer besser.«

»Ich habe es riskiert und ihm deinen Namen genannt und gesagt, daß du gerne rein inoffiziell und ganz und gar privat mit ihm reden würdest. Er sagte, das sei ohnehin der einzige Weg – und Mann, hat der mich über dich ausgeholt! Da es sowieso jeder weiß, erzählte ich ihm, daß du viel für Art Dillons Firma arbeitest. Ich hatte das Gefühl, daß er Art anrufen und ihn von Anwalt zu Anwalt ebenfalls über dich befragen würde.«

»Wird er mit mir sprechen?«

»Vielleicht. Ich glaube schon. Er sagte, er würde mich in ein, zwei Tagen anrufen und es mir sagen. Ich sagte ihm, ich wüßte nicht, wer dein Klient sei, oder worum es ginge.«

»Danke, Harry.«

»Ich gehe natürlich davon aus, wenn da eine Story drin ist, daß du es mir sagen wirst. Denk an meinen Haarausfall.«

»Keine Story, Harry. Es ist nur für mich. Reine Neugierde.«

»Klar«, sagte er. Der Ton meines alten Freundes drückte seine Überzeugung aus, daß ich abblockte, etwas verheimlichte.

»Klar.«

14

»Offenbar hast du bestanden«, sagte Harry, als er mich am nächsten Morgen um 8.30 Uhr anrief. Als ich ihn fragte, wieso er so zeitig auf sei, verwies er mich an den Wetterbericht, der einen herrlichen Frühlingstag vorhersagte. »Man muß die Nachrichten machen, solange es hell ist.«

»Außerdem«, sagte Harry, »scheint sich auch sonst niemand an die Bürozeiten zu halten. Mein Freund, der Rechtsanwalt, der diesen Sloan kennt, rief mich gestern abend zu Hause an und sagte, er sei bereit, dich zu treffen, aber es kommt mir eigenartig vor.«

»Wieso?«

»Er sagt, du sollst in den Capitol Hill Squash and Racquet Club kommen, drüben bei . . .«

»Das ist nur ein paar Häuserblocks von hier entfernt.«

»Am Freitag, um Viertel vor vier. Du mußt Sportkleidung mitbringen – Shorts, Oberhemd, Turnschuhe ohne dunkle Sohlen.«

»Ich nehme mit, was ich habe. Was hat er vor?«

»Frag mich nicht, Bruder, das ist dein Bier. Und noch etwas. Du sollst ihn nicht anrufen – er kennt dich nicht, weder jetzt, noch in Zukunft, wenn du weißt, was ich meine – das heißt, er ist für Fremde namens Rankin, die versuchen, ihn telefonisch zu erreichen, nicht zu sprechen. Entweder im Club oder gar nicht.«

»Noch etwas, Harry.«

»Was?«

»Wer ist dieser Mann?«

»Ein John wie du – nur heißt er mit Nachnamen Hanson.«

Jedermann schien an diesem Tag früh auf den Beinen zu sein. Ich hatte kaum Zeit, in meine Wohnung zurückzugehen und mir eine Tasse Instant-Kaffee zu machen, da rief Art Dillon an.

»Willst du mir erzählen, was du mit John Hanson vorhast?« fragte er, als ich mich gemeldet hatte.

»Nein. Was für ein Typ ist er?«

»Ein mit allen Wassern gewaschener Hund, aber er ist in Ordnung, und so ehrlich, wie ein Anwalt sein kann.«

»Das ist nicht gerade eine uneingeschränkte Empfehlung, Art.«

»Das war die, die ich ihm gab, als er mich nach dir fragte, auch nicht. Hanson ist ein guter Mann. Schroff, läßt einen nicht leicht an sich heran, aber zuverlässig. Und schlau. Versuche keine faulen Tricks bei ihm. Hat das etwas mit unserem Giftmüllfall zu tun?«

»Nein.«

»Gut. Ich möchte ihn lieber nicht zum Feind haben. Ich gewinne nicht gerne gegen Leute, die ich mag.«

Wir redeten 45 Minuten lang über geschäftliche Dinge. Ich rief Murray, den Fernfahrer, an und erreichte nur seinen Anrufbeantworter. Ich hinterließ keine Nachricht und fragte mich, wo er und seine Sekretärin wohl waren.

»Sieh dir das an!« rief Rich, als er meine Bürotür weit aufriß. »Sieh dir nur das an!«

Er bat Barbara mit einer schwungvollen, aber vorsichtigen Handbewegung in mein Büro. Wieder trug sie ein blaues Hemd und eine khakifarbene Hose; der linke Arm lag in einer

Schlinge. Ihr Gesicht war leicht gerötet. Sie lächelte verlegen, und ihre Augen wichen mir aus.

»Ich habe geglaubt, das wird heute ein perfekter Tag ohne schlechte Neuigkeiten. Die Luft ist rein, die Vögel zwitschern, meine Rechnungen sind bezahlt. Dann schaue ich von meiner Registrierkasse auf, und da ist sie! Geht an meinem Fenster vorbei – was heißt, sie geht, verdammt, sie hinkt, wenn sie glaubt, daß niemand hinsieht! Sogar ein dicker Mann wie ich hat genug Zeit, hinauszulaufen und . . .«

»Sie sind nicht dick«, murmelte sie, ohne einen von uns anzusehen.

»Sagen Sie das der Waage im Gesundheitsclub.« Er schüttelte den Kopf und wies mit einer Kopfbewegung auf mich. »Ich habe ihr gesagt, wenn das dein Werk ist, dann würde ich dich trotz meines Alters mitsamt deinem Hartemänner-Gehabe die Straße hinauf- und hinunterprügeln!«

»Du bist nicht alt«, sagte ich. »Und du brauchst dir keine Sorgen zu machen – das ist nicht mein Stil.«

»Ich weiß nicht, Rankin«, murmelte er; er scherzte. »Ich kenne dich schon fast so viele Jahre, wie ich Finger an den Händen habe, und ich habe dich schon viele Frauen roh behandeln sehen.«

Er grinste – doch seine Stimme war tiefernst. »Alles, was ich sagen kann, ist, versuch ja keine miese Tour bei ihr!«

»Mach dir keine Sorgen«, antwortete ich.

»Sorgen? Ich? Wann hast du je gesehen, daß ich mir Sorgen mache?«

Wir alle lachten – kurz und nervös.

»Außer im Augenblick«, sagte Rich, »wo ich mir Sorgen mache, daß irgend so ein Gauner von der Straße mir meinen Laden ausräumt!«

Er wandte sich zum Gehen, drehte sich abrupt wieder um und sprach sie an.

»Ich wollte Sie nicht einfach packen und in die falsche Richtung führen, wissen Sie«, sagte er. »Sie wollten doch hier heraufkommen, oder?«

»Ich nehme an, ja«, sagte sie. »Ja.«

»Das dachte ich mir.« Er ging und schloß die Tür hinter sich.

Sie blickte auf eine Stelle an der Wand oberhalb meines Bücherregals; ich blickte auf die geschlossene Tür auf der anderen Seite des Zimmers; so, wie wir standen, sahen wir einander nur aus den Augenwinkeln an. Ich ging um den Schreibtisch herum, sie ging um die Couch herum und trat in den halbkreisförmigen, von Fenstern begrenzten Erker.

»Sind Sie okay?« fragte ich.

»Oh! Klar.« Sie drehte sich zu mir um. »Das ist nichts.«

»Es sieht . . .«

»Nein, es ist in Ordnung. Wegen gestern . . .«

»Ich wollte nicht . . .«

»Nein«, sagte sie wieder. »Ich muß mich bei Ihnen entschuldigen. Ich war aufgebracht, wütend . . .«

»Es war ein ziemlich harter Tag für Sie.«

Sie lachte.

Ich lachte ebenfalls und ging um die Couch herum. Trat neben sie. Die Fenster schlossen uns ein.

»Sie sind hinausgekommen, um mir etwas zu sagen.«

»Ja.« Ich lächelte und nickte. »Deshalb bin ich hinausgefahren.«

»Was . . . was wollten Sie mir sagen?«

»Ich wollte Ihnen nur sagen, daß Sie sich keine Sorgen zu machen brauchen. Ihr Freund Naderi . . .«

»Verwenden Sie nicht das Wort ›Freund‹, wenn Sie mit mir über ihn sprechen.«

»Welches Wort soll ich denn verwenden?«

Sie lächelte humorlos und schüttelte den Kopf.

»Sie wollen es mir noch immer nicht sagen.« Meine Worte waren keine Frage; ihr Schweigen war eine Antwort.

»Jedenfalls«, fuhr ich fort, »was ich seinetwegen unternehme, wird keine Folgen für Sie haben.«

»Sind Sie sicher?« Wieder dieses melancholische Lächeln.

»Wenn Sie kein Fernfahrer sind, der sich Sorgen über die Korruption bei der ICC macht. So, wie ich weiterkomme, braucht sich kein Mensch von Bedeutung Sorgen zu machen, daß ich irgend etwas Neues aufdecke.«

»Und das ist alles, was Sie da tun.«

Ich antwortete nicht.

»Sie wollen es mir nicht sagen«, meinte sie.

»Die Dinge ändern sich ständig . . .« Ich zuckte die Achseln.

»Und noch immer wollen Sie es mir nicht sagen.«

»Vielleicht irgendwann einmal«, sagte ich.

»Ja«, antwortete sie. »Vielleicht irgendwann einmal.«

»Wir haben gemeinsame Geheimnisse«, sagte ich.

»Die keiner von uns kennt.«

Ein paar Augenblicke wußten wir nichts zu sagen.

»Wie schlimm ist das mit Ihrem Arm?« fragte ich schließlich.

»Nicht schlimm. Ich bin heute morgen zum Arzt gegangen. Geprellt, aber nicht gebrochen, nicht einmal angebrochen. Er sagte, ich solle diese Schlinge tragen. Ich . . . ich brauche sie eigentlich gar nicht.«

Sie hob ihren Arm und zog ihn aus dem weißen Stoffstreifen.

»Es tut nicht einmal mehr weh. Zumindest, wenn ich vorsichtig bin. Es sieht schlimmer aus, als es tatsächlich ist.«

Sie öffnete die Knöpfe ihrer Bluse an ihrem rechten Handgelenk und schob langsam den blauen Baumwollärmel hoch. Der Bluterguß begann direkt hinter den feinen Venen ihres Handgelenks, eine häßliche, blau-grün angelaufene Schwellung, die um ihren Ellbogen herum verlief.

Ich zuckte zusammen. »Oh, Barbara!« hörte ich mich aufstöhnen. »Es tut mir leid.«

Ich streckte den Arm aus, nahm ihr Handgelenk sanft in meine rechte Hand und drehte ihren Arm herum, damit ich ihn genau ansehen konnte.

Ich stand nur da, unfähig zu sprechen. Und dann hielt das Schweigen schon viel zu lange an, und es war für eine beiläufige Bemerkung zu spät. Als ich schließlich sprach, da sagte ich nicht, was ich hatte sagen wollen, was ich geglaubt hatte, sagen zu wollen, sagen zu sollen.

»Das ist das erste Mal, daß ich Sie berühre«, flüsterte ich.

»Wie gefällt es Ihnen bis jetzt?«

Meine Augen brannten, begegneten den ihren. Ihre rechte Hand bewegte sich, kam auf mein Gesicht zu. Ihre Fingerspitzen strichen über meine Wange, meine Schläfe, fuhren durch mein Haar; sie beugte sich zu mir, und wir küßten uns.

15

Sonnenschein strömte durch die Oberlichter über meinem Bett, hüllte unsere nackten Körper auf den dunkelblauen Laken ein.

»Mach dir keine Gedanken deswegen«, sagte sie. Ihr Kopf schmiegte sich direkt über dem Herzen an meine Brust. »Ist schon in Ordnung.«

Ich seufzte. »Danke.«

»Ich meine es wirklich: Es ist in Ordnung. Das passiert jedem.«

»Ich weiß das alles«, sagte ich. Ich wollte gar nicht wissen, woher *sie* das wußte; ich hatte Angst, sie protestiere allzusehr. »Es ist nur . . . ich habe nicht . . .«

»Ist es meine Schuld?« flüsterte sie. Wir veränderten unsere Stellung, und ihre saphirblauen Augen blickten zu mir auf.

»Deine Schuld? Warum sollte es deine Schuld sein? Wie könnte es deine Schuld sein?«

»Vielleicht habe ich irgend etwas getan. Oder etwas nicht getan.«

»Nein, es . . . es ist einfach passiert. Passiert eben manchmal.«

»Nun«, sagte sie, »zumindest wissen wir, daß alles funktioniert.«

Wir lachten; sie kuschelte sich enger an mich.

»Wie ist das?« fragte sie.

»Du meinst, abgesehen davon, daß es peinlich und erniedrigend ist?«

Ihr Kopf nickte *ja* auf meiner Brust; sie preßte tröstend ihre Hand an meine Rippen.

»Frustrierend«, sagte ich. Ich spürte ihr sanftes Lächeln.

»Aber was passiert?«

»Du meinst, warum?«

Wieder nickte sie.

Wieder seufzte ich.

»Da gibt es eine Menge Gründe«, sagte ich.

»Wir haben eine Menge Zeit.«

»Ich nehme an . . . ich nehme an, weil ich dich will, – dich wirklich, wirklich will.«

»Danke«, flüsterte sie. »Danke.«

»Ist das nicht idiotisch? Ich will dich so sehr, ich bin so ungeduldig, und dann . . . dann verhalte ich mich so, daß es schiefgeht. Ich versage gerade dann, wenn der Erfolg nur davon abhängt, daß ich genau das tue, was ich tun möchte.«

»Es ist okay«, sagte sie. »Das kann ich verstehen.«

»Ja, also, ich würde mich lieber auf eine andere Art verständlich machen.«

»Das wirst du schon«, sagte sie und strich über meinen Oberschenkel.

»Versprochen?«

»Ich hoffe es«, flüsterte sie.

Eine Zeitlang schwiegen wir.

»Gibt es . . . treffen hier mehrere von den vielen Gründen zu?« fragte sie.

»Ja, vermutlich.«

»Versuche, für mich ein paar herauszufinden.« Sie richtete sich auf, küßte mich leicht auf Kinn, Stirn und Lippen. Dann legte sie sich wieder auf meiner linken Seite zurecht und verlagerte ihr Gewicht. »Wundere dich nicht, wenn ich vielleicht selbst ein paar erraten habe.«

»Wie zum Beispiel?«

»Wie zum Beispiel, daß es dir etwas ausmacht, daß ich verheiratet bin, nicht wahr?«

»Ja.«

»Hast du noch nie mit einer verheirateten Frau geschlafen?«

»Zwei-, nein, *dreimal.* Vielleicht sogar viermal, wenn du die Beinahe-Geschiedene dazuzählst.«

Sie lächelte. »Du bist derjenige, der mitzählt, dem es etwas ausmacht. Wie war es?«

»Es hat mir nicht gefallen – oh, nicht, daß es nicht scharf gewesen wäre, oder was immer. Und es war mir nicht so zuwider, daß ich immer nein sagte, oder? Es hat nur . . . Es schien so . . . Letzten Endes bestand kein Zweifel daran, was wir tun würden, wohin wir gehen würden. Wir wußten es die ganze Zeit. Es war, was es war, daher ist es vielleicht gar nicht wichtig, denn wenn es nicht mehr als Sex ist, wen kümmert's?«

»Ich weiß, was du meinst«, sagte sie, und ich wollte nicht weiter fragen.

»Es war alles so . . . billig. Von vornherein eine Sackgasse. Ich habe nichts gegen Gelegenheitssex. Doch ich bin darin nicht gut, und ich bin nicht mehr darauf aus, aber . . .«

»Ich habe gehört, daß ihr Männer ab 19 allmählich das Interesse verliert.«

»Machst du Witze?«

»Nein«, sagte sie.

Wir lachten.

»Aber bei den anderen«, fuhr ich fort, »mußte ich noch bei etwas anderem mitmachen, bei etwas . . es war Betrug. Der Betrug war das einzige daran, das endlos, grenzenlos war. Die Leidenschaft hatte ihre Grenzen, die Versprechen waren reine Klischees, die Zukunft stand fest. Nur der Betrug nahm kein Ende. Außerdem war es geradezu unheimlich.«

Sie stützte sich auf einen Ellbogen auf und schnitt eine Grimasse.

»Nicht so!« lachte ich. »Es ist nur . . . Es waren alles Affären für eine Nacht oder ein Wochenende. Flüchtige Bekanntschaften. Nie ein Verhältnis, nie eine Liebesaffäre. Als mich eine der Frauen vom Motel zu meiner Wohnung zurückbrachte, erzählte sie mir auf der Fahrt alles über ihre zwei Söhne, wie wunderbar sie seien. Und wie klug. Zehn Meilen lang besprachen wir die Frage, ob die Juniorliga, in der ihr ältester Sohn spielte, beim regionalen Entscheidungsspiel gewinnen würde.«

»Und haben sie gewonnen?« fragte Barbara.

»Wahrscheinlich nicht. Sie hatten keinen guten Werfer.«

»Darüber brauchst du dir zumindest bei mir keine Sorgen zu machen. Ich habe keine Kinder.«

Sie schwieg einen Augenblick und flüsterte dann: »Ich kann keine bekommen.« Wieder schwieg sie eine Weile und sagte dann: »Ich habe eine Art Krebs.«

»Bist du . . .«

»Ich bin in Ordnung – wirklich, keine große Sache.«

Meine Arme schlossen sich enger um sie; ich wollte die Vergangenheit bezwingen.

»Denk an all das Geld für die Pille, das ich gespart habe, seit ich 19 wurde«, sagte sie.

Keiner von uns lachte.

»Es macht nichts aus«, sagte sie. »Ich wollte sowieso nie Kinder mit ihm.«

Ich konnte keine Fragen stellen.

»Und außer . . . Was sonst noch außer dem Betrug?«

»Bei dir, Barbara? Was da sonst noch war? Ich muß . . . Barbara, ich kann nicht mit jeder Frau schlafen, ich bin einfach nicht so veranlagt. Es klappt einfach nicht. Ich muß wissen, daß da etwas ist. Daß es um die Person geht. Daß du wirklich mich berührst, mich küßt. Daß du *mich* willst! Daß mein Körper John heißt, daß . . .«

»Du glaubst doch nicht . . .«

»Laß mich ausreden! Ich muß dir erst vertrauen können, bevor ich gelöst sein kann und alles okay ist. Ich muß dir vertrauen können, und seit ich dich kenne, gab es nichts als Geheimnisse und Täuschungsmanöver, nichts als Lügen und Versteckspielen, so viele Ebenen, so viele Möglichkeiten . . . Es ist schon so schwer genug, wenn zwei Leute umeinander herumstreichen und sich zu Tode ängstigen, weil sie so vernünftig sind, zu erkennen, mit was für etwas Ungeheuerlichem sie da herumspielen, aber mit dir . . . Barbara, von Vertrauen will ich gar nicht reden – ich weiß nicht einmal, wie ich irgend etwas über dich auch nur *glauben* soll!«

Sie lag erstarrt auf meiner Brust, nicht ein Muskel regte sich. Draußen auf der Straße schien jemand eine Stunde lang zu hupen. Ein lauter Fluch ertönte, den wir nicht verstanden. Dann das Zischen von Luftdruckbremsen, die Fensterscheiben klirrten, als ein Bus vorbeiratterte. Sie duftete sauber, frisch und gut, wie warmes Babypuder.

»Du kannst aber doch glauben, daß ich hier bin«, flüsterte sie schließlich.

»Wieviel von dir?« flüsterte ich zurück. »Und warum?«

Etwas kitzelte die Haare auf meiner Brust, fiel ganz leicht auf meine Haut, Millimeter von der Stelle, wo ich ihr Gesicht spürte, und dann nochmals etwas Warmes, Feuchtes.

»Alles, was von mir hiersein kann«, schluchzte sie. »Soviel.«

»Barbara . . .«

»Nein!«

Sie rückte von mir ab, und ich drehte mich auf die Seite; wir lagen, einander zugewandt, gekrümmt da und hielten unsere Hände auf dem Laken zwischen unseren Herzen fest umklammert.

»Nicht!« sagte sie; eine Träne lief über ihre Wange, die Kieferlinie entlang, tropfte hinunter und verfärbte das Blau des Lakens. »Bitte, bitte, nicht! Sag nichts mehr, frag nichts mehr. Ich weiß, vielleicht habe ich früher nicht erkannt, was du bist . . . ich weiß es jetzt, und es ist mir wichtig, und es ist nicht fair, aber . . . Bitte nicht! Mein ganzes Leben lang . . .«

Sie schüttelte den Kopf und begann noch einmal von vorne. »Mein ganzes Leben lang hat sich nie jemand wirklich darum gekümmert, warum ich . . . *da* war, solange ich nur mitmachte. Wenn sie irgend etwas beschäftigte, dann nicht, warum man etwas tat oder was man tat. Nicht einmal, wer es war.« Sie lächelte ironisch. »So ungefähr das einzige, was sie je interessierte, war, wie hoch der Preis war und was es ihnen bringen würde. Und zwar überall sonst, nur nicht da, wo wir im Augenblick waren.«

»Du hast eine Menge falsche Leute kennengelernt.«

»Oh, John!« Ihre Finger strichen über meine Wange. »Wie viele richtige Leute kennst du?«

Ich gab keine Antwort.

Sie zog meine Hände an ihr Gesicht und küßte meine Finger. Dabei hielten wir uns die ganze Zeit weiterhin fest an den Händen.

»Ich weiß nicht, warum ich hier bin, John.« Sie schüttelte den Kopf. »Vielleicht war es eine Flucht nach vorne, vielleicht wollte ich Feuer mit Feuer bekämpfen. Vielleicht spielt das mit eine Rolle, aber es ist nicht alles. Ich weiß zu gut Bescheid über Probleme, um das zu glauben, und das hier ist ein Problem, aber . . . nicht in dieser Art. Ich bin hier, weil ich hier sein will!« sagte sie schluchzend. »Ich will hier bei dir sein. All die

Geheimnisse und die Lügen, das ganze Theater . . . alles übrige, das Vergangene, das zählt nicht. Nicht dabei. Ich habe keine Antworten, aber . . . John, kannst du es nicht begreifen? Weißt du es nicht, kannst du es nicht spüren? Ich . . . Bitte, *bitte!*«

»Ja«, flüsterte ich. Ich nickte, als ich ihren flehenden Blick sah. »Ja.«

Wir nahmen einander in die Arme und lagen still da. Ihre Tränen trockneten.

»Ich weiß nicht einmal, wie ich dich nennen soll«, sagte ich.

Sie hob ihren Kopf von meiner Halsbeuge.

»Was meinst du?«

»Du hast so viele Namen. Cora McGregor. Barbara Gracon Randolph Sloan. Barbi.«

»Tust du mir einen Gefallen?« fragte sie.

»Was bietest du dafür?«

Sie lachte.

»Stundenpreis oder pauschal?«

»Das kommt auf den Gefallen an«, sagte ich, und wir lachten.

»Bitte«, sagte sie und zog mit ihrem Finger ein Muster durch meine Brusthaare. »Bitte, nenn mich nicht Barbi. *Er* . . . ich hasse diesen Namen.«

»Wie kann ich dich dann nennen – Barbara? Ich glaube, wir sind über das formelle Stadium eigentlich hinaus.«

Sie lächelte und dachte einen Augenblick nach.

»Soll ich dir ein Geheimnis verraten?« fragte sie.

»Klar.«

»Versprich, daß du nicht lachen wirst!«

»Außer, wenn es lustig ist«, sagte ich. »Und ich werde nur mit dir lachen, nicht über dich. Einverstanden?«

»Einverstanden.«

»Erinnerst du dich an meine Freundin Tresa Hastings?« fragte sie.

»Die, die jetzt in Paris ist.«

»Genau die. Sie ist der einzige Mensch, mit dem ich wirklich eng befreundet bin.« Die nackte Frau in meinen Armen lächelte. »Bis jetzt. Tresa und ich sind die Außenseiter in unserem gesellschaftlichen Umfeld. Alle behandeln uns . . .

ach, egal. Jedenfalls sind wir im Grunde beide angeeckt, und das hat uns zusammengeschweißt. Bei all diesen gesellschaftlichen Anlässen, an denen wir teilnehmen müssen, hocken wir in einer Ecke beisammen und lachen und sehen uns all die herausgeputzten Idioten an. Betrinken uns gemeinsam.

Eines Tages jammerten wir uns gegenseitig vor, wie gerne wir jemand anderer sein wollten, ein einfacher Mensch, eine . . . *reale* Persönlichkeit, mit einem ganz normalen Ehemann und ein paar Kindern, vielleicht auch mit einem festen Job. Keine Mrs. Barbara Gracon Randolph Sloan mehr, keine Tresa Arthur Hastings mehr. Schluß mit Barbi. Sie entschied sich, Sandy zu sein. Ich beschloß, Bobbi zu sein.«

»Warum Bobbi?«

Sie zuckte die Achseln.

»Ich weiß nicht«, sagte sie mit sanfter Stimme. »Ich habe den Anfangsbuchstaben meines Namens immer gemocht, aber . . . Es ist ein schlichter Name.« Sie blickte mich an. »Willst du mich Bobbi nennen?« fragte sie ebenso ernsthaft wie schüchtern.

»Nett, dich kennenzulernen, Bobbi.«

Wir küßten uns.

»Du bist auch nicht so einfach!« sagte sie.

»Was meinst du?«

»Was ist mit deinem Namen? Ich weiß nicht, wie ich dich einmal nennen werde. Ganz verschieden, glaube ich. Rankin, wenn du . . . dienstlich bist. John, wenn du ernst bist. Vielleicht . . . vielleicht Johnny bei anderen Gelegenheiten, ich weiß nicht.«

»Setz dich damit auseinander«, sagte ich.

»Das habe ich vor.«

»Erzähl mir mehr über Sandy und Bobbi.«

»Es gibt nichts mehr zu erzählen.«

»Was tun sie?«

»Reicht es nicht, einfach nur jemand zu sein?«

»Ich bezweifle es.«

»Spielt sowieso keine Rolle«, sagte sie.

»Doch«, sagte ich. »Für mich jedenfalls.«

Sie lächelte, und irgend etwas in mir zerbarst.

»Du bringst mein Blut zum Sieden, Bobbi!«

Sie schrie wortlos, beinahe lautlos auf. Wir umschlangen einander, preßten Körper an Körper, Gesicht an Gesicht. Wir küßten uns; ihr Mund war naß und groß und wunderbar, hungrig; ihre Wangen waren feucht. Meine Hand umfaßte ihre strammen Hüften, drückte sie enger an mich. Schenkel preßte sich an Schenkel; sie hob ihr Knie, umschlang mich mit einem Bein, stieß nach oben, rieb sich. Ihre Brüste waren fest und weich, vollkommene Birnen in meiner Hand, ihre Brustwarzen waren rosa und hart, drückten sich wie Nägel in meine Handfläche, und *sie stöhnte auf,* als ich sie sanft drückte. Sie spürte, wie ich mich regte: »*Ja!*« griff nach unten und nahm mich in die Hand, umfaßte mich, liebkoste mich, und diesmal war es gut, alles war gut, als sie mich tief, tief in ihr feuchtes Feuer führte. Wir bewegten uns im gleichen Rhythmus, sie rief meinen Namen, und Worte, die ich noch oft hören sollte, aber niemals oft genug:

»*Komm, John! Komm!*«

16

»Entschuldigen Sie«, sagte ich zu der schlanken Frau hinter dem U-förmigen Pult, »mein Name ist John Rankin. Ich bin hier verabredet mit . . .«

»Mir«, dröhnte eine Stimme über meine Schulter.

Er war ein Bär von einem Mann, mindestens 1,88 Meter groß; sein Körper war mächtig, mit kraftigen Armen und stämmigen Beinen. Um den Kopf lief nur noch ein Kranz von fettig-schwarzem Haar, doch sein Schnurrbart war dicht, die Brauen über den scharfen Augen buschig. Das Squash-Racket in seiner Rechten wirkte wie ein Dauerlutscher, das weiße Handtuch in seiner Linken wie ein Taschentuch. Die übergroßen blauen Sportshorts und das T-Shirt spannten sich über dem massigen Körper, und seine weißen Tennisschuhe mußten Größe 12 sein.

»Sei so nett und gib ihm ein Handtuch, Chris«, sagte er zu der Frau hinter dem Pult. »Und gib uns Platz sechs.«

Sie lächelte, reichte mir ein großes weißes Handtuch und knipste einen Schalter an einem Kontrollbord aus silbernem Stahl ein.

Hinter ihr jonglierte ein mickrig aussehender Mann in blauem Hemd, Schildpattbrille und weißen Shorts mit seinem Squash-Racket, während er in den Münzfernsprecher an der Wand sprach: »Ich weiß nicht, ob wir eine Presseverlautbarung machen sollen oder nicht, Marjorie, aber wir sollten versuchen, es als unseren Verdienst darzustellen . . . Eine ziemlich große Sache, 32 Millionen Dollar, eine Parkgarage in St. Paul oder in unmittelbarer Nähe, es ist gerade vom Komittee beschlossen worden . . .«

»Waren Sie schon einmal hier?« fragte mein Gastgeber, während wir an dem Mann am Fernsprecher, der Vitrine mit Sportkleidung und Squashbällen, die man hier kaufen konnte, vorbei und über die rote Metalltreppe hinauf zu einer Tür gingen, auf der HERREN stand.

»Einmal. Ein Freund von mir ist Mitglied, er trainiert an den Trimmgeräten. Er will abnehmen und dachte, wenn er mich auch zum Mitmachen überreden könnte, hätte er eine stärkere Motivation, durchzuhalten.«

»Schafft es wohl nicht alleine, hm?« versetzte er scharf.

»Er macht es sehr gut«, erwiderte ich ebenso kalt.

Im Grunde sind alle Umkleideräume gleich, obwohl dieser hier einen anderen Standard hatte als die Kellerräume von Mittelschulen mit freiliegenden Rohrleitungen, kalten Betonfußböden, der feuchten Wärme und Sadisten, die einem das Handtuch wegrissen. Dieser Raum hier hatte weiße Wände, rote Schließfächer und einen braunen Teppichboden. Die Bänke waren lackiert und am Boden befestigt. An der Wand hingen hoch angebrachte Spiegel für Krawattenträger, und da stand auch die medizinische Waage, die täglich ihr Urteil über Rich fällte. Die Duschen, Waschbecken und Toiletten waren im hinteren Teil des Raumes, und da wir in einer narzißtischen Dekade leben, hatte der Umkleideraum auch eine Sauna vorzuweisen und eine Tür mit der Aufschrift BRÄUNUNGS-

STUDIO. Man konnte seine Muskeln trainieren, sein Fett ausschwitzen, seine Haut bräunen und dann frisch, sauber und schick *den Club* verlassen. Aber es war dennoch ein Umkleideraum, und unter dem Duft von Eau de Cologne, Rasierwasser und Desinfektionsmittel Marke »Kiefer« roch es noch immer nach Schweiß und feuchten Fliesen, menschlicher Ausdünstung und nervöser Befangenheit.

Es waren noch zwei Männer da, die von ihrer Straßenkleidung in die Sportsachen schlüpften; offenbar kannten sie sich. Wir vier sahen einander an und blickten dann wieder weg, ganz im Sinne der in Herrenumkleideräumen geltenden Etikette, die besagt, daß man seine Mitmenschen niemals anstarren darf, besonders nicht, wenn sie nicht vollständig angekleidet sind.

Mein Gastgeber, John Hanson, ignorierte die Etikette. »Nehmen Sie sich irgendein Schließfach«, sagte er zu mir. »Ziehen Sie sich aus.« Er lehnte sich an die Wand und sah mir kühl und ungerührt beim Ausziehen zu, als wäre ich ein Stück Fleisch in einem Fleischerladen. Ich starrte zurück und bot ihm meine volle Vorderansicht, während ich mein Hemd aufknöpfte, den Schlitz an der Hose öffnete und aus den Kleidern stieg.

»Sie sollten doch Turnschuhe ohne schwarze Sohlen tragen«, sagte er, als ich die Schnürsenkel zuband.

»Das sind meine Laufschuhe«, sagte ich. »Andere habe ich nicht.«

Er brummte.

Die beiden anderen Männer unterhielten sich, als seien wir nicht vorhanden. Der Größere mit den braunen Haaren fluchte auf einen Sproß der oberen Zehntausend, eine Frau um die Dreißig, die sich in den sechziger Jahren die ideologische Krone der Revolution aufgesetzt und soeben einen Bankraub gestanden hatte, bei dem sie und ihre Genossen zwei Polizisten erschossen hatten, Söhne der unfreien Mittelklasse.

»Ich habe den Zeitungsbericht nicht gelesen«, sagte der andere Mann, der mit dem Walroßschnauzbart und den blitzenden Augen. »Es war zu deprimierend.«

Beim Hinausgehen nickte der größere Mann in meine Richtung und fragte meinen Gastgeber: »Wo ist sein Racket?«

»Er braucht keines«, sagte Hanson. »Er macht den Fänger.«

Die zwei Männer lachten.

Platz sechs war eine lange weiße Box im hintersten Winkel des dritten Stocks. Das Gebäude hatte einst die Mietstallungen eines Bestattungsunternehmens beherbergt und danach die Pferdegespanne von Milchmännern. Mein Gastgeber ließ mir den Vortritt und hielt sich hinter mir. Ich mußte mich bücken, um durch die Tür zum Platz zu treten. Rote Linien unterteilten die Wände und den hellen, spiegelblanken Hartholzboden in Zonen. Schwarze Schmutzstreifen verunzierten den sauberen Boden, und links von mir prangte ein seltsamer verkrusteter, blutroter Fleck an der Wand. Das Licht war grell, schattenlos. Ich hörte, wie der Ball auf das Racket aufschlug, sah ein verschwommenes Etwas vorbeifliegen, und dann prallte der Ball von der gegenüberliegenden Wand ab und sauste pfeifend auf mich zu. Ich fing ihn mit meiner Linken ab, warf ihn ein paarmal in die Luft und fing ihn wieder auf, bevor ich ihn zu Hanson zurückschoß.

»Ich bin nicht hergekommen, um Ball zu spielen«, sagte ich.

Er brummte, schoß den Ball wieder ab. Diesmal sauste er zu ihm zurück. Er schlug ihn wieder zurück. Die ganze Zeit, während wir redeten, schlug er den Ball auf, schoß ihn an die gegenüberliegende Wand – *tok*! –, fing ihn, schoß ihn wieder zurück.

»Das sagen Sie«, meinte er. *Tok!*

»Stimmt«, antwortete ich. »Und wenn das alles ist, was Sie hier tun wollen, dann gehe ich.«

»Sie haben darum gebeten.«

»Blödsinn. Ich fragte Harry, ob er etwas über jemanden wüßte, er fragte Sie, und Sie erklärten sich bereit, mit mir zu reden. Das ist alles.«

Tok!

»Harry sagt, Sie sind okay, aber schließlich habt ihr beide zusammen für Ned Johnson gearbeitet, also muß er so was sagen. Ich kann Ned Johnson nicht leiden.«

»Und er kümmert sich vermutlich nicht mal darum, ob Sie am Leben sind.«

Tok!

»Art Dillon sagt auch, daß Sie okay sind. Ich traue ihm zwar nicht völlig, aber was er sagt, hat Gewicht.«

»Und was sagen Sie?«

Tok!

»Ich sage, ich bin ein vorsichtiger Mensch und ein Mann, dem man nicht auf der Nase herumtanzt. Ich erzähle Fremden keinen Klatsch, besonders nicht Privatdetektiven. Und deshalb ist alles, was wir hier reden, völlig unverbindlich . . «

»Natürlich.«

Tok!

»Mit Ihrem ›natürlich‹ haben Sie verdammt recht. Sollten Sie anderer Meinung sein, denken Sie daran: Ihr Wort steht gegen meines – und ich bin ein angesehener Mann. Ich bin auch ein Anwalt, und Verleumdungsklagen sind meine Spezialität. Sie können nicht mehr beweisen, als daß wir uns hier getroffen haben. Das war kein Mikrofon, was da vorhin zwischen Ihren Beinen baumelte, als wir im Umkleideraum waren. Wenn es eins wäre, dann hätte ich es Ihnen hinten reingeschoben, und Sie könnten damit nur noch heiße Luft aufnehmen.«

»Das heißt, Sie sind hart, das heißt, Sie sind schlau. Das heißt also was?«

»Das heißt, was wollen Sie?«

»Sie kennen Emmett Sloan. Sind mit ihm in die Schule gegangen.«

Tok!

»Joey Sloan. J. Emmett, wie er heute heißt. Der gute alte Name Joe war nicht gut genug für ihn. Was wollen Sie über ihn wissen?«

»Alles. Nicht nur Tatsachen. Wie er ist.«

Tok!

»Warum wollen Sie das wissen?«

»Ich habe meine Gründe.«

»Gründe? Keinen Fall, keinen Klienten?«

»Ich habe einen Klienten.«

Hanson lachte. Schlug den Ball leichter als vorher gegen die Wand.

»Ach, wirklich?« sagte er. »Das frage ich mich. Ja, das frage ich mich.«

Tok!

»Ja, ich kenne Joey Sloan. Ich kenne ihn seit der Zeit im William and Mary, als wir in derselben Studentenverbindung waren. Er ist seit damals quasi ein Hobby von mir, und ich habe ihn seither im Auge behalten. War nicht allzu schwer. Ich habe in Georgetown Jura studiert und bin dann als Praktikant in der Stadt geblieben. Er kam wegen irgend so einem Pseudojob als Volontär bei einem Kongreßabgeordneten hierher, trieb sich dann in ein paar unsinnigen halbpolitischen Jobs in der Stadt herum, bei Wahlkampfkomitees und dergleichen, wo er sich nicht festzulegen brauchte, bevor er dann mit dem Geld seiner Famiie und mit dem von irgendwelchen Trotteln, die er hereinlegen konnte, zu spekulieren begann.

J. Emmett Sloan – ein verdammt hochtrabender Name für den Sohn eines Gebrauchtwagenhändlers, nicht wahr? Unser Junge sagte immer, sein Vater sei *Geschäftsmann in Richmond*. In der Immobilienbranche. War er auch. Ihm gehörte ein Grundstück, auf dem er Autos an Idioten verkaufte, und er besaß ein paar Hütten an einer dreckigen Flußbiegung. Er mimte den guten alten Burschen, den einfachen Hinterwäldler, kaute an seiner Zigarre und schlug sich auf den Bauch. Das lag ihm total, er spielte die Rolle mit Begeisterung, besonders, wenn er eine ganz schlaue Type aus der Stadt hereinlegte. Er machte eine Menge Geld für seinen kleinen Jungen Joey – und der wollte noch mehr, noch viel mehr.«

Tok!

»Nicht Geld. Joey – ich nenne ihn gerne Joey, das nimmt ihm irgendwie dieses aufgesetzte ›Emmett‹-Image – Joey, der will jemand sein. Deshalb ging er auch auf das William and Mary. Eine staatliche Schule, die ihn nehmen mußte, obwohl ich wette, daß seine Noten sowieso gut genug waren. Er weiß genau, welche Zeugnisse er braucht, um zu erreichen, was er will.«

Tok!

»Von dem Tag an, als er den Campus betrat, tat er alles, um jemand zu sein, probierte aus, wie seine Person ankam, so auf diese Art. Keiner scherte sich darum. Wir waren im College, waren jung. Wir waren alle irgendwie auf der Suche, wollten herausfinden, wer wir waren, was wir sein konnten. Aber ich habe nie jemanden kennengelernt, der sich zu so einem kaltblütigen Streber entwickelte wie Joey. Er merkte nicht einmal, wie sehr er seinem Vater dabei ähnelte: Der Junge wollte herausfinden, wie er sich am besten verkaufen konnte. Er war aalglatt, hatte Grips genug, einer allgemein akzeptierten Studentenverbindung beizutreten, er war auch bei der Prüfungsaufsicht. Ein prestigeträchtiger Job, aber er gab ihn auf, als er merkte, daß er die undankbare Aufgabe hatte, andere Schüler fürs Schummeln zu bestrafen.

Das war Mitte der sechziger Jahre; eine Zeit, in der es in Amerika nicht leicht war, zu wissen, wo man stehen sollte, besonders in einem College. Die Anti-Kriegsbewegung, die Drogen, selbst der Rock 'n' Roll – es war noch nicht abzusehen, was einmal als ›cool‹ gelten würde, ob man letzten Endes einmal von seinem Amt als Schulsprecher profitieren würde, oder ob das nur etwas für Spießer und Nullen war, oder ob es das einzig Wahre sein würde, zu den wenigen zu zählen, die niemals in Anzug und Krawatte im Unterricht erschienen sind.«

Tok!

»Aber es gab ein paar Dinge, da konnte man nicht falsch liegen – wie zum Beispiel die Studentenverbindung. Und für Emmett auch das Austauschprogramm mit Oxford. Darauf war er scharf, seit er zum ersten Mal davon gehört hatte. Wenn man nach Oxford ging, würde kein Mensch wissen, daß das Familienvermögen aus dem Gebrauchtwagenhandel stammte.«

»Also arbeitete er hart, arbeitete sich hinauf«, sagte ich. »Eine amerikanische Erfolgsgeschichte.«

»Ja, eine amerikanische Erfolgsgeschichte. Genau das ist er. Er arbeitete schwer. Und er hatte Glück. Emmett schafft es immer, *Glück* zu haben.«

Tok!

»Und irgend jemand anderer hat immer Pech.«

Tok!

»Wie ich schon sagte, das war Mitte der sechziger Jahre. Jeder von uns coolen Collegeleuchten dachte damals daran, Gras zu rauchen, einige von uns probierten es, und keiner gab es zu. Gute Freunde wußten es vielleicht. Wir waren so ein armseliger Haufen: Das Gras wurde in Päckchen zu fünf Cents verkauft – erinnern Sie sich? Fünf Dollar für eine Handvoll von dieser oder jener Sorte aus Mexiko oder Kolumbien oder Nebraska. Ein Lid, erinnern Sie sich? – 22 Gramm Marihuana. Eine Unze für fünfzehn Dollar, und damals waren fünfzehn Dollar eine Menge Geld für einen Jungen, der sich sein Geld während des Studiums verdienen mußte. Und eine Unze – Scheiße, ein einziger lausiger Joint, das war ein verdammt großes Risiko! Das Gesetz behandelte Gras wie die größte Geißel der Menschheit, als das, was für uns heute Heroin ist, nur noch schlimmer, denn hinter dem Rauch von Gras loderte ein Feuer, das einen ganzen *Lebensstil* bedrohte. Das war für das Establishment gefährlicher als jede Droge. Wir reden von einem Verbrechen, das damals mit schweren Gefängnisstrafen geahndet wurde. Und in den Gefängnissen wimmelte es nur so von Typen, die in den Duschen auf dich warteten. Dein ganzes Leben für einen lausigen Joint, der dich vielleicht zwei Stunden high machte. Wenn wir nicht so jung gewesen wären, hätten wir zuviel Angst gehabt und wären zu vernünftig gewesen, es zu versuchen.«

Tok!

»Jedes Jahr schickt das William and Mary sechs Austauschstudenten sechs Monate nach Oxford und umgekehrt. Wir waren so stolz auf unsere Studentenverbindung! Zwei unserer Mitglieder schafften es, 1968 ins Austauschprogramm aufgenommen zu werden, und unser Kumpel Joey, der feine Joey Sloan, war als Ersatzmann vorgesehen. Ein netter Erfolg für ihn, eine gute Leistung, aber der zweite Platz war noch immer kein Ausstieg aus Vatis Gebrauchtwagenhandel.

Der Austausch findet im Frühlingssemester des Junior-Jahres statt, die Wahl der Kandidaten im vorhergehenden Frühling. 1967. Joey verkaufte einen langen, heißen Sommer lang für Vati Autos. Und begann so richtig zu begreifen, was sein zweiter

Platz bedeutete. Dann begann die Schule wieder. Den ganzen Sommer über hätte etwas passieren können, doch nichts passierte. Auch am Beginn des Herbstsemesters passierte nichts.«

Tok!

»Und dann kam die Woche vor den Erntedankfest-Ferien. Der Herbst in Williamsburg ist schön. Es gibt Fußballspiele, die Blätter an den Bäumen verfärben sich. Das war der letzte Herbst im College, der aussah wie ein Titelbild der *Saturday Evening Post*. Nach 1967, mit den Protestmärschen, den Drogen . . . Aber damals sah an der Oberfläche noch alles so aus wie auf den Bildern von Norman Rockwell.

Meine zwei Freunde, die nach Oxford geschickt werden sollten, waren Ken Smallwood und Ron Boyd. Smallwood war ein kleines Genie, der von Natur aus begabteste Kerl, den ich je gesehen habe. Wollte Geschichtsprofessor werden. Boyd war der Witzbold, der alles leichtnahm. Er wußte noch nicht sicher, was er einmal machen wollte, aber es sollte etwas Gutes sein. Wir alle dachten noch an John. F. Kennedys Worte ›Frag nicht, was dein Land für dich tun kann‹, und so weiter, und unter seiner Clownmaske glaubte Ronnie so fest daran, wie nur ein Teenager glauben kann.«

Tok!

»Auf unserem Collegegelände war ein Aufseher, den wir den Nazi nannten – er war groß und blond und nicht besonders helle, liebte seine braune Uniform und brachte seine Schuhe, sein silbernes Abzeichen und seine Pfeife mit Spucke auf Hochglanz. Er lief mit einem großen Schlüsselbund und einer riesigen Taschenlampe herum. Er wollte so ein harter Typ sein wie im Fernsehen, aber in Wirklichkeit war er von der Marine desertiert, wo er zwischen den Kriegen gedient hatte. Bei der richtigen Polizei nahmen sie ihn nicht, und so landete er schließlich in unserer Schule, wo er auf dem Gelände herumstolzierte und darauf achtete, daß alle Lichter gelöscht wurden, daß die Schlafsäle der Mädchen abgeschlossen waren und niemand einen Slogan der Studentenverbindung auf das Haus des Dekans sprühte.

Eines Nachts, so um neun Uhr herum, gehen Ken und Ron von der Bibliothek quer über das Collegegelände zum Haus der Studentenverbindung. Sie spielen mit dem Laub auf dem Gehsteig Fußball und reden über Mädchen. Es ist Semestermitte. Plötzlich springt der Nazi hinter den Bäumen hervor und schreit ›Halt!‹ Sie trauten ihren Ohren nicht! Hielten es für einen dummen Witz. Ken und Ron kicherten die ganze Zeit ›Ja, Herr Polizist, nein, Herr Polizist‹. Der Nazi sagte, Ken solle seine Schulmappe öffnen – das war das letzte Jahr, in dem man in einem amerikanischen College noch eine Schulmappe tragen konnte, ohne sofort als ›nicht cool‹ abqualifiziert zu werden – im folgenden Jahrzehnt wäre das unmöglich gewesen. Der Nazi holte drei Joints aus Kens Schulmappe, und daran war gar nichts ›cool‹, das Lachen war ihnen vergangen.

Ken und Ron hatten Glück. Der Nazi wollte auf keinen Fall die Hand brüskieren, von der er sein Abzeichen erhalten hatte, daher führte er die beiden hinüber zum Haus des Dekans, anstatt die städtische Polizei zu holen. Wir sahen sie erst am Mittag des nächsten Tages wieder. Die Erwachsenen dieser Welt spielten Richter und Geschworene mit diesen beiden bösen Jungen, die sie geschnappt hatten. Es spielte keine Rolle, daß Ken alle Eide schwor, daß die Joints ihm nicht gehörten, und daß Ron dasselbe schwor. Sie hatten sie bei sich gehabt. Damit hatte sich die Sache.«

Tok!

»Anfangs verzapfte der Nazi irgendeinen Scheiß über irgendwelche ›Quellen‹, die ihm den Tip gegeben hätten, daß diese beiden Kerle Drogen kauften und etwas von dem Zeug bei sich haben würden. Der Dekan nahm dem Nazi den Unsinn mit dem ›Informanten‹ nicht ab, und er gab schließlich zu, daß es ein anonymer Telefonanruf gewesen war. Nur eine männliche Stimme, irgend jemand, der die Collegeaufsicht angerufen hatte – zu einer Zeit, da jedermann wußte, daß der Nazi Dienst hatte.

Der Dekan rief den zuständigen Staatsanwalt zu Hilfe, und sie steckten die ganze Nacht die Köpfe zusammen. Sie hatten zwei Probleme: Was sie mit den Jungen tun sollten, und wie sie der Schule die Peinlichkeit ersparen könnten, in eine Drogenaffäre verwickelt zu werden.

Der Staatsanwalt fand schließlich die Lösung. Er räumte ein, die Durchsuchung könne für illegal befunden werden, und der Fall käme dann gar nicht vor ein Gericht. Daher brauchte er keine Anklage zu erheben. Das bedeutete, es würde keinen öffentlichen Skandal geben.

Aber vor dem Büro des Dekans warteten noch immer Ken und Ron. Irgendwer hatte sie gesehen und sagte, Ken habe in Abständen aufgeschluchzt, Tränen seien ihm übers Gesicht gelaufen. Ron sei totenstill und kreidebleich dagesessen.«

Tok!

»Man machte ihnen ein Angebot, das sie nicht ablehnen konnten. Sie durften aus dem William and Mary College ausscheiden, das Collegegelände binnen 24 Stunden freiwillig verlassen. Ihre Eltern bekamen einen Anruf. Ihre Zimmer in der Studentenverbindung wurden nach weiteren Drogen durchsucht. Sie fanden nicht einmal Streichhölzer. Der Vizedekan und ein weiterer Collegeaufseher bewachten sie, während sie ihre Sachen packten. Wir anderen konnten uns kaum von ihnen verabschieden.«

Tok!

»Das alles bedeutete, daß sie nicht nach Oxford fuhren. Und das bedeutete, daß unser Freund, der feine Joey Sloan, fuhr. Es tat ihm ach so leid, er war ach so fassungslos. Schrieb den beiden einen wunderbaren Brief – und sorgte dafür, daß die ganze Studentenverbindung davon erfuhr. Kam dann nach einem halben Jahr mit Sprüchen wie ›guter Junge‹ und ›alter Knabe‹ aus Oxford zurück und nannte sich jetzt bei seinem großkotzigen zweiten Vornamen. Er hatte herausgefunden, wer er sein wollte.«

Tok!

»Was ist mit Ken und Ron passiert?«

»Ken lebt jetzt in Kalifornien, in der Nähe von San Diego. Er arbeitet in einem Computerladen, als Assistent des Geschäftsführers, glaube ich. Ist geschieden, hat ein paar Kinder.

Ron . . . Ron wurde zwei Monate, nachdem er die Schule verlassen hatte, eingezogen. Meldete sich sogar freiwillig, ist nicht nur einfach dazugegangen, sondern sprang für einen anderen, der zwangsweise eingezogen werden sollte, ein. Ich weiß noch, daß Joey jede Menge ärztliche Atteste hatte.« Dann fragte er: »Kennen Sie die schwarze Tafel? Unten beim Lincoln Memorial? Darauf sind 58 000 Namen eingraviert, alles Jungs, die in Vietnam draufgegangen sind, diese armen Teufel – es war eine nationale Tragödie, ein furchtbarer Fehler. Dort ist Ron.«

»Und Sie geben Emmett Sloan daran die Schuld.«

Er knallte den Ball gegen die Wand, fing ihn auf und drehte sich zu mir.

»Das tue ich, da haben Sie verdammt recht. Ich kann es nicht beweisen, ich werde es nie beweisen können. Aber irgend jemand hat Ken und Ron die Joints zugesteckt. Irgend jemand hat den Nazi angerufen. Klar, sie haben Hasch geraucht – na und? Eines Nachts, vor dieser ganzen Geschichte, als Joey sich bei mir Liebkind machen wollte, verriet er mir, er wüßte, wo er Gras für seine Freunde bekommen könne. Wir waren ja alle so cool, nicht?«

»Emmett . . .«

»Emmett – *Joey* – wollte nach Oxford, und diese Jungen waren ihm im Weg. Er konnte etwas dagegen tun, also tat er es. Punktum. Es war ihm scheißegal, was aus ihnen wurde, solange er nur bekam, was er wollte.«

»Und Sie sind sein Freund geblieben.«

»Nein!« Er wedelte mit seinem Racket vor meiner Nase herum; ich hielt vorsichtig die Stellung. »Ich habe ihn im Auge behalten, bin, so gut es ging, in seiner Nähe, aber außer Reichweite geblieben. Irgendwann einmal werde ich zusehen, wie dieser Hurensohn dafür bezahlt. Vielleicht nur ein bißchen. Aber er wird bezahlen, und an der Rechnung werde ich mitschreiben.«

Er wirbelte herum, knallte den Ball wieder gegen die Wand, fing ihn auf und drehte sich wieder zu mir um.

»Was, zum Teufel, glauben Sie, warum ich mit Ihnen rede?«

»Sie sagten, Sie hätten ihn im Auge behalten, als er hierhergezogen ist.«

»Ja, nach Washington, D.C., ins Herz von Amerika, wo ein kluger Junge alles erreichen kann, groß und wichtig werden kann, wenn er es nur richtig anpackt. Joey hatte Geld, genug Geld, um es sich leisten zu können, blödsinnige Jobs als Volontär zu übernehmen. Er hat beim Wahlkampf irgendeines rechtsgerichteten Demokraten mitgearbeitet, wodurch er Kontakte zu ein paar politischen Lagern hatte. Danach bekam er einen Job bei irgendeiner Pseudokommission. Dann starb sein Vater, und er bekam einen größeren Batzen Geld. Hat selbst ein Geschäft aufgezogen. Hat eine Zeitlang versucht, selbst ganz groß mitzumischen, hat die Sache ausgelotet. Hat Geld gemacht, zum Teil . . .«

»Womit?«

»Alles weiß ich nicht. Heute nennt er sich Finanzberater oder Anlageberater, Unternehmer, was immer im Augenblick am besten paßt. Er hat sein Geld mit einem halben Dutzend verschiedener Dinge gemacht. Ziemlich am Anfang machte er Geschäfte mit einer obskuren Fluglinie, hatte irgendwas mit Gütertransport zu tun. Es war eine Art südamerikanisches Konsortium. Ich habe ihn eines Nachts mit ein paar reichen, aber schmierigen südamerikanischen Typen in einer Bar in der K Street getroffen. Joey erklärte lang und breit, wer sie waren und was für Geschäfte sie miteinander machten. Ich erinnere mich, daß er was von ›kontersubversiven Steuersystemen‹ schwafelte, irgend so einen Scheiß. Ich vermute, er war an Waffenlieferungen an rechtsgerichtete südamerikanische Regierungen, die sich auf Geheimpolizei stützten, beteiligt. Wer weiß? Er ist ein paar Jahre lang mit diesen internationalen Machern herumgezogen und hat die Geschäfte mit ihnen benutzt, um selbst wirklich reich zu werden. Dann begann er, seine eigene Fassade in Ordnung zu bringen, wurde frommer und rechtschaffener. Er war offenbar der Ansicht, diese Typen hätten ihre Schuldigkeit getan.«

»Was will er eigentlich?«

»Joey will ein Star sein. Die Macht ist ihm egal, er will nur die Bewunderung, den Ruhm. Er will, daß J. Emmett Sloan anerkannt wird, daß er groß und berühmt und wichtig ist. Nicht der Sohn eines Gebrauchtwagenhändlers. Und er wird alles tun, um das zu erreichen, und er ist zu schlau und zu gerissen, sich dabei erwischen zu lassen. Bis jetzt.«

»Haben Sie jemals gehört, daß er mit einer Type namens Naderi zu tun hatte, Parviz Naderi?«

»Ich habe den Namen Naderi noch nie gehört. Wenn er ein Schleimer war, hat er sich mit Joey vermutlich blendend verstanden. Besonders, wenn er Joey irgendwie von Nutzen sein konnte.«

»Wissen Sie, ob Emmett je in einer Bar mit dem Namen ›Forum‹ verkehrte?«

»Nein. Und sonst weiß ich auch keine Details, die Ihnen helfen würden. Aber wenn Sie irgend etwas nachprüfen lassen wollen, werde ich tun, was ich kann. Was er heute so macht . . .

Ich versuche, die Kreise, in denen er verkehrt, zu meiden. Ich fürchte, zuviel Kontakt wäre gefährlich – ich würde wahrscheinlich irgendwann einmal in die Luft gehen und aus seinem Gesicht Hackfleisch machen. Ich beobachte ihn aus der Ferne, in aller Stille. So kann ich verhindern, daß ich durchdrehe. Und so bin ich außer Gefahr. Und ich lasse ihm den Glauben, daß ich ein alter Schulfreund bin, der nichts gegen ihn hat, ein Typ, bei dem er vielleicht einmal eine linke Tour versuchen könnte, ein Typ, vor dem er nicht zu sehr auf der Hut ist.« Er verzog den Mundwinkel.

»Teufel«, sagte er, »er hat mich sogar zu seiner Hochzeit eingeladen.«

Er lächelte. »Und ich bin auch hingegangen. Schönes Weib. Armes Luder. Ich habe mich gefragt, wie er sie wohl kennengelernt hat, wieviel sie ihn wohl gekostet hat?«

17

Die erste Nachricht auf dem Anrufbeantworter in meinem Büro stammte von Art Dillon, eine Routinemeldung im Giftmüll-Fall.

Der zweite Anrufer war ein Kleinunternehmer aus Ohio, dem ich von einem ehemaligen Klienten empfohlen worden war. Es ging um irgendeine Patentrechtsverletzung. Er gab eine Nummer an, unter der ich ihn am Montag – als R-Gespräch – zurückrufen sollte, um zu sehen, ob ich etwas tun könne.

Dann rief Bobbi an. »Ohne Grund«, sagte sie lachend, und ich sah sie vor mir, ihr Kopfschütteln und das typische ironische Lächeln, »außer, daß ich dich anrufen wollte, und daher nehme ich an, es gibt doch einen Grund. Einen sehr guten Grund. Ich . . . ich kann dich bis nächste Woche nicht treffen oder mit dir reden.« Das Tonband lief zehn oder fünfzehn Sekunden lang surrend weiter. Ihre letzten Worte flüsterte sie: »Du fehlst mir.«

Die letzte Nachricht kam aus dem Nichts. Die Frau hatte eine rauhe Stimme, die ich noch nie gehört hatte. Ihre Mitteilung fing mitten im Satz an, als hätte sie mit ihrer Story nicht auf das Ertönen des Pfeiftons gewartet.

». . . und deshalb rufe ich Sie an, weil mein Freund sagte, daß Sie sich in der ganzen Stadt nach Pasha erkundigen. Mein Freund wußte nicht, daß ich Pasha gekannt habe, aber ich habe ihn gekannt. Ich weiß eine Menge von ihm, was ich nie einer Menschenseele erzählt habe. Ich glaube, wenn ich es Ihnen erzähle, würde mir das irgendwie helfen. Und wenn nicht, was soll's? Ich will es mir einfach nur von der Seele reden. Solange Sie mich da raushalten. Ich komme aber nicht in Ihr Büro oder sonstwohin, ich treffe Sie nur in der Öffentlichkeit. Ich bin heute abend bis etwa acht Uhr in der Bar des Madisons. Fragen Sie nach Christy, ich hinterlasse eine Nachricht für Sie.«

Christy. Der Name sagte mir nichts. Ich sah auf die Uhr – 18:30 – und wählte eine Nummer. Draußen auf der Pennsylvania Avenue wimmelte es von Leuten vom Capitol Hill auf dem Weg ins Wochenende. Das war das normale Leben. Freitagabend. Verabredungen. Kinos. Abendessen, vielleicht ein Theaterstück. Vielleicht heim zu Frau und Kindern, Familienleben, vielleicht auch heim in eine luxuriös eingerichtete Wohnung mit einem Telefon, das niemals läutete. Der Sonnenuntergang tauchte mein Zimmer in rosa Licht.

»Morddezernat«, meldete sich eine männliche Stimme.

»Ist Detective Nick Sherman da?«

»Er ist im Einsatz.«

Und kein Mensch wußte, wann er zurückkommen würde. Noch 90 Minuten, dann mußte ich meinen Drahtseilakt ohne Netz ausführen.

»Ich bin ein Freund von ihm, John Rankin. Würden Sie ihm eine Botschaft notieren?«

»Äh . . . ist sie lang?«

»Sie ist wichtig.«

»Okay, Papier steckt schon in der Schreibmaschine. Ihr Name ist . . .« Ich hörte die Tasten klappern, als er die Buchstaben tippte. »Schießen Sie los.«

»Auf meinem Anrufbeantworter ist eine Mitteilung von einer Frau über unseren Freund Pasha.« Ich sprach langsam und richtete mich nach dem Rhythmus des Schreibmaschinenklapperns, das ich über das Telefon hörte. »Sie sagte, ihr Name sei Christy, ich solle vor 8 Uhr heute abend in der Bar des Madisons nach ihr fragen. Die Nachricht ist noch auf dem Anrufbeantworter in meinem Büro. Ich habe weder von ihr noch ihre Stimme je zuvor gehört. Ich gehe jetzt ins Madison und melde mich dann später bei ihm, wenn die Sache vorüber ist. Spätestens um elf.«

»Meldet sich bis elf«, sagte er und schrieb den letzten Buchstaben. »Ist das alles?«

»Ja.«

»Wer sind Sie? Reine Neugier«, sagte der Polizist.

Ich antwortete: »Nur ein Freund.«

»Von Nick? Dann viel Glück.«

Der livrierte Türsteher vor dem Madison verbeugte sich und wünschte mir einen guten Abend. Das Madison steht schräg gegenüber dem Gebäude der Washington Post; es ist ungeheuer respektabel und eines der gediegensten »Ersatzwohnzimmer« der Stadt. Der dicke Teppich verschluckte das Geräusch meiner Schritte, in der dunklen Holztäfelung spiegelte sich das Licht des Kristallüsters und der drei Meter hohen vergoldeten Spiegel. Die Halle roch nach Möbelpolitur. Die Hotelpagen und die Leute an der Rezeption lächelten und versuchten, mich einer Zimmernummer zuzuordnen. Es war die Zeit zwischen Geschäft und Abendunterhaltung, in der man in der gemütlichen Hotelbar einen Drink zu sich nehmen und sich entspannen konnte.

Die drei Frauen in der Bar waren in männlicher Begleitung; eine Frau in einem strengen, geschäftsmäßigen Kostüm mit einem strengen Pagenhaarschnitt beugte sich über den kleinen Tisch, damit ihr Begleiter ihr Feuer geben konnte. Sie berührte seine Hand mit der ihren, um sie ruhig zu halten; beide waren voll auf die Feuerzeugflamme konzentriert. Ihre Fingernägel waren dunkel.

Der Barmann trug eine dunkle Weste über einem weißen Hemd und polierte mit einem weißen Geschirrtuch ein Weinglas, ohne das halbe Dutzend gutgekleideter Männer aus den Augen zu lassen, die an der Bar vor ihren Drinks saßen.

»Entschuldigen Sie«, sagte ich. Er kam zu mir herüber, lächelte und wartete auf eine typische Touristenfrage. »Ich suche eine Frau.« Er blinzelte. »Sie sagte, sie würde mich hier treffen. Ihr Name ist Christy.«

Er überlegte einen Augenblick, runzelte die Stirn und schüttelte den Kopf.

»Das sagt mir gar nichts.«

»Hat irgend jemand eine Botschaft für mich hinterlassen? Mein Name ist Rankin.«

»Tut mir leid, ich habe überhaupt keine Nachricht für irgendwen.« Er zuckte die Achseln. »Es ist noch früh.«

»Ich warte da drüben«, sagte ich und wies mit einer Kopfbewegung auf einen Tisch in der hintersten Ecke. »Wenn sie kommt . . .«

»Schicke ich sie gleich zu Ihnen«, sagte er.

Ich dankte ihm und bestellte Bier vom Faß.

Sie warteten, bis ich es mir in dem großen Plastikdrehsessel bequem gemacht hatte und ließen mich das halbe Bier austrinken; erst dann starteten sie ihre Aktion.

Er war groß und stark, gutaussehend in der Art eines ehemaligen Collegesportlers. Er trug einen normalen Straßenanzug und wirkte nicht gefährlich. Er leerte sein Glas, erhob sich von der Bar und steuerte gemächlich zwischen den meist leeren Tischen auf den meinen zu. Er ließ seinen massigen Körper in den leeren Sessel sinken und schenkte mir ein Lächeln, das besagte *Hallo, du Grünschnabel*. Über seine Schulter sah ich, daß zwei weitere »Geschäftsleute« an der Bar jede unserer Bewegungen verfolgten. Niemand sonst beachtete uns.

»Ich fürchte, Christy wird es nicht schaffen, Mr. Rankin.«

Er hatte eine angenehme Stimme, gleichmäßig, ruhig, kräftig.

»Im Verkehr steckengeblieben?«

»In Wirklichkeit gibt es gar keine Christy.«

»Wie die Geschichte mit dem Weihnachtsmann.«

»Es gibt jedoch jemanden, der sich mit Ihnen über die Angelegenheit, die sie erwähnt hat, unterhalten möchte.«

»Hier und jetzt erscheint mir ein guter Ort und eine gute Zeit.«

»Wir haben uns schon gedacht, daß Sie dieser Meinung sein würden. Aber, äh . . .« Er blickte sich um. Ein lachendes Paar in Abendkleidung stand im erleuchteten Eingang und machte ein großes Getue um die Wahl des idealen Tisches. »Die Angelegenheit ist vertraulich, und hier ist es ein bißchen zuviel Öffentlichkeit.«

»Ich mag die Öffentlichkeit.«

»Sie hat ihre Vorteile. Aber die Person, die Sie sprechen will, zieht Ungestörtheit vor.«

»Ich bin nicht in Stimmung für eine kleine Fahrt.«

»Wir auch nicht – zumindest nicht für eine Fahrt durch die Stadt.«

»Woran denken Sie?«

Er lächelte und deutete zur Decke. »Wie steht's mit Aufzügen?«

»Ich gehe nicht zu fremden Männern ins Hotelzimmer. Nicht beim ersten Rendezvous.«

»Kommen Sie schon. Seien Sie kein Frosch. So ist es für uns alle viel leichter. Und was haben Sie schon zu verlieren? Was könnte passieren? Wir sind schließlich im Madison.«

»Welche Alternative habe ich?«

»Sie können gehen.« Er deutete mit dem Kopf auf seine Kumpel an der Bar. »Keiner würde Sie jetzt daran hindern.«

»Und später?«

»Sie sagen es, mein Freund. Sie sagen es.«

Beide schwiegen wir lange Zeit.

»Hören Sie«, sagte er schließlich, »wenn man irgend etwas Böses mit Ihnen vorhätte, brauchte sich niemand viel Mühe zu machen.«

Mein Bier war nicht mehr kalt, das Glas fühlte sich trocken und glatt an.

»Sie haben mich überredet.«

Er ging voran. Seine Kollegen an der Bar sahen genauso respektabel aus wie er. Einer von ihnen folgte uns, der andere blieb auf seinem Barhocker sitzen und beobachtete die Leute im Lokal, um zu sehen, ob sich vielleicht jemand für unseren Aufbruch interessierte.

Der Aufzug war sofort zur Stelle. Sobald die Messingtüren aufgingen, trat ich in die Ecke, drückte mich mit dem Rücken gegen die Wand. Meine beiden Begleiter fanden das komisch.

»Aufhalten, bitte!«

Eine rundliche Frau um die Fünfzig stürzte vor ihrem Mann in den Aufzug. Sie stieß gegen die Gummikante der Tür, bis sie wieder zurückglitt, während er hastig neben sie trat.

»Recht herzlichen Dank«, sagte sie über die Schulter zu uns, obwohl wir gar nichts getan hatten. »In welchem Stockwerk sind wir doch gleich?«

»Im siebenten«, sagte ihr Mann mit müder Stimme. Sogar sein Anzug wirkte schlapp.

»Ja, richtig«, sagte sie und drückte auf den Knopf. Ihr Handgelenk war schwer behängt mit klimpernden goldenen

Armreifen, und auf ihrem Finger prangte ein glitzernder Diamant von der Größe eines Zehn-Cent-Stücks.

Die Türen gingen zu.

»Wir haben kaum Zeit zum Umziehen, wenn wir rechtzeitig im Kennedy Center sein wollen«, sagte sie, als hinter den in die Messingleiste eingravierten Nummern das Lämpchen bei »2« aufleuchtete.

»Wir haben noch eine Stunde«, murmelte er und seufzte. Er stand vor mir, ein kleiner Mann mit feinen grauen Haaren, die kaum den glänzenden rosa Schädel bedeckten.

»Er redet wirklich viel«, sagte die Frau. Der blaue Schimmer in ihrem steifgesprühten weißen Haar war gewiß teuer gewesen.

Das Lämpchen war auf »3«.

»Scheint aber ganz nett zu sein«, sagte der Mann.

»Ob er wohl vorhat, in eine gute Firma einzutreten?« sagte die Frau.

Die »4« leuchtete auf.

»Warum sollte er?« wollte der Mann wissen. »Er versteht sich gut mit seinem Chef.«

»Ja, also . . . Wir sind noch nie in Wisconsin *gewesen*.«

»Also brauchen wir auch nicht hinzufahren.«

Das Lämpchen hinter der »5« leuchtete auf.

»Zumindest sind wir durch ihn ins Weiße Haus gekommen«, sagte sie.

»Vermutlich bekommt er diese Karten für die Leute aus dem Wahlkreis seines Chefs«, sagte ihr Mann. Seine Stimme war erschöpft, monoton.

»Ist er dir nicht etwas reizbar vorgekommen?« sagte sie. Die »6« leuchtete auf. »Und außerdem . . . ich weiß nicht. Nervös oder so.«

»Sie hätte es viel schlechter treffen können«, meinte der Mann. »Sehr viel schlechter.«

»Nun«, antwortete die Frau. »Wahrscheinlich.«

Der Aufzug hielt, die Türen gingen auf.

»Was soll ich auf der Rundfahrt morgen anziehen?« fragte sie, als sie den Korridor hinuntergingen.

Die Türen schlossen sich.

Keiner von uns sprach.

Der Aufzug hielt im 8. Stock. Mein Begleiter stieg als erster aus, drehte sich um und lächelte. Ich folgte ihm. Sein Kollege spielte meinen Schatten. Wir gingen lautlos den Gang entlang bis zur Suite an der Ecke. Der Ex-Collegesportler schloß die Tür auf und öffnete sie. Dahinter lag ein dunkler Raum. Er griff hinein und schaltete die Vorzimmerlampe ein. Gedämpftes goldenes Licht erhellte den Raum.

»Er wird gleich da sein«, sagte er. »Machen Sie es sich bequem.«

Dann schloß er die Tür hinter mir.

Es gab zu viele unschöne Möglichkeiten. Im Schein der Vorzimmerlampe waren die Umrisse von Sesseln und Tischen im Zimmer direkt vor mir zu erkennen, dem zentral gelegenen Wohnzimmer der Suite. Die geschlossenen Türen in der Vorzimmerwand führten zweifellos ins Schlafzimmer und ins Badezimmer. Ich wollte auf den Türklinken keine Fingerabdrücke hinterlassen, daher mußte ich das Risiko eingehen und einfach hoffen, daß diese Räume leer waren. Meine Augen gewöhnten sich an das gedämpfte Licht. Kein Geräusch war zu hören, weder der Verkehr, der acht Stockwerke tiefer vorbeiraste, noch ein eingeschalteter Fernseher in einem der anderen gemütlichen Hotelzimmer. Das Madison ist ein solides Hotel. Ich stand an der Schwelle des Wohnzimmers. Die Vorhänge an der gegenüberliegenden Wand waren aufgezogen, die Jalousien heruntergelassen, aber waagerecht gestellt, sie bildeten dünne schwarze Streifen durch den silbernen Lichterschein der Stadt. An der Wand links von mir konnte ich den dunklen Schatten einer Couch erkennen, davor einen Couchtisch, ein Ecktischchen mit einer ausgeschalteten Lampe und auf jeder Seite einen großen Sessel. In der Vase auf dem Couchtisch waren Blumen. Schwacher Rosenduft erfüllte diesen Raum. Das Madison ist ein elegantes Hotel. Ich setzte mich ans andere Ende des Sofas und drückte den Rücken gegen die feste Polsterung. Rechts von mir der gestreifte silberne Schein vom Fenster her, links und vor mir geschlossene Türen. Nur mein Atem und mein Herzschlag waren zu hören.

Ein Schlüssel drehte sich im Schloß, die Eingangstür ging auf und wieder zu.

Der dunkle Schatten eines kräftigen Mannes erschien in der Tür.

»Etwas mehr Licht könnte nicht schaden«, sagte er. Seine Tenorstimme war rauh, angegriffen von zu vielen Zigaretten, von zu vielen Reden oder zuviel schlechter Luft, vielleicht von allen dreien. Ich schwieg.

Mit wiegenden Schritten ging er auf mich zu, sein Frackschoß schaukelte hin und her wie ein Schwanz. Ich hielt die Hände auf den Knien – die Vase mit den Rosen stand in Reichweite –, die Füße stemmte ich fest auf den Boden. Er brummte, als er mit dem Schienbein gegen den Kaffeetisch stieß. Er brauchte fast 30 Sekunden, bis er seine Körpermassen im Sessel rechts von mir verstaut, sich bequem zurechtgesetzt und den rechten Fuß über den linken geschlagen hatte. Er streckte die Hand aus, knipste die Lampe an, und da waren wir, klar und deutlich zu sehen.

»Das ist schon besser«, sagte er.

Er hatte ein Gesicht wie ein Fisch, graue Haut, fast keine Haare.

»Erfreut, Sie kennenzulernen«, sagte er.

»Ich glaube nicht, daß wir korrekt vorgestellt wurden«, sagte ich zu diesem Mann, den ich noch nie gesehen hatte.

»Ich bin Victor Landell. Ich bin Anwalt.«

Ja, das war er, er hatte eine kleine Kanzlei in einem annehmbaren, wenn auch nicht besonders prestigeträchtigen Gebäude in der K Street. Ich hatte schon von ihm gehört, wenn ich ihm das auch nicht sagen würde.

»Ist das Ihre Arbeitsweise? Fingierte Telefonanrufe und Hotelzimmer?«

»Ich habe für eine ungestörte Umgebung gesorgt. Ich bin gar nicht da, ich bin bei einem Dinner mit ein paar sehr angesehenen Leuten. Ich bin sicher, Sie wissen das zu schätzen.«

»Wie ist das Essen?«

»Gut. Wie geht Ihr Geschäft?«

»War schon schlechter.«

»War auch schon besser«, sagte er. »Wie ich höre, jagen Sie in der ganzen Stadt einem Gespenst nach. Einer Type namens Naderi.«

»Ein Freund von Ihnen?«

»Er ist tot. Alle meine Freunde sind gesund und munter.«

»Schön für sie.«

»Was wollen Sie?«

»Haben Ihnen das Ihre Freunde nicht gesagt? Ich habe einen Klienten.«

Er schüttelte den Kopf. »Blödsinn. Murray, das ist ein Witz. Er hat nicht genug Geld, um Ihnen ein anständiges Mittagessen zu zahlen. Sie sind zu ihm gegangen. Warum?«

»Wegen der Type namens Naderi.«

»Was wollen Sie wissen?«

»Hören Sie . . . *Mister* Landell. Was wollen Sie von mir?«

»Sie haben nichts, was ich will. Aber diese Sache mit Naderi . . .«

Er fuhr fort: »Wie ich schon sagte, ich bin Anwalt. Ich habe eine kleine Kanzlei, vertrete ein paar Leute, die außerhalb von Washington wohnen. Ich bin ihr ganz normaler Repräsentant in Washington. Meine Klienten haben nicht viel mit dieser Stadt zu tun. Doch die Bedeutung dieser Stadt reicht über ihre Grenzen hinaus. Wenn Sie Ihre Hausaufgaben machen, dann werden Sie entdecken, daß ich den Freund der Familie von ein paar Freunden vertreten habe, der Schwierigkeiten mit ein paar Bürokraten hatte. Es ist alles ganz legal bereinigt worden, aber es hat leider viel schlechte Presse gegeben. Und jetzt gehen Sie herum und rühren diese ganze alte Scheiße wieder auf. Ein Typ wie Sie, der da herummurkst . . . Es passiert gar nichts, aber Sie könnten den Eindruck erwecken, daß etwas passiert, die Leute könnten sich wegen einem Haufen Scheiße aufregen. Das wäre schlecht fürs Geschäft, und nur um das Geschäft geht es meinen Klienten. Nicht, daß sie sich Sorgen machen, verstehen Sie.«

Er lächelte und zeigte dabei eine Reihe gezackter kleiner Zähne. »Nichts kann ihnen etwas anhaben. Aber Sie könnten lästig werden. Ich werde als Anwalt dafür bezahlt, daß ich jegliche Belästigung von meinen Klienten fernhalte. Wenn es

Ärger gibt, mit dem ich nicht fertig werde . . . Nun, meine Klienten beschäftigen auch noch andere Leute.«

»Was wollen Sie mir damit sagen?«

»Ich weiß, worauf Sie aus sind. Was ich nicht weiß, kann ich herausbekommen. Ich möchte nicht, daß Sie mit Ihrer Arbeit das Geschäft meiner Kunden stören. Ihnen dürfte daran noch weniger liegen als mir. Wir können das auf zivilisierte Art lösen, indem wir diese Unterhaltung führen. Ich bin sehr für zivilisierte Lösungen.«

»Ich auch.«

»Sie wollen wissen, wer Naderi umgebracht hat – stimmt's?«

»Unter anderem.«

»Ich werde Ihnen keine enzyklopädische Abhandlung liefern. Aber eines kann ich Ihnen sagen: Ich weiß nicht, wer die Type umgebracht hat und warum. Aber ich weiß, wer es nicht getan hat, was nichts damit zu tun hatte. Ihr habt da in der ganzen Stadt Theorien verbreitet, Sie und Murray.« Sein Fischgesicht bewegte sich hin und her. »Ihr zwei liegt völlig falsch mit euren Vermutungen. Naderi hatte viel zu wenig mit Transportgeschichten zu tun, als daß ihn jemand deswegen umgelegt hätte. Er hatte nie direkt mit meinen Klienten zu tun, und keine großen Sachen. Klar, er trieb sich in diesem Dunstkreis herum. Und vielleicht finden Sie auch ein paar Leute, die sagen, er hatte damit zu tun. Na und? Was ich so gehört habe, hatte er eine Menge Verbindungen. Meine Klienten oder ihre Teilhaber hat es nicht im geringsten interessiert, daß er starb, und es interessiert sie auch nicht, wer es getan hat.«

»Und haben sie eine Ahnung, wer es getan hat?«

»Das interessiert keinen so sehr, daß er danach fragt«, sagte er, und ich wußte, zumindest das war gelogen. »Und wenn es jemand wüßte, warum sollte er es Ihnen sagen?«

»Um sich selbst zu schützen?« schlug ich vor.

Er lachte.

»Sie sollten eigentlich schlauer sein«, sagte er. »Jetzt ist Schluß, Rankin. Ab jetzt hört die Belästigung auf. Das ist mit minimalem Aufwand für uns möglich. Wenn Sie weitermachen wollen, ist das Ihr Problem.«

»Wollen Sie mir damit sagen, ich soll die Hände von Naderi lassen?«

»Ich will Ihnen gar nichts sagen. Ich zeige Ihnen Möglichkeiten auf, gebe Ihnen einen Rat. Das sind die Stärken der Anwälte.«

»Werden . . . Ihre Klienten, Ihre Freunde, wie immer Sie sie bezeichnen, werden sie . . . verärgert sein, wenn ich weiter hinter dem seligen Naderi herjage? Wenn ich etwas über seinen Mörder herausfinde?«

»Wir alle halten es für dumm, es zu versuchen«, antwortete er. »Aber solange Sie sich dabei aus unseren Angelegenheiten heraushalten . . . Er zuckte die Achseln. »Jagen Sie hinter Ihrem Gespenst her, viel Spaß dabei. Aber seien Sie vorsichtig.«

»Wie soll ich wissen, was Ihre Angelegenheiten sind, wo genau ich mich heraushalten soll?«

»Das ist Ihr Problem, Rankin.« Er sah auf die Uhr. »Ich rate Ihnen nur, machen Sie keinen Fehler – vor allem, laden Sie Ihren Dreck nicht in der Öffentlichkeit ab. Heutzutage sind meine Klienten besonders imagebewußt. Sie spielen nicht gern den Prügelknaben.«

Er stand auf.

»Gleich Zeit fürs Dessert.« Er sah sich im Zimmer um, nahm es zum ersten Mal wahr. »Nettes Zimmer. Bleiben Sie noch, wenn Sie wollen. Bestellen Sie sich Abendessen. Schließen Sie die Tür, wenn Sie gehen.«

»Wenn ich irgendwelche Fragen habe, wo soll ich Sie anrufen?« fragte ich, als er sich anschickte zu gehen. Er drehte sich um und starrte mich mit seinen Fischaugen an.

»Warum mich anrufen? Wir haben nichts miteinander zu schaffen. Wir kennen uns nicht einmal.«

Dann war er weg. Ich blieb 15, 20 Minuten sitzen. Das Telefon blieb stumm. Kein Schlüssel drehte sich im Schloß. Als ich ging, ließ ich das Licht brennen und benutzte mein Taschentuch, um die Tür ins Schloß zu ziehen.

18

»Glaubst du ihm?« fragte Nick.

»Welchen Teil seiner Geschichte?« fragte ich.

Wir standen Arm an Arm an seinen Zivilstreifenwagen gelehnt und starrten auf eine Reihe von dunklen, zu Büros umfunktionierten Wohnhäusern auf der anderen Straßenseite. Wir waren im West End, einer Geschäfts- und Wohngegend zwischen der Innenstadt und Georgetown. Die Straßenbeleuchtung und die Neonreklame tauchten die Nacht in gespenstisches gelbes Licht. Aus dem offenen Fenster des Polizeiwagens knatterten Funkrufe: Ein Raubüberfall wurde gemeldet, Marke und Modell eines Autos durchgegeben, ein Laborteam wurde zu einem Haus beordert, in dem eingebrochen worden war, und eine grüne Minna sollte eine Weinleiche abholen, die vor einem protzigen Restaurant zusammengeklappt war. Niemand brauchte das Morddezernat. Zumindest im Augenblick nicht. Nicks Partner in dieser Schicht war irgendwo in dem Hotel hinter uns und benutzte die Toilette oder genehmigte sich einen Drink an der Bar. Er hatte Grips genug, uns allein zu lassen, damit wir die Sache miteinander ausmachen konnten, was immer es auch war, das Nick bewogen hatte, nach meiner telefonischen Rückmeldung dieses Treffen zu arrangieren. Die Leute, die hinter uns am Gehsteig vorbeigingen, waren sehr bemüht, uns nicht anzustarren. Sie hörten das Funkgerät und merkten, wer wir waren. Wir waren gleichbedeutend mit Ärger.

»Irgendeinen Teil«, antwortete Nick.

»Ich glaube, daß er es ernst meinte.«

»Das steht wohl außer Zweifel, Cowboy.« Seine Worte klangen ungeduldig, zornig.

»Alles in allem glaube ich, daß ihnen Naderi scheißegal ist«, sagte ich. »Alles, was sie interessiert, ist das Geschäft, und damit hat er nichts zu tun. Wenn er je damit zu tun hatte, dann ist das gemeinsam mit ihm gestorben. Das heißt nicht, daß sie ihn nicht umgebracht haben, oder daß sie nicht wissen, wer es getan hat, aber das glaube ich eigentlich nicht.

So, wie ich es sehe, ist *jetzt* gerade irgend etwas im Gange, wobei sie nicht gestört werden wollen, etwas, das nichts mit Naderi und allem, was damals geschehen ist, zu tun hat. Sie dachten, wenn ich jetzt anfange, eine Menge Fragen zu stellen, und versuche, eine Verbindung zwischen Naderi und ihnen herzustellen, könnte vielleicht ihre gegenwärtige Aktion irgendwie durchsickern. Das kann alles mögliche sein – irgendeine krumme Tour mit irgendeiner Regierungsstelle, irgendein Stück Kuchen, das sie sich vom kümmerlichen Rest der ICC abschneiden wollen. Vielleicht wollen sie nicht, daß ein so gut wie erloschenes Feuer wieder angefacht und geschürt wird, oder neue Untersuchungen durch den Staat oder die Stadt . . .«

»Von der Polizei haben sie nichts zu befürchten«, sagte Nick kopfschüttelnd.

»Vielleicht nicht.« Ich zuckte die Achseln. »Und sie wollen, daß es so bleibt. Vielleicht ist es nur die ganz normale Nervosität in einem Wahljahr, und sie wollen nicht, daß ihr Karren ins Trudeln kommt, daß sie mit irgendeiner alten Geschichte in die Zeitung kommen und zu einem Thema werden, wodurch dann vielleicht jemand gezwungen ist, ihnen den Kopf zu waschen. Vielleicht stellt irgendein übereifriger Reporter in der Stadt Fragen, wer letzten Endes von Pornografie profitiert, wer die großen Glücksspielunternehmen finanziert, wer den Heroingroßhandel für die hiesigen Banden betreibt, wer sich dafür einsetzt, daß Bankgeschäfte außerhalb der Dreimeilenzone nicht angetastet werden, wer . . .«

»He!« unterbrach mich Nick lächelnd. »Hast du vergessen, was der Mann sagte? Er und seine Kumpel haben gar nichts mit Washington zu tun.«

»Aber ja doch, klar.« Ich schüttelte den Kopf und sah einer typisch amerikanischen Familie nach, die auf dem Gehsteig auf der anderen Straßenseite vorbeiging: Mutti, Vati, Söhnchen und Töchterchen, alle sauber, gutgekleidet und wohlgenährt. Und gesund. Der Junge war etwa zehn. Er zeigte auf uns und sagte irgend etwas zu seinen Eltern. Seine Mutter drückte schnell seine Hand hinunter, und der Vater führte seine Familie rasch weiter. *Zeig nicht mit dem Finger, Jimmy. Sieh nicht hin. Tu so, als wäre gar nichts da. Geh weiter.*

»Es hängt mir zum Hals heraus, daß mir die Leute ständig erzählen, sie hätten nichts mit dieser Stadt zu tun!« sagte ich. »Wohin ich komme, überall sagen alle, sie hätten nichts mit Washington zu tun, diese Stadt ginge sie nichts an – sie wissen nichts darüber und wollen auch nichts wissen. Aber sie haben diese Stadt geschaffen. Sie ist ein Produkt ihrer Phantasie. Und sie alle sind hier, jeder einzelne von ihnen, verdammt noch mal. Pasha war diesbezüglich wenigstens ehrlich.«

»Wie schön für uns«, sagte Nick. »Wie schön für ihn.«

»Komm mir nicht so«, sagte ich. »Laß diesen Scheiß.«

Wir gingen zur Bushaltestelle, wo ich mein Auto geparkt hatte.

»Was jetzt?« fragte Nick.

»Ich fahre jetzt heim. Gehe schlafen.«

»Allein?«

Seine Frage war nicht boshaft oder anzüglich.

»Noch schlimmer«, sagte ich und schüttelte den Kopf. »Es gibt jemanden, der nicht bei mir sein kann.«

»Darf ich raten?« fragte er.

»Das brauchst du nicht.«

»Da hast du dir aber wirklich Schwierigkeiten eingehandelt, Cowboy.«

»Das brauchst du mir nicht zu sagen. Sag mir lieber, was ich tun soll.«

Nick schüttelte den Kopf. »Das weißt du doch ohnehin.«

Vor dem Auto blieben wir stehen. Nick stieß mit der Spitze seines Cowboystiefels gegen den Vorderreifen.

»Pasha hat auch einen Porsche gefahren«, sagte er.

»Eine andere Farbe.«

»Ja, nun . . .« Er funkelte mich an. »Das war nicht sehr klug von dir heute abend, daß du in das Hotelzimmer gegangen bist. Was hast du geglaubt, wo du bist?«

»Im Madison.«

»Komm mir nicht so.«

»Man tut nicht immer das, was klug ist, Nick. Manchmal tut man einfach das, was auf dem Programm steht.«

»Wann wirst du endlich deine Waffe tragen?«

»Welche Waffe, Detective Sherman?« Ich schloß die Autotür auf und kurbelte das Fenster hinunter, bevor ich mich hinter das Lenkrad setzte. »Ich habe keinen Waffenschein und darf weder eine Waffe besitzen noch eine tragen. Ich bin zumindest so gescheit, die Gesetze zu kennen.«

»Tu mir einen Gefallen«, sagte Nick und schlug die Autotür zu. »Sei endlich auf die richtige Art gescheit.«

Der Motor sprang sofort an, erwachte brummend zum Leben.

Als ich die Scheinwerfer einschaltete, sagte er: »Denk daran, wohin Pasha sein Porsche gebracht hat.«

Dann ging er in die Nacht davon.

19

Aus dem April wurde Mai, nach dem Mai kam der Juni. Bobbi wurde zum Mittelpunkt meines Universums. Ich machte mich von meiner alten Welt frei und ließ mich von einem Wind tragen, der mich durch Straßen trieb, die in einer phantastischen, beängstigenden Intensität loderten. Die Luft knisterte wie vor einem Gewitter, und überall lauerten die Wirbel ungestellter und unbeantworteter Fragen, unausgesprochener Möglichkeiten, unbeachteter Konsequenzen. Nur der Augenblick schien zu zählen.

Und wir nutzten jeden Augenblick, den wir uns stehlen konnten. Arbeit war jetzt etwas, das ich erledigte, wenn es notwendig war. Es gab zeitraubende, lukrative Aufträge, die ich sausen ließ, Klienten, die mich für mehr Stunden hätten engagieren wollen, als ich aufzuwenden bereit war. Der einzige Klient, dem ich meine volle Aufmerksamkeit schenkte, war Art Dillon; unser Gift-Fall nahm mich jede Woche ein paar Stunden in Anspruch. Freunde, die ich früher regelmäßig getroffen hatte, riefen an und erkundigten sich, was los sei, wo ich geblieben sei. *Viel zu tun,* sagte ich. *Nur viel zu tun.* Nur Rich und Nick wußten, womit ich beschäftigt war und mit wem.

Sie kam fast jeden Wochentag, blieb oft bis in die frühen Nachtstunden. An den Tagen, an denen wir uns nicht sahen, rief sie an, sagte *Hallo,* fragte, ob ich einen Cartoon in der *Post* gesehen oder einen bestimmten Artikel gelesen hätte. An Samstagen und Sonntagen konnten wir uns nur selten sehen und genossen es dann um so mehr. Ich verbrachte ganze Wochenenden neben dem Telefon, nur für den Fall, daß sie anrief. Nur zweimal, als er verreist war, blieb sie über Nacht, und ich erwachte, und ein Tag begann für mich mit ihrem Kopf auf meinem Kissen und ihrem warmen Körper neben mir, und der Duft ihres Körpers und ihres Haares war tatsächlich Teil der Luft, die ich atmete, die mich am Leben hielt. Wann sie mich besuchte, hing von Emmetts Terminkalender ab. Mindestens einmal in der Woche hatten sie Gäste, mindestens zweimal in der Woche nahmen sie an Abendgesellschaften, Wohltätigkeitsveranstaltungen oder anderen gesellschaftlichen Ereignissen teil. Wenn sie nicht als seine Begleiterin auftrat, schien ihn nicht zu interessieren, wo sie war.

»Er ist selten daheim«, sagte sie. »Ständig trifft er irgendwelche Leute, nimmt an einem Empfang oder einer Ausschußsitzung teil. Ich weiß nicht, wo er ißt, zu welch früher Morgenstunde er heimkommt. Manchmal frage ich mich, ob er überhaupt schläft. Er hat mir einmal erzählt, daß er gerne nachts allein durch die Stadt fährt. Er inspiziert sein Revier.« Nach einer Weile sagte sie: »Wir haben getrennte Schlafzimmer.«

Ich fragte nicht weiter.

Wir waren sehr vorsichtig mit allen unseren Fragen; ich mit den meinen mehr als sie mit den ihren, denn meine Fragen konnten sich als tödliche Minen erweisen: Wenn ich zu tief schürfte, zu viele Fragen stellte, konnte unsere zerbrechliche Beziehung zerstört werden, vielleicht würde sie dann davonlaufen. Manchmal flüsterte mir mein Gewissen zu, wenn ich zuviel von der Wahrheit erführe, würde *ich* vielleicht davonlaufen wollen. Wenn wir über die Vergangenheit redeten, erwähnte ich niemals Naderi oder was sie zu mir geführt hatte. Ich wartete, machte mir Sorgen und sah zu, wie sie langsam, Ziegel für Ziegel, die Mauer um sich herum abbaute. Wenn wir über die Gegenwart sprachen, konzentrierten wir uns bewußt nur auf das Schöne und auf die Freude, die wir einander schenkten, redeten wir nur von den konkreten Problemen, wie wir uns treffen, wie wir sein, wie wir überleben konnten. Abgesehen von den Verabredungen, die wir arrangierten, sprachen wir nie von der Zukunft, und nie, niemals sprachen wir von »Liebe«.

Zumindest nicht im Zusammenhang mit uns.

Erinnerungen kann man nicht quantifizieren; sie sind zu komplex, als daß man sie numerieren und sich einprägen könnte wie auf Fotos gebannte Zeit oder in Skulpturen eingefangene Materie. Erinnerungen sind fließend. Sie verändern ständig Inhalt und Form.

1984. Ein sonniger Maimorgen, neun Minuten vor 11.00. Seit mich das Piepsen meiner Digitaluhr im Morgengrauen geweckt hat, beobachte ich, wie sich ihre Ziffern ändern, halte mich mit meinen Telefonanrufen, den Akten, die ich lese, und den Berichten, die ich schreibe, an eine sorgfältige Zeiteinteilung und presse die Anforderungen, die sie an mich stellen, in unseren Zeitplan – den besten, den wir erstellen konnten. Ich höre ihre Schritte auf der Treppe und springe auf, gehe um den Schreibtisch herum, und da öffnet sich auch schon die Tür, sie kommt ins Zimmer, sieht mich und lächelt, wirft mir die Arme um den Hals und zieht mich an sich. Wir küssen uns, und sie sagt, ich habe ihr gefehlt, macht einen Scherz. Wir lieben uns, aber das ist nur ein Teil von allem, ein so kleiner, ein so schöner Teil. Vielleicht gehen wir auf den Capitol Hill Mittagessen, in irgendein Lokal in der Nähe, wie das Tune Inn, eine Spelunke, die in dieser Stadt, wo alle in Anzug und Krawatte herumlaufen, ein offener Anachronismus ist. Wir bestellen Hamburger, vielleicht ein Bier, lachen und halten uns auf dem Tisch an den Händen, sitzen in unserer Nische und sehen einander an, während aus der Musikbox abgedroschene Country-&-Western-Musik dröhnt und an der Bar Sekretäre von Kongreßabgeordneten Ellbogen an Ellbogen mit jungen Arbeitern stehen. Sie trägt keine Ringe.

»Niemand kennt mich hier«, sagt sie. »Es sei denn, irgendein Senator oder Kongreßabgeordneter spaziert hier herein, doch das ist bei ihren Terminkalendern in der Mittagszeit unwahrscheinlich. Ihre Sekretäre sind nicht so . . . ich habe mich in den letzten Jahren von seinen ganzen politischen Routineverpflichtungen frei gemacht.«

»Alle diese Leute werden sich an dich erinnern«, sage ich zu ihr. »Sie werden sich fragen, was macht ein Typ wie ich mit einer so tollen Frau wie dir?«

»Ich bin dein Mädchen«, sagt sie und drückt meine Hand.

Am 30. Mai, einem regnerischen, kalten Tag, gingen wir mittags an die Westseite des Capitols, um die erste Sonnenfinsternis in Washington seit Jahrzehnten zu sehen. Vor den weißen Marmorwänden hinter uns stand ein rotes Stahlgerüst. Auf der langen Betonveranda fanden wir neben einem Fernsehteam einen freien Platz, lehnten uns gegen die Marmorbrüstung, zitterten vor Kälte und hielten uns eng umschlungen. Vor uns erstreckte sich die Mall, ein meilenlanger, von Bäumen gesäumter Grasboulevard, der vom Sockel des Kongreßgebäudes bis zum Washington Monument führt und von dort – außerhalb unserer Sichtweite – weiter zum Reflecting Pool und dem Lincoln Memorial. Schwarze Wolken wälzten sich über die Stadt wie eine bedrohliche See, sie teilten sich nur ein paar Sekunden, damit wir einen Blick auf die Sonne werfen konnten, die wie eine blaßgelbe Münze in dieser brodelnden Brühe trieb. Der Sturm hüllte alles Licht in graue Schatten. Der Fernsehkameramann trug einen grünen Armee-Regenumhang, der Reporter einen Anzug. Sie verkündeten abwechselnd, wie viele Sekunden es noch dauern würde, bis dieses geschichtliche Ereignis auf Film gebannt werden konnte.

Eine Schulklasse, die einen Ausflug machte, hastete um die Ecke des Capitols, 30 Kinder unter der Aufsicht von drei erschöpften Nonnen. Die Kinder liefen schreiend und lachend die Treppen hinunter; die glücklicheren unter ihnen beachteten nicht das dicke Mädchen, das sich hinten bei der Nonne aufhielt und das aus Angst, zu versagen, nichts unternehmen wollte, oder den plumpen Jungen mit der dicken Brille, der tat, als sei er nur an Steinbauten interessiert, und als sei es ihm völlig egal, daß er sich nicht auch so lässig bewegen konnte.

Das hübscheste Mädchen rief zurück zu einer Nonne: »Wenn ich die Treppe hinunterfalle, Schwester, dann haben Sie das auf Ihrem Gewissen.«

»Oh nein«, war die Antwort.

»Eine Minute«, verkündete der Kameramann.

»Kommt mir gar nicht dunkler vor«, sagte der Reporter. Bobbi und ich nickten, doch es war ihm egal, ob wir seiner Meinung waren.

»Soll ich einen Schwenk nach oben machen und versuchen, die Sonne draufzukriegen?« fragte der Kameramann und zeigte in die Richtung, wo wir ihr bleiches Licht zuletzt gesehen hatten und wo jetzt nur eine schwarze Wolke war.

»Welche Sonne?« sagte der Reporter. »Laß sie auf die Mall eingestellt. Fang diesen Effekt ein. Noch dreißig Sekunden.«

»Ich könnte einfach eine kleinere Blende nehmen«, sagte der Kameramann, »der Effekt wäre derselbe.«

Wir zählten beim Countdown laut mit. Die Schatten vertieften sich kurze Zeit, die Luft wurde noch kälter; aber eindrucksvoller als die Verfinsterung war die Wiederkehr des Lichts.

»Das nenne ich ein Ereignis, das nicht stattfand«, murmelte der Kameramann, als er seine Kamera ausschaltete und vom Stativ abschraubte.

»Wir haben ja noch die Pressekonferenz dieses Kongreßabgeordneten«, sagte der Reporter im Weggehen.

»Wie hieß er doch gleich?« fragte der Techniker.

Wir sollten die Antwort nie erfahren.

Wenn wir konnten, aßen wir gemeinsam zu Abend. Gelegentlich auswärts, doch häufiger kochten wir in meiner engen, gelbgestrichenen Küche. Wir lachten, redeten, ließen das Fleisch verbrutzeln oder kochten die Kartoffeln nicht lang genug, und aßen trotzdem alles. Manchmal riskierten wir einen Kinobesuch, einen Klassiker in Schwarzweiß in der Nachmittagsvorstellung des Circle. Kauften uns Popcorn und Cola.

»Wie Teenager«, sagte sie. »Nur, daß ich das meiste davon gar nicht mitgemacht habe.«

»An mir ist es spurlos vorbeigegangen«, sagte ich.

Eines Nachmittags entdeckte sie meine alten Beatles-Platten, und wir spielten sie so laut, daß Rich wie ein aufgebrachter Vater von unten heraufschrie, wir sollten leiser drehen. Ich machte sie mit Springsteen bekannt, kaufte ihr Kassetten von ihm für ihr Autoradio.

»Emmett hört nie Musik«, sagte sie. »Er dreht nur die Sender auf, die den ganzen Tag über Nachrichten bringen. Er wird die Kassetten nicht finden – er bevorzugt sein eigenes Auto.«

Sie überzeugte mich von Scotch mit Wasser, und eines Tages, als ein alter Bekannter in die Stadt kam, nahm ich gegen mein besseres Wissen sein großzügiges Angebot an, damit sie einmal Kokain erleben konnte.

»Ich wußte nicht, daß du so etwas tust«, sagte sie und sah mir zu, wie ich das cremefarbene Kristallpulver zu Straßen zurechtschob.

»Ich tue es auch nicht mehr«, sagte ich. Ich zuckte die Achseln. »Früher einmal, ja, aber . . . irgendwann gibt es einem nichs mehr.«

»Als ich in New York war, haben wir alle Gras geraucht. Es kursierten auch viele Tabletten. Ich habe nie welche genommen.« Sie lächelte. »Na ja, das heißt, wenn das Valium, das ich nehme, nicht zählt.«

»Es zählt aber. Warum nimmst du es?«

»Damit ich besser schlafen kann.«

»Es unterdrückt deine Träume.«

»Egal. Und was bewirkt das hier?«

»Wenn es so rein ist, wie mein Kumpel sagt, wird deine Nase taub, und du fühlst dich . . . großartig, bestehst nur noch aus geballtem Ego und geballter Energie. Es hält nicht lange an.«

»Das tut es nie.«

Ich schnupfte zwei Straßen von etwa zweieinhalb Zentimeter Länge und reichte ihr den zu einem Röhrchen zusammengerollten Dollarschein. Der Koks war toll, genau wie mein Freund behauptet hatte.

»Emmett . . .« Sie stockte, dann dachte sie wohl, zum Teufel

– jetzt hatte sie schon seinen Namen gesagt, also konnte sie ihren Gedanken ebensogut zu Ende sprechen. »Emmett trinkt nicht einmal viel. Er sagt, Drogen – egal, welche – machen einen verwundbar.«

»Er hat recht«, sagte ich.

»Oh ja«, sagte sie und lehnte sich zurück, nachdem sie zwei Straßen geschnupft hatte. Sie starrte ins Nichts, wartete, fühlte, wie das Kokain durch ihren Körper toste. Sie lächelte und schüttelte den Kopf. »Er hat immer recht.«

Wir sahen einander an, während wir von der Illusion aus Chemie vereinnahmt wurden. Auf dem Tisch zwischen uns lag ein Plastikpäckchen mit etwa drei Fingerhutvoll Zauberpulver, mein aufgeklapptes Taschenmesser, ein Häufchen Kokain von der Größe eines Vierteldollars, und daneben sechs weitere Straßen und der zusammengerollte Dollarschein. Ich griff nach dem improvisierten Röhrchen.

»Auf alle Emmetts dieser Welt«, sagte ich.

Einen Augenblick lang starrten wir uns wortlos an. Dann lachten wir.

Und schnupften noch ein paar Straßen.

Eines Nachmittags drehten wir die Couch in meinem Büro so herum, daß sie auf das runde Erkerfenster sah statt auf meinen Schreibtisch. Sie trug eines meiner Ausgehhemden, ich war nackt. Wir saßen zurückgelehnt da, unsere Hände berührten sich leicht, während wir redeten und über die Dächer des Capitol Hill hinausblickten.

»Als Kind habe ich immer bei meinem Vater gesessen«, sagte sie.

»Wie war er?«

Sie lächelte traurig und schüttelte den Kopf. »Verloren. Er war Lehrer in einer Privatschule jenseits des Flusses in einem Vorort in Virginia. Er unterrichtete Literatur; er hat nie einen Posten in der Verwaltung angenommen, weil er wußte, daß er dafür nicht geeignet war. Er war im Zweiten Weltkrieg Major gewesen, war ein echter Südstaatler – ein distinguierter Gentleman mit leeren Taschen, der an die Geschichten vom vornehmen Leben glaubte, das es nie gegeben hat. Als er aus dem Krieg zurückkam, war die Bank seines Vaters von einem der neuen Unternehmer aufgekauft worden. Der Erlös reichte gerade noch, die Schulden zu bezahlen, die die Familie in all den Jahren des scheinbaren Wohlstands angehäuft hatte.

Er fing schon an zu trinken, bevor ich geboren wurde. Als ich alt genug war, es mitzubekommen, kam er bereits nicht mehr von der Flasche los. Er blieb nüchtern genug, um mich und die reichen Jungen, die sich freuten, wenn seine Tochter am Unterricht teilnahm, mit Sir Walter Scott und Charles Dickens vertraut zu machen. Wir wohnten am Schulgelände, in einem viel prächtigeren Haus, als wir es uns normalerweise hätten leisten können. Er saß stundenlang mit seinem Bourbon auf der Schaukel auf der hinteren Veranda. Er machte als Trinker eine gute Figur, besaß Würde. Er lallte niemals, egal, wieviel er trank. Als kleines Mädchen saß ich oft bei ihm, und er erzählte mir Geschichten. Als ich größer wude und merkte, was mit ihm los war, setzte ich mich manchmal noch immer zu ihm, aber er wußte keine Geschichten für große Mädchen. Er nahm es als Tatsache hin, daß er ein Versager war, und war sehr zerknirscht darüber. Er nahm alles, was geschah, mit demselben ruhigen, unverbindlichen Lächeln hin.

Den einzigen Rat, den ich als Heranwachsende von ihm erhielt, gab er mir, als ich in die Mittelschule ging. Ich besuchte eine gute öffentliche Schule, war der Star der Schauspielklasse und hatte alle möglichen Illusionen im Hinblick auf das College, eine Laufbahn als Theaterschauspielerin, als Filmschauspielerin. Obwohl ich erst 16 war, bekam ich die weibliche Hauptrolle in *Ein Puppenhaus* in der Aufführung eines Provinztheaters. Als ich es erfuhr, raste ich nach Hause, ich platzte vor Aufregung. Ich lief auf die hintere Veranda zu Daddy, der auf seiner Schaukel saß, hin- und herschwang und kummervollen und wehmütigen Gedanken nachhing. Ich plapperte los, was das für mich bedeutete, welchen Weg ich einschlagen, was ich werden würde.

Erst als ich Atem schöpfen mußte, sah ich ihn genauer an. Ich sah denselben alten Daddy, der auf seiner Schaukel saß – ein leichter Whiskygeruch durchdrang den Duft des Limonenwassers, das er immer benutzte, dasselbe traurige Lächeln auf seinem Gesicht, dasselbe Glas Bourbon in der Hand. Er schüttelte den Kopf und schenkte mir ein aufrichtiges Lächeln.

›Barbara‹, sagte er, ›glaub nicht zuviel. Glaub nicht *an* zuviel. Sonst hast du zu viel zu verlieren.‹«

»Das ist . . .«, begann ich und stockte; ich konnte das richtige Wort nicht finden.

»Traurig? Bemitleidenswert? Abscheulich?« Sie schüttelte den Kopf. »Wahr? Alles und nichts von alledem. So war mein Vater.«

»Und deine Mutter?« fragte ich.

»Meine Mutter?« Sie lächelte. »Meine Mutter ist das Beste, was mir je passiert ist. Meine Mutter stammt aus dem falschen Teil von Kentucky, wie die Familie meines Vaters fand. Ihre Leute waren Pachtbauern, waren immer von irgendeinem Grundbesitzer abhängig. Sie arbeitete sich nach Osten durch, schaffte es irgendwie, zwischendurch ein paar Jahre lang eine Mädchenschule zu besuchen. In einer Mädchenschule wurde man auf ein Leben als Ehefrau oder als Tippmamsell vorbereitet. So oder so war das Leben gelaufen. Man war wie eine Ware auf dem Markt, und ein gutes Leben war reine Glückssache.

Meine Mutter hatte Glück, oder zumindest glaubte sie das. Sie lernte meinen Vater im Zweiten Weltkrieg kennen, bei irgendeiner Unterhaltungsveranstaltung für Soldaten. Er sah damals so gut aus, war so lebendig und so vielversprechend! Und sie besaß diese absolut tiefe innere Würde und ein Herz voll Liebe, die darauf wartete, verschenkt zu werden. Sie kann unendlich viel geben, und mein Vater brauchte unendlich viel Liebe und, wie sich schließlich herausstellte, Güte. Seine Familie haßte sie, haßte *alles* an ihr. Manchmal denke ich, die einzige heldenhafte Tat meines Vaters war, daß er sie geheiratet hat.

Sie machten ihr das Leben zu einer wahren Hölle, ließen sie nie vergessen, wer sie *nicht* war. Gaben ihr die Schuld an dem schlechten Witz, den mein Vater aus seinem Leben machte. Weder sie noch ihre blasierten Freunde in Charleston und Virginia haben sie je akzeptiert.

Auch mit mir waren sie nicht glücklich. Obwohl meine Herkunft mit einem Makel behaftet war, hatte man doch die

Hoffnung gehegt, daß eine Gracon über dieses belastete Erbe hinauswachsen und dem alten Namen wieder einen Teil der Größe verleihen würde, die er angeblich hatte. Als ich geboren wurde, bekam meine Mutter wieder nichts als Vorwürfe zu hören: Wie konnte sie es wagen, ein Mädchen zur Welt zu bringen!

Sie war so gut zu mir! Sie machte aus unserem Leben ein großartiges Märchen, und dadurch konnte die Realität, einen Trinker zum Vater zu haben, einem Kind nichts anhaben. Ich begriff nicht mal, daß er kein ›guter‹ Vater war wie die Väter der anderen Kinder, bis ich fast 12 war – und ich war kein dummes kleines Mädchen.«

»Du bist auch kein dummes großes Mädchen«, sagte ich zu ihr.

»Da bin ich mir manchmal nicht so sicher.«

»Mama nahm einen Job als Büroleiterin an, damit ich versuchen konnte, meine Träume zu verwirklichen – und damit wir uns Daddys Bourbon leisten konnten. Oh, wie die Familie das haßte! Eine Gracon, die in einem gewöhnlichen Büro arbeitete, wo die Leute von der Straße hineingehen und sie sehen konnten!

Eines Tages wurde meinem Vater klar, daß es mit ihm vorbei war, und er machte einen würdevollen Abgang. Seinen Körper ließ er in der Schaukel zurück, wo er im Rhythmus des Windes und der Erddrehung hin- und herschwang; er war bereits seit Stunden tot, als zwei Jungen, die den Heimweg von der Schule durch unseren Hof abkürzten, bemerkten, daß der alte Saufbruder Bill Gracon irgendwie merkwürdig aussah. Sein Glas lag auf dem Verandaboden. Wie betrunken er auch war, er ließ niemals sein Glas fallen, und niemals kippte er weg, bevor er das letzte Glas geleert und – als echter Gentleman – neben die Flasche gestellt hatte, wie es sich gehörte. Der Anruf meiner Mutter erreichte mich, als ich gerade in New York Fotoaufnahmen für eine Strumpfhosenwerbung machte. Ich glaube, sie haben dann eines der Fotos genommen, die der Fotograf machte, als ich gerade telefonierte.

Die Familie war insgeheim erfreut: Ein toter Märtyrer ganz im Sinne der Südstaatentragödien und eine Mesalliance ist bei weitem akzeptabler als ein peinlicher lebendiger Trinker. Sie dachten, jetzt wären sie meine Mutter und mich für immer los.«

Bobbi lachte.

»Aber ihre Rechnung ging nicht auf! Da war der Jugendfreund meines Vaters, Austin Randolph – seine Frau war ein Jahr vor meinem Vater gestorben. Randolph war der einzige aus dem alten Freundeskreis meines Vaters, der mit uns in Verbindung blieb, der uns mochte, der beim Begräbnis zu uns herkam und seine Hilfe anbot. Sein Name galt in den *maßgeblichen Kreisen* der Südstaaten genausoviel wie der von Vater, obwohl mir Austin einmal erzählte, daß seine Familie erst seit den neunziger Jahren des vorigen Jahrhunderts in Charleston ansässig war und daher nach wie vor nur auf Bewährung akzeptiert wurde. Austin besaß ein großes, von Mauern umgebenes Haus in der Legare Street, dem Herzen des alten Südens – der Wunschtraum der Familie meines Vaters –, und als er meine Mutter heiratete, gehörte das alles mit einem Schlag ihr.

Zum ersten Mal in ihrem Leben besaß sie etwas von Wert, etwas, das real war, geschätzt wurde, das echt war, etwas . . . das angesehen war. Sie war nicht mehr die barfüßige Hinterwäldlerin aus Kentucky, sie war eine verwitwete Gracon, die Austin Randolph geheiratet hatte und in der Legare Street wohnte. Austin behandelte sie wie eine Königin, wie sie es verdiente. Er schenkte ihr das Glück, das ihr Vater nicht gegeben hatte, nicht geben konnte. Endlich konnte sie sich entspannen, brauchte sich nicht dafür zu schämen, wer und wo sie war, konnte den Kopf hoch tragen.«

»Sie hatte nichts weiter als ein anderes Image«, warf ich ein. »Noch immer wurde sie nicht um ihrer selbst willen geschätzt. Sie war immer noch nichts weiter als der Name, den sie durch ihre Heirat angenommen hatte.«

»Aber sie war rehabilitiert!« beharrte Bobbi. »Wenn man ein Leben lang ein Niemand war, wie ein Aussätziger behandelt wurde und an einen Krüppel gekettet war und dann endlich eine Chance hat, jemand zu sein, dann ist das, als bekäme man die Schlüssel zum Himmelreich! Du begreifst nicht, wie gut sie ist, wieviel sie für mich getan hat, wieviel ich ihr schulde . . .«

»Oh doch«, sagte ich, aber Bobbi fuhr fort, als hätte sie mich nicht gehört.

»Arme Mutter!« Bobbi schüttelte den Kopf. »Zuerst mein Vater, danach sein Freund, und beide liebte sie auf eine merkwürdige, beinahe mütterliche Art. Und gerade, als sie schließlich bekam, was sie verdiente, endlich etwas vom Leben hatte, erlitt Austin einen Herzinfarkt, und sie entdeckte, daß auch dieser Ehemann dem Anschein nicht gerecht wurde, den er erweckt hatte. Er war nicht gerade pleite. Aber jetzt, wo er nicht mehr da war, um sich jeden Tag um sein Geschäft zu kümmern, das sie für ein reines Hobby gehalten hatte, konnte sie sich das Leben in der Legare Street einfach nicht leisten. Sie wäre vor die Tür gesetzt worden, hätte auf der Straße gestanden, und alle hätten es *sehen*, sie auslachen können – die Gracons hätten ihre hämische Freude daran gehabt. Vielleicht hätte sie mit 55 nochmals Arbeit gefunden, aber als was? Was konnte sie schon tun? Was konnte sie schon sein? Und welche Zukunft hatte sie? In meinen Alpträumen sah ich sie schon im Pflegeheim.

Und zu dieser Zeit lernte ich Emmett kennen, J. Emmett Sloan. Kein strahlender Prinz, das war mir sogar damals klar, aber . . . Die Rolle des Retters paßte zu ihm.«

Einige Minuten schwiegen wir beide. Mein Herz hämmerte in meiner Brust, unsere Hände lagen ineinander verschlungen zwischen uns auf der Couch.

»Er kann so charmant sein«, sagte sie. »Nachdem ich nach New York gezogen war, kam ich ziemlich regelmäßig nach Washington.« Sie schien eher zu der Stadt vor meinen Erkerfenstern zu sprechen als zu mir. »Ich hatte nur wenige Freunde hier in der Gegend, doch der Leiter der Schule meines Vaters und seine Frau hatten die Frau und die Tochter ihres trinksüchtigen Lehrers nie gemieden. Sie waren für mich wie eine zweite Familie. Ich habe für ihre kleinen Mädchen den Babysitter gespielt. Wenn ich es mir nicht leisten konnte, von New York nach Charleston zu fahren, um Mama zu besuchen, nahm ich den Zug hierher. Manchmal schickten sie mir eine Fahrkarte.

Sie waren überaus angesehen. Als eines der kleinen Mädchen heiratete, war das ein bedeutendes gesellschaftliches Ereignis. Alles, was Rang und Namen hatte, wurde eingeladen. Ich war auch dabei, weil ich zur Familie gehörte. Irgend jemand, den sie kannten, brachte Emmett als Gast mit. Er hält immer Ausschau nach wichtigen Einladungen. Er kann ja *so* charmant sein!« wiederholte sie mit einem bitteren Lachen. Dann sagte sie leise: »Ich bin schön.«

»Ich weiß«, sagte ich, hob ihre Hand und küßte sie.

»Nein, ich . . .« lächelte sie mich an, »ich sage das nicht, um . . . Wenn man schön ist, dann stehen einem Millionen Türen offen. Und hinter den meisten wartet irgendein Ungeheuer und will dich hineinlocken. Einige dieser Türen hast du dir selbst geschaffen, andere stehen allen schönen Frauen offen. Sogar die guten Türen, die dir offenstehen, weil du schön bist . . . sie stehen dir dennoch nur deswegen offen, weil du schön bist, nicht weil du du bist. Schön zu sein, das ist nur ein so kleiner Teil von dir, aber wenn du es zuläßt, kann es das einzige werden, was dich ausmacht, es kann alles in deinem Leben bestimmen, es kann . . .«

»Es ist besser, als häßlich zu sein«, sagte ich.

Sie lachte. »Da hast du verdammt recht! Ich will nicht bedauert werden deswegen; ich würde es nicht eintauschen, selbst wenn ich es könnte. Aber ich will, daß du verstehst . . .

Mein ganzes Leben lang habe ich die Männer eingeschüchtert, weil ich schön bin. Jene, die dieses Stadium hinter sich lassen, entdecken, daß ich auch Köpfchen und einen eigenen Willen habe, und die meisten können damit nicht umgehen, mögen das gar nicht, lehnen es vielleicht total ab.«

»Nicht alle Männer«, sagte ich.

Sie zog mich an sich und küßte mich. »Ach, John! Nein, nicht jeder. Du nicht. Du bist etwas ganz Besonderes! So anders.« Wir hielten einander fest, bis sie sagte: »Und Emmett ist auch so. Er war der erste Mann, den ich kennengelernt habe, der sich keinen Deut darum scherte, daß ich schön bin.« Wir lehnten uns zurück.» Ich wußte das von Anfang an, genauso, wie ich wußte, daß ihn irgend etwas anderes an mir anzog. Er war charmant, er war klug, so gewandt im Umgang mit anderen. Ich habe noch nie jemanden wie ihn kennengelernt, und ich hoffe, daß ich auch nie wieder jemandem wie ihm begegnen werde. Er ist mehr als nur stark. Er hat niemals auch nur im geringsten an sich selbst gezweifelt, nie auch nur die geringsten Schuldgefühle oder das Gefühl gehabt, sich entschuldigen zu müssen. Er zögert nie. Er ist nie unschlüssig, nie schwach.

Ich dachte tatsächlich, er mache sich etwas aus mir – aus meiner ganzen Persönlichkeit, aus dem Menschen hinter der schönen Fassade. Ich war 27. Ich bin mit 18 nach New York gekommen – mit dem selbstverdienten Geld meiner Mutter hatte ich die Fahrkarte gekauft, das Schulgeld für eine Schauspielschule bezahlt, eine Mappe mit professionell aufgenommenen Fotos zusammengestellt und mich mit drei Ausstattungen erstklassiger Kleidung eingedeckt, so daß ich mich beim Vorsprechen unter all den anderen schönen Frauen sehen lassen konnte, ohne wie ein Dorftrampel zu wirken.«

Kopfschüttelnd fuhr sie fort: »Wie sich herausstellte, bin ich keine sehr gute Schauspielerin. Ich kann kleine Szenen spielen, beeindrucke in Provinztheatern, aber . . . Mein Lehrer nahm mich einmal beiseite und sagte mir, ich wirke besser als jeder andere Schauspielschüler, den er je gesehen habe . . . bis zu einem gewisen Punkt. ›Du hältst dein Innerstes zurück‹, sagte er. ›Du kannst nicht loslassen, kannst deine inneren Barrieren nicht überwinden und deshalb keine verwundbare Persönlichkeit darstellen.«

Ich war nicht gut genug für wirklich gute Leistungen auf der Bühne; ich war keine von den schönen Frauen ohne jegliches Talent, die aber die richtige Chance bekamen und dann trotzdem im Fernsehen oder beim Film landeten. Aber ich war schön genug, um als Fotomodell für Plakate und Zeitschriften und als Mannequin auf dem Laufsteg zu arbeiten, machte 25 Fernsehspots. Du hast vermutlich schon Dutzende Male Teile von mir gesehen. Mein Agent führte mich in drei Karteien: Beine, Hände, Lippen. Ich kam mir vor wie ein wandelndes Ersatzteillager für Mannequins.

Von dem Tag an, an dem wir uns kennenlernten, wich Emmett nicht mehr von meiner Seite. Er war nicht stürmisch oder unbeholfen wie viele andere Männer, sondern ruhig und entschlossen, so, als sei es ganz selbstverständlich, daß er für mich bestimmt war. Nach Tausenden Schwächlingen, nach all den Typen, die nur ein, zwei Dinge von mir wollten, wirkte er mit seinem Charme, mit seiner Art, mich rundum zu akzeptieren, und mit seiner Zuversicht . . . ich wollte weg von dem ganzen Fleischmarkt und allem, was dazugehörte. Austin war gerade gestorben, und ich dachte, ich sei in der Welt herumgekommen, wüßte alles, was es zu wissen gäbe . . . über Liebe, Sex, Männer und Frauen, und über die Realität abseits von schnulzigen Liedern und zynischen Abmachungen. Mit Emmett schien ich das große Los zu ziehen.

Besonders, nachdem er mir gesagt hatte, er verstünde meine Einstellung zu meiner Mutter, er wisse, wie wichtig es sei, daß sie nicht mit einem endgültigen Tritt in die Gosse gestoßen wurde. Er schwor, sich um sie zu kümmern, sie zu schützen, für das Leben, das sie führte, aufzukommen. Er war ja so clever! Als Beweis bestand er auf einer schriftlichen Abmachung vor unserer Heirat, in der er versprach, ihren Lebensstil aufrechtzuerhalten, solange wir verheiratet seien, und wenn ich vor ihm sterben sollte – erinnere dich, man hatte bei mir Gebärmutterkrebs festgestellt – wenn ich vor ihm sterben sollte, würde er auch weiterhin für sie sorgen. Das war so wichtig für mich, daß ich mir gar keine Gedanken über die Punkte machte, in die *ich* einwilligte – zum Beispiel, daß mir niemals mehr gehören würde, als das, was ich in die Ehe einbrachte, nämlich die Kleider, die ich trug – *genau jene* Kleider und was sie wert waren. Ich habe zwar diesen ganzen Schmuck, den ich für ihn tragen muß, genauso, wie er mich drängte, dem Jagdclub beizutreten, als ich eigentlich nur reiten wollte. Doch wenn ich ihn verlasse, kann ich die Diamanten nicht mitnehmen, kann sie nicht verkaufen und mit dem Geld Mama unterstützen oder selbst davon leben.«

»Und das heißt?«

Sie schüttelte den Kopf und flüsterte: »Nicht jetzt. Nicht das, Johnny. Nicht jetzt.«

Ich schloß die Augen und nickte.

»Wir waren nie richtig verliebt«, sagte sie, vielleicht, um mich zu besänftigen. »Emmetts Zuneigung, das ist nur Charme, nichts dahinter. Nicht, daß er . . . Wir haben . . . Zwischen uns gab es niemals Leidenschaft, Johnny, nicht wirklich. Er . . . Ich glaube, anfangs ging er mit mir ins Bett, um zu demonstrieren, daß er dazu fähig war, um seinen Anspruch anzumelden. Letzten Endes kam ich zu dem Schluß, daß es genau das war, was er von mir wollte, den Anspruch auf mich. Ich war Barbara Gracon Randolph. Als er darauf bestand, daß ich seinen Namen tragen sollte, gab er mir nicht wirklich seinen Namen, er schmückte den Namen Sloan mit dem ganzen gesellschaftlichen Flair des alten Südens. Ich hatte einen Stammbaum, war als ehemalige Schauspielerin reizvoll genug, um interessant zu sein, ein Plus für seine Stellung in der Gesellschaft, eine Partnerin und Gastgeberin, um die er beneidet wurde. Meine Schönheit war schon wichtig für ihn, aber nicht so, wie ich dachte. Sie ließ *ihn* charmanter erscheinen, öffnete ihm Türen, genauso wie meine ›vornehme‹ Abstammung. Ich glaube, Sex ist für ihn nicht wichtiger als für den Wallach, den er da gekauft hat. Wir haben nicht . . . Ich bin nicht seine Geliebte, John. Selbst, als ich es versuchte, als ich glaubte, es sein zu können, als ich es werden wollte, weil er mein Mann ist und man das . . .«

»Ist schon gut«, sagte ich und drückte ihre Hand. »Ist schon gut.«

Ihre Augen waren feucht, aber sie unterdrückte die Tränen.

»Also«, sagte sie. Sie schluchzte kurz auf und zwang sich zu einem Lächeln. »Das ist meine Lebensgeschichte.«

»Nur ein Teil davon«,. sagte ich lächelnd. »Und nur bis jetzt.«

»Ja, bis jetzt. Aber was ist mit dir?«

»Da gibt es nicht viel zu erzählen«, sagte ich. »Nicht viel, was du nicht schon weißt.«

»Aber natürlich gibt es eine Menge zu erzählen!« lachte sie. »John, du . . . Erzähle es mir! Ich will alles über dich wissen, alles über dich, alles, was . . .«

»Wirklich?« platzte es aus mir heraus, unfähig, meinen Frust noch länger zu unterdrücken. »Willst du es wirklich wissen? Alles? Alles, was ich bin, alles, was ich fühle? Alles, was ich will?«

Sie blinzelte, blinzelte nochmals. Die Tränen begannen zu fließen, und ich nahm sie und zog sie an mich, flüsterte immer wieder, daß es mir leid täte, daß es schon gut sei, daß alles gut sein würde.

Aus dem April wurde Mai, der Mai ging in den Juni über. Die Welt drehte sich weiter. Die Spannungen zwischen den USA und der Sowjetunion machten alle nervös. In Prag schrieben Politrebellen mit Spraydosen den Namen John Lennons auf die Stadtmauern und riskierten damit eine Verhaftung durch die Geheimpolizei. Bobbi und ich erlebten eine Sonnenfinsternis, die wir eher fühlten als sahen, und stahlen uns jeden Augenblick, den wir stehlen konnten. Ihr Duft erfüllte mein Leben. Sie würde kommen, mich tief in sich aufnehmen, mich eng an sich drücken, und mein Herz würde gegen ihre Brust schlagen.

Und dann würde sie wieder gehen. Zu ihm zurückgehen.

20

An jenem ersten Morgen im Juni saß ich an meinem Schreibtisch und arbeitete, als die Vorzimmertür aufging und er in mein Büro spazierte.

»Also wirklich, John, ist das Leben nicht großartig!«

Er trug einen makellosen weißen Sommeranzug aus Leinen, ein hellblaues Hemd und eine flotte Krawatte, in seiner Brusttasche steckte ein blaues Seidentüchlein. Die Fasson seiner schwarzen Sportschuhe hatte den haarscharf richtigen konservativen Touch. Kein anderer hätte dazu den passenden weißen Hut und den Spazierstock aus schwarzem Holz mit Goldgriff tragen können, ohne wie ein Idiot auszusehen. Kaum war er eingetreten, stellte er sich in Pose: Mit angewinkelter Hüfte stützte er sich auf seinen Gehstock, schloß die Augen und schöpfte mit zurückgelegtem Kopf tief und genußvoll Atem.

»Es geht nichts über einen schönen Frühlingstag in Washington! Die Luft ist rein, strahlender Sonnenschein, aber nicht zu warm. Und noch dazu ist Freitag. Ich fühle mich wunderbar! Wie ein junges Fohlen. Wie ein Hengst.«

»Ich habe Sie nicht erwartet, Emmett.«

»Ja, ich weiß.« Er schlenderte im Büro umher. Die Aktenschränke, meine eingerahmte Lizenz, die neben der Tuschzeichnung an der Wand hing, die Stereoanlage, die Couch, die Aussicht von meinen Erkerfenstern – über all das ließ er seine Augen wandern, bevor er sich wieder mir zuwandte.

»Wirklich ein schmuckes kleines Büro!« sagte er.

»Danke.«

Mit einem Stirnrunzeln und einer Bewegung seiner Hand tat er meine Dankbarkeit verächtlich ab. Er zeigte mit seinem Stock auf den Gang, der in meine Wohnung führte.

»Und dort wohnen Sie, nicht wahr?«

»Ja.«

Er lehnte sich auf seinen Stock und überlegte einen Augenblick, bevor er sprach.

»Küche. Badezimmer. Und vermutlich – was wohl? Abstellraum oder Wohnzimmer?«

»Abstellraum«, sagte ich.

»Sehr gut. Ich vermute, Sie brauchen einen. Sie sind der Typ, der in seinem Leben allerhand Krimskrams ansammelt.«

»Ich habe nicht viel für Souvenirs übrig.«

»Tatsächlich? Das ist gut. Obwohl – manchmal handeln wir uns bei unseren Abenteuern mehr ein, als wir erwartet haben.«

Der Stock fuhr wieder in die Höhe, zeigte nach hinten.

»Schlafzimmer?« fragte er.

»Natürlich«, sagte ich.

»Natürlich.« Er lächelte auf mich hinunter. »Etwas eng, nicht wahr?«

»Es reicht.«

»Natürlich. Für Ihre Zwecke.«

Er schlenderte auf meinen Schreibtisch zu, wählte den linken Stuhl und ließ sich graziös darauf nieder. Seinen weißen Hut legte er auf den leeren Stuhl. Jedes Haar seiner kurzgeschnittenen Frisur lag an der richtigen Stelle. Er schlug die Beine übereinander. Ganz beiläufig, in Gedanken, spielte er mit seinem glänzenden Ebenholzstock, während wir miteinander redeten, hielt ihn manchmal quer in beiden Händen, als sei er eine Majorette mitten in der Vorführung, rollte ihn leicht zwischen den Fingern; ein-, zweimal strich er sich mit dem goldenen, L-förmigen Griff über die Wange. Ab und zu rieb er den Stock an seinem Schuh oder an einem seiner weißen Hosenbeine. Er war ein vollkommenes Bild entspannter, nachdenklicher Eleganz.

»Warum sind Sie hier, Emmett?«

»Aus keinem bestimmten Grund«, sagte er. Und lächelte. »Ich war in der Gegend, Ihre Adresse fiel mir ein . . .« Er zuckte mit den Achseln.

»Ich wußte nicht, daß Sie viel am Capitol Hill sind.«

»Ich bin sogar oft hier oben. Ich nehme an Veranstaltungen zum Zweck der Geldaufbringung teil, an Empfängen und dergleichen. Treffe Leute hier.«

»Sie haben Freunde hier oben?«

»Ich habe überall Freunde, John.«

»Sie Glückspilz.«

»Ja, ich bin ein Glückspilz – obwohl ich mich nicht auf das Glück verlasse. Ich glaube daran, aber ich verlasse mich niemals ausschließlich darauf.«

»Tatsächlich.«

»Ich bin ein Spieler, John, aber kein Dummkopf. Ein Dummkopf macht jedes Spiel mit, das sich ihm bietet. Ein Dummkopf weiß nicht, wann er passen und aussteigen muß. Ein Dummkopf geht zum falschen Zeitpunkt Risiken ein. Ein Dummkopf hält ein aufregendes Spiel für ein gewinnträchtiges Risiko und ist dann immer schockiert über die Rechnung. Und wenn das Leben einmal wirklich ein größeres Risiko für ihn bereit hat, bekommt ein Dummkopf kalte Füße, verliert den Mut, macht das Falsche, und wenn es ihm dann mißlingt, schreibt er es seinem Pech zu.«

»Und Sie sind kein Dummkopf.«

»Nein, das bin ich nicht. Und Sie, John?«

Ich antwortete nur mit einem schwachen, harten Lächeln.

»Natürlich sind Sie kein Dummkopf«, sagte Emmett. Sein

Lächeln war breit und selbstsicher. Ich suchte verzweifelt nach Munition, um zurückschießen zu können auf diesen Mann, der mich in meinem eigenen Büro aus dem Hinterhalt überfallen hatte, nach irgend etwas, um sein aalglattes Gehabe zu durchbrechen, ihn aus dem Konzept zu bringen, mein inneres Gleichgewicht und meine Beherrschung wiederzugewinnen.

»Sie sind schon lange hier in Washington, nicht wahr, Emmett?«

»Es ist meine Heimat geworden.«

»Glück für uns. Wir müssen eine Menge gemeinsame Bekannte haben.«

»Es ist eine kleine Stadt.«

»Haben Sie einmal häufig hier auf dem Capitol Hill verkehrt?«

»Ich sagte Ihnen schon, John – ich habe überall Freunde.«

»Ja, also, ich überlege gerade. Es hat hier schon mal einen solchen Typen gegeben, der jeden kannte und überall Freunde hatte. Vielleicht kannten Sie beide sich.«

»Vielleicht.«

»Er war ein toller Bursche. Parviz Naderi. Sie nannten ihn vermutlich Pasha.«

»Der Oberkellner im alten Forum.«

»Ja.«

»Natürlich kannte ich ihn«, sagte Emmett. »Der Bursche war allgemein bekannt.«

»Aber irgend jemand hat ihn umgebracht.«

»Nun«, meinte er achselzuckend, »das beweist wieder einmal, wie gefährlich diese Stadt ist. Verbrechen auf der Straße. Man muß vorsichtig sein – und klug.«

»Und Glück haben.«

»Ja, und Glück haben.«

»Waren Sie und Pasha nur befreundet, oder hatten Sie auch geschäftlich miteinander zu tun?«

Emmett lachte.

»John! Was für eine Art von Geschäftsverbindung sollte ich wohl mit einem Oberkellner haben?«

»Das müssen Sie mir sagen.«

Seine Stimme wurde kalt.

»Unsere ... Bekanntschaft war eher persönlicher als geschäftlicher Natur.«

»Pashas Name ist in einem Fall aufgetaucht«, sagte ich. Der Schuß, den ich aufs Geratewohl abgegeben hatte, war ein Treffer gewesen, doch plötzlich war ich nicht sicher, wen ich getroffen hatte, oder wer in meiner Schußlinie stand – dieser Mann hier oder die Frau, die ich zu schützen versuchte. »Ich weiß nicht genau, was für eine Art von Geschäften er eigentlich betrieb.«

»Soviel ich weiß, war er im Gastgewerbe tätig.«

»Aber ich habe eine Menge Geschichten gehört.«

»Gerüchte gibt es über jedermann, John. Sogar über Sie.«

»Und – haben Sie in letzter Zeit irgendwelche guten gehört?« fragte ich.

»Aber nein«, sagte er. »Sollte ich?«

Einen Augenblick lang schwiegen wir beide.

»Wenn ich etwas höre, was Sie wissen sollten«, sagte ich zu ihm, »rufe ich Sie ganz sicher an.«

Wir starrten einander an, und ich wußte, ich hatte es geschafft. Für den Augenblick.

»Ich hoffe, es war Ihnen nicht unangenehm, daß ich Sie nach ihm gefragt habe«, sagte ich.

»Sie können mir keine Unannehmlichkeiten bereiten, John.« In seinen Worten schwang ein stahlharter Ton mit. »Niemals.«

Dann war er wieder so charmant wie immer.

»So ein herrlicher Tag! Ein Jammer, daß wir nicht draußen sind. Ich hoffe, Barbi amüsiert sich. Sie ist heute vormittag wieder bei einem dieser langweiligen Essen im Club, Sie wissen schon.«

»Nein, das wußte ich nicht.«

»Natürlich nicht! Wie sollten Sie auch? Es war nur so eine Redewendung.«

»Haben Sie für das Wochenende schon etwas vor, John?«

»Nichts Bestimmtes.«

»Schade. Wird sicher schön. Barbi und ich werden es gemeinsam verbringen. Wir beide, ganz allein. Außer, natürlich, wenn sie morgens auf unserem neuen Pferd ausreitet. Wissen Sie«, sagte er anzüglich und zuckersüß, »Reiten kann so erregend für eine Frau sein. Stimulierend. Sie sollten sie sehen, wenn sie von einem Ritt zurück ins Haus kommt! Sie pulsiert förmlich! Ist so lebendig! So . . . begierig und erregt!«

Ich schwieg.

»Sie ist so schön. So . . . feurig. Hat soviel zu geben. So großzügig. Als Ehemann bin ich wirklich ein Glückspilz. Daß ich sie haben kann, mit ihr verheiratet bin, all diese . . . Rechte und Privilegien genieße.«

Ich schwieg.

»Ich muß gestehen«, sagte er, von Freund zu Freund, von Mann zu Mann, »ich habe in letzter Zeit meine Pflichten gegenüber Barbi vernachlässigt – so viele geschäftliche Verpflichtungen, so viele . . . banale, kleine Probleme. Sie wissen doch, was ich meine, John, alter Knabe?«

»Nein, Emmett, ich weiß nicht, was Sie meinen.«

»Ich glaube, ich werde mich dieses Wochenende ausschließlich ihr widmen. Barbi. Um sie für die Vernachlässigung in der letzten Zeit zu entschädigen. Ja, ich werde gleich heute nacht damit anfangen! Vielleicht schon heute nachmittag. Ich habe Zeit, alle Zeit der Welt. Morgen, und morgen nacht. Den ganzen Sonntag. Sonntag nacht. Und auch nächste Woche. Und die Woche danach. Soviel ich kann. So oft wir können. Klingt das nicht wunderbar?«

Ich schwieg.

»Nun«, sagte er, griff nach seinem Hut, setzte ihn auf und erhob sich. »Ich darf Sie nicht von Ihrer Arbeit abhalten – oder meine Zeit mit Ihnen vertrödeln. Wenn ich heimkomme, müßte Barbi eigentlich schon zu Hause sein. Das wird eine Überraschung für sie!« Er schlenderte zur Tür. »Ich wünsche Ihnen ein schönes Wochenende«, sagte er. »Ich werde an Sie denken. Und ich werde auf jeden Fall Barbi von unserer kleinen Unterhaltung erzählen. Sie wird sich so freuen.«

Er rüttelte an meinem Türknopf.

»Wissen Sie, Sie sollten wirklich vorsichtiger sein, John. Ich bin einfach hereinspaziert! Sie sind so unbesorgt! Ein Mann, der lebt wie Sie, kann es sich nicht leisten, so unbesorgt zu sein. Auf Wiedersehen, alter Junge. Wir werden uns sicher bald mal wiedersehen – obwohl ich, fürchte ich, nicht sagen kann, wann. Barbi und ich werden ziemlich beschäftigt sein. Sie brauchen nicht nach mir Ausschau zu halten, ich werde da sein.« Er rüttelte wieder am Türknopf. »Sie werden nie wissen, wann oder wo ich auftauche!«

Dann ging er.

An jenem Mittwoch hielt der Sommer Einzug in der Stadt. Die Temperatur stieg über dreißig Grad, der Nachmittag war feucht und schwül. Zum ersten Mal in diesem Jahr summte meine Klimaanlage. Von der Belüftungsklappe über dem Bett strömte kühle Luft auf uns herab. Das blaue Laken über unseren Körpern saugte den Schweiß der vergangenen Stunde auf.

»Aber was wollte er?« fragte Bobbi, obwohl wir bereits über seinen Besuch gesprochen hatten. »Hat er erwartet, mich hier zu finden, oder . . .«

»Er wußte, wo du warst.«

»Er wollte dir Angst einjagen«, sagte sie und verbesserte sich. »*Uns* Angst einjagen.«

»Vermutlich.«

»Dann weiß er es also«, sagte sie.

»Natürlich weiß er es – oder zumindest glaubt er es«, sagte ich. Irgend etwas an ihrem Ton behagte mir nicht. »Du klingst erleichtert.«

Sie zuckte die Achseln. Ich spürte, wie sie sich versteifte und versuchte, sich nichts anmerken zu lassen.

»Nein, ich . . . Nun, zumindest brauchen wir uns jetzt keine Sorgen darüber zu machen, *daß* er es herausfindet.«

»Du klingst irgendwie komisch«, sagte ich stirnrunzelnd.

»Wirklich?« sagte sie, jetzt plötzlich zu ruhig, zu gleichmütig. »Inwiefern?«

»Ich weiß nicht, so als . . . als hättest du dir vielleicht gar keine Sorgen darüber gemacht, daß er es herausfinden könnte.«

»Natürlich habe ich mir Sorgen gemacht. Warum hätte ich mir keine machen sollen?«

»Das ist wahr«, sagte ich.

»Du hörst Dinge, die es gar nicht gibt«, sagte sie. Ich ließ es dabei bewenden, aber ich glaubte ihr nicht.

»Was wird er tun?« fragte ich statt dessen.

»Warten, daß es vorübergeht . . . *annehmen*, daß es vorübergeht. Sich eine Methode ausdenken, wir er uns schikanieren kann, wenn er sich langweilt oder zornig ist.«

»Bobbi, wir können . . .«

»Nein!« Sie legte ihre Hand auf meinen Mund, preßte ihre Wange an meine Brust. »Ich kenne die tausend Dinge, die du sagen willst, die hundert Vorschläge, die du machen willst, aber . . . nicht jetzt. Nicht heute. Bitte!«

»*Wann*?«

»Ich weiß nicht, aber bitte, *bitte*, John – nicht heute.«

Ich antwortete nicht.

»Wovon hattet ihr noch gesprochen?« fragte sie.

,Ich habe es dir schon erzählt«, sagte ich und wiederholte meinen bewußt lückenhaften Bericht. »Über alles und nichts. Das Wetter. Mein Büro. Seine . . . seine *Pläne*.«

Ihre Hände preßten meine Schultern.

»Wie . . . wie war er . . . danach?« Ich wollte es nicht wissen und konnte doch nicht anders, ich mußte fragen.

Sie flüsterte erschaudernd. »Wie eben Emmett. Ganz typisch Emmett. An jenem Abend erwähnte er beim Abendessen so nebenbei deinen Namen, und daß er bei dir vorbeigeschaut habe. Dabei lächelte er so verdammt herausfordernd, als wolle er mich dazu reizen, irgend etwas zu sagen, irgendeine Frage zu stellen. Irgend etwas zu tun.«

Wir umarmten einander. Nach einer, vielleicht zwei Minuten küßte sie mich auf die Brust, hob den Kopf und lächelte mich an.

»Wenn du jemand anderer sein könntest, irgend etwas anderes als du bist, was würdest du sein wollen?« fragte sie.

»Was?«

»Komm schon – träume ein bißchen, wer . . .?«

»Ich träume sehr viel.«

Sie küßte mich wieder – es war ein harter Kuß, der eine Antwort, die sie nicht hören wollte, verhindern sollte.

»Nicht das«, sagte sie. »Nicht diese Dinge.« Sie lächelte. »Etwas anderes. Mehr Phantasie.«

»Von einem Typen wie mir, der mit beiden Beinen fest auf dem Boden steht?«

Sie lachte.

»Johnny, du hast nie mit beiden Beinen fest auf dem Boden gestanden!«

»Da irrst du dich.«

»Vielleicht«, sagte sie. »Vielleicht auch nicht. Komm schon: Was möchstest du sein?«

»Ein Rock'n'Roll-Star«, sagte ich, und sie lachte wieder; ihre Brustwarzen streiften meine Brust.

»Aber nicht irgendein beliebiger Star«, sagte ich. »Nicht nur berühmt oder reich oder beliebt, das nicht. Ich würde jemand sein wollen, der etwas wert ist, dessen Lieder mehr wert sind als das Geld, das sie bringen, und daß sie im Radio gespielt werden. Jemand wie Springsteen oder Dylan, Lennon – verdammt, sogar Mick Jagger. Das sind unsere Poeten. Ich würde meine eigenen Sachen schreiben wollen, sie auf meine Art singen wollen. Diese Welt mit meiner Gitarre aufrütteln. Nie aufhören. Wirklich gut sein, wirklich . . .« Ich zuckte mit den Achseln. »Wie Springsteen.«

»Ich mag dich genau so, wie du bist«, sagte sie und küßte mich sanft und zart.

»Und was ist mit dir?«

»Was soll mit mir sein?« fragte sie – noch immer spielerisch, doch vorsichtig.

»Du hast bereits einen Traumnamen. Was für eine Person soll diese ›Bobbi‹ in deinen Träumen sein? Was würdest du sein wollen?«

»In Sicherheit«, sagte sie; die Antwort entschlüpfte ihr, bevor sie sie zurückhalten konnte. Sie kuschelte ihren Kopf in meine Halsbeuge, sie errötete.

»Bobbi . . .«

»Wir brauchen keine Träume«, sagte sie dumpf.

»Natürlich brauchen wir sie.«

»Wirklich?« sagte sie. Sie rückte von mir weg und setzte sich im Bett auf, zog das Laken mit sich. Sie preßte es vor ihren Körper und starrte auf mich hinunter.

»Ich kann dir etwas über das *wirkliche* Leben erzählen,

Johnny. Die romantischen *Träume,* die in deinem Kopf herumspuken, sind völlig belanglos. Im wirklichen Leben nimmt man, was man kriegt, und versucht, zu überleben. Darum geht es. Das ist alles, mehr ist da nicht.«

»Du hörst dich an wie dein Vater, der über einer Flasche Bourbon lamentiert.«

»Vielleicht war er gar nicht so dumm.«

»Er ist als Säufer gestorben.«

»Aber er hat gut gelebt.«

»Scheiße. Er hat in Selbstmitleid gewatet, mehr nicht. Das hätte er nicht tun können, wenn er nicht um sich herum Krücken wie dich und deine Mutter gehabt hätte, ein paar Freunde, die ganze noble *Gesellschaft* und all die alten Geschichten, auf die er sich stützen konnte. Er konnte die Liebe, die ihr ihm gegeben habt, nicht genießen. Und er konnte auch keine Liebe geben, nicht einmal sich selbst. Obwohl er war, wie er war, hat er weitergelebt. Hätte er mehr Mut gehabt, dann hätte er schon viel früher Schluß gemacht. Aber er besaß diesen Mut nicht, und so hockte er in seiner gottverdammten Schaukel und wartete, bis er im Alkohol ersoff.

Du hältst dich für so hart, Bobbi. Für so realistisch. So nüchtern. Und ich bin ein romantischer Trottel. Nun, schau einmal, wo ich bin, schau, wo du bist. Sag mir, wer besser dran ist.«

»Wir sind zusammen.«

»Ja, weil wir uns dafür *entschieden* haben. Daraus besteht das Leben: aus Entscheidungen und einem ständigen Kampf, um möglichst oft möglichst gut abzuschneiden. Vielleicht geht es nicht immer fair zu – du kannst dir nicht einfach nehmen, was dein Herz begehrt oder was du dir gerade einbildest, du kannst nicht genau vorhersagen, was deine Entscheidungen für dich bedeuten werden. Vielleicht versagst du, wenn du deine Entscheidung in die Tat umsetzen willst, vielleicht machst du genau das Richtige, und dennoch bricht über dir die Welt zusammen – aber zumindest kannst du es versuchen, besonders, wenn du gesund, nicht zu arm und in irgendeinem Land wie Amerika geboren wurdest.«

»Aber . . .«

»Kein Aber!« fuhr ich sie an. »Kein Aber. Man hat die Wahl. Und die Verantwortung. Die meisten Menschen erkennen gar nicht, in welchem Maß sie die Wahl und die Verantwortung haben: Sie sind zu blind dazu. Und höchstwahrscheinlich wollen sie es gar nicht wahrhaben, wollen sich vormachen, sie seien ›frei‹, brauchten sich nicht zu entscheiden, brauchten die Folgen ihrer Entscheidungen nicht zu tragen. Aber dennoch haben wir die Wahl, und es kommt immer zu einer Entscheidung. Nichts im Leben ist sicher, nicht einmal der Boden unter unseren Füßen, – aber daß wir die Wahl haben und die Folgen tragen müssen, das steht fest. Dadurch erst nimmt unser Leben Gestalt an.

Und hier kommen auch unsere Träume ins Spiel. Sie leiten dich bei den Entscheidungen, die du treffen mußt. Deshalb sollte man einen großen Traum träumen, den besten Traum. Man braucht Mut, muß alles, was man tut, gut machen, voll und ehrlich dahinterstehen, darf nicht schummeln, um das Leben süßer oder leichter zu machen, sich mit nichts Geringerem zufriedengeben. Man muß das, wofür man sich entscheidet, wirklich wollen. Man darf nicht mit heißer Luft handeln. Man darf nicht täuschen – und muß hoffen, daß man sich nicht selbst täuschen läßt. Wenn man sich nicht daran hält, kann man in seinem eigenen Leben verloren sein. Wenn man zu bescheidene Träume oder die falschen Träume träumt, und sogar wenn man diesen Traum dann verwirklicht, verliert man. Vielleicht liegt darin eine gewisse Gerechtigkeit, ich weiß es nicht. Viel Mitleid darf man nicht erwarten. Ich weiß nur, daß man für alles, was geschieht, den Preis zahlen muß.«

»Halte mir keine Vorträge über *den Preis*«, sagte sie, kalt und böse. »Ich zahle schon so . . .«

»*Wofür?*« sagte ich. »Du bezahlst mit deinem *Leben*, und was *bekommst* du dafür? Wofür, zum Teufel, hast du dich entschieden? Wie war die Abmachung, und was hat sie dir eingebracht? Warum . . .«

»Hör auf!« Sie drehte abrupt den Kopf zur Seite und kniff die Augen zusammen.

»Wie kannst du über mich urteilen?« flüsterte sie. »Wie

kannst du ... Du hast ja gar keine Ahnung, du weißt nicht ...«

»Bobbi!« Ich streckte die Hand aus, um ihr Gesicht zu berühren, aber sie zuckte weg. »Bobbi, ich ... ich verurteile dich nicht, oder ... ich weiß nicht, aber das ist nicht meine Schuld. Verdammt! Ich habe alles versucht, um mehr zu erfahren, aber du läßt es ja nicht zu, du sagst es mir nicht!«

»Ich kann nicht«, schluchzte sie. »Ich kann nicht.«

»Ach, Scheiße!« schrie ich und setzte mich im Bett auf. Ich konnte meinen Zorn nicht länger beherrschen, wußte nicht, daß mein Zorn der Schlüssel zur ersten Tür sein sollte.

»Kannst du nicht ...«

»Kann ich nicht was?« sagte ich, als ich merkte, daß sie auch zornig wurde. »Bei deinem kleinen Spielchen mitmachen, dich ...«

»Das ist kein *Spiel*!« zischte sie. Sie rollte sich zusammen wie ein Igel, drückte den Rücken gegen die Wand.

»Wie würdest du es denn sonst nennen? Du legst diese Cora-McGregor-Szene hin, damit ich nicht weiß, wer du bist, spielst mir Theater vor, lügst und verschleierst deine Vergangenheit mit deinem schmierigen guten Freund Naderi ...«

»Er war nicht mein Freund!« fuhr sie mich an, feuerte von der Hüfte aus auf jedes Ziel, das sich ihr bot. »Ich habe diesen schleimigen Hurensohn nur zwei- oder dreimal getroffen ...«

Sie verstummte, aber es war zu spät.

»Du hast ihn nur ... Bobbi, was zum Teufel sagst du da?«

Ihr Gesicht erstarrte, wurde bleich, und sie begann wieder zu weinen.

»Wenn du ihn nur *zwei- oder dreimal* getroffen ... Was, zum Teufel, bedeutete er dann für dich? Was, zum Teufel, kümmert es dich, ob er lebt oder tot ist, ganz zu schweigen davon, ob die Polizei ...«

»Wir haben abgemacht, keine Fragen.« Sie wich meinem Blick aus.

»Nein, das haben wir nicht«, sagte ich. Meine Gedanken rasten. »Nicht für immer und ewig, nicht für jetzt, nicht, nachdem du mir gesagt hast ...«

»Ich habe dir gar nichts gesagt!«

»Scheiße«, sagte ich wieder, diesmal sanfter. Sie umschlang ihre Knie mit den Armen und legte die Stirn darauf, verbarg ihr Gesicht vor mir.

»Sprich mit mir, Bobbi!« drängte ich sie. »Bitte! Du mußt mir sagen . . . Merkst du nicht, was mich die ganze Zeit über beschäftigt hat? Was ich mir vorgestellt habe? Was du warst, was du getan hast, wie das mit Naderi und dir war, ob du . . . oder ob du nicht . . . Kannst du dir nicht denken . . .«

»Du mit deiner verdammten Phantasie! Mit deinen Fragen! Kannst du das nicht in Ruhe lassen und . . .?«

»Nein, das kann ich nicht! Du bist zu wichtig, das ist zu . . .«

»Bitte hör auf!« stöhnte sie und rutschte ans Ende des Bettes, wo sie zu einer Kugel zusammengerollt auf den Kissen liegenblieb.

»Sprich mit mir, Bobbi!«

»Sprechen nützt nichts.«

»Nichts wird etwas nützen, wenn ich nicht die Wahrheit weiß. Mehr will ich nicht, Bobbi: Sag mir die Wahrheit!«

»Die Wahrheit ändert überhaupt nichts.« Sie hob den Kopf und preßte ihn an das Kissen; sie öffnete die Augen, sah mich aber nicht an. »Außerdem willst du nicht nur die Wahrheit wissen.«

»Wenn wir nicht damit beginnen, wie soll ich wissen, was ich will? Was ich haben kann? Was wir tun können?«

»Vertraue mir«, sagte sie, senkte den Kopf und nahm wieder ihre Embryonalstellung ein. Ihre Worte waren bar jeden Gefühls außer Verzweiflung. »Vertraue mir einfach.«

»Vertrauen ist etwas, das auf Gegenseitigkeit beruht«, sagte ich.

»Bitte«, sagte sie, »bitte, . . . laß mich nur . . . ich werde . . . Bitte, nicht jetzt. Nicht *jetzt*!«

Vielleicht hätte ich sie damals noch weiter drängen sollen, aber sie schwebte am Rand eines dunklen Abgrundes, in den sie bei der kleinsten falschen Berührung hinunterstürzen würde, der sie für alle Zeiten verschlingen würde.

»Okay«, sagte ich. »Es ist okay.«

Langsam, behutsam rückte ich neben sie, löste nacheinander ihre Arme und Beine, streckte sie auf meinem blauen Laken aus und legte mich neben sie; langsam und sanft nahm ich sie in die Arme und drückte sie an mich.

»Okay«, wiederholte ich. Ich spürte, wie sie bebte und vor Erleichterung aufseufzte. »Okay. Nicht jetzt.«

Sie rückte sich zurecht, hielt mich zurück. Das Laken um ihren Körper war faltig und zerwühlt. Sie lag an meine Brust geschmiegt. Als sie sprach, war ihre Stimme monoton, hart, bodenlos.

»Mein ganzes Leben lang habe ich getan, was ich tun mußte«, sagte sie. »Ich habe bekommen, was ich habe. Du bist das Beste, was mir passiert ist, seit . . . seit ich geboren wurde, seit meiner Mutter. Ich habe mir keinen von euch bewußt ausgesucht, aber ich könnte nicht . . . Ich will dich nicht verlieren, das alles verlieren. Ich weiß, es ist nicht fair dir gegenüber, und es tut mir leid, aber ich kann nichts für das, was ich will und was ich habe. Bitte – *bitte* bleib bei mir! Du darfst nicht . . .«

»Ich bin ja hier, Bobbi!« flüsterte ich. »Ich bin hier. Ich gehe nicht weg.«

Sie hob den Kopf, umfaßte mein Gesicht mit ihren Händen und küßte mich – anfangs leicht und zärtlich, dann fester, fester und länger, wie von Sinnen. Sie küßte meine Lippen, meine Wangen, meine Stirn und meine Augen, meinen Hals. Sie kniete sich auf, befreite sich von dem Laken und warf es ans andere Ende des Bettes. Meine linke Hand streichelte ihren Schenkel, ihren Bauch, meine Fingerspitzen drückten sanft gegen ihre rosa Brustwarze, fühlten, wie sie steif wurde; sie stöhnte auf, und ich umschloß ihre ganze Brust mit meiner Hand. Sie warf den Kopf hin und her, ihr kastanienbraunes Haar wirbelte und schaukelte, sie beugte den Kopf zurück, fuhr sich mit der Zunge über die Lippen und stöhnte wieder. Sie umschloß mich mit der Hand, hielt mich, ganz fest; sie beugte sich zu mir herunter und küßte meine Lippen, meinen Nacken, meine Brust. Sie küßte meinen Bauch, und meine Finger gruben sich in ihr Haar, als sie mit ihren Küssen über meinen Körper hinunterwanderte. Ihre Lippen schlossen sich um mich, ihre Zunge liebkoste mich, und ich rief ihren Namen.

»Komm!« rief sie. »Ich will dich in mir spüren!«

Sie ließ sich, ohne mich loszulassen, auf den Rücken gleiten; zog mich auf sich und packte mich mit ihren Schenkeln, führte mich. Wir bewegten uns im selben Rhythmus. Sie zog die Knie an und streckte dann die Beine in die Luft. Sie schlang ihre Arme um mich, und ich hielt sie fest; sie packte ihre Schenkel und schob ihre Beine noch höher, spreizte sie noch weiter auseinander, ihre Hüften wölbten sich dem Rhythmus meiner Stöße entgegen. Ich erinnere mich an das Geräusch unserer Körper, wenn sie aufeinander trafen – und Zeit und Raum sich in unserem Rhythmus verloren.

21

Ein ganz gewöhnlicher Dienstagabend.

Washington schmachtete unter einer seit sechs Tagen anhaltenden Hitzewelle; im Pentagon jubelte man über die neueste Raketengeneration, und der Krieg zwischen dem Iran und dem Irak eskalierte weiter. In jener Woche hatte ich Routineaufträge für zwei Anwaltskanzleien erledigt, in denen Zeugen ausfindig gemacht werden mußten; die restliche Zeit verbrachte ich mit Nachforschungen über eine Patentrechtsverletzung und arbeitete für Art Dillons Giftmüllprozeß Anträge auf freie Akteneinsicht in Bundesämtern aus. In den fast zwei Wochen, die seit Emmetts überraschendem Besuch vergangen waren, hatte ich nur ein paar Telefongespräche mit diversen einflußreichen Leuten über das Leben und Wirken Parviz Naderis geführt. Ich hatte meine vertraglichen Leistungen für Murray, den Fernfahrer, weit überschritten, ihm aber noch keine Rechnung geschickt – und ebensowenig hatte er mich um einen Bericht gebeten. Bobbi und ich trafen uns am Sonntag auf einen Kaffee in einem Vorortlokal, in dem es nur so von Familien wimmelte, die nach dem Kirchgang dort frühstückten. Wir hielten uns an den Händen und sprachen wenig. Sie mußte gehen. Am Montagnachmittag liebten wir uns; wir lachten wenig. Sie ging und versprach, sie könne mich vielleicht Donnerstag wiedersehen. Es gab so vieles, was wir nicht sagten, so viele Fragen, die wir nicht stellten. An jenem ganz gewöhnlichen Dienstagabend war meine Wohnung bedrükkend leer, und so fuhr ich durch die Stadt, um eine zeitige Vorstellung in einem ehemals riesigen Kinopalast zu besuchen, der mittlerweile in fünf Säle zerstückelt worden war: einen normal großen Saal und vier Räume mit Leinwand, die nur wenig größer und weitaus unbequemer waren als ein durchschnittliches amerikanisches Wohnzimmer.

Ich weiß nicht mehr, welchen Film ich sah; ich ging nur hinein, um die Zeit totzuschlagen, um in der kühlen, anonymen Dunkelheit mein reales Leben mit Hilfe der erfundenen Geschichten auf der Leinwand zu vergessen. Es waren nur wenige Leute im Saal. Ich verließ das Kino als letzter. Niemand stand an der Tür, und seltsamerweise saß auch niemand in der Glaskabine an der Kasse. Die Sonne war schon lange untergegangen. Ich stand allein unter der riesigen Markise vor dem Kino; der Duft von Popcorn wehte hinaus in die feuchte Nacht und vermischte sich mit dem süßen, sommerlichen Duft von Gras. Im weißen Schein Hunderter kleiner Lämpchen, die die Markise säumten, zeigte meine Uhr 9.52; die Ziffern sprangen weiter – es war spät genug, nach Hause zu fahren und schlafen zu gehen. Wieder ein Abend totgeschlagen.

Ein Auto raste über den schmutzigen Asphalt: Die roten Rücklichter und der pulsierende Motor verschwanden um die Kurve, als ich die vier Häuserblocks weiter zu der Stelle ging, wo ich den Porsche geparkt hatte. Ich befand mich in einem Wohnviertel; ein schmaler Grasstreifen teilte die breite Hauptstraße, die Vorgärten der Häuser waren mit Rasen bepflanzt. Die Hälfte der Häuser war dunkel, vielleicht, weil hier Kinder wohnten, und Kinder sollten früh daheim und im Bett sein, sogar im Sommer. An einigen Häusern brannte die Verandalampe, aber nur bei einigen; ihr schwaches Licht verstärkte kaum den blassen Schein der Lichtkegel, die von den hohen Straßenlampen am Ende jeder langen Häuserzeile fielen. Irgendwo zu meiner Rechten bellte ein Hund, in einer unsichtbaren Nebenstraße fiel ein metallener Mülleimer krachend auf den Gehsteig, rollte ein paar Meter weiter und blieb dann liegen. Aus einem der Häuser drang das Geräusch eines laufenden Fernsehers. Beide Straßenseiten waren von geparkten Autos gesäumt; im Vorbeigehen warf ich in jedes einen Blick, sah in den Scheiben jedoch nur die dunklen Schatten und den flackernden Widerschein der Nacht. Ich trat vorsichtig auf, so leise, wie ich konnte, und dennoch hallten meine Schritte auf dem Beton wider, der Klang verlor sich in den Bäumen auf beiden Seiten. Die Grillen im Gras rechts von mir verstummten, wenn ich vorbeiging, und begannen erst wieder zu zirpen, wenn ich in sicherer Entfernung war.

Da stand der silberne Porsche, fest und sicher, niemand versteckte sich auf dem engen Rücksitz. Ein weiteres Auto brauste an mir vorbei, als ich die Tür aufschloß; eine langhaarige Frau hinter dem Steuer eines schicken neuen Mustangs. Ihre Bremslichter leuchteten auf, bevor sie die Kurve nahm, dann entschwand sie in ihre Zukunft und meine Vergangenheit. Einen flüchtigen Augenblick lang versuchte ich mir vorzustellen, wie das Leben mit ihr wohl wäre. War sie schön und klug, lachte sie, war sie frei, stand sie allein im Leben und konnte es mit mir versuchen? Wo war sie 1967 gewesen, und wohin wollte sie 1984? Ich redete mir ein, sie hätte in den Rückspiegel geschaut, als sie vorbeifuhr, und mich da stehen sehen. Ich fragte mich, ob sie wohl auch an mich dachte, sich etwas – *irgend etwas* – vorstellte –, oder war ich nur ein Gesicht in all dem, was den Hintergrund ihres Lebens ausmachte, das sie nicht bewußt wahrgenommen hatte?

Der Heckmotor des Porsche heulte auf, der Drehzahlmesser schnellte auf 4000 Touren und pendelte sich dann unter 2000 auf einen niedrigen, satten Leerlauf ein. Der Öldruck war in Ordnung, der Benzintank halb voll. Der Tacho stand auf Null am linken Rand des Dreiviertelkreises; ich hatte die Nadel noch nie viel weiter als auf die Hälfte der Anzeige, die mit 240 km/h endete, getrieben. Automatisch hatte ich das Fenster hinuntergekurbelt, bevor ich den Motor gestartet hatte, eine Gewohnheit, die mir – theoretisch – zustatten gekommen wäre, wenn jemand ein halbes Pfund Plastiksprengstoff unter meinem Sitz verstaut und mit der Zündung verbunden hätte. Ich ließ das Fenster offen und schaltete die Klimaanlage ein. Der Tourenzeiger sprang auf 2100, da der Motor stärker arbeitete, um das Wageninnere zu kühlen. Ich wartete, bis die warme Luft aus meinem Fenster gewichen war, und drehte das Radio an.

Der Empfang des progressiven UKW-Rock-Senders, den ich am liebsten hörte, war in diesem Stadtteil zu schwach. Daher schaltete ich auf Sendersuchlauf, gab Sender ein, die weder Schnulzen, klassische Musik, Discomusik noch die Top Forty mit den ausgeflippten Disk-Jockeys brachten, und erwischte schließlich einen Sender mit Evergreeens. Der Ansager meinte gerade ». . . Sie werden sich sicher an dieses Lied erinnern, einen der größten Hits der Beach Boys.« Er hatte recht: Der vertraute Text weckte Erinnerungen an endlose Stunden in der schmutzigweißen Chevrolet-Limousine meiner Eltern, Baujahr '64, in der ich durch die Straßen meiner Heimatstadt gefahren war; dort war mir das Leben öde vorgekommen, und der Traum, jemals in irgendeinem lässigen Gefährt durch die Straßen einer pulsierenden Stadt zu fahren, schien noch unmöglicher als der Gedanke ans Davonlaufen, und weitaus unwahrscheinlicher als die dunstigen Dschungel von Vietnam. Ich kurbelte das Fenster hoch, drehte die Scheinwerfer auf und legte den ersten Gang ein. In meinem Außenspiegel sah ich, daß die Straße leer war; vor mir nichts als Reihen von geparkten Autos an beiden Straßenseiten. Ich schlug das Lenkrad ein, ließ die Kupplung los und rollte davon in eine ganz gewöhnliche Dienstagnacht.

Etwa 20 Meter nach meinem Parkplatz war der Grasstreifen in der Straßenmitte unterbrochen; dort konnte man wenden. Ich steuerte den Porsche auf diese Stelle zu, verlangsamte das Tempo und blickte nach links und nach rechts, bevor ich in die Richtung zurückfuhr, aus der ich gekommen war. Als ich das Lenkrad wieder geradegestellt hatte, sah ich im Rückspiegel zwei Scheinwerfer aufleuchten. Irgend jemand, der weiter unten auf der anderen Straßenseite geparkt hatte, meinte wohl, es sei Zeit, ebenfalls loszufahren. Ich hatte nicht bemerkt, daß dort jemand in ein Auto eingestiegen war. *Habe wahrscheinlich nicht darauf geachtet*, dachte ich. Die Scheinwerfer schwenkten hinter mir auf die Straße hinaus, zwei gelbe Schlangenaugen knapp über der Straße; sie hielten sich etwa einen, eineinhalb Blocks hinter mir – zweifellos aus Sicherheitsgründen, oder vielleicht, um mich das Tempo angeben und die Strafe wegen Geschwindigkeitsübertretung zahlen zu lassen. Zu unserer Rechten erstreckte sich der Metallzaun, der das riesige Wasserreservoir von Washington umgab; Der See lag im Dunkeln. Das andere Auto und ich rollten durch die blauschwarze Nacht, ein zufälliger Konvoi, der auf das Herz der Stadt zufuhr.

In Gedanken beschäftigte ich mich mit der Musik und meinen Erinnerungen, nicht mit dem Fahren. Deshalb übersah ich die Abzweigung und bog nicht in die rechte Straße ein, die mich nach Georgetown und von dort nach Hause auf den Capitol Hill geführt hätte, sondern fuhr geradeaus weiter. Als ich meinen Fehler bemerkte, konnte ich nur noch fluchen und in den Rückspiegel schauen, um zu sehen, ob ich nicht auch bei Rot über die Kreuzung gefahren war. Ich sah, wie die Ampel genau in dem Augenblick rot wurde, als die schlangenäugigen Scheinwerfer darunter durchfuhren.

Das war knapp, Mister, dachte ich. *Dein Glück, daß kein Bulle in der Nähe ist.*

Durch meinen Fehler kam ich in ein Wohnviertel, das mir nicht vertraut war, eine Mittelklassegegend mit lauter Einbahnstraßen und Zufahrten, die in Sackgassen endeten. Ich wußte, in welche Richtung ich fahren mußte, war aber nicht sicher, welche Straßen zu einer der Hauptverkehrsstraßen führten. Die schlangenäugigen Scheinwerfer leuchteten in meinem Spiegel – wohl jemand aus dieser Gegend, der nach Hause wollte. Zweifellos wußte er genau, wohin er fuhr und was er tat.

Du solltest mich lotsen, sagte ich im Geist zu ihm.

Ich erhielt keine Antwort.

Aus dem Radio ertönte »Satisfaction« von den Rolling Stones, und ich drehte lauter, fühlte, wie meine Energie im Rhythmus ihres Liedes pulsierte. Der Porsche schien mit der Musik dahinzugleiten. Nach vier Jahren unter meinen Händen fuhr dieses Auto, das mich den letzten Blutstropfen gekostet hatte, als wären wir zu einer Einheit verschmolzen. Die Stones sangen vom Mann im Radio, und ich dachte an die überraschend negative Kritik der *Post* über Springsteens soeben erschienene LP, eine Platte, deren Lieder mir mit jedem Anhören tiefgründiger erschienen. Als die Stones um die Welt fuhren, bog ich nach links ab und fuhr eine weitere dunkle Straße hinunter, die, wie ich hoffte, zu einer Kreuzung mit einer Hauptdurchgangsstraße führen mochte. Fünf Sekunden danach warf ich einen Blick in den Rückspiegel – und sah noch immer die gelben schlangenäugigen Scheinwerfer.

Muß wohl Zufall sein, sagte ich mir. Doch ein eisiges Gefühl verbreitete sich in meiner Magengrube.

Kein Grund für Verfolgungswahn, hämmerte ich meinem Instinkt ein. In meinem Scheinwerferlicht tauchte eine kleine Seitenstraße auf, die nach links führte. Ich schaltete in den zweiten Gang hinunter (ohne zu bremsen, um mich nicht mit den Bremslichtern zu verraten), wartete bis zum letzten Augenblick und schlug dann das Lenkrad scharf ein, gab Gas und brauste die Gasse hinunter. Meine Augen wanderten zwischen der engen Straße vor mir und dem Rückspiegel hin und her.

Das gelbe Licht der Scheinwerfer fing mich wieder ein, bevor ich noch die halbe Straße gefahren war.

»Scheiße!«

Die Zeiger von Tachometer und Drehzahlmesser schnellten hinauf, als ich das Gaspedal durchtrat. Das Ende der Straße kam immer schneller, immer näher auf mich zu. Die gelben Lichter hinter mir verschwanden nicht. 40, 50, 60 Stundenkilometer. Wir schossen aus der Nebenstraße hinaus, überquerten eine schmale Straße und rasten die gegenüberliegende Gasse hinunter. Ich schaltete das Fernlicht ein; er auch – nicht, daß er es gebraucht hätte: Er war nah genug hinter mir (mein Gott, und wie nah!), um im Licht meiner Scheinwerfer zu fahren. Das grelle Licht spiegelte sich in meinem Rückspiegel und blendete mich. Wenn ich zurücksah, konnte ich nur einen Feuerball erkennen, der meinen Schatten verschlang.

Meine Scheinwerfer tauchten die Welt in einen schmalen, gespenstischen Lichtkegel, ein blaßgelber Streifen, der mit beängstigender Geschwindigkeit auf mich zuraste. 80 Stundenkilometer. Szenen flackerten auf und verschwanden sogleich wieder: riesige grüne Plastikmülltonnen auf Rädern, die an braunen Holzzäunen abgestellt waren, prall gefüllte schwarze Müllsäcke, die an Hinterhofecken warteten, das Heck eines Autos, das aus einer offenen Garagentür ragte. Zweige von Bäumen neigten sich ins Licht meiner Scheinwerfer. Die Straße war halb mit Asphalt, halb mit Ziegeln gepflastert und übersät mit Glassplittern, die im Scheinwerferlicht glitzerten. Meine Räder krachten durch Schlaglöcher. Ich verfehlte um Haaresbreite eine unversehrte Bierflasche und zermalmte einen Ast unter meinen Reifen. Eine Katze brachte sich mit einem Sprung in den Schatten vor meinen Rädern in Sicherheit.

Der Disk-Jockey im Radio brabbelte mit beruhigender Stimme irgendeinen Werbespot. Meine Hand ließ das Lenkrad los und schaltete den Knopf mit einer Drehung aus; der Lärm lenkte mich von meiner Konzentration ab. Wir ließen diese Straßenzeile hinter uns und überquerten noch eine normale Straße, rasten eine weitere Nebenstraße hinunter. Ich riskierte es noch einmal, mit einer Hand zu lenken, und schaltete die Klimaanlage aus, um alle Kraft für den Motor zur Verfügung zu haben. Mein Hemd klebte mir am Rücken, auf meiner Stirn standen Schweißtropfen. Das lederüberzogene Lenkrad wurde unter meinem Griff immer rutschiger.

Das geparkte Auto tauchte am anderen Ende des Tunnels auf – eine Barrikade aus Stahl und Glas, die darauf wartete, daß wir in sie hineinkrachten. Einen Augenblick lang geriet ich in Panik, dann erkannte ich, daß das Auto auf der anderen Seite einer Querstraße geparkt war, die an die Allee stieß; die Gasse selbst war frei. Ich mußte auf die Bremse treten, meinen Verfolger mit meinen Bremslichtern warnen; ich schaltete herunter, trat voll auf das Bremspedal und kämpfte mit dem Lenkrad, um das Auto im Gleichgewicht zu halten: 80, 60, ich sah nicht mehr auf den Tachometer, sondern fixierte das Ende der Straße – es kam näher und näher . . .

Jetzt! Ich raste aus dem Tunnel hinaus, schlug das Lenkrad hart ein und bog schlitternd in einem Winkel von 90 Grad nach links. Die Reifen quietschten, mein Heck wirbelte herum, verfehlte um Haaresbreite ein geparktes Auto und lag dann wieder fest auf der Straße. Ich trat mit voller Wucht auf das Gaspedal. Der Porsche schoß davon, brauste eine breite, gut beleuchtete Straße hinunter. An einer Ecke tauchte ein rotes Stop-Schild auf. Ich trat das Gaspedal noch weiter hinunter. Ich raste über die Kreuzung, überquerte anscheinend eine Hauptdurchgangsstraße, hörte links von mir eine Hupe aufheulen, schaffte es aber ohne Karambolage bis zum nächsten Häuserblock.

Und sah, daß diese grellen, schlangenäugigen Scheinwerfer noch immer an mir klebten.

Der Verfolger hatte alle Vorteile auf seiner Seite. Er brauchte nur zu reagieren, nicht zu entscheiden. Jedes Hindernis würde ich als erster rammen. Ich hatte die Orientierung verloren, hatte nur eine vage Vorstellung davon, wo ich war, floh blindlings, ohne ein rettendes Ziel zu erwarten oder anzusteuern. Er hingegen wußte ganz genau, wo er war: mir auf den Fersen. Sehr nah auf den Fersen.

Wer war er? Das spielte keine Rolle. Er war der Jäger. Victor Landell, der fischgesichtige Anwalt mit seiner Armee von Leuten, die mit allen Wassern gewaschen waren? Die Leute, die Nick verfolgt hatten? Ich dachte an die Type aus Washington, die Naderi gekannt hatte und in einem Autowrack gestorben war. Der Jäger konnte praktisch jeder sein. Wenn ich Glück hatte, war er allein und mußte sich bei der Jagd genauso auf das Fahren konzentrieren wie ich. Wenn ich Pech hatte, saß auf dem Beifahrersitz ein Killer, ein Profi, der geduldig auf den richtigen Augenblick wartete, in dem er seine Pistole mit Schalldämpfer benutzen konnte oder, schlimmer noch, sein handliches Uzi-Maschinengewehr oder seine abgesägte Schrotflinte. Vielleicht entschieden sie sich gar nicht fürs Schießen, vielleicht sollte ich auch ein Verkehrsopfer werden: mit oder ohne ihre Hilfe die Kontrolle über den Porsche verlieren. Es gibt so viele Arten, zu sterben.

Die Hauptstraße, die ich überquert hatte, mußte die Massachusetts Avenue gewesen sein – die Gegend sah danach aus. Ich bog schlitternd nach rechts und drehte um, viel zu sehr damit beschäftigt, die Kurve zu schaffen, als daß ich einen Blick auf meinen Verfolger hätte werfen, sein Auto identifizieren können. Er wendete ebenfalls. Sein grelles Licht blendete mich noch immer im Spiegel. Eine Hauptstraße tauchte quer vor mir auf. Wieder ignorierte ich das Stop-Schild und bog schlitternd nach links ab.

Es war die Massachusetts Avenue, der obere Teil der Straße, knapp unterhalb der American University. Ich wußte jetzt, wo ich war und wo ich hin wollte. Ich wollte den Heimvorteil haben. Ob ich es überleben würde oder nicht, ich wollte diesen Kampf in meinem eigenen Revier austragen. Dort würde ich zumindest die Chance auf eine Chance haben. Diese Scheinwerfer hingen hinter mir, erfaßten mich wieder.

»Komm schon!« schrie ich über das Heulen meines Motors. Ich legte den dritten Gang ein und fuhr bei Gelb über die Wisconsin Avenue. »Komm schon, du Hurensohn!«

Die Scheinwerfer rasten unter der roten Ampel durch, hart auf meinen Fersen.

Die Zeit nahm eine andere Bedeutung, eine andere Struktur an: Die Welt flog in unserem rasenden Tempo an mir vorbei, doch ich lebte in Zeitlupe, ein intensiver, abstrakter Eindruck, unter dem ich so vieles bis ins kleinste Detail wahrnahm. Ich driftete dahin, trieb in einem Strom von Wahnsinn und peinigenden Fragen, im vollen Bewußtsein, daß es eine Million schrecklicher Möglichkeiten gab. Ich verarbeitete eine endlose Flut von Daten, funktionierte automatisch, war nicht fähig, mehr zu spüren als geistige Resignation und den rasenden Zwang, weiterzumachen. Angst, Wut und Hunderte anderer Emotionen knisterten außerhalb meines Körpers, umgaben mich wie eine prickelnde, energetische Aura, die ich wahrnahm, aber nicht beachtete.

Dieses vierspurige, etwa eine Meile lang bergab führende Stück der Massachusetts Avenue heißt Embassy Row. Jäger und Gejagter rasten an den Zentren der Diplomatie vorbei.

Ein Wachposten am Tor zum Haus des Vizepräsidenten drehte sich nach uns um, als wir vorbeischossen; ich konnte nur hoffen, er würde die zwei Verrückten melden, die auf die Innenstadt zurasten.

Ein verbeulter roter Plymouth mit weißem Vinyldach ratterte vor mir auf der rechten Spur gemächlich seines Weges, während auf der linken Spur, nicht mehr als drei Autolängen vor der Limousine entfernt, ein weißer Lieferwagen fuhr. Meine Scheinwerfer erfaßten plötzlich den Plymouth, leuchteten das Wageninnere taghell aus; die erschreckten Insassen fuhren herum und blickten zurück, als wäre ich ein Phantom. Am Steuer saß eine hübsche Frau mit schwarzem, lockigem Haar; ein reizendes, etwa zwölf Jahre altes Mädchen mit blonden Locken saß auf dem Beifahrersitz. Meine vordere Stoßstange war keine zwei Meter von ihrem Chassis entfernt, da riß ich den Porsche nach links und schoß an ihnen vorbei, sah noch ihre Bremslichter aufleuchten und riß das Auto in der Lücke zwischen dem Plymouth und dem Lieferwagen wieder auf die rechte Spur.

Als ich mit heulendem Motor an der britischen Botschaft mit ihrer Statue des zigarrenkauenden Winston Churchill vorbeifuhr, der sich auf seinen Gehstock stützte und die Hand zum Zeichen für Victory erhob, sah ich im Rückspiegel, daß mein schlangenäugiger Verfolger ebenfalls durch die Lücke zwischen Plymouth und weißem Lieferwagen durchschoß.

Ein städtischer Autobus blockierte die rechte Spur, die linke nahm ein gelber Toyota ein. Als wir zur brasilianischen Botschaft kamen, einem gigantischen futuristischen schwarzen Glas- und Stahlblock, jagte ich den Porsche über die doppelte Sperrlinie der mittleren Fahrspur. Zwei Paar Scheinwerfer rasten den Hügel herauf auf mich zu. Lautes Hupen, ich trat das Bremspedal durch und schoß zurück auf die ganz rechte Spur, kämpfte gegen das Schwimmen des Autos und gegen die aufsteigende Übelkeit an. Heulend überquerte ich die Brücke über den Rock Creek Parkway.

Diese schlangenäugigen Scheinwerfer erstrahlten wieder in meinen Spiegeln.

Im Herbst werden Ausflugsfahrten über den Rock Creek Parkway angeboten, wenn der Oktober die Wälder entlang dieser malerischen Straße, die sich durch die Stadt windet und Georgetown vom Stadtzentrum trennt und die Pendler aus den besseren Wohnvierteln im Nordwesten und in Maryland in die Stadt und nach Hause führt, in Gold- und Rottöne taucht. Parallel zur Straße verläuft ein Radweg, den Jogger, Spaziergänger und Radfahrer benutzen, um in den Tiergarten zu gelangen; an dieser Strecke gibt es ein paar Fitness-Stationen, wo Sprossenwände und Barren auf Leute mit genügend Energie warten. In den Wäldern gibt es einen Friedhof. Nur dumme oder gefährliche Menschen bevölkern nachts den Park. Am Morgen wälzt sich der Verkehr auf dem Parkway stadteinwärts, am Abend aus der Stadt hinaus. Tag und Nacht führen zwei Fahrspuren in jede Richtung.

Die Nacht verwandelte alle Farben in Schatten. Ich schaltete in einen niedrigeren Gang und bog mit dem Porsche in die gewundene Zufahrtsstraße zum Parkway. Das Schild »Vorfahrt beachten« tauchte kurz auf, da war ich auch schon auf der Hauptverkehrsstraße. Der Verkehr war schwach: Nur etwa alle 150 Meter sah man auf dieser oder jener Spur Scheinwerfer. Ich bewegte mich zwischen ihnen durch wie eine Nadel, die zwischen Leuchtbojen ein Muster webt.

Hinter mir kamen, wie der dazugehörige Zwirnsfaden, die gelben Schlangenaugen.

Ich passierte den Watergate-Komplex, fuhr am Kennedy Center vorbei, die Elfenbeinkuppel des Jefferson Memorial leuchtete zu meiner Rechten auf. Der Parkway war zu Ende, und ich hatte die Wahl, durch die Stadt oder auf die Schnellstraße zu fahren. Ich entschied mich für die Stadt, die hellen Lichter und die Chance, daß ein Polizist auf Streife die Geschwindigkeitsübertreter verfolgen und den Gejagten retten würde.

Aber dieses Glück hatte ich nicht. Die fluoreszierenden Lichter von einschlägigen Lokalen verliehen der Independence Avenue ein surreales Aussehen. Ich hatte meinen Vorsprung vor meinem Verfolger um ein, zwei Häuserlängen ausgedehnt. Wir rasten durch eine von unheimlichem künstlichem Licht grell erleuchtete Stadt, doch die Entfernung, die mich vor ihm schützte, war gleichzeitig auch zu groß, als daß ich mehr von ihm hätte sehen können als diese hungrigen Scheinwerfer.

Vorbei am Landwirtschaftsministerium, vorbei am Air and Space Museum, dem Hirshhorn Museum für Skulpturen, rasten wir im Slalom zwischen gesetzestreuen Autos durch und auf den Fuß des Capitol Hill zu.

Wenn er mich kannte, wenn er seine Beute gut kannte, dann würde er wissen, daß ich auf mein Heimatviertel zufuhr. Was dachte er, daß ich dort tun würde – *Was würde ich dort tun?*

Der botanische Garten zog links an uns vorbei; die Kuppel des Capitols, dessen weißer Marmor im Licht der Scheinwerfer leuchtete, wartete am Gipfel des Hügels.

Verzweifelt versuchte ich, mir einen Plan zurechtzulegen. Vielleicht sollte ich bei der Kongreßbibiliothek scharf nach links abbiegen und die ganze halbe Meile bis zum Polizeihauptquartier am Capitol Hill laut hupen, um bewaffnete Gesetzeshüter aufmerksam zu machen, die mich stellen würden, bevor mein Verfolger mich einholte.

Vielleicht konnte ich mir vor dem Eclectic eine Gnadenfrist verschaffen, den Porsche in der Pennsylvania Avenue stehenlassen – vielleicht würde ich es zeitmäßig schaffen, die Seitentür zu erreichen, sie aufzuschließen und die Treppe hinaufzulaufen, bevor die Jäger dort eintrafen. Wenn es mir gelang, in mein Büro zu kommen, hatte ich eine Chance, eine große Chance, von der die Verfolger wahrscheinlich nichts wußten: In meiner mittleren Schreibtischlade lag, versteckt unter alten Ordnern mit eingelösten Schecks, eine Magnum 357, zweifellos total verstaubt, doch zweifellos so tödlich und einsatzbereit wie vor sechs Monaten, als ich zum letzten Mal an einem Schießstand mit ihr geschossen hatte. Wenn alles seine Ordnung hatte, warteten in ihrem Zylinder sechs scharfe Patronen.

Wenn alles seine Ordnung hatte.

Wo ist die Polizei? dachte ich, als ich die Spitze des Capitol Hill erreichte. Von der Independence kam ich in die Pennsylvania Avenue, einen großen Boulevard mit einem breiten, grasbewachsenen Mittelstreifen, auf dem Kirschbäume gepflanzt waren. Noch sechs Häuserblocks bis nach Hause. Als ich am neuen Kongreßbibliotheks-Gebäude vorbeifuhr, sah ich, wie sich diese Scheinwerfer hinter mir über den Hügelkamm brwegten. Ich blickte einen Augenblick zu lange in den Rückspiegel, sah, daß der Wagen schwarz und schnittig war, und . . . und dann witterte ich Gefahr unmittelbar vor mir, blickte nach vorne, gerade noch rechtzeitig, um einer doppelten Reihe von geparkten Autos vor dem nachts geöffneten Lebensmittelgeschäft am Capitol Hill auszuweichen.

Bremsen quietschten, und ein unschuldiger Bürger, der bei Grün über die Fourth Street fuhr, verfehlte mich nur knapp mit seiner Breitseite. Ich blickte zurück und sah, wie die Scheinwerfer gerade ansetzten, ihn zu überholen. Vor mir tauchte ein weiterer Wagen auf und zwang mich, langsamer zu fahren.

Und dann erstrahlte alles um mich herum in gleißendem Licht. Meine Augen brannten, alles verschwamm, als mein Verfolger mit heulendem Motor bis auf Zentimeter an meine hintere Stoßstange auffuhr und das Fernlicht einschaltete.

Die Sixth Street ist eine breite Einbahnstraße, die die Pennsylvania von rechts nach links schneidet. Meine Zuflucht im Gebäude des Eclectic war an der nächsten Ecke. Eine schmale Abbiegespur, die einen besseren Winkel zum Linksabbiegen bieten soll, durchbricht den Mittelstreifen und führt von der Pennsylvania zur Sixth Street. Ich bremste nicht, noch schaltete ich in einen niedrigeren Gang, als ich den Porsche in diese Abbiegespur jagte. Die Reifen kreischten, ich wurde in meinem Sitz nach rechts gezogen – warum hatte ich mich nicht angegurtet, als ich losfuhr?

Dieses Manöver war für meinen Verfolger zu schnell gewesen; er schoß geradeaus, an der Abbiegespur vorbei, die Pennsylvania Avenue hinunter. Ich hatte den vagen Eindruck, daß seine Bremslichter aufleuchteten, während ich mich bemühte, den Porsche wieder unter Kontrolle zu bringen. Mein silbernes Auto fuhr, gefährlich schaukelnd, über die Sixth Street, die C Street hinunter, auf einen verlassenen Tennisplatz zu, der das Ende der Sackgasse bildete. Ich stieg auf die Bremse, kurbelte wie wild am Lenkrad und schaffte es irgendwie, das Auto in der Straßenmitte zu halten und nicht an die geparkten Fahrzeuge an beiden Seiten dieser ruhigen Wohnstraße zu knallen.

Ein Ford-Kombi, Baujahr 1972, schoß plötzlich aus der Sackgasse zwischen dem Betonbunker des städtischen Schwimmbades und den roten ehemaligen Stallungen des Eastern Market. Als er schließlich in mich hineinkrachte, fuhr ich nicht schneller als die erlaubten 15 km/h. Der erschöpfte

Zimmermann, der von Renovierungsarbeiten an einem Reihenhaus kam, war zu müde, um ein silbernes Geschoß zu erwarten, das ihm plötzlich, scheinbar aus dem Nichts, vor die Nase fuhr. Seine vordere Stoßstange erwischte den Porsche direkt über der linken hinteren Radkappe, drückte die linke hintere Seite komplett ein und schleuderte den Wagen mit einer solchen Kraft zur Seite, daß die Hinterachse brach. Meine Hände flogen vom Lenkrad, und ich wurde gegen die Autotür geschleudert. Der Motor starb ab.

Taumelnd stieg ich aus dem Porsche aus, meine Augen suchten die Dunkelheit panisch nach Scheinwerfern ab. Irgend jemand trat auf eine Veranda, der Krach des Aufpralls hatte ihn in die Nacht hinausgeholt.

»He, mein Gott, Mann, ist mit Ihnen alles in Ordnung?« rief der Handwerker, als er aus seinem Wagen sprang. »Es tut mir wirklich leid, es ist allein meine Schuld. Ich . . .«

»Runter!« rief ich ihm zu, streckte die Arme aus und scheuchte ihn zurück.

»Was?« Er war 50, vielleicht 55, aufgeregt und erschreckt, machte sich Sorgen über diesen Irrsinn, den er sah, aber nicht verstehen konnte. »Sind Sie okay? Haben Sie sich den Kopf angeschlagen?«

»*Runter* mit Ihnen!« schrie ich wieder. Hätte er nicht in seiner Nervosität ein paar Schritte nach hinten auf seinen Wagen zu gemacht, dann hätten ihn meine gestikulierenden Arme zurückgestoßen.

»He, Mary!« rief ein Mann im Schein der Verandalampe zurück ins Haus. »Es ist ein Unfall passiert! Ruf die Polizei!«

»*Rufen Sie die Polizei!*« rief ich wie ein Echo, nur viel drängender als der Fremde.

»Ist schon okay, Mann, ist schon okay!« sagte der Handwerker beruhigend. Zögernd streckte er die Hand nach mir aus. »Kommen Sie, gehen wir doch da hinüber und setzen wir uns hin. Sind Sie . . .«

»Sie verstehen nicht!« schrie ich.

»Aber sicher«, sagte er. »Klar verstehe ich.«

»Sie müssen . . .« begann ich.

Dann hörte ich hinter mir, von der Seventh Street her, die an die durch den Tennisplatz geschaffene Sackgasse angrenzte, das Geräusch von Reifen, die langsam über Straßenpflaster rollten. Auf den grauen Klinkern des Schwimmbassins sah ich Scheinwerfer, die in unsere Richtung bogen. Ihr Licht warf unsere Schatten an die Wand, kam dann direkt auf uns zu, und ich drehte mich um, stand diesen gelben Schlangenaugen gegenüber, bereit, loszulaufen, mich zu Boden zu werfen, zu sterben.

Das Auto fuhr langsam auf mich zu. Ich schleppte mich ein paar Schritte vorwärts, um nicht zu nahe bei dem unschuldigen Handwerker zu stehen. Das langgestreckte, schwarze, niedrige Auto bog nach rechts, stellte sich quer über die Straße und versperrte mir mit seiner Breitseite den Weg, ebenso wie das Wrack des Porsche und der Kombi meinen Rückzug blokkierten.

Das Fahrerfenster glitt mit einem elektrischen Summen hinunter. Der schwarze Schatten im Wageninneren bewegte sich, und dann erschien plötzlich dieses bleiche Gesicht, ein Totenkopf mit straffer Haut, hohen Backenknochen und hoher Stirn, mit Haaren, die so eng am Kopf anlagen, daß sie praktisch nicht vorhanden waren, ein Schädel mit einem breiten, elfenbeinenen Grinsen schielte mich boshaft an.

»Hallo, alter Knabe«, zischte Sloan. »Sie haben wohl gerade ein Problem. Ich habe Sie gewarnt, nicht wahr? Ich habe Ihnen gesagt, daß die Straßen hier nicht sicher sind, habe Ihnen geraten, aufzupassen, was Sie tun und wo Sie hingehen. Alle möglichen . . . Unfälle können einem zustoßen, wenn man nicht achtgibt, was man tut. Wenn man jemandem in die Quere kommt. Wenn man nicht ist, wo man hingehört.«

Seine Augen flackerten tief in ihren Höhlen, nahmen den verwirrten Handwerker hinter mir wahr und das Ehepaar, das wartend auf der Veranda stand und zusah.

»Anscheinend kann ich hier nichts tun«, sagte er. Sein Lächeln wurde breiter. »Nicht heute abend. Sie haben wirklich Glück. Diesmal kommen Sie davon. Dieses Mal. Aber denken Sie an meine Worte: Sie leben in einer rauhen Stadt. Geben Sie acht, was Sie tun, wohin Sie gehen. Ich würde nicht wollen, daß Ihnen irgend etwas . . . Schlimmes passiert.«

Dann lachte er. Das automatische Fenster glitt summend hoch, während er sein schwarzes Mercedes-Kabriolett wendete, auf die Seventh Street zufuhr und nach rechts abbog. Dann war er verschwunden.

Eine Polizeisirene heulte in der Ferne, kam näher.

»He, Mann!« sagte der Handwerker und machte ein paar Schritte auf mich zu. »He, Mann, sind Sie in Ordnung?«

Hinter uns kam das Blaulicht, das auf dem Polizeiauto rotierte, näher. Sie schalteten die Sirene aus, als sie stehenblieben, ließen aber das Blaulicht eingeschaltet. Wir standen in dem blauen Licht, das in der Dunkelheit pulsierte.

»He, Mann«, sagte der Handwerker noch einmal. »Sind Sie okay?«

22

»Ich werde nachsehen, ob Mr. Sloan da ist«, sagte die hübsche Sekretärin in dem luxuriösen Empfangszimmer.

»Er ist da«, sagte ich.

Sie lächelte mich nervös an, glitt hinter ihrem Schreibtisch hervor und verschwand hinter der Tür, die in ein Büro führte.

»Bitte gehen Sie hinein, Mr. Rankin«, sagte sie, als sie wiederkam.

Er saß in seinen Drehsessel zurückgelehnt da. Vor ihm auf dem riesigen Eichenschreibtisch lag, fein säuberlich aufgestapelt, ein Stoß Briefe. Sein grauer Anzug war konservativ, doch von exquisitem Schnitt. Das blaue Hemd und die gestreifte Krawatte unterstrichen die besondere Note.

»Nun, mein Bester, das habe ich aber nicht erwartet, daß ich Sie heute so zeitig am Morgen sehe.«

»Das kann ich mir vorstellen.«

»Das ist aber eine häßliche Beule da auf Ihrer Stirn.«

»Hätte schlimmer ausgehen können.«

»Ja, das ist wahr. Einen ziemlich bösen Unfall hatten Sie da gestern nacht.«

»Was für einen Unfall?«

Emmett lachte. »Erzählen Sie mir nicht, daß Sie an Amnesie leiden!«

»Sagen wir einfach, ich würde die Dinge gern klarer sehen.« Ich ließ mich in einen der gepolsterten Ledersessel vor seinem Schreibtisch fallen. »Ich möchte Ihre Geschichte hören.«

»Da gibt es nicht viel zu erzählen«, sagte er. Und lächelte.

»Oh, das möchte ich bezweifeln.«

»Seien Sie nicht so sicher, John. Übertriebenes Selbstvertrauen bringt die Leute nur in Schwierigkeiten.«

»Andere Leute, nicht wahr? Aber nicht Sie.«

Er zuckte die Achseln. »Ich habe keine Schwierigkeiten, John. Hatte nie welche.«

»Ich vergaß. Sie sind ja J. Emmett Sloan, der Paradebürger.« Ich wies mit einer weitausholenden Handbewegung auf die eingerahmten Urkunden und Fotos, die die Wände seines Büros bedeckten. »Die Zertifikakte hier beweisen es.«

»Wir alle tun, was wir können.«

»Was haben Sie letzte Nacht getan, Emmett?«

»Sie meinen, außer, daß ich Sie zufällig bei Ihrem Mißgeschick antraf?«

»Und mich quer durch die Stadt jagten.«

»Sie durch die Stadt jagte? John, ich habe keine Ahnung, wovon Sie sprechen. Ich bin letzte Nacht mit dem Auto spazierengefahren. Ich fahre fast jede Nacht spazieren – es ist ein Hobby von mir. Aber Sie *jagen*? Niemals.« Er lachte. »Wieso glauben Sie, daß ich Sie fangen will? Natürlich habe ich gesehen, wie Sie – ziemlich leichtsinnig gefahren sind, das muß ich schon sagen, wie Sie die Independence Avenue hinuntergerast sind . . .«

»Sie haben sich schon viel früher an mich gehängt. Sie warteten auf mich, als ich zu meinem Auto zurückkam.«

»So? Erinnert sich außer Ihnen sonst jemand daran, alter Knabe? Nennen Sie mir einen zuverlässigen Zeugen, der gesehen hat, wie ich *rein zufällig* an Ihrem geparkten Wagen vorbeifuhr, beschloß, in einiger Entfernung ebenfalls zu parken und zu warten, um zu sehen, wann Sie auftauchen würden, wo Sie gewesen waren und wohin Sie fahren würden. Ihnen vielleicht ein klein wenig nachzustellen, so wie Sie mir nachgestellt haben. Vielleicht auch etwas mehr.«

»Etwas mehr, wie zum Beispiel?«

»Nun, wenn es so war, wie ich gesagt habe, war dieses ›etwas mehr‹ zu weit hinter ihnen, um Ihren Unfall zu sehen – obwohl ich Sie wiederfand und mich vergewisserte, daß Ihnen nichts passiert ist.«

»Ach, *das* haben Sie also getan.«

»Nur den letzten Teil davon, John, daß ich Ihnen helfen wollte. Ich kann es sogar beweisen – wenn ich es aus irgendeinem unerfindlichen Grund beweisen müßte. Und auch Sie können nicht mehr als genau das beweisen.« Dann sagte er: »Eigentlich sollte ich Sie ins Verhör nehmen.«

»Worüber, Emmett?«

»Sie haben *mir* nachgestellt, alter Knabe.« Er schüttelte den Kopf und lächelte. »Ich habe das erst vor ein paar Tagen bemerkt. Ein Freund erzählte mir, daß Sie in der ganzen Stadt Fragen stellen, Fragen über mich und den armen, toten Pasha. Wegen irgendeines dubiosen Falles, an dem Sie angeblich arbeiten.«

Emmett lächelte und beugte sich über den Schreibtisch.

»Also wirklich, alter Knabe, ich habe die ganze Zeit geglaubt, wir hätten eine . . . *persönliche* Beziehung. Doch jetzt hat es den Anschein, als ob Sie versuchen, mich in Ihre schmutzigen Geschäfte zu verwickeln.« Er lehnte sich zurück in seinen Sessel. »Und davon würde ich Ihnen schwer abraten – von Freund zu Freund, versteht sich.«

»Was tun Sie hier, Emmett?« Mit einer Kopfbewegung schloß ich den ganzen Raum ein. »Worum geht es hier eigentlich?«

»Sie wissen doch, was ich tue, John. Ich bin Geschäftsmann. Manager. Unternehmer, wenn Sie so wollen.«

»Woher hatten Sie das Geld dafür?«

»Nicht, daß Sie das etwas angeht, aber das meiste davon war mein eigenes. Als ich anfing, war ich im Hinblick auf die Finanzierung natürlich sehr vom Kapital meiner Klienten abhängig, doch jetzt arbeite ich zum Großteil mit meinem eigenen Kapital. Ich war recht erfolgreich.«

»Das habe ich gehört. Wieviel Geld haben Sie und Pasha zusammen gemacht?«

»Was bringt Sie auf den Gedanken, daß wir zusammen irgendwelche Geschäfte gemacht haben? Ich habe Ihnen schon gesagt, ich kannte ihn privat.«

»Welche Geschäfte betrieben Sie miteinander?«

»*Mein* Geschäft ist genau das, John, meines. Es gehört mir. Ich brauche weder Ihnen noch sonst jemandem darüber Erklärungen abzugeben. Ich bin ein einfacher Staatsbürger – aber vielleicht nicht mehr lange.«

Die Beule auf meiner Stirn schmerzte, als ich die Brauen hochzog.

»Schauen Sie nicht so überrascht drein«, sagte Emmett. »Es ist kein Geheimnis, daß das Leben im öffentlichen Dienst mich immer gereizt hat.«

»Hah!«

»Lachen Sie nicht über mich!« Das Zischen, das ich schon früher gehört hatte, brach durch seinen Charme. »Lachen Sie ja nie über mich! Irgendwann – sehr bald – werde ich jemand sein, Rankin. Jemand sehr Wichtiger, jemand, den alle kennen, jemand, der Respekt und Achtung genießt, einen Ruf hat.«

»Einen *Ruf*?« zischte ich. »Was zum Teufel ist das?«

»Alles, was zählt! Dein Ruf bestimmt deinen Wert – aber Sie können das wahrscheinlich nicht verstehen, Rankin.«

»Ich weiß Bescheid über den Namen, den man hat, Emmett. Man macht sich seinen Namen, egal, wie Sie es nennen, oder was andere Menschen glauben.«

»Das habe ich eben gesagt.«

»Nein, das ist nicht dasselbe«, sagte ich. »Aber egal, es spielt keine Rolle. Doch ich bin neugierig. Was wollen Sie anfangen mit . . . Ihrem Ruf? Was wird er Ihnen bringen? Was werden Sie durch ihn in der realen Welt?«

Emmett lächelte. »Wer kann das sagen?«

»Aber Sie haben doch sicher ein paar Ideen«, sagte ich.

»Natürlich«, meinte er. »Mehr als nur Ideen. Ich habe einen Plan.« Dann erläuterte er seine Vorstellungen. »Es ist alles miteinander verwoben. Was aus einem wird und was man tut – aber nicht so, wie Sie glauben. Sie sind ja so naiv.

Ich bin nicht der Typ Mann, der sich erfolgreich um ein Amt bewirbt, Rankin. Krethi und Plethi im Supermarkt die Hände zu schütteln . . . Außerdem sind Wahlen zu unsicher. Es gibt leichtere, sicherere Methoden, Bedeutung zu erlangen. Ich habe mein ganzes Leben daran gearbeitet, etwas zu werden. Ich habe Beziehungen geknüpft, Türen geöffnet, bei Ausschüssen mitgearbeitet, mich öffentlich für wohltätige Zwecke engagiert. Geld in die richtigen Hände gedrückt.

Ich habe überall Freunde, Rankin. Einige von ihnen stehen in meiner Schuld. Eines Tages werden sie ein Amt bekleiden, wo sie jemanden für eine Stelle brauchen, den sie kennen, der Ansehen genießt, dem sie trauen und den sie der Öffentlichkeit verkaufen können. Vielleicht nur ein kleines Amt, nicht auf Regierungsebene. Vielleicht ein Botschafterposten. Der erste Posten führt immer zu einem zweiten, immer weiter hinauf. Wer weiß? Politiker sterben im Amt, und ihre Nachfolger brauchen sich normalerweise erst einer Wahl zu stellen, wenn sie Zeit gehabt haben, ihr Image zu festigen.

Aber selbst, wenn ich nicht diesen Weg einschlage, werde ich jemand sein. Jeder wird meinen Namen kennen. Mein Ruf wird noch bestehen, wenn sich längst kein Mensch in dieser Stadt mehr an einen schmierigen Schnüffler namens Rankin erinnert. Ich *werde* jemand sein! Ich *werde* diesen Ruf haben! Nichts und niemand – weder Sie, noch die Frau, die ich ausgewählt habe wie einen Rassehund, noch . . . noch irgend so ein mickriger, gieriger Idiot wie Ihr Pasha wird sich mir in den Weg stellen!« Er atmete tief.

»Sie wollten eine Geschichte hören, alter Knabe?« fuhr er fort, und dabei brannte Leidenschaft in seinen Augen. »Ich werde Ihnen eine Geschichte erzählen, bevor ich Sie hinauswerfe. Sagen wir, es ist ein Märchen, das mir irgend jemand erzählt hat. Passen Sie trotzdem gut auf – selbst aus erfundenen Geschichten wie dieser können jene, die im Leben weiterkommen wollen, etwas lernen.

Es war einmal ein Mann namens Pasha, der vergaß, was er war. Er hatte bis zu einem gewissen Grad Erfolg gehabt als

Sprungbrett für smartere, härtere Leute. Aber er war damit nicht zufrieden, nein, nicht unser Pasha.

Angenommen . . . Nur angenommen, damals, als er der Prinz vom Capitol Hill war und all die Geschäftemacher ihn benutzten, damals, als er all die klugen jungen Männer anzog, die ein Sprungbrett brauchten, um vorwärtszukommen, Zutritt zu Kreisen zu bekommen, wo sie lernen konnten, wie alles funktioniert und vielleicht auch einmal zum Zug zu kommen, angenommen, damals wurde Pasha zu gierig.

Sagen wir, es gab da einen klugen jungen Mann – der Beste und der hellste Kopf, um einen Ausdruck zu verwenden, der in dieser Stadt so oft gebraucht wird. Dieser kluge junge Mann probierte Pashas Kreis aus, um zu sehen, was für einen Nutzen er daraus ziehen könnte. Vielleicht konnte dieser kluge junge Mann etwas Geld lockermachen, etwas Kapital für ein, zwei schnelle Geschäfte, die zwar Profit brachten, über die aber die Leute, deren Geld es war, vielleicht nicht sehr begeistert gewesen wären. Sagen wir, unser junger Mann und Pasha kamen ins Geschäft, machten zusammen ein bißchen Geld. Als alles gelaufen war, profitierten alle davon, sogar die, die nicht gewußt hatten, was genau mit ihrem Geld geschehen war.

Aber sagen wir, Pasha war ein Dummkopf. Er spekulierte, daß er aus dem Geschäft mehr als nur Geld ziehen könnte. Er erkannte einen klugen jungen Mann auf den ersten Blick – obwohl Pasha diesen jungen Mann unterschätzte. Pasha dachte, er könne diesen schlauen Burschen als *sein* Sprungbrett verwenden.

Und Pasha machte sich an die Arbeit. ›Mitgefangen, mitgehangen‹, sagte er zu unserem Helden. ›Entweder sind wir Partner, oder ich sorge dafür, daß deine Freunde, die dir ihr Geld anvertraut haben, erfahren, was für Geschäfte du damit gemacht hast.‹

Armer Pasha. Er hat sich überschätzt. Zu diesem Zeitpunkt konnte bereits jeder sehen, daß seine Tage gezählt waren. Zwei seiner Kumpel waren eines gewaltsamen Todes gestorben. Er selbst war jetzt nicht mehr berühmt, sondern berüchtigt. Die Leute, mit denen er verkehrte, waren äußerst rauhe, unbeständige Typen. Selbst, wenn er alle seine Spielchen überlebte, mußte Pasha eines Tages zu einem Albatros werden, jedermann mußte ihn als einen Klotz am Bein empfinden. Wenn man Pasha mitschleppte, waren dem eigenen Aufstieg Grenzen gesetzt.

Was ist Pasha passiert, John? Wer von all den unbarmherzigen Leuten, die er kannte, war klug genug, kühn genug, die Sache in die Hand zu nehmen, eine Gelegenheit herbeizuführen, ihn loszuwerden? Wer wußte Bescheid über Waffen, wer konnte eine bekommen, wer wußte, wo er wohnte, und wer brachte die nötige Geduld auf, wer konnte Pasha mit seinen Drohungen hinhalten und auf eine geeignete finstere Nacht warten . . .

Niemand wird es jemals wissen, nicht wahr, alter Knabe? Zumindest nicht so, daß die Polizei etwas unternehmen kann. Es gab keine Zeugen. So viele mächtige Gruppen und skrupellose Leute hatten ein Motiv, Pasha umzubringen, daß die Polizei sie nicht einmal ansatzweise durchforsten kann, ganz zu schweigen davon, daß sie die Handschrift eines klugen, angesehenen jungen Mannes erkennen könnte. Diese Waffe, der einzige konkrete Beweis . . . Was ist damit geschehen? Wurde sie in den Potomac oder die Chesapeake Bay geworfen? Ist sie auf einem Schrottplatz in der Autopresse gelandet, mit einer Tonne Altmetall gepreßt, geschmolzen und inzwischen in Gott weiß was für eine Form gegossen worden?«

»Was ist aus dem klugen jungen Mann geworden, Emmett?«

»Aus welchem klugen jungen Mann? Das war nur eine Geschichte. Aber wenn er klug genug war, machte er weiter, um zu bekommen, was er wollte. Er gehört zu der Sorte von Männern, die immer bekommen, was sie wollen, weil für sie sonst nichts zählt. Er ist der Typ, mit dem sich andere kluge Männer nicht anlegen.«

»Es gibt immer jemanden, der noch klüger ist, Emmett.«

»Und das heißt?«

»Das . . .«

»Das heißt, daß man seine Karten kennen muß, alter Knabe. Man muß vorsichtig sein und geduldig, die Spieler kennen und die Regeln. Man darf sich keine Übertritte erlauben – wie es Pasha getan hat. Und wenn einem jemand in die Quere kommt, dann darf man nicht zögern oder Ausflüchte machen, sich über Nuancen oder irgendeinen sentimentalen Unsinn, der zwischen einem und seinem Ziel steht, den Kopf zerbrechen.«

»Und das funktioniert?«

»Ja, mein Alter, es funktioniert. Ich bin durch und durch Pragmatiker!«

»Es gibt noch andere Bezeichnungen für Sie.«

»Was Sie *denken*, ist mir egal, aber was Sie tun, wird mir langsam etwas lästig.«

»Gern geschehen.«

»Seien Sie da nicht so sicher. Ich habe genug von Ihren Einmischungen – sowohl persönlich als auch beruflich. Sie verstoßen gegen alle Regeln dieser Stadt, und ich werde diese Regeln dazu benutzen, Sie fertigzumachen.«

»Ist das eine Drohung, Emmett?«

»Es ist ein Versprechen, Rankin. Halten Sie sich aus meinen Angelegenheiten heraus – aus allen –, oder Sie werden die Folgen zu tragen haben.«

»Welche Folgen?«

»Was immer die Regeln gestatten.« Er lächelte. »Ich habe Anwälte und andere . . . Möglichkeiten, die ich ausschöpfen kann.«

»Wie Sie es mit Pasha gemacht haben?«

»Raus mit Ihnen, alter Knabe«, sagte er, unvermindert weiterlächelnd, »oder ich rufe die Polizei und übergebe Sie denen. Das Gesetz ist auf meiner Seite.«

»Er hat recht«, sagte Nick Sherman, als wir uns das Band zum zweiten Mal angehört hatten. Er deutete auf den handtellergroßen Recorder auf meinem Schreibtisch.

»Die Idee war nicht schlecht, aber es nützt uns nicht. Er hat nichts Belastendes gesagt. Verdammt, mit diesem Band würde ich nicht mal den Captain dazu bringen, mich so weit freizustellen, daß ich die Naderi-Geschichte nochmals auf Sloans Spuren untersuche – nicht, daß ich welche finden würde. Ihre ganzen verdammten Geschäfte waren so gut getarnt, daß ich sie schon beim ersten Mal nicht finden konnte. Und jetzt, nach sieben Jahren . . . Sloans Klienten hätten sich vielleicht damals über den Mißbrauch von Geldern beschweren können, wenn sie ihn in flagranti erwischt hätten, aber jetzt kräht kein Hahn mehr danach. Vergiß das Verjährungsgesetz – sie sind vermutlich zufrieden mit dem Ergebnis. Als du mir Sloan heute morgen gezeigt hast, als er in sein Bürohaus ging, fiel mir ein, daß ich sein Gesicht auf einem Foto von einer Party in Pashas Haus gesehen habe, aber das beweist nichts, was er nicht offen zugibt – nur, daß sie sich kannten.

Glaubst du, daß er irgend so einen technischen Schnickschnack bei sich hatte, der einem anzeigt, daß man abgehört wird?« fragte der Beamte des Morddezernats, der mir den Recorder geliehen hatte.

»Spielt das eine Rolle?« fragte ich.

»Reine Neugierde.« Er schüttelte den Kopf. »Ein gerissener Hurensohn, nicht?«

»Er hat einen Mord begangen und wird ungeschoren davonkommen, oder?«

»Ich glaube schon lange nicht mehr an ein Wunder«, sagte Nick. »Natürlich haben wir noch eine Chance.«

Ich starrte ihn an.

»Du weißt, wen ich meine.«

Mein Freund erhob sich, ging zur Tür und blieb stehen. Er drehte sich um und sah mich lange und scharf an.

»Du bist mit schweren Geschützen aufgefahren, Cowboy, aber du hast dein Ziel noch nicht erreicht. Du watest da in einem einzigen tiefen Sumpf, und du solltest vorsichtig sein. Unser Freund hat recht: Er kann dich wegen mindestens einem halben Dutzend Dinge festnageln – wegen Belästigung, Einmischung in Privatangelegenheiten . . . Beeinträchtigung der ehelichen Gefühle, oder welche verdammte Bezeichnung seine Anwälte dafür haben. Er kann dich auf legale Weise ruinieren. Vielleicht tut er es nicht, weil er die Publicity vermeiden will, aber vielleicht denkt er auch, daß es sich auf lange Sicht bezahlt machen wird und er von der Märtyrerrolle profitieren kann. Er rechnet bei diesem Spiel nicht so wie du und ich.

Er ist auch der Typ, der sich nicht durch das Gesetz von etwas abhalten läßt. Gott allein weiß, was er gestern nacht mit dir vorgehabt hat. Ich glaube, er hat es vielleicht nicht mal selbst gewußt, vielleicht ist er nur über dich gestolpert und hat beschlossen, dir einen Schrecken einzujagen. Oder vielleicht dachte er auch, das wäre wieder so eine Gelegenheit für ihn, die Sache zu erledigen, wie er es bei Pasha getan hat. Das wird er ohne mit der Wimper zu zucken tun, wenn er glaubt, daß es ihm etwas bringt. Ich will diese Scheiße nicht erleben. Ich verspreche dir, er wird damit nicht durchkommen, wenn er es tut, aber diese Art Versprechen nützt keinem von uns etwas.«

»Was schlägst du vor?«

»An deiner Stelle würde ich mich einmal scharf umsehen, objektiv und ausgiebig. Ich würde genau feststellen, wo ich bin und wohin ich will und wie ich dorthin gelangen kann. Dann würde ich mitnehmen, was ich kann, und darauf losgehen. Mit erhobenem Kopf. Weitermachen. Und dann kriegst du vielleicht eines Tages – vielleicht, sage ich – wieder eine Chance. Wenn das der Fall ist, dann nutze sie gut. Wenn nicht . . . dann mußt du es weiter versuchen.« Dann fragte er: »Und was *wirst* du tun?«

»Ich rufe dich an«, sagte ich.

23

Sie öffnete die Tür, die Augen vor Angst und Überraschung weit aufgerissen.

»John! Ich habe nicht erkennen können . . .« Sie spähte über meine Schulter auf Richs grünen VW-Kombi; ich war mit quietschenden Reifen mitten auf der halbmondförmigen Auffahrt direkt vor der Eingangstür des Hauses stehengeblieben. »Ich . . . was ist mit deinem Auto passiert? Warum bist du da? Weißt du nicht . . . Was ist los?«

»Komm da heraus!«

»Was . . .«

Sie blickte über die Schulter zurück; das südländische Hausmädchen sah, wer da gekommen war, und fand, daß ihre

Herrin sie nicht benötigte. Sie lächelte nervös und verschwand dann im Inneren des Hauses. Der scharfe Geruch von Zitronen-Möbelpolitur versüßte den kalten Strom aufbereiteter Luft, der aus dem Haus drang.

»Komm da heraus!«

Bobbi sah nochmals über die Schulter zurück, trat dann auf die imposante Veranda im Südstaatenstil und zog die Tür hinter sich zu.

»Was machst du hier?«

»Ich bin gekommen, um dich zu holen.«

»John, Liebling, das ist weder der richtige Zeitpunkt noch der richtige Ort . . .«

»Du weißt nicht mal, in welcher Zeit oder an welchem Ort du überhaupt bist.«

»Bitte, das ist keine . . .«

»Das ist keine Bühne, Bobbi. Du hast die Sache nicht in der Hand, du hattest sie nie in der Hand. Jetzt ist keine Zeit mehr für Theater.«

»Was ist geschehen?« Was hast du getan?«

»Endlich mit offenen Karten gespielt. Aber ein Steinchen in dem Puzzle ist mir noch unklar.«

»Welches Puzzle?« Sie schlang die Arme fest um den Bauch; ihre Schultern hoben und senkten sich, als sie um Atem rang.

»Emmett weiß Bescheid, Bobbi.«

»Natürlich weiß er Bescheid! Er wußte es, bevor wir es wußten! Er wußte es, als er uns an jenem ersten Tag, als du hierherkamst, beobachtete, an dem Tag, als Molly . . . Natürlich weiß er es!«

»Er weiß Bescheid über Naderi. Daß ich Nachforschungen über ihn angestellt habe. Daß ich weiß, daß Emmett ihn umgebracht hat.«

»Oh Gott!«

Sie schlang die Arme noch enger um ihren Körper, schien sich nach innen zu wölben; sie bebte, als würde sie gleich zerspringen und zu Boden gehen.

»Was hast du getan? Wir waren . . . Er wußte es nicht! Ich weiß, daß er es nicht wußte! Er dachte, daß wir nur . . .«

»Daß wir nur was?« schrie ich sie an. »Er dachte, daß wir nur ein Verhältnis hatten? Hast du es deshalb getan? Ist das der Grund, weshalb du . . .«

»Weshalb?« Sie schrie; ihre Haare flogen von einer Seite auf die andere, als sie vor Wut und Verzweiflung den Kopf schüttelte. »Weshalb hast du das getan?«

»Weshalb hast *du* es getan? Bist du in meinem Bett gelandet, um dich zu schützen? Um deine Spuren zu verwischen? Hast du mit mir geschlafen, damit Emmett glauben sollte, daß uns das zusammengebracht hat . . .?«

»Nein!«

»Und was hast du gemacht?«

»Ich war nur . . . Ich habe nicht . . .« Ihre Hände berührten beinahe ihr Gesicht; sie zerhackte mit ihnen die Luft, als wären es ein Paar Beile, mit denen sie ihre Absicht erklären und rechtfertigen und ihren Willen aus dem Chaos retten konnte. »Am Anfang wollte ich mir vielleicht selbst vormachen, daß ich . . . daß das, was ich wollte und was ich tat . . . daß alles nur dem einem Zweck diente: die Lüge wahrzumachen, an die Emmett bereits glaubte, um zu verbergen . . . Aber ich konnte es nicht! Glaub mir, oh Gott, glaub mir, John – ich konnte es nicht! Nicht mit dir, nicht dafür!«

»Wofür dann? Wofür hast du . . .«

»Für mich«, sagte sie schluchzend. Ihre Arme schlangen sich wieder um ihren Körper, sie konnte mich nicht ansehen. »Für uns. Für dich.«

»Natürlich«, sagte ich mit absichtlich harter, kalter Stimme; *ich* verlor meine Beherrschung nicht. »Aber natürlich.«

»Glaube mir«, schluchzte sie. »Bitte, glaube mir!«

»Nach allem, was geschehen ist? *Aber natürlich* glaube ich dir.« Der höhnische Unterton war unüberhörbar.

»Was willst du?« sagte sie.

Sie sprach monton, wie beiläufig. Folterknechte kennen diesen Tonfall gut: Es kommt ein Punkt, an dem der Wille sich unter dem Schmerz oder dem Druck oder der Endlosigkeit der Zeit auflöst. Was bleibt, ist totale Ehrlichkeit und Offenheit, doch der Körper ist jeglicher Persönlichkeit und Menschlichkeit beraubt.

»Ich will die Wahrheit wissen«, sagte ich.

»Worüber?« Sie begann, über die offene Wiese zu gehen, auf der sie mit Molly geritten war.

»Parviz Naderi. Pasha.«

»Ich habe ihn nur ein paarmal getroffen – dreimal, vielleicht viermal. Bevor Emmett und ich heirateten. Als ich nach Washington kam und Emmett mit mir ausging – in Restaurants, ins Kennedy Center, zu Parties. Er bemühte sich nie, mit mir allein zu sein, obwohl er auch darauf achtete, genug jedenfalls, um . . . um mich zu *überzeugen*. Wir gingen in den Nachtklub, den Naderi führte – das Forum? Sie waren alte Freunde. Emmett gab gerne mit mir an. Damals machte mir das nichts aus. Ich verstand nicht alle Beweggründe. Naderi war eine miese Ratte, ein richtiger Kriecher. Aber Emmett schien ihn zu mögen, daher warf ich meine eigene Meinung über Bord und akzeptierte ihn.«

»Wo warst du, als Naderi starb?«

»In New York vermutlich. Eine Freundin von uns erwähnte es, als ich sie einmal anrief. Sie wußte, daß ich die Type kannte, die diesen Nachtklub führte. Emmett erzählte es mir erst . . .«

»Erst wann?«

»Erst dieses Jahr.«

Ihr Tonfall wurde kräftiger, voller. Auch diesen Tonfall kennen die Folterknechte. Nach dem Schmerz, der Erniedrigung, der Unterwerfung des Willens, nach der absoluten, entmenschlichten Ehrlichkeit kommt es zu einer Wiedergeburt, einer Wiederauferstehung der menschlichen Seele. Die Wunden verheilen nie, der Schmerz bleibt immer im Gedächtnis, doch das Fleisch gibt sich noch eine Chance. Zumindest bei denen, die Glück haben und stark sind. Bei einigen stellt sich diese Wiedergeburt bereits nach Minuten ein, bei anderen erst nach Jahren. Und jene, denen dieses Wiedererwachen versagt bleibt, verbringen den Rest ihres Lebens als Zombies, die ihre Seele verloren haben.

»Was ist dieses Jahr geschehen?«

Sie stöhnte auf und versuchte zu lächeln.

»Ich wollte ihn verlassen. Nach Weihnachten. Nach Neujahr. Ich merkte, daß ich es nicht ertragen konnte, jeden Tag ein Blatt vom Kalender zu reißen und dabei die Tage mit ihm zu zählen.

Ich dachte, ich könnte mich vielleicht mit ihm einigen. Jahrelang war ich seine schöne Frau gewesen, sein Rassepferdchen, das ihm ein paar Trophäen einbrachte und dessen blaues Blut auf ihn abfärbte. Doch das stand nicht mehr sehr hoch im Kurs. Es war noch immer etwas wert, aber er hatte alles herausgeholt, was ihm seiner Meinung nach von Nutzen sein konnte.

Wir leben in einer zivilisierten Welt, nicht wahr? Sind alle so modern. Emmett ist der Prototyp des kultivierten, charmanten Mannes. Gewandt. Daß er ein Heuchler war, habe ich schon vor langer Zeit gemerkt, aber ich habe mir nie vorstellen können . . .«

Sie lächelte und schüttelte den Kopf; sie blickte in die Ferne, während die Erinnerungen auf sie einströmten.

»In jener Nacht . . . ich wollte einen Abend abwarten, an dem er gut gelaunt war, aber bei Emmett ist das unmöglich. Er trägt immer diese lächelnde Maske. Er ist gar nicht kompliziert«, fuhr sie fort. »Er wirkt komplizierter, als er ist, aber er erweckt nur durch seine Art diesen Eindruck. Meine Freundin Tresa sagt, er ist ein Höhlenmensch, ein Wilder in Anzug und Weste. Er kennt keine Gefühle außer Angst und Haß, Neid und Gier. Und Hunger.

Wir waren oben in seinem Arbeitszimmer. Kurz vor Mitternacht. Er war gerade von seiner Fahrt durch die dunkle Stadt zurückgekehrt.

Er hatte mich erwartet. Da sein Blick nicht von normalen Emotionen getrübt ist, kann er in den Menschen lesen wie in einem Buch. Er wußte, daß sich in mir allerhand aufgestaut hatte, daß meine Anfälle von Vergnügungssucht, das Valium, der Scotch und die Tage, an denen ich mit Molly ausritt, bis wir beide zum Umfallen müde waren, mich nicht unter Kontrolle halten konnten. Ich klopfte an seine Tür. Er rief, ich solle eintreten. Ich erinnere mich, wie ich meine Hände an den Körper hielt, sie gegen den Bauch preßte, damit sie nicht zitterten. Er saß hinter seinem Schreibtisch und hatte dieses furchtbare Lächeln aufgesetzt, während ich meine Rede vor ihm aufsagte. Ich hatte sie einstudiert, die Punkte mit Tresa ausgearbeitet. Ich dachte, ich hätte mich auf alle seine

Gegenargumente eingestellt, auf alle Winkelzüge und Druckmittel, die er versuchen oder androhen würde. Er ist äußerst grausam, aber wir sind schließlich in Amerika, nicht wahr? Wir leben im zwanzigsten Jahrhundert. Die Gesellschaft war auf meiner Seite. Und das Gesetz auch.

Du weißt von dem Ehevertrag, und daß meine Mutter völlig von ihm abhängig ist. Ich wußte nicht, was ich ihretwegen unternehmen konnte, wie ich dafür sorgen konnte, daß sie . . . leben kann, wie es ihr zusteht, aber ich dachte, ich würde schon irgendeine Lösung finden. Ich konnte es einfach nicht mehr aushalten!«

Sie schüttelte den Kopf.

»Ich war nicht gerade in Höchstform. Ich stotterte und wartete die ganze Zeit, daß er explodierte. Er saß nur da und lächelte. Als ich fertig war, ließ er mich mindestens eine Minute lang schwitzen.

Und dann *lachte* er! Oh Gott, es war schrecklich. Zuerst dachte ich, er zwinge sich dazu, er verstelle sich wieder einmal, doch es war, als hätte er die Pointe eines tollen Witzes gehört. Er lachte immer unkontrollierter – hysterisch. Er stand auf und ging um den Tisch herum zu mir. Wie ein Schakal, eine Hyäne. Er legte seine Hand auf meine Schulter. Es war das erste Mal, daß er mich absichtlich berührte, wenn wir allein waren, seit . . . es war fast vier Jahre her, daß wir das letzte Mal miteinander geschlafen hatten. In der Öffentlichkeit war er immer liebevoll, streichelte mich, führte mich am Ellbogen oder am Arm. Aber sobald wir verheiratet waren, sobald er mich eingewöhnt *hatte*, mich *abgerichtet* hatte . . . ignorierte er mich, vermied jede unnötige Berührung. In jener Nacht streckte er die Hand aus und legte sie auf meine Schulter . . . Es brannte auf meiner Haut wie Eis.

›*Setz dich, Barbi*‹, sagte er.

Und ich setzte mich.

›*Du bist so ein amüsanter kleiner Schatz*‹, sagte er. ›*Und so dumm. Du hast unsere Abmachung vergessen. Du hast vergessen, mit wem du sie geschlossen hast. Wenn ich ein Geschäft eingehe, dann für immer und ewig. Ich bestimme die Auslegung. Meine Geschäfte sind vielleicht nicht mit Blut unterzeichnet, aber das Prinzip ist dasselbe.*

Erinnerst du dich an Pasha?‹, sagte er – und ich schwöre bei Gott, ich konnte mich nicht erinnern! Er mußte meinem Gedächtnis erst auf die Sprünge helfen. Er umkreiste mich, *stolzierte* förmlich um mich herum. Gegen Ende setzte er sich auf die Kante seines Schreibtisches. Blickte immer auf mich hinunter, schlug dabei diesen charmanten, klugen, maßvollen *ach-so-britischen* Tonfall an.

So erzählte er mir von unserer Abmachung, und von Pasha.«

»Und was über Pasha?« fragte ich.

»Emmett hat ihn umgebracht. Pasha hat versucht, ihn übers Ohr zu hauen, eine Abmachung zwischen ihnen irgendwie zu seinem Vorteil auszunutzen. Wie, darüber ließ er sich nicht genauer aus. Emmett erzählte, wie er Pasha hinhielt, wie sie taten, als wären sie die besten Freunde. Wie er ihm wochenlang nachgestellt hat. Als wir uns kennenlernten, war Emmett mit verrückten Südamerikanern im Geschäft – keine Revolutionäre oder Terroristen, sondern Mittelsmänner. Kaufleute. Geschäftsmänner, die Mordwerkzeuge verkauften. Ich in meiner Naivität fand das aufregend. Als hätte es nichts mit der wirklichen Welt zu tun, mit wirklichen Menschen, die mit dem Rücken zur Wand vor diesen Waffen stehen würden. Solche Machenschaften machten Emmett noch fesselnder. Diese zwielichtigen Männer schienen so faszinierend, soviel ›realer‹ als die Leute in der Modebranche und die Wall-Street-Typen, die Theaterleute, die ich in New York kannte. Ich erkannte damals nicht, daß sie alle hinter denselben Dingen her waren, daß sie sich nur an verschiedene Grenzen hielten. Emmetts Freunde gaben ihm immer irgendwelche Dinge, Waffen. Er hat noch immer welche im Haus, eine ist in seinem Büro. Mit einer davon hat Emmett Pasha erschossen.

Sein Lachen, die Art, wie er redete, wie stolz er seine Geschichte von Pasha erzählte . . . ich wußte einfach, daß es die reine, volle Wahrheit war. Zum ersten Mal sah ich ihn *vollständig*. Ich habe noch nie so viel Angst gehabt.

›*Ich werde es dir sagen, wenn sich unsere Abmachung ändert!*‹, sagte er. ›*Ich teile dir deine Rolle zu – und du wirst sie so spielen, wie ich sage!*‹

Und dann sagte er mir, was passieren würde, wenn ich . . .

ihm zu sehr mißfiele. Wenn ich nicht mehr sein blaublütiges Kapital wäre. Wenn ich versuchen sollte, ihn zu verlassen, mich scheiden zu lassen.

Er hat mir eine teuflische Liste aufgezählt. Er hätte alles, was ich habe, in der Hand. Er würde dafür sorgen, daß meine Mutter auf die Straße gesetzt und alles verlieren würde. Er würde sein ganzes Geld und seine Macht gegen uns einsetzen. Doch das wäre nur der Anfang. Nur, um sich das Vergnügen zu machen, uns leiden zu sehen. Er stützte sich ganz lässig auf den Schreibtisch, als plaudere er über das Wetter, und sagte, er würde uns umbringen, uns beide. Und jeden, der mir etwas bedeutete, jeden . . . Mann, zu dem ich mich flüchten würde.

›*Und eines verspreche ich dir, Barbi*‹, knurrte er mit total verzerrtem Gesicht. ›*du wirst als letzte sterben.*‹«

Sie schloß die Augen und schnappte nach Luft.

»Dann . . . dann lächelte er wieder. Zog mich hoch. Stieß mich auf seinen Schreibtisch. Vergewaltigte mich.«

»Oh, Gott, Bobbi, ich . . .«

»Als er fertig war«, sagte sie, »sah er auf mich hinab und lächelte.

›*Und komme mir nie wieder mit deinem Unsinn. Benimm dich ja anständig. Halte dich an die Abmachung.*‹

Als ich aus dem Arbeitszimmer stolperte, sah ich auf ihn zurück. Er saß hinter seinem Schreibtisch und las das *Time*-Magazin.«

»Schau, daß du da herauskommst, Bobbi!«

»Was konnte ich tun?« fuhr sie fort, als hätte sie mich nicht gehört. »Ich glaubte ihm, aber es gab so viel, was ich nicht wußte. Bevor ich irgend etwas unternehmen konnte, mußte ich alles wissen, was ich erfahren konnte. Ich ging in die Bibliothek, schlug alle Artikel über Naderi nach. Es war nichts im Gange, aber ich dachte, daß die Polizei vielleicht noch irgend etwas in petto hatte. Ich mußte es wissen! Vielleicht konnte noch immer irgend etwas geschehen. Deshalb erfand ich diese Geschichte, diese Cora McGregor. Sie hätte sehr wohl . . . In den Artikeln gab es so viele Anspielungen auf Frauen im Forum. Du warst das richtige Publikum, hast nur darauf gewartet, daß eine solche Figur auftauchte. Ich brauchte nicht mehr zu tun, als in die Rolle zu schlüpfen.«

»Warum ich?«

»Ich hatte deinen Namen aus dem Telefonbuch und fuhr an deinem Büro vorbei. Es schien mir zu klein, um mir irgendwelche Schwierigkeiten zu bereiten.«

»Danke.«

»Merkst du nicht, was du getan hast?« rief sie.

»Ja, das merke ich. Ich habe einen Berg von Lügen und Illusionen gesprengt.«

»Sie waren gefahrlos und sicher!«

»O nein, Bobbi. Illusionen sind niemals sicher, und Lügen sind die größte Gefahr. Jetzt kannst du . . «

»Jetzt kann ich was?«

Sie starrte mich an und lächelte dann, kalt und zynisch.

»Du redest von Illusionen und Lügen; was soll ich jetzt deiner Meinung nach tun?«

»Zur Polizei gehen. Ich habe einen Freund . . .«

»Ich hoffe um seinetwillen, daß er klüger ist als du, John. Was soll ich der Polizei erzählen? ›Mein Mann sagte, er habe einen Mann umgebracht, aber Sie können es nicht beweisen, und ich auch nicht, und daher steht sein Wort gegen meines.‹ Der solide, achtbare, beliebte J. Emmett Sloan, der aufgehende Stern von Washington. Sein Wort gegen das seiner wirren Frau, die Valium mit Scotch hinunterspült und sich weigert, zum Seelenklempner zu gehen. Der zehnmal so viele Affären nachgesagt werden, wie sie tatsächlich gehabt hat. Die erfolglose Schauspielerin, die sich einen reichen Mann geangelt hat, der seit Jahren für ihre Familie aufkommt.

Wie lange würdest du mir geben, John? Und was ist mit meiner Mutter? Wie lange wird es dauern, bis ihr etwas ›zustößt‹, bis irgendein namenloser Irrer in ihr Haus einbricht und die kleine alte Dame umbringt? So was passiert jeden Tag.«

»Das ist eine so lahme Ausrede! ›So ist es nun einmal‹, das ist keine Entschuldigung. Nichts geschieht von selbst, wir müssen etwas dazu tun – klar, es kann mißlingen, aber wenn man kämpft . . .«

»Wenn man kämpft – dann was? Was bekommt man dann?«

»Etwas, woran man glaubt, einen Grund zum Weitermachen.«

»Etwas, woran man glaubt?« Sie lachte. »Und du redest von Illusionen!

Schau dich doch um, John. Schau dir diese Stadt an, die du liebst, wie du sagst. Du sagst, das ist deine Stadt: Sie ist aber für die Emmetts auf dieser Welt gemacht.«

»Scheiße! *Wir* haben sie gemacht!«

»Nun, dann haben sie sie euch gestohlen. Es ist wie überall sonst auch. Ihnen gehört die Stadt. Typen wie Emmett, wenn sie so schlau sind wie er, soviel Glück haben . . . dann sind sie unschlagbar.«

»Und was wirst du jetzt tun?« Ich stellte die Frage weniger aus Neugier als aus Bösartigkeit, und sie wußte es.

Sie drehte sich von mir weg und starrte über die Wiese.

»Ich . . . ich weiß nicht genau«, sagte sie und zuckte mit den Achseln. »Versuchen, . . . mir etwas zu überlegen, irgendeinen Weg zu finden, meine Mutter zu retten, einen Weg . . .«

»Aber was ist, wenn sie stirbt? Sie wird älter, sie wird einmal sterben, und dann stehst du da und kannst den Grund nur mehr bei dir selbst suchen, wenn du in diesem Gefängnis bleibst, das du errichtet hast. Denn das hast du getan, Bobbi. Du glaubtest eine Festung zu errichten, aber statt dessen war es ein Gefängnis. Und jetzt bist du da drinnen eingeschlossen und hast einen Mörder als Wärter.«

»Und es führt kein Weg hinaus«, fügte sie hinzu.

»Es gibt immer einen Ausweg«, beharrte ich. »Du mußt den Schlüssel finden, selbst damit aufschließen, um hinauszukommen. Verdammt, mach dir den Schlüssel.«

»Ich wünschte, es wäre so einfach.«

»Bobbi . . . Was wirst du tun? Falls deine Mutter stirbt – *wenn* sie stirbt – und du hast noch viele Jahre vor dir? Was wirst du tun?«

»Ich weiß nicht«, sagte sie hilflos. »Versuchen, weiterzuleben.«

»Ach, was soll's?«

Ich werde mich mein ganzes Leben an das Schweigen erinnern, das darauf folgte. Sie schleppte sich ein paar Schritte von mir weg und lehnte sich gegen eine der weißen Säulen. Als sie schließlich sprach, sah sie mich dabei nicht an.

»Wie hast du mich genannt? Lahm?« Sie schüttelte den Kopf. »Du hältst mich für verkrüppelt, nicht wahr? Gebrochen.«

»Ich glaube, du hast dir selbst ein Gefängnis gebaut und dich darin eingesperrt. Ich glaube, du hast zuviel Angst, herauszukommen!«

»Natürlich habe ich Angst! Du weißt, was er tun wird, wenn . . .«

»Ich glaube, du hast mehr Angst vor der Freiheit als davor, daß dein Versuch mißlingen könnte.«

»Niemand ist jemals frei, John. Niemals.«

»Hör auf mit der Wortklauberei, Bobbi. Das ändert nichts an ihrer Bedeutung und an den Tatsachen. Behandle dein Leben nicht wie . . . wie eine Figur auf der Bühne, die du hin- und herbewegst, wie der Regisseur oder der Produzent . . .«

»Vielleicht bin ich ein Krüppel«, sagte sie. »Aber ich muß . . . Ich kann nicht mehr als . . .«

Sie war wie eine Puppe, als ich sie zu mir drehte und sie in die Arme schloß. Ihre Stirn preßte sich an meine Brust.

»Komm jetzt weg, Bobbi. Mach dir keine Sorgen darüber, was es sonst noch bedeutet, betrachte es nur als Chance. Keine Forderungen, keine Geschäfte, keine Abmachungen, nur eine Chance, mehr kann ich dir nicht bieten.«

»Das ist nicht genug«, murmelte sie.

»Es ist alles, was ich habe. Niemand hat mehr.«

»Dann hat niemand etwas, das wirklich etwas wert ist.«

»Hör auf, Bobbi! Ich stecke da auch drin. Ich bitte dich um gar nichts, ich will nichts. Ergreif nur die Chance!«

»Was willst du tun?«

»Kämpfen!«

»Wie? Wann? Wo?«

»Ich bin hier. Mehr kann ich im Moment nicht tun. Was später sein wird, weiß ich nicht.«

»Er wird dich umbringen.«

»Er wird es versuchen.«

»Ich kann dir das nicht antun.«

»Nicht du tust es, sondern Emmett. Ich weiß, was ich tue.«

Ich spürte mehr als ich sah, wie sie an meiner Brust lächelte.

»Nein, das weißt du nicht, John. Das glaubst du nur.«

»Bobbi . . .«

Sie rückte von mir ab, streckte die Hand aus und berührte meine Wange, ließ die Hand darauf ruhen. Ihre Augen wanderten forschend über mein Gesicht.

»Ich kann nicht«, sagte sie schließlich.

»Zum Teufel mit dir!« flüsterte ich.

»Zu spät«, sagte sie; sie spürte die unendliche Verzweiflung hinter meinen Worten. »Da ist dir schon jemand zuvorgekommen.«

Ich wandte mich um und ging weg; auf der obersten Verandastufe blieb ich stehen.

»Wir hängen da gemeinsam drin, Bobbi«, sagte ich. Ich drehte mich um und sah sie an, wie sie an die weiße Säule gelehnt dastand. Ihr kastanienbraunes Haar wehte in der heißen, schwülen Brise, die saphirfarbenen Augen waren weit aufgerissen und feucht. Ihre Lippen zitterten. »Ich weiß nicht . . . ich weiß nicht, was als nächstes passieren wird, was . . . ich werde in der Nähe bleiben, so nah wie möglich. Und egal, was passiert, du weißt . . . du weißt, meine Tür steht immer offen.«

Sie begann zu weinen.

»Paß auf dich auf«, sagte sie.

Und ich fuhr weg.

24

»Manche Leute haben einfach immer Glück«, sagte er.

Am Horizont, den man von diesem klimatisierten Büro aus sah, hing grüner Dunst. Die Regierung gab bekannt, daß die Luftverschmutzung ein gesundheitsschädliches Ausmaß erreicht hatte. In den Straßen der Innenstadt marschierte ein finster dreinblickender, bärtiger Kreuzzügler mit Tafeln umher, auf denen stand: »*Werden Ihre Gedanken von lautlosen Strahlen gelenkt?*«

Der Mann, der mir am Tisch gegenübersaß, fuhr fort:

»Du kannst diesen Sumpf verlassen und in den kühlen, sauberen Nordwesten an die Pazifikküste fahren. Die Gespräche dürften nicht so schlimm werden – obwohl es immer hart ist, mit Opfern über ihren Schmerz zu reden. Die Unterlagen, um die es geht, müßten routinemäßig zu beschaffen sein. Die anderen Anwälte werden sich gerne mit dir treffen, um den Mann kennenzulernen, der ihnen das Geld ihrer Klienten auszugeben hilft.«

Art Dillon seufzte und nahm seine Brille ab; er hielt sie mit beiden Händen vor sich auf dem Tisch und sprach weiter.

»Entschuldige, daß ich dich damit so zeitig am Morgen überfalle, noch dazu an einem Freitag, aber wir haben gerade Wind bekommen, daß eine Fusion bevorsteht. Wir sind nicht sicher, wie sich das auf den Fall auswirken wird, und wollen die Sache daher früher als geplant über die Bühne gehen lassen.«

»Ich glaube, ich kann es schaffen«, sagte ich.

»Viel zu tun?« fragte er.

»Du würdest es mir nicht glauben, wenn ich es dir erzählte – und ich kann es dir nicht erzählen.«

»Schwierigkeiten?«

Ich antwortete nicht.

Art seufzte.

»Schau«, sagte er, »wir brauchen das Zeug bald, und sie erwarten dich da drüben im Westen, aber das bedeutet nicht, daß du dir nicht Zeit für dich selbst nehmen und den Schlamassel, in dem du sitzt, bereinigen kannst. Es geht um eine Frau, nehme ich an.

Aber am Montag zischst du ab – was in deinem Zustand vermutlich sowieso das beste ist. Die klassische amerikanische Problemlösung: auf und davon. Verschwinde aus dieser verdammten Stadt. Betrachte die Dinge aus einer anderen Perspektive. Außerdem«, fügte er lächelnd hinzu, »wirst du gut bezahlt für diese Reise.«

»Ich werde es mir verdienen.«

»Wenn wir das nicht wüßten, würden wir dich nicht engagieren.«

»Hast du was dagegen, wenn wir uns ein paar Minuten nicht auf Kosten der Klienten unterhalten?«

Er runzelte die Stirn. »Und statt dessen?«

»Uns auf meine Kosten unterhalten – und ich bestehe darauf, daß du mir die Zeit berechnest. Ich brauche einen Anwalt, und zwar ganz offiziell.«

Art zuckte die Achseln und sah auf die Uhr. »Klar.«

»Ruf Beth herein, ja? Sie soll alles Nötige für eine notarielle Beglaubigung mitbringen.«

Art rief seine Sekretärin über die Gegensprechanlage und gab ihr die entsprechenden Anweisungen. Eine Minute später kam sie durch die Tür zur Fachbibliothek herein. Sie lächelte und setzte sich zu uns an den Tisch.

»Rankin ist jetzt ein paar Minuten lang der Klient, Beth«, sagte Art. »Er will das ganz formell.«

»Selbstverständlich«, sagte sie. Ihr Lächeln war ausdruckslos.

Ich zog einen versiegelten Umschlag aus der Tasche und schob ihn Art über den Tisch zu.

»Dieser Umschlag, dessen Inhalt ich vorbereitet habe, soll geöffnet werden im Falle meines Todes, im Fall, daß ich handlungsunfähig werde oder in eine . . . andere ernste Situation gerate. Ich habe einen Brief in diesem Sinne verfaßt und will, daß du ihn bezeugst, Art, und notariell beglaubigst. Der Umschlag enthält Instruktionen für dich . . . für die eben genannten Fälle.«

»Auftrag angenommen«, sagte Art steif. Er hob den Umschlag behutsam auf. »Beth, du bezeugst, daß ich diesen Umschlag mit Datum und Angabe des Zwecks versehe. Und . . .« Er zog sich den Brief über den Tisch heran, las ihn, unterzeichnete ihn und schob ihn dann ihr zu. »Los, lies das und beglaubige es. Und gib ihm eine Empfangsbestätigung dafür.«

Diese Formalitäten dauerten nur ein paar Minuten. Dann ging Beth aus dem Zimmer.

»Ich lege das in den Firmensafe«, sagte er. »Und informiere meine Partner über die Existenz des Umschlags.«

»Danke, Art.«

»Wir verrechnen dir eine Viertelstunde zum ermäßigten Satz.«

»Das ist es wert«, sagte ich lächelnd.

Art warf seine Brille auf einen Stoß rostfarbener Aktenordner.

»Und das geht jetzt auf meine Rechnung«, sagte er.

»Ich kenne dich jetzt schon . . . wie lange? Sieben Jahre? Aus der Zeit, als du noch für Ned Johnson im Schmutz gewühlt hast. 1979 haben wir dieses neue Konzept mit den privaten Ermittlern kreiert, erinnerst du dich? Unsere Spitzenidee. Direkt der Washingtoner Wirklichkeit, den Untersuchungsausschüssen, entnommen. Es sollte ein Job für den richtigen Mann sein, für jemanden, der sich bei Behörden und privaten Institutionen auskennt, der sich durch die Bürokratie durchkämpfen kann, statt bei irgendeiner armen Hausfrau, die sich nebenbei was dazuverdient, Wanzen einzubauen. Für jemanden, der komplizierte Dinge durchforsten und aufzeigen kann, worum es wirklich geht. Keine Ehesachen – keine Streitereien um das Sorgerecht für die Kinder, keine Scheidungsfälle. Sondern Wirtschaftsverbrechen – nun, uns war schon klar, daß das ins organisierte Verbrechen hineinspielt, aber wir hatten es nicht auf hauptberufliche Gangster abgesehen, es ging nicht um blutige Kriminaldelikte. Nichts für Typen, die den harten Mann spielen wollen. Politische Ermittlungen, Firmenkriege.

Wir wußten nicht, ob es klappen würde. Setzten dich im Innendienst ein, als die Firma nur ein Briefkopf mit den Namen von fünf Anwälten war, die es satt hatten, für jemand anderen zu arbeiten. Sechs Monate später standest du – mit unseren besten Wünschen – auf eigenen Füßen, und du hattest Erfolg. Jetzt gibt es im ganzen Land schon mehrere Ermittler dieses neuartigen Typs. Doch du bist noch immer der erste, und – für mich – der beste.«

»Danke, Art.«

»Das ist kein selbstloses Lob – es war auch meine Idee,

erinnerst du dich? Und ich habe dir auch ein, zwei Tricks beigebracht.

Es gibt ein paar Dinge im Leben, die mir Freude machen. Eins davon ist, zu beobachten, wie meine Theorie ein Eigenleben entwickelt. Dieses Konzept des neuen Ermittlers ist eine Ausweitung der Rechtspflege. Du verwechselst das immer mit Gerechtigkeit, aber das ist dein Problem. Deine Karriere ist auch mein Baby, und daher habe ich dich immer im Auge behalten, auch als du dann all die anderen Klienten annahmst.

Was mir noch Spaß macht, ist Baseball. Mein Lieblingsspieler war Lou Piniella. Von den Yankees. Heute steht in der Zeitung, daß er sich mit 40 zur Ruhe setzt. Er war klug, und zäh – der Beste auf seinem Gebiet. Er war klug genug, aufzuhören, als das Spiel schließlich seine Fähigkeiten überstieg. Hätte er auf dem höheren Niveau weitergemacht, wäre er am Ende vielleicht verletzt und gedemütigt worden. Oder vielleicht noch Schlimmeres.

Lou ist nur fünf Jahre älter als du, Rankin. Wie du, betrieb er einen Sport mit minimalen Gefahren, maximalen Herausforderungen, angemessenen Entschädigungen und annehmbaren Risiken. Die Art Sport, bei der er nie seinem Anwalt einen versiegelten Umschlag geben mußte, *für den Fall, daß*.«

Art nahm den Umschlag vom Tisch, drehte ihn in den Händen und ließ ihn wieder fallen.

»Wenn dein Spiel deiner Kontrolle so sehr entglitten ist, solltest du vielleicht auch daran denken, dich zur Ruhe zu setzen.«

Sie hatte die Nachricht hinterlassen, ich solle vor Mittag zurückrufen.

»Ich habe wieder so einen Club-Lunch«, sagte sie, als ich anrief. »Du weißt schon.«

»Ja, ich weiß.«

»John . . . ich bin so . . . Geht es dir gut?«

»Klar. Und dir?«

»Mir geht's gut.«

Nach diesem Austausch von höflichen Lügen schwiegen wir einen Augenblick.

»Ich glaube, wir sind sicher«, sagte sie.

»Eine Zeitlang.«

»Ich weiß, du bist beunruhigt, zornig. Ich . . . ich habe einfach . . .«

»Wir können ein andermal darüber reden.«

»Oh! Na gut, ich . . . ich kann dich erst Montag treffen.«

»Tut mir leid, ich muß auf ein paar Wochen verreisen. Geschäftlich.«

»Tatsächlich«, sagte sie.

»Der Giftmüllfall. Du erinnerst dich.«

»Ja«, sagte sie. Eisige Kälte trat an die Stelle des nervösen Bebens in ihrer Stimme. »Ich verstehe.«

»Ich werde mindestens eine Woche weg sein. Vielleicht zwei.«

»Also dann.«

»Wenn es irgendwelche Probleme gibt, wenn du irgend etwas brauchst, kannst du auf meinem Anrufbeantworter eine Nachricht hinterlassen. Ich werde ihn unterwegs abhören.«

»Keine Sorge«, sagte sie. »Ich schaffe es schon.«

»Bobbi . . .«

»Rufst du mich an, wenn du zurückkommst?«

»Natürlich! Hast du gedacht, ich würde es nicht tun?«

»Gute Reise, John. Gib auf dich acht.«

»Du auch.«

»Wir legten auf.

Unterwegs.

»Verschwinde aus der Stadt«, hatte Art gesagt. »Betrachte die Dinge aus einer anderen Perspektive.«

In Portland, Oregon, befragte ich eine Woche lang ehemalige Dockarbeiter; ich traf mich mit ihnen in Anwaltsbüros oder Kaffeehäusern, wo sie mir, braune Becher in den knorrigen Händen, Geschichten über die seltsame Krankheit erzählten, die sie von ihrer Arbeit bekommen hatten. Viele von ihnen waren arbeitslos oder arbeitsunfähig wegen dieser Krankheit. In einfachen Wohnungen abseits der Hauptstraßen saß ich im Lehnstuhl und starrte die Frauen und Kinder auf dem Sofa mir gegenüber an; in ihren Augen lag die Angst, die sie nicht in Worte zu fassen wagten. Sie erwarteten von mir ein endgültiges Urteil darüber, was passieren würde, wie schlimm es werden konnte, daß ich die Alpträume über Krebs, über das Schicksal der noch ungeborenen Kinder bestätigen oder vertreiben möge. Doch ich hatte nur Fragen. Nach diesen Gesprächen war es eine Erleichterung für mich, in den öffentlichen Unterlagen nachzuschlagen und mit den Vertretern der Firma und der Gewerkschaft zu sprechen, die dazu bereit waren.

Ein alter Freund aus dem College, der Protestaktionen gegen den Vietnamkrieg geleitet hatte, ließ mich bei sich zu Hause auf dem Fußboden schlafen. Er hatte nach dem Studium noch ein Jahr in Harvard absolviert, war dann in unseren Heimatstaat zurückgekehrt und hatte für eine Bürgerinitiative gegen die Eisenbahn gekämpft. Dann hatte es ihn nach Washington gezogen, wo er der wichtigste Mitarbeiter, das unentbehrliche Mädchen für alles zuerst für einen und dann für einen anderen Senator wurde. Er hielt seine Bosse aus Schlägereien in Bars heraus, sorgte dafür, daß sie meist rechtzeitig zu Abstimmungen erschienen, und appellierte öfter an ihr Gewissen, als ihnen lieb war. Nach drei Jahren sagte er sich, Schluß mit diesem Blödsinn, und kehrte wieder in den Westen zurück, um das Leben jenseits des Potomacs wiederzuentdecken. Jetzt setzte er sein Können und sein Engagement in einem Regionalausschuß für Umweltplanung ein, an dem vier Staaten beteiligt waren. Seine Frau war als Anwältin in einem anderen Staat tätig; sie sahen sich regelmäßig.

Sein Wohnhaus stand am Hang eines der grünen Hügel, die sich rund um Portland erheben. Vor meinem Fenster sah ich in Augenhöhe die Wipfel von zwei roten Zedern, jahrhundertealten Riesenbäumen, die zwanzig Stockwerke hoch waren und noch immer weiterwuchsen. Vor der Glaswand seines Wohnzimmers breitete sich die Stadt aus. Morgens hingen meist graue Wolken am Himmel und verdeckten den Horizont. Am Nachmittag löste die Sonne dann die Wolken auf und gab den Blick auf Mount Hood frei, eine schneebedeckte Pyramide, deren Fuß in blauen Dunst gehüllt war. An guten Tagen konnte man sehen, was der Vulkanausbruch 1980 von Mount St. Helens übriggelassen hatte; manchmal stieg ein weißes Dampfwölkchen aus dem zerstörten Krater. Die Luft war kühl und rein und duftete nach den feuchten Kiefern von Oregon. Es gab keine Luftverschmutzung, obwohl Portland und seine Vororte genauso viele Einwohner haben wie Washington.

Von seiner Wohnung aus sah man einfach alles. Den Willamette River und die Schnellstraßen, die sich durch die Stadt winden. Ornamentgeschmückte, fünfstöckige weiße Steinhäuser aus der Zeit der Jahrhundertwende zwischen riesigen modernen Wolkenkratzern aus Glas und Beton. Das rustikale Jack-London-Hotel, umgeben von raffinierten, fröhlichen Cafés, in denen frische Erdbeeren mit Joghurt serviert wurden. Niemand wirkte häßlich oder verkrampft. Grobschlächtige Holzfäller spazierten friedlich neben mausgrauen Wirtschaftsprüfern, die den Niedergang der Holzwirtschaft berechnet hatten. Ein Millionär hat der Stadt einmal testamentarisch Dutzende Trinkbrunnen aus Messing mit je vier ständig laufenden Hähnen vermacht, damit niemand auf den Gehsteigen der Innenstadt Durst leiden müsse. Viele Einwohner von Portland haben eine typische Erfolgsgeschichte aus den 60er Jahren hinter sich, Leute, die es geschafft hatten und wegen einer Lebensqualität hierhergezogen waren, die mehr bedeutete als Geld, Ruhm, Macht oder ein Leben in geistiger Abgeschiedenheit. Sie hatten einen guten Job, fuhren vernünftige Volvos und aßen Lachs. An den Wochenenden unternahmen sie Wanderungen entlang der Gebirgsbäche oder fuhren zu den zwei Autostunden entfernten gepflegten Sandstränden des Pazifik. Ihre Kinder besuchten gute öffentliche Schulen und lernten alles über Computer. Nachbarschaften organisierten sich, um alte Brücken zu restaurieren, und ein Kneipenbesitzer schlug einen erfahrenen Politiker als Kandidat für das Amt des Bürgermeisters vor. In dieser Stadt gibt es ein Baseballstadion für die zweite Liga, einen Konzertsaal, ein Kunstmuseum, einen Tierpark, einen Japanischen Garten. Monatelanger Regen ist ein geringer Preis für das Leben in Portland, wo der Sommer strahlend und schön und der Winter mild ist, und wo sogar die Einsamen ein herrliches Leben führen.

Es war nicht meine Stadt.

In San Francisco schien schon die Tatsache, daß man da war, ein ausreichender Lebensgrund zu sein.

Art Dillons Kollege holte mich vom Flughafen ab und stellte mir für die Zeit meines Aufenthaltes das Gästezimmer zur Verfügung. Wir kannten einander seit vier Jahren, hauptsächlich von Telefongesprächen. Obwohl er erst 33 war, hatte er sich bereits als zäher Anwalt bei Prozessen einen landesweiten Ruf erworben, doch was ihm wirklich am Herzen lag, war seine Identität als Johnny FarI. Diesen Namen hatte er sich aus der jamaicanischen Reggae-Musik zurechtgezimmert, der er mit Leib und Seele verfallen war, deretwegen er den Rock 'n' Roll aufgegeben hatte und jene Zeit, als der Sohn Brooklyner Juden noch als Spanish Johnny bekannt war. Seine Anwaltspraxis blühte und gedieh, doch sein Herz gehörte der kleinen Plattenfirma, die er mit seinen Erfolgen als Anwalt unterhielt. Bisher hatten die fünf Reggae-Bands, die er betreute, noch keinen Hit gelandet, aber das spielte für Johnny FarI keine Rolle: Er war Teil der Musik, *kapiert*? Abgesehen vom Reggae und seiner Arbeit als Anwalt gab es in seinem Leben nur noch Maria, eine schwarzhaarige Frau mit rehfarbener Haut, die im zweiten Jahr Medizin studierte und ihre karge Freizeit mit Johnny teilte. Shira, ihr Golden Retriever, von dem sie behaupteten, er sei ein spirituelles Wesen und kein Hund, vervollständigte ihren Haushalt. Sie wußten nicht, was morgen sein würde, aber das Heute war okay. Als wir in seinem alten Chevy vom Flughafen losfuhren, setzte sich Johnny eine dunkle Brille auf, knallte eine Kassette mit Springsteens »Born in the U.S.A.« in den Auto-Recorder (als Zugeständnis an meine Schwäche), zündete einen Joint an und sagte: »Willkommen in San Francisco.«

Mein ganzes Leben hatte diese Stadt an der Bucht für mich einen ganz eigenen Zauber besessen, und das ferne Pulsieren ihrer Straßen hatte mich bis ins Innerste geprägt, und doch war ich eigentlich nie wirklich dort gewesen. Bei einem Zwischenstopp hatte ich mir einmal ein Taxi in die Stadt genommen, mit den alten Straßenbahnen eine Rundfahrt zum Fisherman's Wharf unternommen und war dann wieder mit dem Taxi zum

Flughafen zurückgefahren; als ich heimflog, war meine Bezauberung noch immer unberührt von jeglicher Erfahrung. Jetzt schlief ich in einem der enggedrängten kleinen Reihenhäuser im »Richmond«, einem Viertel im Westen von San Francisco. An einem kühlen Sonntagmorgen im Sommer lag ich im Bett und lauschte den Nebelhörnern, die den Kirchenglocken gleichsam den Takt angaben.

Auf der Rechnung für Art Dillon stand, daß Johnny und ich 22 Stunden damit zugebracht hatten, den komplizierten Fall zu durchforsten, eine Strategie, eine Taktik für alle Fälle zu entwickeln. In Wirklichkeit arbeitete ich länger daran, verbrachte Stunden in verstaubten öffentlichen Archiven und sprach mit einem weiteren Dutzend Arbeitern und zwei abtrünnigen Führungskräften, die inzwischen die Firma, auf die wir abzielten, verlassen hatten. Doch Zeit und Terminpläne verloren in San Francisco praktisch ihre Bedeutung.

Wenn ich nicht arbeitete, wanderte ich über jene legendären Hügel, auf denen sich so viel amerikanische Geschichte zugetragen hat, die weder in Schulbüchern steht, noch bei Pressekonferenzen erwähnt wird.

Coit Tower erhob sich vom höchsten Hügel, ein hohler steinerner Finger, der zum Himmel zeigt. Von seinen Brüstungen aus sieht man fast über die ganze Stadt und die Bucht, auf Alcatraz, das Gefängnis ohne Gefangene. An klaren Tagen kann man Marin County sehen, obwohl es zu weit entfernt ist, als daß man die prächtigen Häuser in jenem piekfeinen Vorort erkennen könnte, dessen Einwohner im Mercedes zur Gratisweinprobe auf den Hauptplatz fahren. Der Reichtum des modernen Marin County zeigt sich nur als angedeutete Wolke auf den Wandgemälden an den runden Wänden im ersten Stock des Coit Tower. In der harten Zeit der dreißiger Jahre beauftragte man Künstler im Rahmen eines Regierungsprojektes, dieses öffentliche Wahrzeichen zu dekorieren; eine großzügige Geste gegenüber den hungernden Künstlern und dem patriotischen Stolz der Bürger. Das Ergebnis erregte in der Stadt einen Riesenskandal, denn die Künstler schufen einen Stil, den die Kritiker sozialistischen Realismus nannten, und zwar mit einem eindeutig revolutionären sozialistischen Beigeschmack: drastische Darstellungen von Arbeitern, die von einer maschinen- und kapitalorientierten Welt unterdrückt wurden, Straßenszenen mit Darstellungen des Lebenskampfes, Heldenfiguren, die kommunistische Bücher schwangen, und grimmige Kapitalisten, die über all dem wachten. In Amerika werden solche Darstellungen kaum als Kunst anerkannt, doch die Gemälde zierten auch im Jahr 1984 noch immer diese Wände in San Francisco.

In Chinatown war gerade das Jahr der Maus. Das ehemals gemiedene Ghetto für die importierten, drittklassigen Kulis war jetzt das beliebteste Viertel der Stadt. Die geduckten Häuser waren grell bemalt, goldene fernöstliche Schriftzeichen schmückten ihre grünen und roten Wände. Die Gehsteige waren von Hunderten Restaurants und Souvenirläden gesäumt. Spruchbänder mit chinesischen Schriftzeichen waren quer über die schmalen Gassen gespannt, in denen sich Tausende Touristen mit Fotoapparaten um den Hals zwischen den »Einheimischen« drängten, die sich in ihrem Singsang unterhielten. Die leuchtenden Gesichter der Touristen sprachen Bände: Das war das echte San Francisco! »Komm weiter, Mutter!« rief ein Vierzigjähriger in schwarz-weiß-karierter Hose einer gaffenden, beleibten grauhaarigen Dame in einem rosa Polyester-Hosenanzug zu. Eine hübsche Hausfrau aus Iowa oder einer ähnlichen Gegend schrie: »He, ihr Äffchen, faßt nicht mit den Händen an die Schaufensterscheiben!«, womit sie zwei blonde Kinder meinte, die in ein Geschäft mit Elfenbeinschnitzereien und Götterfiguren aus Jade starrten, die sie weder kannten noch verstanden. Magere, zottelhaarige chinesische Teenager in Rock'n'Roll-T-Shirts und Blue jeans leierten: »Feuerwerkskörper zu verkaufen«; sie standen neben einem Kino, aus dem der Originalton des nicht synchronisierten japanischen Filmepos, das gerade gezeigt wurde, zu den potentiellen Kunden herausdröhnte. Der stechende Geruch von Soja und anderen Speiseölen, nach Ingwer, Senf, frischem Fisch und andere obskure, süße Düfte, deren Namen kein Weißer kennt, erfüllten die Luft in diesen Straßen. Die Bäckereien boten Mandelkuchen zu 75 Cents feil.

Chinatown geht über in North Beach. Dieses italienische

Viertel beherbergte einst die Bohemienbewegung der Westküste, war Kaliforniens Antwort auf Greenwich Village in New York, wo die selbsternannten Intellektuellen, Beatniks und die rebellierenden Wilden der fünfziger Jahre über die Männer im grauen Flanell dezent die Nase rümpften, die von der Gesellschaft als Vorbild für die mustergültige amerikanische Lebensweise hingestellt wurden. In North Beach gab es noch immer die Kaffeehäuser und den berühmten Buchladen, doch jetzt beherrschte kommerzieller Sex die Straßen des Viertels. Zwar sah ich keine Prostituierten unter der Mittagssonne ihrem Gewerbe nachgehen, doch in Dutzenden Vergnügungscenters wurde jede nur vorstellbare Art von Sexshows angeboten. Der Nachtclub »hungry i«, einst das Mekka der maßgeblichen Folkgruppen der späten fünfziger und frühen sechziger Jahre, warb jetzt auf seiner Markise für ›Sex zwischen Mann und Frau‹.

Mitte der sechziger Jahre zogen die Rebellen Amerikas von North Beach in ein anderes Viertel von San Francisco, nach Haight auf der anderen Seite der Stadt. Die Medien mit ihrem Etiketten-, Klischee- und Kategorienkult nannten sie jetzt *Hippies* und *Blumenkinder*. Als ich die High School besuchte, schieden sich in meiner Generation an Haight-Ashbury die Geister. Der Name des Viertels implizierte ehrfürchtig geschworene Worte, die Berge versetzen sollten und bald von jedem billigen Werbeslogan als mieser Verkaufstrick verbreitet und mißbraucht wurden: *Friede. Liebe.* Haight-Ashbury, das war gleichbedeutend mit der Ablehnung des bürgerlichen Lebens, der herkömmlichen Wirtschaftsstruktur, des Kriegs in Vietnam; wallendes Haar und Musik, deren Texte und Rhythmen aus psychedelischen Drogen geboren waren. All das ging so schnell vorbei, geriet in den Taumel des Heroinwahns, war ein gefundenes Fressen für Haie in Menschengestalt. An einer Ecke von Haight-Ashbury sah ich eine Telefonzelle. Ich hatte eine Telefonmünze, doch niemanden, den ich anrufen konnte. Das Gratisspital gab es immer noch, doch sonst sah ich überall nur schicke Geschäfte, in denen Ramsch und modische Kleidung verkauft wurde. Drei in sich selbst vertiefte Teenager staksten an mir vorbei, ganz in der kunstvollen Aggressivität des »Punks« der achtziger Jahre ausstaffiert: Schwarze Lederjacken, Ketten und Militärstiefel, die zwei Jungen mit Irokesenschnitt in langen, cremegestylten Zacken, das Mädchen mit purpurrot gefärbten, kurzgeschnittenen Strähnen. Ihr Aussehen kostete Geld und verlieh ihnen nur oberflächliche Stärke. Ihnen fehlten jegliche tiefergehenden Ideale (wie naiv sie auch sein mochten). Jeder dahergelaufene Geck, jeder Werbemanager jeder beliebigen Altersklasse hätte das Trio mühelos wie einen Pappkarton für Hamburger zerdrücken und in die Gosse befördern können.

In den siebziger Jahren wurde die Rebellion verbittert und zog sich in sich selbst zurück; in San Francisco wanderte sie wieder einmal weiter, diesmal von Haight nach Norden zum Geary Boulevard, wo Jim Jones seinen Völkertempel errichtete und sich als Messias ausgab, bevor er Hunderte seiner Jünger im Dschungel von Guyana in den Tod führte. Das mit Brettern vernagelte braune Steinhaus, das er als Kathedrale verwendet hatte, verriet nichts von diesem Irrsinn, als ich mit Maria und Shira dorthin ging. Ich hatte einmal einen Fall bearbeitet, in dem es um Jones' Vermächtnis ging, und wollte sehen, was von der Legende dieses Ungeheuers übriggeblieben war: nur ein Skelett, eine mit Brettern verrammelte Burg. Shira schnüffelte, pinkelte aber nicht einmal an die Wand. Auf die dreckige braune Sperrholzplatte vor einem Fenster hatte ein unbekannter Vandale mit schwarzem Plakatstift gekritzelt »Revolutionäre Wahrheit«.

Die revolutionäre Wahrheit, wie immer sie auch aussehen mochte, schien im Amerika von 1984 keine Kraft zu besitzen. San Francisco war als Schauplatz des wichtigsten politischen Ereignisses des Jahres vorgesehen: der Parteiversammlung der Demokraten, bei der sich die Delegierten des ganzen Landes einfinden würden, um einen orthodoxen Politiker zu nominieren und die erste weibliche Kandidatin einer großen Partei für das Amt des Vizepräsidenten aufzustellen, die bei der Präsidentschaftswahl im November einem konservativen republikanischen Riesen namens Reagan die Stirn bieten sollte. Als ich aus Washington weggefahren war, zogen sich »die Parteiversammlung« und »San Francisco« durch Tausende Gespräche.

In San Francisco redete kein Mensch von Politik oder vom bevorstehenden Wahlzirkus; das Interesse und die Aufregung galt einzig der alten Straßenbahn, die nach über einem Jahr, in dem sie überholt wurde, endlich wieder im Einsatz war.

Der Geist von San Francisco lächelt einem aus den Augen seiner Bewohner entgegen: Sie sehen einen ohne die Paranoia, den Argwohn oder die Wut an, die sich in so vielen anderen Städten tief eingegraben haben. Ruhig und neugierig begegneten die Leute an den Bushaltestellen meinem hungrigen Blick, als Johnny und ich in seinem Chevy durch das mondäne Finanzviertel in der Innenstadt fuhren. Dasselbe Lächeln, dieselbe Offenheit erhellte die Gesichter, an denen Maria, Shira und ich vorbeikamen, als wir im Menschengewühl von Mission einkaufen gingen, einem Viertel mit breiten Boulevards und Billigläden für Elektrogeräte, mit Möbel-, Eisen- und Schuhgeschäften. Alle Läden wirkten muffig und etwas schäbig. Die Waren wurden in unbewachten Ramschkörben auf den Gehsteigen vor den Geschäften ausgestellt. Jede Häuserzeile hatte ihr billiges Hotel. Wie in der ganzen Stadt schienen auch die Einwohner dieses Viertels unglaublich und vollständig integriert zu sein. Schwarze, Weiße, Mexikaner, alle Arten von Asiaten. Junge und Alte. Nur die Reichen schienen zu fehlen, obwohl einige der Bohemiens in einem schicken Eckcafé betont nachlässig gekleidet waren. Alle hatten dieses Lächeln in den Augen, selbst die Penner und die *Cholos*, die Rowdies spanischer Abstammung, die in Dreierreihen über die Gehsteige des Mission-Viertels stolzieren. Mit ihren breitschultrigen weißen T-Shirts, Tätowierungen und riesigem Bizeps sehen sie ebenso furchterregend aus wie die Gorillas am Times Square.

Ich brauchte drei Tage, bis ich mich an diesen Blick gewöhnt hatte, und vier, bis ich ihn kapierte. Er hat nichts mit Naivität oder Unwissenheit zu tun. Er spiegelt die Stadt selbst wider, ist Ausdruck reiner Lebensfreude. *Wir sind da,* sagt dieser Blick, *ist das nicht wunderbar?*

Es war wunderbar, doch auch das war nicht meine Stadt.

Das silberne Flugzeug brachte mich zurück in den Osten, es glitt durch den Himmel wie ein Vogel auf dem Weg ins Nest.

Die Tragfläche senkte sich über sanfte Hügel mit grünen Feldern, über ausgedehnte Vorortsiedlungen in Virginia: Wir setzten zur Landung auf dem Flughafen von Dulles an. Praktisch hatte sich kaum etwas geändert, und doch war die Welt für mich anders geworden.

Perspektive, hatte Art gesagt. Perspektive.

Die Sonne hing eine Handbreite über den Hügeln, als ich in den dunstigen Abend hinaustrat. Links von mir stand eine Reihe Taxis am Gehsteig vor dem Flughafen. Ich nickte dem großen Mann mit beginnender Glatze und adrettem Schnurrbart zu, der sich an das erste Taxi in der Reihe lehnte und mit zwei anderen Fahrern plauderte. Mein Mann trug Sporthose und Hemd, wie es sich gehörte; seine olivbraune Hautfarbe stammte nicht nur von der Sommersonne. Er zog sich taktvoll von den anderen zurück, setzte sich ans Steuer und blieb mit seinem Auto vor mir stehen. Ich warf meine Tasche auf den Rücksitz, schloß die Tür und dankte Gott, daß dieses Taxi eine Klimaanlage hatte.

»Guten Abend, Sir. Wohin wollen Sie?«

»Nach Hause«, sagte ich und gab ihm meine Adresse am Capitol Hill.

»In Ordnung, Sir.«

Das Taxi fuhr in ruhigem, gleichmäßigem Tempo in Richtung Washington. Der Fahrer fuhr so elegant, wie er sich bewegt hatte. Sein Wagen war makellos sauber, innen und außen. Er hatte den öffentlichen Radiosender eingeschaltet, der mich mit sanfter klassischer Musik berieselte. Ich machte ihm ein Kompliment über seine Fahrweise.

»Danke, Sir. Ich war einmal Pilot.«

»Tatsächlich?«

»Ja.«

»Bei einer Fluglinie?«

»Nein. Beim Militär.«

»Hier, oder . . .«

»Ich komme aus dem Iran. Ich war bei der Luftwaffe.«

»Oh. Was für eine Maschine sind Sie geflogen?«

»Alle möglichen.«

»Dann müssen Sie Offizier gewesen sein.«

Im Spiegel sah ich, wie er unbewußt lächelte.

»Das stimmt.«

»Ah . . . Captain?« fragte ich. »Major?«

»Ich war General.«

»Wirklich?«

»Wirklich«, sagte er, und ich glaubte ihm.

»Sie wären überrascht, wie viele ehemalige iranische Generäle jetzt auf dem Flughafen von Dulles Taxi fahren.«

Ich ging darauf ein: »Wie viele?«

»Neunzehn – aus allen Teilen der Armee.«

»Ganz schön viele.«

»Wir hatten damals viele Generäle.«

»Sie hatten Glück, daß Sie herauskamen.«

»Jeder hat sein Quantum Glück im Leben.« Er zuckte mit den Achseln. »Ich hatte Glück, daß ich meines in einem kritischen Augenblick nutzen konnte. Es ist ein Jammer, daß viele Leute ihr Glück vergeuden.«

»Ein Jammer«, stimmte ich zu. »Ist Ihre Familie auch herausgekommen?«

»Ja, wir hatten wirklich viel Glück.«

»Jetzt ist dort alles anders«, sagte ich.

»Sie wissen, was geschehen ist?« fragte er. Er nahm an, daß ich über die von den Medien verbreiteten Tatsachen Bescheid wußte, über den Staatsstreich mit der Entmachtung des Schahs, die Anarchie und den Aufstieg des religiösen Fanatikers, der jetzt sein Heimatland mit ebenso blutiger Hand regierte wie einst der Schah. Aus der Savak war eine neue Geheimpolizei geworden, doch im Grunde hatte sich nur ihr Name geändert.

»Wir haben unser Vertrauen verloren«, sagte er. »Das ist geschehen.«

»Nun . . .«, sagte ich, entschloß mich dann aber, keine anderslautenden historischen Analysen vorzubringen.

»Aber«, sagte er, »der Iran ist und bleibt der Iran.«

»Ihr Englisch ist ausgezeichnet.«

»Danke.«

»Haben Sie es gelernt, als Sie hierher flohen, oder . . .«

»Ich war in der Botschaft in Washington stationiert, kurz vor dem Machtwechsel. Einige Jahre lang.«

Ich hätte ihn gerne gefragt, ob er Parviz Naderi gekannt hatte, tat es aber dann doch nicht.

»Wie finden Sie Amerika?« fragte ich.

»Amerika?« Er sah mich im Spiegel an. »Ich finde Amerika . . . komplex.«

»Ja, das ist es wirklich.«

»Und dann . . . Amerika ist eine Chance. Hier kann ein Mann . . . einfach alles machen!«

»Er kann es versuchen.«

»Ja, das stimmt«, sagte er und nickte, um seine Überzeugung zu bekräftigen. »Ja, das stimmt.«

Wir fuhren ein paar Minuten lang schweigend weiter. Dann sprach er wieder.

»Morgen ist der vierte Juli.«

»Ja.«

»Alles Gute zum Unabhängigkeitstag«, sagte er förmlich, als sei das ein geheiligter und allgemein üblicher Gruß.

»Gleichfalls.«

Er nickte und lächelte. Und fuhr weiter.

Rich hatte die Zeitungen hinter meiner Bürotür aufgestapelt und die Post auf meinen Schreibtisch gelegt. Die Zeitungen hatte ich bereits unterwegs gelesen. Keiner der Briefe reizte mich genug, ihn sofort zu öffnen. Mein Anrufbeantworter zeigte nur an, daß viele Leute angerufen und Nachrichten hinterlassen hatten. Ich ließ den Anrufbeantworter eingeschaltet, ohne das Tonband zurückzuspulen, um zu erfahren, wer telefoniert hatte. Indem ich die Tonbandmitteilungen und die Post ignorierte, gewann ich noch etwas Zeit, signalisierte ich der Welt, daß *ich* entschied, auf ihre Forderungen zu reagieren, wenn es *mir* paßte. Diese banale Entscheidung bereitete mir weitaus mehr Freude, als ihrer eigentlichen Bedeutung zukam. Ich hatte das Gefühl, als hätte ich eine unsichtbare Grenze zu einem vertrauten, doch bislang auf keiner Landkarte verzeichneten Gebiet überschritten.

Mein von der Zeitverschiebung mitgenommener Körper sagte mir, es sei erst 6 Uhr abends, doch die Uhr an meiner Wand zeigte auf 9. Das Telefon läutete fünfmal, während ich auf war, aus dem Fenster starrte und Springsteen spielte. Ich hörte mein *»Hier spricht John Rankin . . .«*, das auf das Läuten folgte, und das Klicken, wenn der unbekannte Anrufer auflegte, ohne eine Nachricht zu hinterlassen. Mein Geist ließ sich mit der Musik treiben, eher mit Gefühlen, als mit Gedanken, und allmählich fand ich in dieser fremden Welt mein Gleichgewicht wieder.

Perspektive, hatte Art gesagt. Perspektive.

Nach der Uhr ging ich um 11 ins Bett und wartete vielleicht noch eine Stunde, bis auch mein Körper der Meinung war, es sei Zeit zum Schlafen. Der Schein der Straßenbeleuchtung in der dunklen, verschmutzten Luft verbarg die Sterne vor den Oberlichtern über meinem Bett. Von den Gehsteigen drangen die Stimmen der Menschen in mein Zimmer, die zur Elfenbeinkuppel des Capitols gingen, von einer Bar in die andere zogen, um Geschäfte zu treiben, Politik zu machen, sich zu vergnügen, oder einfach nach Hause gingen. Unten an der Pennsylvania Avenue heulte eine Polizeisirene. Ich konnte ihre Route verfolgen, erraten, wo sie ungefähr herkam und aus welchem Grund sie wohl unterwegs sein mochte, ich kannte die Skala der Dinge, die sie an ihrem Ziel erwarten mochten: Wunder oder Schwerverletzte oder Irrsinn; Tragödien, Terror, Triumphe; ich kannte sie, kannte ihren Preis.

Ich war unterwegs gewesen.

Und das hier war meine Stadt.

25

Die Morgendämmerung weckte mich nach zu wenigen Stunden Schlaf. Mein Terminkalender richtete sich jetzt wieder nach der Ostküstenzeit, und mein Körper war gar nicht glücklich darüber. Als sie mich um fünf vor acht Uhr anrief, hatte ich mich bereits geduscht, ein paar Tassen Kaffee getrunken und den Großteil der letzten Ausgabe der *Post* gelesen, ohne daß sich aber der Nebel in meinem Hirn gänzlich gelichtet hätte.

»Mr. Rankin?« sagte sie. »Mein Name ist Tresa Hastings. Ich bin eine Freundin von . . .«

»Ich weiß, wer Sie sind«, sagte ich. »Ich dachte, Sie wären in Paris.«

»Ich bin vor drei Tagen zurückgekommen. Wie es scheint, hätte ich früher zurückkehren sollen.«

»Das hängt davon ab, mit wem Sie gesprochen haben.«

»Ich habe mit Bobbi gesprochen . . .«

»Das habe ich mir gedacht.«

». . . und ich möchte mit Ihnen reden. Ich habe gestern abend dreimal angerufen und nur Ihr blödes Gerät erreicht. Ich spreche nicht auf diese Dinger. Ich möchte Sie sehen.«

»Neugier?«

»Sie hat mir schon gesagt, daß Sie vielleicht zynisch geworden sind.«

»Woher sollte sie das wissen?«

»Sie kennt Sie – obwohl ich hoffe, nicht so gut, wie sie glaubt.«

»Hören Sie, ich bin nicht sicher . . .«

»Wenn Sie nicht sicher sind, glauben Sie nicht, daß es besser ist, wenn Sie mich treffen und es herausfinden?«

»Ich . . .« Mir fiel kein einfacher und guter Grund ein, nein zu sagen. »Okay.«

»Ich wohne in der Innenstadt«, sagte sie. »Ich nehme ein Taxi und komme in Ihr Büro – Ihre Wohnung.«

»In Ordnung.«

»In zirka einer halben Stunde?«
»Ich werde warten«, sagte ich.
»Ich werde kommen«, erwiderte sie.

Ich benutzte die Zeit, um meine Post durchzusehen und die telefonischen Nachrichten abzuhören. Tresa Hastings hatte gesagt, sie habe dreimal angerufen, ohne Nachricht zu hinterlassen, doch auf meinem Anrufbeantworter waren mehr als ein Dutzend solcher Anrufe. Ich wollte gerade anfangen, die Leute auf meiner Liste der Anrufer, die Nachrichten hinterlassen *hatten*, zurückzurufen, als ich hörte, wie die Tür zur Straße aufging. Irgend jemand stieg langsam die zwei Stockwerke herauf und klopfte an meine Tür.

»Herein!«

Sie war ganz in Braun: Schicke Sporthose mit ausländischem Schnitt und ein dazu passender Pullover, und braune Schuhe mit niedrigem Absatz. Sie sah besser aus als auf dem Foto, das mir Emmett damals an seiner Wand gezeigt hatte. Vielleicht sah sie auf Fotos nie gut aus, oder vielleicht war sie jetzt nicht so verzweifelt wie an dem Tag, als das Foto aufgenommen wurde. Ihr aschblondes Haar war noch immer kurzgeschnitten und gab ihre Ohren frei. Der verstörte Ausdruck war aus ihrem Gesicht gewichen, obwohl ihr schmaler Mund entschlossen und die blauen Augen hart und gequält wirkten.

Sie trat ganz langsam in mein Büro und ließ den Blick zuerst durch das Zimmer schweifen. Dachte sie an irgendeine Geschichte, die ihr Bobbi anvertraut hatte, als ihr Blick auf die Couch fiel? Dann wandte sie ihre Augen zu mir; ihr Ausdruck war wohlüberlegt und unmöglich zu durchschauen.

»Entspricht alles Ihren Erwartungen?« fragte ich schließlich.

»Was meinen Sie? Sie, dieses Zimmer . . . daß Bobbi jemanden wie Sie kennenlernen würde, daß sie am Ende . . . daß sie mir plötzlich sagte, daß sie ganz fürchterliche Schwierigkeiten mit Mr. Schlangenöl hätte, mir aber nicht erzählen wollte, was . . . Was hätte ich denn da erwarten sollen?« Sie seufzte. »Zum Teufel. Nichts im Leben ist so, wie ich es erwartet habe.«

»Sie sollten sich setzen«, sagte ich lächelnd und stand auf.

Ich wies auf die Couch und drehte einen der hölzernen Chefstühle zu ihr herum.

»Oh ja«, sagte sie, ging zur Couch und ließ sich darauf niederfallen. »Ich sollte mich setzen.«

»Eine Tasse Kaffee?«

»Ich habe mich die ganze Nacht schlaflos im Bett gewälzt, war im Morgengrauen auf und ging im Zimmer auf und ab. Ich habe das Zimmerservice angelogen, Kaffee für zwei bestellt. Der Page dachte, die Dame auf 617 hat wohl einen Fang gemacht. Scheiße, die zwei kleinen Silberkännchen haben kaum gereicht, mich hierherzubringen. Meine Nieren werden vermutlich eine Überdosis Koffein abbekommen. Oh ja, ich könnte noch eine Tasse Kaffee vertragen.«

»Ich habe nur Instant-Kaffee.«

»Der wird nicht schnell genug wirken.«

Drei Minuten später dankte sie mir murmelnd und nahm die dampfende Tasse entgegen. Ich setzte mich in den Chefstuhl und sah sie über meine Tasse hinweg an. Schlürfend nahm sie einen großen Schluck des heißen Gebräus.

»Mein Gott, und kochen können Sie auch. Sind Sie immer so nett?«

»Normalerweise schieße ich auf meine Besucher.«

»Ich wünsche bei Gott, Sie hätten das mit Emmett gemacht.«

»Er hat mich überrumpelt.«

»Sehen Sie zu, daß das nicht nochmal vorkommt.«

»Keine Sorge.«

»›*Keine Sorge*‹? Mein ganzes Leben hat es immer nur Sorgen oder Kämpfe gegeben. Ich glaubte, ich könne mich davon freimachen, aber . . .« Sie schüttelte den Kopf. Ihre Augen wurden weicher, sie lächelte mich an. »Wie geht es Ihnen, John Rankin?«

»War schon besser«, sagte ich und lächelte zurück. »Und wie ist es mit Ihnen, Tresa?«

»War schon schlechter. Fragen Sie Bobbi. Wenn sie nicht gewesen wäre, wäre ich in diesem Fehlschlag, der sich Ehe nannte, untergegangen. Sie hat mich über Wasser gehalten. Nicht losgelassen, als mir schon alles egal war und ich mich gegen sie gewehrt habe. Hat meine Hand gehalten, als ich mich schließlich freistrampelte.

Die ganze Zeit über haben wir einander unser Leid geklagt, aber es war nie ausgewogen. Bobbi hat mir nur sehr oberflächlich von ihren Schwierigkeiten erzählt. Das war mir selbst damals klar, aber ich steckte zu tief in meiner eigenen Scheiße, um nachzuhaken, ihr viel zu helfen.«

»Sie sagt da aber was anderes«, sagte ich.

»Ja, nun, sie war schon immer viel zu nett, als für sie selbst gut war.« Sie machte eine Gedankenpause. »Und was passiert dann?« fragte Tresa rein rhetorisch. »Ich schaffe es schließlich, da rauszukommen, mein Leben neu zu gestalten, bis es so sauber ist wie das eines frisch gebadeten Babys, ich fahre nach Paris, fange mich wieder und habe zur Abwechslung sogar mal richtig Spaß. Dann komme ich zurück, und was muß ich sehen? Meine Freundin, meine einzige, beste Freundin steckt bis über beide Ohren in irgendeiner Riesenscheiße, über die sie mir kaum etwas erzählen will. Natürlich«, fuhr sie fort und lächelte mich wieder an, »ist nicht alles daran so schlecht. Da sind Sie. Sie scheinen in ein paar Monaten mehr für sie getan zu haben als sonst irgendwer in den letzten Jahren. Dafür danke ich Ihnen, John Rankin.«

»Danken Sie mir nicht.«

»Verdammt, wenn ich es nicht tue, dann hören Sie es nur von Bobbi. Sonst interessiert es keinen. Und was passiert jetzt?«

»Was wissen Sie?«

»Ah, so soll es also laufen, ja? Der Berufsdetektiv. Der abgefeimte Typ. Du zeigst mir deine Karten, und vielleicht zeige ich dir dann meine, hm? Warum nicht? Sie vertraut Ihnen, also vertraue ich Ihnen auch.

Ich weiß, daß sie Emmett loswerden will, das will sie seit Jahren, aber sie wußte einfach nicht, wie sie es ›am besten‹ anfangen sollte. Ich glaube, jetzt will sie es einfach nur noch, und es ist ihr völlig egal, was die beste Methode ist. Gut für sie. Nichts wäre mir lieber, als wenn sie von diesem schmierigen Kerl frei wäre. Aber nach allem, was sie mir nach meiner Rückkehr erzählt hat, hat er etwas Neues gegen sie in der Hand

– ein übermächtiges, böses Druckmittel. Das erschreckt mich zu Tode, denn Emmett würde selbst ein Baby zertreten, das ihm in den Weg zu kriechen versucht. Ich weiß, daß sie zu Ihnen kam, weil sie Hilfe brauchte, daß Sie sie und die ganze Sache nicht fallenließen und daß euch das alles schließlich irgendwie zusammenbrachte. Daß Ihr euch ineinander verliebt habt. Aus dem wenigen, das sie sagt, und wie sie es sagt, scheint die ganze Geschichte jetzt am Rande eines tiefen Abgrunds zu schweben – Sie ziehen in die eine Richtung, sie versucht, nicht den Boden unter den Füßen zu verlieren, und Emmett wartet nur darauf, alle hinunterzustoßen.

Sie erzählt mir keine Einzelheiten, und das macht mich verrückt. Wenn ich sie dränge, sagt sie, nein, wenn sie es mir erzählte, würde sie mich auch mit ›hineinziehen‹, was immer das bedeuten mag.«

Bobbi hätte sagen müssen, »auf die Abschußliste setzen«, dachte ich. Dann sagte ich zu Tresa: »Damit hat sie recht.«

»Wunderbar! Jetzt fühle ich mich gleich viel besser! Meiner besten Freundin geht es offenbar *großartig*! Und jetzt hören wir mit diesem Unsinn einmal auf«, sagte sie, jetzt ohne Sarkasmus in der Stimme, »und Sie erzählen mir, was zum Teufel vorgeht.«

»Ich kann nicht.«

»Scheiße. Sie *wollen* nicht.«

»Nennen Sie es, wie Sie wollen.«

»Ich nenne es Scheiße, und es paßt mir überhaupt nicht, jawohl! Ich habe hier auch etwas zu sagen, Herr Privatdetektiv, Herr Neuer Freund! Ich weiß nicht, wie das mit Ihnen ist, aber ich habe diese Frau wirklich gern! Nur ihretwegen bin ich noch am Leben, und jetzt, wo sie Hilfe braucht, komme ich nicht an sie heran, um ihr zu helfen. Das ist nicht fair! Das ist nicht richtig! Und sie . . . sie . . .«

Tresa verstummte und kniff frustriert die Lippen zusammen.

»Über Fairness brauche ich Ihnen wohl nichts zu sagen«, sagte ich.

»Ja, ich weiß – fair ist, daß man für das bezahlt, was man bekommt. Hören Sie, können . . . können Sie mir nur eines sagen: Ist das alles wirklich wahr?«

»Ja.«

»Und . . . es ist . . . Irgendwie ist es gefährlich, ja?«

»Ja.«

»Ahh.« Sie schloß die Augen und schüttelte den Kopf. Als sie die Augen wieder öffnete, war die Wut aus ihrer Stimme verschwunden.

»Sie verstehen es wirklich, ein Mädchen aufzubauen, was?«

»Ich wünschte, es wäre so«, erwiderte ich.

»Was werden Sie gegen all das unternehmen?«

»Was in meiner Macht steht«, sagte ich, »doch das ist nicht viel; es hängt von Bobbi ab.«

»Bobbi hat sich in ihrem ganzen Leben nie vor irgend etwas gedrückt, was getan werden mußte.«

»Vielleicht – aber es fällt ihr schwer, zu erkennen, was was ist, und zu entscheiden, was genau getan werden muß, getan werden kann.«

»Das spricht nicht sehr dafür, daß sie damals zu Ihnen gekommen ist, oder?«

Ich gab ihr keine Antwort. Wieder seufzte sie, schloß die Augen und schüttelte den Kopf.

»Was kann ich tun?« fragte sie schließlich.

»Holen Sie sie so schnell wie möglich da heraus.«

»Da heraus? Es ist ihr Leben.«

»Sie wissen, was ich meine«, sagte ich. »Bringen Sie sie weg von ihm. Bringen Sie sie dazu, daß sie sich befreit, daß sie tut, was sie tun muß.«

»Wohin wird sie gehen? Zu Ihnen?«

»Das ist für den Anfang eine gute Möglichkeit, aber es ist nicht notwendigerweise das Endziel, das sie vor Augen haben sollte. Ich wäre vielleicht nur ein sicherer Hafen im Sturm.«

»Aber klar. Ich wette, Sie sind der Typ Mann, bei dem sich eine Frau wirklich *sicher* fühlen kann. Sind Sie auf all das vorbereitet?«

»Sie haben ja nicht mal eine Ahnung, auf was . . . ich alles vorbereitet bin, und wie sehr. Was ich alles tun würde.«

»Geheimniskrämerei?« sagte sie kopfschüttelnd. »Ich hasse so etwas.«

»Ich auch.«

Sie blickte in ihre Tasse.

»Leer«, sagte sie und hob den Kopf. »Wo ist Ihr Badezimmer?«

Ich deutete mit dem Kopf in Richtung Wohnung. »Ach ja«, sagte sie, als fiele ihr ein, daß ihr das schon mal gesagt worden sei.

Als sie zurückkam, ging sie zum Erker und starrte aus dem Fenster.

»Es ist brütend heiß da draußen«, sagte sie. »Und schwül. Die Luft ist wie Wasserdampf. Die Kinder werfen Knallfrösche.«

»Heute ist der vierte Juli. Unabhängigkeitstag.«

»Ja. Natürlich.« Sie drehte sich um und sah mich an. »Ein großer Tag. Was würden Sie heute tun, wenn Bobbi nie in Ihr Leben getreten wäre?«

»Wahrscheinlich am Nachmittag zur Mall hinunterspazieren und schauen, ob ich weit genug vordringen kann, um das Konzert der Beach Boys am Washington Monument zu hören. Später würde ich mich mit meinem Freund Rich zu einem zeitigen Abendessen treffen. Rechtzeitig zum Capitol hinaufgehen, um noch einen Sitzplatz auf den Stufen zu ergattern, und dann das Konzert des National Symphony Orchestra hören und das Feuerwerk ansehen.«

»Klingt wunderbar. So stinknormal und sehr amerikanisch. Und was werden Sie, so wie die Dinge liegen, mit dem Tag anfangen?«

»Am Nachmittag zur Mall hinunterspazieren. Versuchen, die Beach Boys zu hören. Schauen, ob Rich essen gehen will; versuchen, für das Konzert und das Feuerwerk auf den Stufen zum Capitol Sitzplätze zu ergattern.«

»Huh. Was würden Sie heute tun, wenn Bobbi hier sein könnte, ganz frei und problemlos?«

Ich hatte keine Antwort.

»Das habe ich mir gedacht«, sagte sie. »Ich wohne im Fairfax. Ich habe Bobbi das Versprechen abgenommen, mich etwa um 11 anzurufen.«

»Ich würde sie ja anrufen«, sagte ich, »aber . . .«

»Ja: *Aber*. Aber Sie wissen nicht, wer abheben würde, stimmt's?«

»Ich werde zumindest bis Mittag hier sein«, sagte ich.

Sie lächelte und ging zur Tür.

»Gut zu wissen.« Sie hielt inne, bevor sie hinausging, und sah zurück zu mir. »Ich glaube, Sie werden wohl in jedem Fall hier sein.«

»Vermutlich.«

»Hat mich gefreut, Sie kennenzulernen, John Rankin.«

»Hat mich gefreut, Sie kennenzulernen, Tresa.«

Sie ging.

Mein Telefon läutete zehn Minuten vor zwölf.

»Ich bin's.«

»Ich weiß.«

»Ich habe gerade mit Tresa telefoniert. Sie sagte mir, du wärst zurück. Erzählte mir, daß sie dich besucht habe.«

»Das stimmt.«

»Was hast du ihr gesagt?«

»Nicht mehr als du.«

»Und nicht mehr als das, was du mir bereits gesagt hast, daß ich tun solle.«

»Stimmt.«

Sie seufzte, und ich merkte, daß meine Hand den Hörer so fest umklammerte, daß meine Knöchel weiß hervortraten.

»Wie . . . Wie war deine Reise?« fragte sie.

»Gut«, sagte ich.

Die ungezwungenen Floskeln gingen uns aus, das Schweigen dauerte zu lange. Als sie wieder sprach, schien sich ihr Tonfall selbst zu widersprechen. Sie hörte sich locker an, beinahe beiläufig, als wären alle Probleme der Welt gelöst. Und doch war in ihren Worten eine stählerner Unterton, der ihnen eine tiefe, ernste Tragweite verlieh.

»Nun«, sagte sie, »so ist das also.«

»Ja, so ist das.«

Wieder eine lange, schmerzliche Pause; ihre Stimme war unsicher.

»Es ist nicht . . . Ich hatte Angst, ich würde dich verpassen – ich meine, daß ich nicht mit dir reden kann.«

»Warum?« fragte ich.
»Hättest du mich angerufen?«
»Ja.«
»Wann?«
»Ich weiß nicht, wenn ich . . . wenn alles bereinigt gewesen wäre. Wenn . . . wenn ich sicher gewesen wäre.«
»Inwiefern sicher? Sicher, daß Emmett nicht da ist und wir reden könnten?«
»Ja.«
»Inwiefern mußtest du dir sonst noch sicher sein?«
»Was ich sagen wollte.«
Sie gab einen Ton von sich, der wie Lachen klang – es gibt kein treffendes Wort für diesen spöttischen Laut, der Verstehen ausdrückte, nicht Freude.
»Oh Johnny, manchmal bist du so leicht zu durchschauen! Du bist weggegangen – und erzähle mir nicht, daß es wegen der Arbeit war! Du bist weggegangen, als du hier vor dem Haus in Richs Auto gestiegen bist. Du warst schon damals unterwegs, selbst, wenn du es nicht wußtest.«
»Ich war allein. Du hättest mitkommen können.«
»Zu spät, Johnny. Zu spät.«
»Nein, es war nicht zu spät. Es ist nicht zu spät.«
»Was hast du auf deiner Reise herausgefunden, Johnny? Was hat sie dir gebracht?«
»Perspektive.«
»War es die Reise wert?«
»Ich weiß nicht.«
»Ich hoffe es, Johnny. Oh Gott, wenn ich noch eine Hoffnung habe, dann hege ich sie für dich!« Dann fuhr sie mit verändertem Tonfall fort: »Du hattest recht, weißt du.«
»Womit?«
»Nicht mit allem, aber mit vielem. In bezug auf mich. Das habe ich entdeckt . . . während deiner Reise. Siehst du? Ich rede, als wären wir beide irgendwohin gefahren, nur bin ich nie von hier weggekommen.« Plötzlich fragte sie: ,Was hast du wegen Emmett unternommen?«
»Nichts, was irgend jemand merken könnte. Ich habe mich auf alle Eventualitäten so gut wie möglich vorbereitet.«

»Das glaube ich.« Sie lachte – diesmal war es ein echtes, volles Lachen. »Erinnerst du dich daran, wie ich dir sagte, ich sei froh, daß du gerissen bist, daß ich einen gerissenen Mann brauchte, aber keinen, der zu gerissen ist?«

»Ja.«

»Da habe ich mich auf was Schönes eingelassen. Du bist so viel mehr, als . . . Du bist gerissen, Johnny. Und gut. Und zäh. Wenn du dich ›vorbereitet‹ hast, dann bin ich sicher, du hast das auf die bestmögliche Art getan. Ich vertraue dir, Johnny. Ich vertraue auf deine Fähigkeiten wie auf deine Absichten. Wenn du vorbereitet bist, dann gewiß so gut wie nur menschenmöglich. Das ist gut. Du mußt bereit sein.«

»Bobbi . . .«

Sie unterbrach mich: »Du hattest recht, weißt du«, wiederholte sie.

»Inwiefern?«

»Im Hinblick auf mich. Daß ich mir ein Gefägnis errichtet habe anstelle einer Festung. Ich habe sogar noch mehr getan: 35 Jahre lang habe ich mich selbst eingesperrt. So eine Vergeudung, so eine ungeheuerliche Vergeudung. Selbst wenn die Mauern namens Emmett einstürzen würden, wäre ich noch immer eine Gefangene. Ich habe mich in meine Vergangenheit, in mein Leben eingesperrt.«

»Du brauchst nicht eingesperrt zu bleiben. Die Menschen ändern sich.«

»Wirklich, Johnny? Wenn ein bestimmter Punkt einmal erreicht ist, ändern sie sich wirklich? Können sie sich ändern?«

»Es liegt an ihnen.«

»Damit hattest du auch recht, Johnny. Es liegt an mir. Ich bin eine Gefangene, aber ich bin auch der Schlüssel.«

»Das stimmt.«

»Siehst du? Wir sind doch nicht so oft verschiedener Meinung.«

»Hast du getrunken?«

Sie gab wieder diesen Laut von sich, der nicht wirklich ein Lachen war.

»Nein, Johnny. Ich bin nüchtern. Stocknüchtern. Und absolut sicher. Ich bin der Schlüssel.«

»Was hast du vor, Bobbi?«
»Wieso glaubst du, daß ich etwas tun werde?«
»Du mußt.«
Sie lachte wieder.
»Das sagst *du*, Johnny. Vielleicht hast du recht, aber vielleicht irrst du dich auch. Du kennst mich besser, als mich je ein Mensch gekannt hat – was glaubst du, was ich tun werde?«
»Ich weiß nicht.«
Zum dritten Mal gab sie diesen spöttischen Laut von sich, der kein Lachen war.
»Nun, mach dir deswegen keine Sorgen, Johnny.«
»Ich muß aber. Du bist wichtig für mich, das weißt du. Und zwischen uns besteht eine Bindung.«
»Ja, das stimmt, nicht wahr? Soviel steht fest – es gab etwas, das uns verband, wie immer wir es nannten. Oder nicht nannten.«
»Bobbi . . .«
»Wir haben kein Verhältnis mehr miteinander, nicht wahr, Johnny?«
Ich brauchte fast eine Minute, bis ich das Schweigen brach.
»Wie könnten wir?« sagte ich.
»Du bist weggegangen.«
»Du wolltest nicht mit mir kommen.«
»Wie hätte ich können?«
»Wie hast du nicht können?«
»Welche Zukunft hätten wir gehabt, John? Was hätte er dir angetan?«
»Das ist nicht der einzige Grund.«
»Nein«, sagte sie. »Das ist nicht der einzige Grund. Ich habe es dir schon gesagt: Ich bin eine Gefangene.«
»Und du bist der Schlüssel.«
»Ja. Ich bin der Schlüssel.«
»Bobbi . . .«
»Nenn mich nicht so!« sagte sie plötzlich. »Das ist dumm, ein Phantasiename aus einem Traum, einer Illusion. Schluß mit den Illusionen.«
»Wie . . . wie soll ich dich nennen?«

»Nenn mich deine Freundin. Deine ganz besondere Freundin.«

»Du kannst dich nicht von mir davonmachen. Du mußt in meiner Nähe bleiben, in Kontakt bleiben. Wegen Naderi. Wegen Emmett. Wir stecken da gemeinsam drin. Nur so können wir es überstehen.«

»Ja, nun, darüber mache ich mir keine Sorgen. Das läßt sich schon in den Griff bekommen. Alles kann man in den Griff bekommen. Und du . . . ich vertraue dir. Du wirst tun, was du tun mußt.«

Dieses Schweigen schmerzte am meisten.

»Bedauerst du . . . irgend etwas?« fragte sie.

»Sei nicht . . .! Ich bedaure Millionen Dinge! Millionen Dinge, die wir nie . . . die ich nie . . .«

»Danke!« flüsterte sie. »Dafür danke ich dir – dafür und für alles! Tust du noch etwas für mich?« fragte sie. »Tust du mir einen Gefallen, etwas, was ich dir eigentlich verboten habe?«

»Was?«

»Oh, John! Jetzt bist du wieder John, nicht wahr? Nicht mehr mein Johnny. Mein Johnny hätte nicht gesagt, ›Was?‹. Er hätte ja gesagt. Vielleicht auch nein. Aber direkt und geradeheraus, nicht vorsichtig tastend.«

»Ich werde alles tun, was ich kann!«

»Du kannst es tun, John. Du kannst es tun. Einmal noch, zum Abschied . . . Nenne mich ein letztes Mal Bobbi.«

»Okay.«

Mein Hals schnürte sich zusammen, ich brachte das Wort kaum heraus. Sie wartete einen Augenblick. Ich hörte ihre Tränen.

»Leb wohl, Johnny.«

»Leb wohl, Bobbi.«

Ich legte auf.

Beschäftige dich, forderte ich mich selbst durch meine Betäubung hindurch auf. *Halte dich an den ganz normalen Tagesablauf. Mach weiter. Überwinde es.*

Die Hitze und die Feuchtigkeit der Stadt schlugen über mir

zusammen wie eine Woge, als ich auf die Mall zusteuerte. Am Washington Monument bildete das Gedränge von einer halben Million Urlaubern eine undurchdringliche Menschenmauer. Sie trugen rücken- und bauchfreie Tops, Blue jeans und T-Shirts, Baseballmützen und Cowboyhüte, schleppten Kühlboxen und Decken für den Rasen, auf dem bereits dicht gedrängt andere Leute lagerten, die das Gratisspektakel, ein Popkonzert mit vielen verschiedenen Künstlern, miterleben wollten. Die meisten, aber nicht alle, waren unter 40, Kinder des Rock 'n' Roll, die zusammengekommen waren, um einen Nachmittag lang die Sonne zu genießen und sich zu vergnügen. Einmal wehte mir der durchdringende Duft von Marihuana entgegen. Einige Meter vor der Bühne entfernt blieb ich in der Menschenmenge stecken; es gab kein Weiterkommen mehr. Die Musik war laut, aber äußerst verzerrt, und ich kannte die Gruppe nicht. Ich ging zurück in die Richtung, aus der ich gekommen war.

Irgendwo auf der Mall, zwischen dem Washington Monument und dem Capitol, kaufte ich mir an einem der Dutzenden Freiluftstände des Smithsonian National Folklife Festival gegrilltes Rindfleisch und Bier. Ich streckte mich auf dem Rasen aus und lauschte den fernen Klängen des Rockkonzerts und den Stimmen der vorbeiziehenden Menschenmenge. Kein Mensch sprach über den Unabhängigkeitskrieg oder Lebensformen, Freiheit und das Streben nach Glück.

Rich und ich brachen kurz nach fünf vom Eclectic auf, um die Symphonie zu hören. Ich sagte ihm nur, daß Bobbi – *Barbara* und ich uns getrennt hätten.

»Keine andere Wahl«, sagte ich.

»Am Ende wird es wohl so am besten sein«, meinte er.

Die Luft war bleiern, drückend und heiß, der Spaziergang unter den gegebenen Umständen unangenehm und aufgrund meiner Stimmung düster. Er überzeugte mich, daß wir unterwegs »unbedingt« in einen teuren Eissalon gehen sollten.

»Da ich nichts zu Abend gegessen habe«, meinte er, »verstoße ich damit auch nicht gegen meine Diät.«

«Spielt wohl keine Rolle, solange es sich ausgleicht, stimmt's?« sagte ich, ohne ihm oder mir selbst wirklich zuzuhören.

»Stimmt«, erwiderte er. »Außerdem kann es nicht schaden, wenn du dir den heutigen Abend etwas versüßt.«

Wir gingen zu derselben Stelle, an die ich sie bei der Sonnenfinsternis geführt hatte: zu den Stufen an der Westseite des Capitols. Am Fuße der Treppe war ein kleiner Park, eine ausgedehnte Rasenfläche, die sich bis zur überdachten Orchesterbühne mit den leeren metallenen Klappsesseln und den Notenständern erstreckte. Links und rechts von der Tribüne standen die Kameras der Fernsehanstalten; eine dritte Kamera lugte von der Vertiefung vor dem Dirigentenpult hinauf. Von den Sparren des Orchesterpavillons hingen bewegliche Galgen, von denen Mikrofone baumelten wie Schlangen von Bäumen. Auf dem ganzen Rasenstück zwischen der Tribüne und den Stufen lagerten erwartungsvolle Anhänger klassischer Musik und jene Leute, die Feuerwerke – oder vielleicht auch nur Gratisveranstaltungen – liebten. Auch die Stufen des Capitols füllten sich rasch mit Menschen, daher nahmen wir die ersten beiden freien Plätze, die wir sahen, hockten uns auf die Marmorstufen – und uns fiel wieder ein, daß wir vergessen hatten, eine Decke als Sitzunterlage mitzunehmen.

Diese abendliche Menge war besser gekleidet und älter als die Horden, die während des Tages durch die Mall gestreift waren. Die Behörden betrieben hinsichtlich der Besucherzahl des Symphoniekonzerts die reinsten Haarspaltereien: Ein Sprecher sagte, es seien 100 000 Besucher, ein anderer behauptete, es wären 240 000. Wie auch immer – wohin ich auch sah, waren Menschen. Der Duft von Babyöl und Kokosnuß-Sonnencreme wehte durch die Abendluft. Ein paar Minuten nach acht betrat der Dirigent die Bühne. Er trug – wie das gesamte Orchester – eine weiße Smokingjacke mit schwarzer Hose. Von unseren Plätzen aus waren alle etwa acht Zentimeter groß. Er verbeugte sich vor dem Applaus des Publikums, bestieg das Podium und hob den Taktstock: Die Musik begann.

Auf dem Programm stand Beethovens Fünfte, ein Medley von Liedern des beliebten amerikanischen Komponisten Henry Mancini und ausgewählte Stücke von John Philip Sousa. Ein berühmter Ire spielte Flöte. Das Feuerwerk nach dem Konzert soll wunderbar gewesen sein. Ich weiß es nicht, ich habe es nicht gesehen.

Etwa in der Mitte des zweiten Satzes von Beethovens Fünfter trat sie aus dem Gewühl: Die Menschenmenge teilte sich, und da war sie, etwa dreißig Meter von uns entfernt am Fuß unserer Marmortreppe. Sie blieb stehen, um mit dem Blick die Menge abzusuchen – sehr zum Ärger der Sitzenden, deren Sicht sie verstellte, und der wandernden Menschenmasse, die sich in dem schmalen Gang zwischen den Sitzreihen in beide Richtungen wälzte. Sie trug dieselbe Kleidung wie am Morgen, nur drückte sie jetzt eine Schultertasche an ihre Seite. Aber ihr Gesicht, ihr Gesichtsausdruck . . . Sie sah aus wie jemand, der einen Bombenangriff überlebt hat und jetzt in den Trümmern nach seiner Familie sucht.

»Tresa!« zischte ich.

Sie entdeckte mich und kämpfte sich durch den engen Pfad zwischen den Leuten, die auf den Stufen und dem breiten Marmorgeländer saßen, bis sie neben mir stand.

»Wo waren Sie!« sagte sie. Ihre Worte waren erregt, verängstigt – und laut.

»Was tun Sie hier?« flüsterte ich.

»Entschuldigen Sie, Madam«, sagte ein Sicherheitsbeamter des Capitols in weißem Hemd, der sich die längste Zeit bemüht hatte, so etwas wie Ordnung aufrechtzuerhalten. »Bitte gehen Sie weiter oder setzen Sie sich hin. Sie blockieren den Gang.«

Ich zog sie an meine Seite hinunter. Sie beachtete es kaum. Ich rückte nach links, wodurch Rich und die anderen Leute auf unserer Stufe aneinandergestoßen wurden und ebenfalls weiterrücken mußten. Einer der Männer seufzte betont auf.

»Sie müssen mitkommen!« sagte Tresa. »Sofort! Irgend etwas ist passiert, irgend etwas stimmt nicht, ich weiß es einfach . . .«

»Wovon reden Sie?« flüsterte ich.

»He!« rief eine weibliche Stimme von hinten. »Würdet ihr Leute bitte den Mund halten? Einige von uns versuchen, die Musik zu genießen!«

»Es geht um Bobbi«, sagte Tresa; sie ignorierte die Aufforderung. »Sie ist nicht da, wo sie sein soll! Irgend etwas muß passiert sein!«

»Was meinen Sie?« sagte ich. Ich spürte Übelkeit in mir aufsteigen; meine Haut prickelte.

»Ich kann sie nicht finden! Ich habe immer wieder angerufen, und sie hat gesagt, sie würde da sein, aber sie ist nicht da. Als ich heute nachmittag das letzte Mal mit ihr sprach, klang sie besorgt, als ob etwas . . .«

»Hört mal, ihr beiden«, flüsterte ein Mann in der Reihe hinter uns, »haltet entweder die Klappe oder besprecht eure Probleme anderswo – okay?«

»Sie müssen mit mir kommen!« sagte Tresa; aus ihrer Hartnäckigkeit war Verzweiflung geworden. »Bitte! Für sie!«

Ich seufzte und sah Rich an.

Er reichte mir seine Autoschlüssel.

26

Wir fuhren durch die Dunkelheit, das Licht unserer schwachen Scheinwerfer verlor sich auf der Straße und in der Nacht.

»Erzählen Sie es mir noch mal«, sagte ich, als ich Richs Kombi bremste, um eine Kurve zu nehmen, die der Porsche nicht einmal zur Kenntnis genommen hätte.

»Ich habe es doch schon . . .«

»*Erzählen Sie es mir noch einmal!*« fiel ich Tresa ins Wort.

»Gleich nachdem Sie mit ihr gesprochen haben, habe ich mit ihr telefoniert«, sagte sie. Ihre Stimme war leise und ungeduldig wie die einer Lehrerin, die eine Lektion wiederholt, die das Kind bereits gelernt haben sollte. »Sie rief mich von irgendwo unterwegs an, glaube ich . . .«

»Wieso?«

»Weil sie später sagte . . .«

»Erzählen Sie weiter, was sie sagte, als sie es sagte.«

»Sie war erregt, hatte geweint. Ich hörte es. Ich fragte sie, was los sei, und sie sagte, nichts, jetzt käme alles in Ordnung, und dann lachte sie – dieses gespenstische Lachen. Sie wissen ja, dieses . . .«

»Ich weiß. Erzählen Sie weiter.«

»Sie sagte, ihr beide würdet euch nicht mehr sehen. Sie sagte, sie wäre nicht . . . gut genug für Sie, nicht die Richtige für Sie. Hat sich nicht viel darüber ausgelassen. Ich Idiot, mir fiel einfach keine gescheite Antwort ein. Sie sagte, sie riefe mich an, um es mir zu sagen, weil sie es versprochen hätte, und sie hielte immer ihr Wort. Sie sagte, sie wolle mir nicht zur Last fallen, ich solle mir keine Sorgen machen, und diesen ganzen Scheiß von wegen ›wir müssen jetzt tapfer sein‹ und so.

Ich fragte sie, ob ich sie treffen könne, und sie sagte nein. Ich solle warten. Sie sagte, daß ich ihr fehle, daß es ihr leid täte, so eine jämmerliche Freundin zu sein. Dann weinte sie noch ein bißchen. Ich sagte, sie solle sich darüber keine Gedanken machen, ich sei mit meinen Problemen auch zu ihr gekommen. Da mußte sie lachen.

Als ich sie fragte, was sie heute abend vorhabe, sagte sie, sie wüßte es noch nicht genau. Sie sagte, Emmett habe irgend etwas geplant. Daß er den ganzen Tag gekommen und gegangen sei und offensichtlich für heute abend etwas Großes vorhabe. Ich dachte, sie meinte eine Party oder so was, aber jetzt . . .

›Und du?‹ fragte ich sie. ›Gehst du mit ihm?‹

›Nein‹, sagte sie, ›Ich gehe heim‹.

Ich sagte ihr, ich würde sie später anrufen; sie sagte auf Wiedersehen. Das war alles.«

»Sie glauben, sie war woanders, weil . . .«

»Weil sie sagte, sie würde heimgehen.

Aber da ist sie nicht«, sagte Tresa. »Sie haben es ja gehört: Das Telefon läutet 20-, 30mal, niemand hebt ab. So geht es seit heute nachmittag drei Uhr. Ab fünf rief ich alle zehn Minuten an. So gegen sechs packte mich die Panik, und ich rief ihre Mutter in Charleston an.

Bobbi hat heute morgen mit ihr gesprochen; sie telefonieren zwei-, dreimal in der Woche miteinander. Nichts Besonderes, der übliche Austausch von Freundlichkeiten eben, ›Paß gut auf dich auf‹ und ›Mach dir keine Sorgen‹. Ihre Mutter war ein bißchen beunruhigt, als ich fragte, ob sie seither von ihr gehört hätte, aber ich bügelte das wieder aus. Erfand irgendeine Ausrede oder so, ich weiß nicht mehr.

Aber es kann eigentlich nichts passiert sein, oder?« fragte mich Tresa in dem verzweifelten Wunsch, daß alles nur Einbildung sein möge.

Ich gab ihr keine Antwort.

»Oh Gott!« sagte sie wieder.

Wir kamen auf die Hauptstraße, die zum Haus führte. Nur noch eine knappe Meile.

»Was tun wir, wenn Emmett da ist?« fragte sie.

»Wir sagen guten Tag – und daß wir zu seiner Frau wollen.«

»Was ist, wenn . . .«

»Dafür ist es zu spät. Zu spät und zu ungewiß.«

»Wollen Sie mir nicht sagen, worum es bei alledem eigentlich geht?« fragte sie.

»Das ist jetzt nicht der richtige Zeitpunkt«, sagte ich und hoffte, sie hatte das dumpfe Geräusch unter meinem Sitz nicht gehört.

Sie hatte mir ihre Geschichte erzählt, während wir zum Eclectic zurückgingen, um Richs Auto zu holen. Ich bat sie, mit hinaufzukommen. Auf meinem Anrufbeantworter waren keine Anrufe. Sie wählte Bobbis Nummer und hielt den Hörer in die Luft, damit ich hören konnte, wie es läutete und daß niemand abhob. Sie sagte, sie hätte Angst und folgte anstandslos meiner Aufforderung, ins Badezimmer zu gehen, während ich eine andere Nummer anrufen wollte. Während sie aus dem Zimmer war, nahm ich die 357 Magnum aus dem Schreibtisch. Der Revolver war zu groß zum Einstecken. Jeder hätte sofort die Ausbuchtung gesehen, wenn ich ihn in den Bund meiner Jeans gesteckt und versucht hätte, ihn unter meinem braunen Polohemd zu verbergen. Als sie die Toilettenspülung betätigte, wickelte ich die Waffe in eine graue Nylon Windjacke. Sie sagte kein Wort über die zusammengeknüllte Jacke, die ich ins Auto mitnahm, fragte nicht, warum ich sie unter den Sitz legte. Vielleicht hatte sie es nicht bemerkt. Vielleicht wollte sie es gar nicht wissen.

»Da ist das Haus«, flüsterte sie, als ich in die Privatstraße einbog.

Das Verandalicht brannte. Im ersten Stock waren nur ein paar Fenster erleuchtet, und noch weniger im zweiten Stock. Ich rollte langsam in die Auffahrt und parkte den Wagen parallel zur langgestreckten vorderen Veranda. Keine anderen Autos waren zu sehen. Die Türen zur Garage rechts vom Haus waren geschlossen. Ich stellte den Motor ab und kurbelte mein Fenster hinunter.

Die Grillen begannen wieder zu zirpen. Der Wind raschelte in den Bäumen jenseits des weißgetünchten Stallgebäudes. Im Stall schnaubte ein Pferd – das Vollblut. Bobbi hatte mir erzählt, das Tier stünde kaum je still in seiner Box. Sie hatte das Pferd nur an jenem ersten Tag geritten.

»Ich kann nichts hören, Sie?« fragte Tresa.

»Kommen Sie«, sagte ich.

Ich zog das schwere Bündel unter dem Sitz hervor und führte sie die Verandastufen hinauf zur Vordertür. Ich läutete.

Eine Minute später läutete ich nochmals.

»Wohnt das Hausmädchen hier?« fragte ich, obwohl ich die Antwort bereits zu kennen glaubte.

»Nein. Sie kommt jeden Tag, bleibt manchmal auch abends, um zu kochen oder beim Dinner zu helfen, aber . . . die beiden leben allein hier.«

Ich läutete ein drittes Mal.

»Haben Sie einen Schlüssel?« fragte ich.

»Wir können da nicht hineingehen!« sagte sie.

Der Türgriff drehte sich in meiner Hand, die Tür ging auf.

»Aber sicher können wir«, sagte ich, ging hinein und schrie: »Hallo? Ist jemand zu Hause?«

Das Vorzimmer war hell erleuchtet und leer. Auch im leeren Salon zu unserer Linken brannte Licht. Das Treppengeländer rechts vor mir warf graue Schatten an die Wand, die aussahen wie Stäbe.

»Rufen Sie sie«, sagte ich zu Tresa.

»Bobbi! Bobbi, ich bin's, Tresa!«

Keine Antwort.

»Sloan!« schrie ich. »Emmett Sloan! Sind Sie da?«

Noch immer keine Antwort.

»Ist irgend jemand da?« schrie ich.

Niemand antwortete.

Ich schüttelte meine linke Hand und wickelte einen Teil der Jacke von der Waffe ab; sie war noch immer verdeckt, aber nur etwas.

Wir warfen einen Blick in die Bibliothek, das Speisezimmer, das andere große Wohnzimmer im Erdgeschoß. Nichts, nichts als auf Hochglanz polierte Möbel, sauber geordnete Kristallgläser in den Vitrinen. Die verchromten Armaturen in der Küche blitzten auf, als wir das Licht einschalteten, aber niemand außer uns war da, um es zu bewundern. Eine antike Standuhr tickte in der Halle.

»Gehen wir hinauf«, sagte ich. »Halten Sie sich ein paar Schritte hinter mir.«

Die Tür zu Emmetts Arbeitszimmer stand offen, deshalb gingen wir da zuerst hinein. Eine Stehlampe erhellte das Zimmer genug, daß ich sehen konnte, daß es leer war. Ich sah auf die Wand. An der Stelle, wo ich damals das Bild von Tresa und Bobbi gesehen hatte, hing jetzt ein Foto von einem Bankett. Sein Schreibtisch war aufgeräumt und leer.

Wir durchsuchten fünf kleine, dunkle Zimmer: drei Gästezimmer, ein Badezimmer und ein weiteres kleines Wohnzimmer. Ich weiß nicht, ob Tresa begriff, warum ich von den Türen, die ich aufstieß, zurücktrat, warum ich einen Augenblick wartete, bevor ich um die Ecke griff, nach dem Lichtschalter tastete und ihn anknipste. Warum ich die Zimmer ganz langsam betrat und dabei die Hände beinahe überkreuzt hielt.

Im hinteren Teil der Etage gab es zwei große Schlafräume. Durch den Spalt zwischen dem Teppich und der einen Tür schien ein Lichtstrahl durch. Ich ging zuerst in den anderen Raum.

Es war sein Schlafzimmer: sauber, ordentlich, steril, fast wie ein Hotelzimmer mit vielen Spiegeln und riesigen Schränken. Es roch förmlich nach seiner Selbstgefälligkeit.

Vor der letzten geschlossenen Tür blieben wir stehen. Tresa war bleich, ihre Hände zitterten.

»Sollen wir . . .?«

Ich öffnete die Tür.

Ihr Schlafzimmer. Ebenfalls sauber, ebenfalls ordentlich, ebenfalls beinahe wie ein Hotelzimmer: Es sah aus, als hielte sich die Bewohnerin nur vorübergehend hier auf und habe nur soviel Gepäck und jene Habseligkeiten mitgebracht, wie zum Leben in diesen vier Wänden unerläßlich waren. Doch ihre Hand war zu spüren – in den Farben, dem Foto einer lächelnden älteren Frau, das neben dem Spiegel auf dem Ankleidetisch stand, in der Tatsache, daß jeglicher Tand und wertloser Krimskrams fehlte. Ihre Bürste lag auf der anderen Seite neben dem Spiegel; als ich nähertrat, entdeckte ich ein paar kastanienbraune Haare, die sich in den Borsten verfangen hatten. Das riesige Bett war gemacht.

Das Badezimmerlicht schimmerte durch die Ritze zwischen der geschlossenen Tür und dem Teppich. Wenn es so wie seines war, dann würde ihr Badezimmer ein hell erleuchteter, eleganter Raum mit Spiegelwänden, handgemachten Fliesen und vergoldeten Hähnen sein. Links von der Tür wäre eine elegante Duschkabine, während ein reichverziertes Marmorbecken und ein Hängeschrank die Wand zur Rechten einnehmen würden. Die Toilette wäre an der gegenüberliegenden Wand, mitten im Gang. Ich stieß die Tür auf.

Sie lag ausgestreckt auf dem Rücken zwischen der geschlossenen Toilette und dem Waschbecken. Ihre abgetretenen schwarzen Schuhe müssen zehn Jahre alt gewesen sein. Der rechte Schuh war halb von ihrem Fuß geglitten. Sie trug eine alte Khakihose, und ihr blaues Levi's-Hemd war ausgebleicht. Ihre Arme lagen mit der Handfläche nach oben da. Ihr Kiefer hing schlaff herab, die Lippen waren leicht geöffnet. Sie trug weder Lippenstift noch Make-up. Die saphirfarbenen Augen waren offen, trocken. Eine häßliche rote Linie zog sich in einer groben, aber nicht sehr tiefen Furche von Bobbis Stirn in ihr Haar, da, wo vermutlich der linke Seitenscheitel verlaufen wäre, wenn sie das Haar so getragen hätte.

Doch die Aufmerksamkeit wurde von dem schwarzen Loch auf sich gezogen, einem dritten Auge mitten auf ihrer Stirn. Von diesem brutalen runden Loch aus schlängelten sich sternförmig hochrote Fühler zu ihren Schläfen und von dort in das dicke, kastanienbraune Haar, das jetzt verfilzt und verdrückt war. Der Fleck verbreitete sich von ihrem Haar aus, ein klebriger, scharlachroter See auf dem weißgefliesten Boden.

»Was . . .« sagte Tresa und sah dann an mir vorbei in das Zimmer mit dem glitzernden Chrom und dem schimmernden weißen Porzellan.

»Oh Gott, nein!« Tresa stürzte nach vorn. Ich schob sie mit aller Kraft zurück zum Bett und trat dann in das Badezimmer.

»Bleiben Sie draußen!« schrie ich und stieß die Tür mit dem Ellbogen zu.

Ich brauchte sie nicht anzufassen, ich wußte es auch so, aber ich tat es, und es war furchtbar. Das Fleisch an ihrem Hals fühlte sich an wie Gummi. Kein Puls schlug darunter.

Das nächste, woran ich mich erinnerte, ist, daß ich hörte, wie sich Tresa im Schlafzimmer übergab. Langsam, ganz langsam kam ich wieder zu mir und nahm diese hell erleuchtete Welt wieder wahr.

Eine entsicherte, schwarze automatische Pistole lag neben ihren Füßen am Boden. Eine Automatic wirft die Patronenhülse bei jeder Kugel aus, die abgefeuert wird; nach jedem Schuß lädt sich die Waffe automatisch nach. Eine Patronenhülse aus Messing lag neben dem offenen Stöpsel des Waschbeckens; eine zweite Patronenhülse lag neben dem Becken vor den Make-up-Töpfchen und einer umgestülpten Muschel, die ihre reichverzierte Uhr und ihre Ringe enthielt.

Ein widerlicher roter Fleck etwa von der Größe eines Basketballs verunzierte die Spiegelwand über der Toilette. In diesem Fleck, nicht ganz in der Mitte, befand sich ein Loch, ungefähr so groß wie ein Vierteldollarstück. Ein zweites, ähnliches Loch hatte das Glas vielleicht dreißig Zentimeter rechts über dem ersten durchschlagen. Die Spiegelwand war zerborsten; von diesen Löchern gingen strahlenförmig gezackte Linien aus wie zwei Spinnennetze. Mein bruchstückhaftes Spiegelbild starrte mich aus dem Glas an, dort wo es nicht von geronnenem Blut bedeckt war.

Ich ging aus diesem Zimmer.

Tresa lag mit dem Gesicht nach unten auf dem Bett und

schluchzte, ihr Atem ging in krampfartigen Stößen. Sie war völlig schlaff, wie ein Fisch auf dem Trockenen.

»Oh Gott!« weinte sie. »Oh Gott! Sie ist tot, sie ist tot, nicht wahr?«

»Ja.«

Das Schluchzen wurde lauter. Ich zog sie hoch, zwang sie, mit meiner Hilfe zur Schlafzimmertür zu gehen, wenn auch mehr taumelnd. Sie wollte oder konnte nicht alleine stehen, aber ich packte sie bei den Schultern, schüttelte sie ein paarmal, bis sie ihre Füße fest auf den Boden stemmte und mich so klar ansah, wie es ihr nur möglich war.

»Bleiben Sie hier drin. Schließen Sie die Tür. Setzen Sie sich auf den Boden und lehnen Sie sich mit dem Rücken dagegen. Machen Sie nur auf, wenn ich es sage, wenn ich Ihren Namen sage. Sie werden es schon schaffen.«

»Lassen Sie mich nicht allein!« rief sie.

Aber ich war bereits draußen im Gang und schloß die Tür. Ich hörte, wie sie auf der anderen Seite der Holztür hinunterglitt und wieder zu schluchzen begann. Ich wickelte meine Waffe aus der Jacke. Die Magnum lag schwer und sicher in meiner Hand.

Ich stürzte von einem Zimmer ins andere, durch das ganze Haus, das wir bereits durchsucht hatten. Zum Teufel mit der Vorsicht: Ich stieß die Türen weit auf, stand voll sichtbar im Türrahmen, während ich das Licht aufdrehte, bereit, mich allem, was sich bewegen mochte, entgegenzustellen – Schlafzimmer, Badezimmer, sein Arbeitszimmer. Die Treppe hinunter ins Erdgeschoß, zwei Stufen auf einmal. Die Wohnzimmer, Anrichtezimmer, Küche, und zur Hintertür hinaus. Das Fliegengitter knallte hinter mir zu – ich wirbelte herum und kauerte mich blitzschnell in Scharfschützenstellung hin, hielt die Magnum entsichert und zitternd fest in beiden Händen.

Nichts bewegte sich. Die Grillen begannen wieder zu zirpen.

Nur ihr Auto stand in der Garage.

Der Stall roch nach Heu und nach Pferd. Das Tier in der Box schnaubte und stampfte wütend auf den Boden, ein dunkler, bebender Schatten vor der Mündung meiner Waffe. Einen wütenden Augenblick lang begann ich den Abzugshahn zu drücken – dann drehte ich mich um und rannte weg.

Als ich stehenblieb, befand ich mich auf der Wiese, wo ich sie auf Molly reiten gesehen hatte, auf halbem Weg zum weißen Lattenzaun. Auf der dahinterliegenden Hauptstraße war kein Verkehr. Die Bäume links und rechts von der Wiese erhoben sich wie Schatten in die indigoblaue Nacht. Das Haus strahlte in einem unheimlichen, glimmenden Weiß. Nur eine verdammte Waffe in meiner Hand. Keine Kugel, die ich abschießen konnte, kein Ziel, das ich treffen konnte, würde sie je zurückbringen. Ich taumelte im Kreis, wirbelte herum wie ein Betrunkener, der im Mondschein tanzt.

»Tresa?« sagte ich, nachdem ich geklopft hatte. »Machen Sie auf, ich bin es, Rankin.«

Die Tür flog auf. Noch immer liefen ihr die Tränen über das Gesicht, aber ihr Atem ging wieder normal, und sie war nicht mehr so bleich wie vorher.

»Wo waren Sie?« flüsterte sie.

»Ich habe nochmals das ganze Haus abgesucht«, sagte ich. »Kommen Sie.«

Widerstandslos ließ sie sich von mir die Treppe hinunterführen. Die zentrale Klimaanlage machte sich an meinem schweißdurchtränkten Hemd bemerkbar – ich fröstelte, doch ich legte meine graue Jacke Tresa um die Schultern. Sie ließ es kommentarlos geschehen, merkte es vermutlich gar nicht.

»Setzen Sie sich hierher«, sagte ich und drückte sie in der Halle auf einen Stuhl neben einem Tisch mit dem Telefon. Ich hob den Hörer ab und wählte 911.

»Polizei.«

»Mein Name ist John Rankin. Ich möchte eine Schießerei melden.«

»Wo sind Sie, bitte?«

»Ich bin in . . .« Die genaue Adresse fiel mir nicht ein. Mein Blick blieb auf einem sauber geordneten Stoß frankierter Umschläge neben dem Telefon haften – nach den Adressen zu schließen, bezahlte Rechnungen. Bobbi hatte mit ihrer grazilen

Handschrift den Absender darauf geschrieben. Ich las dem diensthabenden Polizisten die Adresse vor.

»Wie ist Ihre Telefonnummer?«

Ich las sie von dem Aufkleber am Apparat ab.

»Brauchen Sie einen Rettungswagen?«

»Nein.«

»Um was für eine Schießerei handelt es sich, Mr. Rankin?«

Ich schwieg einen Augenblick und sagte dann: »Sie ist tot.«

»Wer?«

»Mrs. Barbara Gracon Randolph-Sloan. Ich befinde mich hier in ihrem Haus.«

»Sind Sie . . .«

»Eine Freundin und ich haben die Leiche vor ein paar Minuten gefunden. Der Name der Freundin ist Tresa Hastings. Sie ist ziemlich am Ende, und ich muß mich jetzt um sie kümmern. Wir warten draußen vor dem Haus auf Sie.«

»Wir schicken sofort jemanden vorbei.«

Tresa und ich waren an der Tür, als das Telefon läutete.

Ich hob ab und sagte: »Hallo?«

»Mr. Rankin?«

»Ja.«

»Distriktspolizei«, sagte dieselbe Stimme. »Nur eine Routineüberprüfung.«

Wir legten beide auf.

Zehn Minuten später tauchten auf der Hauptstraße rote und blaue Blinklicher auf; sie bogen ab und kamen die Privatstraße herauf. Die weiße Limousine blieb hinter Richs Kombi stehen. Ich hoffte, daß das Auge des Gesetzes nicht auf die nutzlose Magnum unter Richs Fahrersitz fallen würde. Der Polizist, der aus der Limousine stieg, konnte nicht älter als 25 sein. Er trug eine braune Uniform und keine Mütze. Sein Blick heftete sich auf Tresa, die an der offenen Eingangstür lehnte und leise vor sich hinweinte, und dann auf mich. Er ging langsam auf uns zu, umfaßte mit der linken Hand sein Funksprechgerät, während er die Rechte steif gegen sein Bein hielt, so daß sein Handgelenk den Halfter am Gürtel streifte.

»Haben Sie angerufen, daß geschossen worden ist?«

»Ja. Da drinnen, im ersten Stock, im hinteren Schlafzimmer. Das Licht brennt.«

»Sie sind Rankin?«

»Und das ist Tresa Hastings.«

»Warum führen Sie mich nicht hin?« sagte er. Seine Geste mit dem Funksprechgerät gab mir zu verstehen, daß das ein Befehl war, keine Frage. »Bitte kommen Sie mit, Madam.«

Er achtete darauf, daß wir vorangingen. Als wir zum Badezimmer kamen, ließ er uns ein paar Meter direkt vor der Tür stehenbleiben und ging von der Seite her hinein. Er ließ uns kaum eine Sekunde aus den Augen. Er sah sich etwa 30 Sekunden lang drinnen um und kam wieder heraus.

»Haben Sie sie bewegt? Etwas berührt?« fragte er.

»Ich habe an ihrem Hals nach dem Puls gefühlt. Und beim Hereingehen die Türen angefaßt.«

Er brummte und forderte über Funk Kriminalbeamte und die Spurensicherung an. Dem diensthabenden Polizisten sagte er, er solle das Leichenschauhaus benachrichtigen. Ein zweiter Polizist in Uniform schlenderte ins Schlafzimmer, als der erste seinen Bericht beendete. Der zweite Polizist nickte seinem Kollegen zu und warf einen Blick ins Badezimmer.

»Du lieber Gott«, sagte er.

»Sonst noch jemand da?« fragte der erste Polizist.

»Ich habe das Haus und das Grundstück ziemlich gründlich durchsucht«, sagte ich.

»Bevor oder nachdem Sie die Leiche fanden?«

»Sowohl als auch.«

Die Polizisten wechselten einen Blick, und der zweite ging aus dem Zimmer. Ich hörte, wie er im Haus Türen auf- und zumachte.

Wir drei bemühten uns, einander nicht anzustarren. Der unsichtbare Polizist polterte die Treppe hinunter ins Erdgeschoß. Aus dem Funksprechgerät unseres Polizisten drangen knarrend Meldungen für andere Einheiten und andere Vorfälle.

»Sie sind nicht ihr Ehemann, oder?« fragte der Polizist unvermittelt.

»Nein.«

»In welcher Beziehung standen Sie zu ihr?«

Tresa sah uns aufmerksam an; ich blickte am Polizisten vorbei.

»Ich war ihr bester Freund«, sagte ich.

Er nickte und schwieg eine Minute. Dann brummte er: »Harte Nacht, hm?«

»Ja«, sagte ich. »Eine harte Nacht.«

»Guten Abend«, sagte ein stämmiger Mann in einem grünen Polyesteranzug. Er blieb an der Schlafzimmertür stehen, zog ein Taschentuch hervor und wischte sich über das Gesicht. Der uniformierte Polizist straffte sich und nickte ihm zu. Der Mann im Anzug erwiderte das Nicken: Irgendwo an dieser Zivilkleidung trug er ein Dienstabzeichen.

»War gerade auf dem Rückweg von der Dienstpause«, sagte er, als spiele das eine Rolle. Seine Baßstimme kam dröhnend aus den Tiefen seines mächtigen Brustkorbs. »Wie ich höre, ist hier geschossen worden.«

»Da drinnen, Sir«, sagte der Polizist und deutete mit dem Kopf auf das Badezimmer.

Der Mann im Anzug blieb 20 Minuten in dem geschlossenen Raum. Während dieser Zeit trafen zwei uniformierte Männer mit Abzeichen ein, die sich als Beamte der Spurensicherung auswiesen. Der Polizist sagte zu ihnen: »Der Chef ist da drin. Die Leiche auch.« Sie stellten ihre Taschen ab, sahen einander an und gingen. Und kamen mit einer zusammengefalteten Bahre wieder. Tresa begann wieder zu weinen. Die Techniker waren anscheinend peinlich berührt; sie trugen die Bahre hinaus auf den Gang und blieben auch selbst draußen, bis der Polizist in Zivil sie rief. Dann begaben sie sich mit Fotoapparaten, Maßbändern und Tiegeln mit Fingerabdruckpulver ins Badezimmer. Er kam zu uns herüber.

»Furchtbare Tragödie«, sagte er kopfschüttelnd. Sein Gesicht war gütig, seine Augen sanft und mitfühlend. »Ich bin County Detective Dave Bechtel.«

Tresa und ich stellten uns vor.

»Würde es Ihnen etwas ausmachen, mir kurz zu schildern, wie es kam, daß Sie sie gefunden . . . Wie sagten Sie, hieß sie?«

»Barbara Gracon Randolph Sloan«, antwortete ich. »Mrs.«

»Ah ja«, sagte der Distriktkommissar. »Mrs. Sloan.«

Ich begann zu erzählen, wie Tresa und ich sie telefonisch nicht hatten erreichen können, hergefahren waren, die Leiche gefunden und das Haus zweimal durchsucht hatten. Und die Polizei angerufen hatten.

»Sie sagen, Sie sind ein Freund, Mr. Rankin?«

»Das stimmt.«

»Ein guter Freund?«

»Ja.«

»A-ha. Wohnen Sie in der Gegend?«

»Wie könnt ihr zwei da herumstehen und euch *unterhalten*, wo . . .« Tresa schüttelte den Kopf. Die Tränen versiegten; an ihre Stelle trat jetzt Wut. Bechtel und ich warfen ihr einen Blick zu, wußten aber keine angemessene Antwort. Er wandte sich wieder mir zu.

»Nein«, sagte ich. »Ich wohne in Washington.«

»Was machen Sie?«

»Ich bin Privatdetektiv.«

»Also«, sagte Bechtel. Im Erdgeschoß knallte eine Tür zu. Füße polterten die Treppe herauf. »Das ist schon ein Ding! Da haben wir diese merkwürdige Schießerei, und wen treffe ich am Schauplatz? . . .«

»Ich will wissen, was hier vorgeht!« brüllte Emmett Sloan, der ins Zimmer stürzte. Sein feiner britischer Akzent war verschwunden: Unbeherrschter Zorn hatte die weltmännische Maske durchbrochen; er war wieder ein ganz gewöhnlicher Amerikaner.

»Sind Sie . . .« sagte der Distriktskommissar.

»Ich bin Emmett Sloan, und das hier ist mein Haus! Was zum Teufel tun . . .«

Jetzt erst bemerkte Emmett mich. Er blinzelte, dann entdeckte er Tresa.

»Mr. Sloan, ich bin Detective Bechtel, Distriktspolizei. Ich habe eine schlimme Nachricht für Sie. Ich kann es Ihnen nicht leichter machen, daher sage ich es Ihnen ganz offen und direkt: Ihre Frau ist tot.«

»Was?« Emmett zog die Brauen zusammen und runzelte die Stirn, als hätte er Bechtel nicht gehört.

»Ihre Frau ist tot«, wiederholte der Polizist. »Es hat eine Tragödie gegeben, eine Schießerei, im Badezimmer . . .«

Emmett stürzte auf die Tür zu. Einer der Techniker stellte sich ihm in den Weg und hielt ihn zurück.

»Laßt ihn hineinsehen!« rief Bechtel. Sie ließen ihn, hielten ihn aber am Arm fest.

Er drehte sich wieder zu uns um und kam taumelnd ein paar Schritte näher.

»Fassen Sie sich«, sagte Bechtel. »Ich weiß, es ist hart. Wenn Sie ins andere Schlafzimmer gehen und sich hinlegen wollen . . .«

Emmett schüttelte den Kopf. Er wirkte benommen.

Der Polizist fixierte den Ehemann, beobachtete seine Reaktionen.

»Offiziell paßt mir diese ganze Situation gar nicht«, sagte Bechtel, »daß wir hier alle zusammen sind. Aber da wir nun schon mal da sind . . . Im Augenblick dient diese Untersuchung nur der Aufnahme des Tatbestands. Wir bitten Sie alle um Ihre Unterstützung, und wenn Sie irgendwelche Fragen haben . . .«

»Ich verstehe nicht«, sagte Emmett.

»Sir, Ihre Frau ist erschossen worden. Es könnte Selbstmord sein, aber es gibt da ein paar . . . Probleme, die wir klären müssen. Wo waren Sie heute abend?«

»Auf der Grillparty der Matthews natürlich«, sagte Emmett. Seine Augen wanderten vom Badezimmer über Bechtel zu mir. Er wirkte isoliert, abwesend. »Sie fuhren dann zum Feuerwerk.«

»Und Sie fuhren mit?« stieß Bechtel sanft und hilfsbereit nach.

»Nein, ich fuhr spazieren.«

»Allein?«

In der Stimme des Kommissars lag plötzlich ein scharfer Unterton. Emmetts Augen verengten sich, als er es merkte. Er antwortete langsam und gedehnt.

»Ja.« Er stieß den Zeigefinger nach vorn und wies auf mich. »Was zum Teufel hat der hier zu suchen?«

»Das fragte ich ihn gerade, als Sie hereinkamen«, sagte der Distriktskommissar. Alle Augen richteten sich auf mich.

Und in diesem Augenblick stand mir alles deutlich vor Augen.

Ich wußte, was das für *Probleme* waren, die dem Distriktskommissar Kopfzerbrechen bereiteten. Zwei Schüsse für einen Selbstmord. Sich umzubringen, erfordert Mut – weniger Mut, als am Leben zu bleiben, aber trotzdem: Selbstmord ist nichts für ängstliche Naturen. Die Waffe zu heben, sie gegen die Stirn zu richten, in diesen letzten schwarzen Tunnel hineinzustarren und mit dem Daumen den Abzug zu betätigen . . .

Zwei Schüsse für einen Selbstmord. Damals wußte ich noch nicht, was mir Nick später erzählte, daß es nämlich sehr wohl so etwas schon gegeben hatte, daß ein paar arme Teufel so verzweifelt waren, daß sie, als die erste Kugel sie nicht getötet hatte, noch genug Kraft aufbrachten, ein zweites Mal abzudrücken. Ich wußte nicht, daß Emmett diese Waffe normalerweise in der Originalverpackung aufbewahrte, in einer Schachtel in seiner untersten Schreibtischschublade. Sie würden Bobbis Fingerabdrücke auf dieser Schachtel finden, auf der von der Fabrik beigelegten Gebrauchsanweisung und auf der Patronenschachtel, die Emmett zusammen mit der Waffe von einem dankbaren Waffenhändler, dessen Reichtum er mitbegründet hatte, bekommen hatte. Die Fingerabdrücke bewiesen nur, daß ihre Finger diese Dinge berührt hatten – oder darauf gedrückt worden waren. Ich wußte damals nicht, wie man solche Fakten feststellen konnte und wie sie dann dazu verwendet werden konnten, mal diese, mal jene Schlußfolgerung zu untermauern. Aber ich wußte, was ich sah, und ich wußte, was dieser Distriktskommissar dachte:

Wie kann ein Mensch die Nerven, die Entschlossenheit und den Mut haben, das alles zu tun? Das Motiv war unwichtig: Ein Grund zum Sterben findet sich leicht. Und für jemanden, der Selbstmord begehen will, sowieso; aber einen Schuß aus einer schweren Waffe abzugeben, mit der man nicht vertraut ist, dieses furchtbare Tosen mitten ins Gesicht zu bekommen, wenn die Patrone explodiert und das Pulver aufblitzt und einem das Gesicht versengt, wenn die Kugel eine klaffende Wunde in den Schädel reißt, *und dann* noch mitzukriegen, daß man noch immer am Leben ist, die Willenskraft und den Mumm und die körperliche Überwindung aufzubringen, stillzuhalten, sich diese Waffe nochmals an die Stirn zu setzen, den Daumen nochmals auf den Abzug zu drücken . . .?

Und besonders eine Frau wie die, die hier tot auf dem Badezimmerboden liegt. Ich wußte, daß das dem Polizisten durch den Kopf ging, und ich wußte auch, daß dieser Gedanke die Antwort auf seine Zweifel war.

Bobbis Leben lief wieder vor mir ab, alles, was sie getan hatte. Ihre Vereinbarung mit Emmett – nach außen hin vielversprechend, doch im Grunde zynisch und böse. Das raffinierte Spiel, das sie zu Anfang mit mir getrieben hatte. Molly, und was sie für sie getan hatte, weil sie glaubte, es jemandem, den sie liebte, schuldig zu sein. Dieses geschlechtslose Ungeheuer, das jetzt da draußen in seinem Käfig eingesperrt war, von dem sie sich nicht unterkriegen ließ. Ich erinnerte mich wieder an alle unsere Gespräche. *Du bist verdammt,* hatte ich schonungslos zu ihr gesagt; warum sich die Mühe nehmen, die Scharade fortzusetzen? *Du bist eine Gefangene,* hatte ich gesagt. *Du bist der Schlüssel.*

Und am Ende war sie meiner Meinung gewesen. Sie hatte sich selbst befreit und gleichzeitig uns alle befreit, denn ihr mußte klar gewesen sein, daß Emmett ihre Mutter lieber unterstützen würde, so lange er konnte, als diese letzte Verbindung mit der besseren Gesellschaft zu verlieren, die er beneidete. *Ich vertraue dir,* hatte sie zu mir gesagt; sie vertraute darauf, daß ich gut genug sein würde, Emmett zu überleben, wenn sie tot war. Sie war eine Gefangene, für die es keine Erlösung mehr gab, hatte alle Illusionen verloren, konnte ihr Schicksal nicht mehr rechtfertigen, konnte es nicht ändern, konnte es nicht aushalten. Sie war der Schlüssel. Sie befreite sich selbst. Sie verabschiedete sich, zahlte ihre Rechnungen, zog ihre alten Kleider wieder an, nahm mit den Ringen und dem Schmuck ihre Ketten ab, und drehte den Schlüssel im Schloß.

Daß sie sich selbst umgebracht hatte, daran zweifelte ich

nicht, ebensowenig wie ich einen rechtsgültigen Beweis dafür hatte.

Und da stand J. Emmett Sloan, ein Mörder. Auch daran hatte ich keinen Zweifel, so wie ich keinen juristischen Beweis dafür hatte. Er war an so vielem schuld in Bobbis Leben, wenn auch nicht direkt an ihrem Tod. Und das Gesetz konnte ihm für seine Vorgehen nichts anhaben. Er zog frei und unbehindert durch diese Welt und verschlang alles, was sich ihm und seinem unersättlichen Verlangen nach Anerkennung, Bewunderung und Ehre, einem guten Ruf und einem Image in den Weg stellte. In diesem Augenblick war er, vielleicht zum ersten Mal in seinem Leben, am Boden zerstört, hatte die Dinge, die um ihn herum vorgingen, nicht mehr unter Kontrolle.

In diesem Moment hatte ich das alles klar vor Augen; die Erkenntnis machte mich krank vor Wut und Schmerz und Schuldgefühlen. Ich sah alles ganz klar – und ich sah eine Chance.

»Vielleicht«, hatte Nick gesagt, *»vielleicht kriegst du eines Tages wieder eine Chance. Wenn das der Fall ist, dann nutze sie gut.«*

»Ich frage Sie noch einmal, Mr. Rankin«, sagte Detective Bechtel. »Wieso sind Sie heute nacht hierhergekommen?«

»Ich war besorgt um ihre Sicherheit«, sagte ich.

»Warum?« fragte Bechtel.

Emmett erbleichte.

»Ich habe Ihnen erzählt, daß ich mit ihr befreundet war. Sehr gut befreundet, besser, als ich je vorgehabt hatte. Wir haben uns im Januar kennengelernt, als sie mich engagierte.«

»Wofür?« fragte Bechtel.

»Sie hatte den Verdacht, daß ihr Mann einen gewissen Parviz Naderi ermordet hat. Er ist in Washington umgebracht worden. Durch zwei Schüsse. In den Kopf.«

Tresa stürzte sich auf Emmett.

»Du hast sie ermordet, du Hurensohn!« schrie sie.

Bechtel schlang einen Arm um ihren Bauch, hob sie vom Boden hoch und stieß sie zurück in meine Richtung. Ich hielt sie fest, während sich ihre Wut wieder in Tränen auflöste.

Der Polizist in Uniform fummelte nervös an seinem Halfterverschluß herum; er ließ Emmett nicht aus den Augen.

»Fragen Sie Nick Sherman von der Mordkommission in Washington über Naderi«, sagte ich zum Distriktsbeamten. »Er hat den Fall bearbeitet. Er kennt mich und weiß alles über meine Nachforschungen.«

»Ich glaube, wir sollten alle auf die Polizeiwache fahren«, sagte Bechtel. »In getrennten Autos.«

»Was tun Sie da, Rankin?« zischte Emmett.

»Nur meine Pflicht«, sagte ich. »Ich gebe den Vertretern des Gesetzes die Tatsachen bekannt, die ich kenne und die ich beweisen kann.«

»Du verlogener Bastard!«

Aber ich hatte nicht gelogen, und ich log auch weiterhin nicht. Ich sagte die Wahrheit – ich stellte keine Theorien auf, zog keine Schlußfolgerungen, behielt meine persönliche Meinung für mich. Ich sagte der Exekutive, was sie hören wollte.

Die Vertreter des Gesetzes konnten nicht viel tun. Die Distriktspolizei bemühte sich wochenlang, festzustellen, ob Emmett seine Frau umgebracht hatte, oder ob sie Selbstmord begangen hatte. Sie befragten die Polizei in Washington über Naderi und landeten bei Nick, der zwar mit der Erlaubnis seiner Abteilung den Fall neu aufrollte, aber nichts Neues fand. Emmett nahm sich einen ausgezeichneten Anwalt. Es wurde keine Anklage gegen ihn erhoben. Bobbi wird in den Distriktsakten noch immer als »Unfall« geführt. Am Ende waren die Untersuchungen *de facto* eingeschlafen.

Aber sie reichten aus, Emmett zu zerstören – oder zumindest seine Träume.

Bobbis seltsamer Tod kam in die Zeitungen, und dieselbe bösartige Reporterin von der *Washington Post*, die damals wie ich zum Dinner in Emmetts Haus zu Gast gewesen war, schrieb eine vernichtende Titelgeschichte, eine »Analyse«, in der sie ihn als Mann im Brennpunkt heftiger Skandale darstellte. Ohne ihn für schuldig oder unschuldig zu befinden, brachte sie ihn mit Naderis Tod und seiner berüchtigten Vergangenheit in Verbindung – und mit dem merkwürdigen, ungelösten Tod seiner Frau durch zwei Kugeln, wobei sie anführte, daß er ein halbes dutzendmal von der Polizei verhört worden war, und die Tatsache erwähnte, daß er einen Spitzenanwalt für

Strafsachen engagiert hatte. In ihrer Story bemerkte sie, dieser Mann, einst mit jedermann befreundet, sei jetzt der prominenteste Aussätzige der Stadt und werde entsprechend gemieden. Sie bewegte sich hart an der Grenze zur Verleumdung, doch in seiner jetzigen Situation konnte Emmett sie nicht verklagen.

Ich denke oft an sie und an unsere Unterhaltung bei jener Abendgesellschaft.

»Ist das Leben nicht ungerecht?« hatte sie gesagt. *Man bekommt niemals das, was man sich wünscht. Es gibt keine Gerechtigkeit.«*

»Ich wußte nicht, daß das dasselbe ist«, hatte ich erwidert.

»Wenn das Leben so wäre, wie es sein sollte, dann wäre es dasselbe.«

»Was kann man schon erwarten?«

»Verdammt, zumindest ein bißchen Aufregung oder so. Einen Skandal. Fällt das nicht in Ihr Ressort?«

Ich hatte mit *nein* geantwortet. Die Realität hatte bewiesen, daß wir beide unrecht hatten.

Sie hatte bekommen, was sie sich gewünscht hatte: einen Skandal, ein bißchen Aufregung, plus die Art von Story, für die sie berühmt war und großzügig belohnt wurde.

So viele von uns bekamen, was sie sich gewünscht hatten; so vieles entwickelte sich am Ende so, wie es sein sollte. Rich nahm ab. Nick hatte wissen wollen, wer Naderi umgebracht hatte. Emmett hatte sich einen Ruf gewünscht. Tresa hatte gewollt, daß ihre Freundin von ihrem Mann erlöst werden möge. Bobbi hatte sich nach Sicherheit gesehnt. Ich hatte die Wahrheit wissen wollen.

Und alles hatte seinen Preis.

ENDE

Schwarze SERIE

In dieser Reihe erscheinen die Klassiker und besten jungen Autoren des modernen harten Kriminalromans. Die Reihe bietet einen Querschnitt durch die Spitzenleistungen des Krimis.

Band 19 116

Mickey Spillane

Morgen werde ich tot sein

Deutsche Erstveröffentlichung

Diese Sammlung von zehn knallharten Kurzgeschichten weist Mickey Spillane, der erst heute seine Anerkennung als ein Großmeister der Kriminalliteratur erhält, als einen umstrittenen, aber ungewöhnlich kraftvollen Schriftsteller aus. Mickey Spillane zeigt uns die psychopathische Seite der Großstadt mit all ihrer unvorstellbaren Brutalität. Er selbst sieht seine wichtige Rolle in der Literaturgeschichte eher profan: »Ich bin der Kaugummi der amerikanischen Literatur.«

BASTEI LÜBBE

Sie erhalten diesen Band im Buchhandel, bei Ihrem Zeitschriftenhändler sowie im Bahnhofsbuchhandel.